KRITIKA H. RAO

A LENDA DE MENEKA

tradução
Dandara Morena

HARLEQUIN
Rio de Janeiro, 2025

Copyright © 2025 by Kritika H. Rao. Todos os direitos reservados.
Copyright da tradução © 2025 by Dandara Morena por Editora HR LTDA.
Todos os direitos reservados.

Título original: *The Legend of Meneka*

Todos os direitos desta publicação são reservados à Casa dos Livros Editora LTDA. Nenhuma parte desta obra pode ser apropriada e estocada em sistema de banco de dados ou processo similar, em qualquer forma ou meio, seja eletrônico, de fotocópia, gravação etc., sem a permissão dos detentores do copyright.

Copidesque	Mariana Gomes
Revisão	João Rodrigues e Isabel Couceiro
Design de capa	Mark R. Robinson
Ilustração de capa	© Galen Dara
Adaptação de capa	Guilherme Peres
Diagramação	Abreu's System
Mapa	Virginia Allyn

Dados Internacionais de Catalogação na Publicação (CIP)
(Câmara Brasileira do Livro, SP, Brasil)

Rao, Kritika H
  A lenda de Meneka / Kritika H Rao; tradução Dandara Morena.
– 1. ed. – Rio de Janeiro: Harlequin, 2025.

  Título original: The legend of Meneka.
  ISBN 978-65-5970-510-8

  1. Ficção de fantasia I. Título.

25-262624   CDD-In820.9

Índice para catálogo sistemático:
1. Ficção de fantasia : Literatura indiana   In820.9
Bibliotecária responsável: Aline Graziele Benitez – CRB-1/3129

Harlequin é uma marca licenciada à Editora HR Ltda. Todos os direitos reservados à Editora HR LTDA.

Rua da Quitanda, 86, sala 601A – Centro
Rio de Janeiro/RJ – CEP 20091-005
Tel.: (21) 3175-1030
www.harpercollins.com.br

Para Tate, pois estava na hora, e porque minha história de amor não seria completa sem você.

Sumário

Mapa do reino mortal 6

Mapa de Amaravati 7

A lenda de Meneka 11

Glossário 309

Nota da autora 313

Agradecimentos 316

Capítulo 1

S edução é tudo que conheço.
Fui feita para ela. Já destruí vidas com ela.
Eu nunca a quis.

Fecho os olhos para não precisar ver o desejo no rosto da rainha Tara. Então me concentro na dança.

Meu corpo se movimenta com a música dos cantores. O ritmo do tambor imita os batimentos de meu coração. Acordes de flautas murmuram por meu cabelo, se entrelaçando na trança espessa e serpenteante. A melodia encontra o caminho até meu torso e o puxa com delicadeza, impulsionando meus movimentos adiante. Curvo os braços para seduzir um amante imaginário.

O arquejo agudo da rainha Tara ecoa em meus ouvidos.

A magia de Amaravati me preenche dos pés à cabeça.

A Cidade dos Imortais é meu lar. É a corda que me conecta a toda magia do paraíso. Estou no reino mortal, longe de Amaravati no momento, mas o poder da cidade se edifica em meu umbigo. Ele cresce sobre minha cabeça como uma auréola cintilante, expandindo ao redor do corpo em brilhos de poeira dourada. A magia do paraíso chega até mim em ondas amorfas, depois em correntes mais profundas. Poder entra e sai de mim.

Minha aura começa a pulsar. O sari que uso fica mais apertado, enfatizando minhas curvas. O colar na clavícula começa a estremecer. Os braceletes tilintam, criando uma música própria, o cinto de diamantes em minha cintura reluz, brilhante, lançando feixes de luz pelo cômodo. Arrepios irrompem em minha pele.

Aos poucos, com languidez, giro a cintura em uma mudra — uma dança simbólica. As pontas dos dedos da mão direita se tocam, depois se abrem no Primeiro Rubor. Uma rosa vermelha selvagem brota do nada em minha palma.

A flor acomoda suas pétalas sem peso em minha pele. Para a rainha Tara, que está assistindo com avidez da cama acolchoada, ela parecerá real. Rambha uma vez me disse que o verdadeiro poder da dança não estava em minha beleza, e sim na potência de minhas ilusões. Um sorriso se forma em meus lábios enquanto penso nela.

Primeiro uma rosa, depois um jardim, e, então, a cascata tempestuosa de uma cachoeira furiosa — a ilusão é formada com velocidade, transformando o quarto da rainha Tara, enterrando-o em uma campina exuberante e indomada. Minhas mãos se movem de uma mudra para outra. A Carícia do Amante. Orvalho na Pele Dourada. Coração de Fogo.

Ondulo os quadris. Giro os pés em minicírculos, jogo os braços em libertação. A música se eleva em um crescendo, cadenciando, provocando, se envolvendo em todo o meu corpo, como o hálito de um amante.

Rochas cinza-escuro se formam nas paredes, nos enclausurando em um recesso privado. Videiras enlaçam a pedra; botões delicados desabrochando. O perfume forte de mil flores-da-paixão nos envolve, calor, pimenta e almíscar. Uma umidade borrifa minha pele, vinda da cachoeira jorrando do teto alto. Em minutos, a ilusão se torna tão intensa que até eu me perco nela.

Sei que a campina não é real. Que ainda estou nos aposentos privados da rainha. Mas é difícil me lembrar disso enquanto o cheiro das flores provoca meu nariz e musgo fofo e aquecido pelo sol amortece meus pés descalços. Suor forma uma gota em minha testa, desce pela garganta, se amontoa na clavícula, antes de evaporar em névoas de calor.

Felicidade brota em meu coração. Sou linda. Intoxicante. Essa cachoeira jorrando é prova disto: sou uma criatura de alegria. De amor.

Uma criatura de luxúria, corrige a voz de Indra em minha mente.

Cambaleio. A alegria dentro de mim murcha, a doçura melosa se torna amarga na boca. Abro os olhos e, por ter parado de dançar, a ilusão vacila.

As videiras nas paredes estremecem. As flores oscilam. A fragrância que tinha dominado o quarto enfraquece, depois começa a se dissipar.

A rainha Tara ainda me encara da cama, de boca aberta e olhos pesados, mas, ao nosso redor, a campina mágica se distorce. Rochas derretem e viram lama cinza. Prata reluz em lampejos barulhentos e discordantes enquanto a cachoeira aparece e some, reagindo à sobriedade crescente do meu humor. Aos poucos, o jardim selvagem dissolve, nos levando de volta para o quarto mortal. Atrás da cortina privativa, avisto a forma dos músicos de Tara. Não lancei a ilusão para eles, e não estão enfeitiçados pela magia, mas não nos interromperão. Tara garantiu isso. *Eu* garanti, com meu comando sobre ela.

A rainha pisca. Preocupação mancha a luxúria ainda enevoando seus olhos. Ela se ergue das almofadas de fios dourados.

— Meu mel? — chama, e a voz está rouca, pesada, similar à de quem fala através de um sono viscoso.

É um timbre que reconheço bem demais. Passei a associá-lo com sucesso. Com vergonha.

Não digo nada, tentando espantar a lembrança da voz do senhor Indra da cabeça e ordenar meu caos crescente. Sei que estou franzindo o rosto, e tento suavizá-lo, torcendo para reter parte da paz que senti na dança. Tara me pega nos braços. Ela acaricia meu cabelo, puxando os fios. Seu polegar traça o contorno de meus lábios, esticando minha boca. Seus dedos se espalham por meu pescoço, me prendendo. Meu pulso fraco ecoa sob seu toque. Uma risada irônica se forma em minha boca: por ela — um *alvo* — estar tentando apaziguar meu desespero, mesmo que seja de uma forma que *ela* deseja, não da qual preciso.

— Venha — sussurra a rainha. — Sei o que vai agradá-la. — Ela tenta me guiar, mas balanço a cabeça em negativa, resistindo ao movimento.

Tara tem me desejado em sua cama há meses, mas não para me satisfazer. É para satisfazer a si mesma. Sei disso porque *eu* criei essas ideias nela. *Revele sua luxúria*, comando silenciosamente, e uma imagem brota em minha mente. Tara prendendo meu cabelo, me curvando para si. Estou de joelhos, nua, exceto pelas joias. Minhas riquezas, meu corpo, minha mente — tudo lhe pertence. Vulnerável e fraca, devo ser seu bem mais precioso.

A imagem lampeja, e então desaparece. Mantenho meu tumulto sob controle, observando ela e o desejo profundo que sente por mim no momento.

É o último estágio de minha sedução. Quando criei pela primeira vez esse encanto para discernir sua luxúria, avistei uma supremacia máxima sobre sua nação, forjada por fogo e espada. Levei meses para alterar esse desejo. Entre olhares discretos e sussurros envenenados, eu o consolidei, moldando-a para desejar a mim, e somente a mim. Minhas ilusões eram sutis e gloriosas, apenas para seus olhos. Convencida por elas, a rainha prendeu o irmão, exilou seu gabinete, estilhaçou regras antigas. Um dia, tinha sido confiante, de olhar imperioso, postura ereta. Agora, era um fantasma de seu antigo eu — arrebatada por mim a ponto de esquecer todo o resto, inclusive comer e beber. Sua pele marrom está cerosa, o brilho saudável se foi.

Acabou.

Sou a única coisa que importa para a rainha Tara.

Ela me puxa de novo, dessa vez com mais força, alternando os olhos de mim para a cama acolchoada. Vagamente, pondero se deveria consumar seu desejo. Outros como eu fizeram isso. Rolaram na cama com os alvos sem remorso depois de os terem seduzido. Alguns sequer esperaram tanto, tratando tudo como uma mera etapa das missões. Seria uma espécie de reparação — satisfazer o desejo que eu mesma tinha criado em Tara. Eu não a deixaria destruída.

Os cantos da boca da rainha estremecem quando ela nota minha contemplação. Eu me curvo — que mal faria um beijo? A respiração de Tara fica irregular no espaço entre nós.

Não, penso. Vergonha me agarra, aprisionando meus músculos. Nojo de mim mesma afunda as unhas em meu coração dado o que eu estava prestes a justificar. Tara não sabe o que quer. Seja lá o que acha querer, não é desejo *dela*, não de verdade. Ela está enfeitiçada. Foi *seduzida*.

Fecho a cara.

Empurro as mãos dela de mim.

Dou um passo para trás.

Tara arregala os olhos, confusa, e meus ombros caem, pesados de culpa. Abro a boca querendo dizer algo. Uma desculpa. Uma explicação. *Alguma coisa.*

Mas o que há para dizer? Dancei para ela muitas vezes, e meu encanto não se esvai com facilidade. Depois que eu partir, ela ficará desolada por anos. Vai desperdiçá-los, esperando meu retorno. Nada — nem dormir com ela neste momento — será suficiente. Mesmo se eu ficasse, vivesse com ela como sua parceira, não teria importância. A luxúria já assumiu vida própria. Tara nunca se recuperará de verdade. Minha missão foi bem-sucedida demais.

E tem algo errado nisso? Sem dúvida, minha culpa no momento está equivocada. Tara merecia. O senhor Indra ordenou isso. Sou agente dele, e minhas missões são um sinal de minha devoção. Se eu não fizesse aquilo, o que aconteceria? Antes de minha chegada, Tara já tinha abolido a adoração pública a Indra — um ato de provocação ao paraíso por si só. Com o tempo, também proibiria orações privadas. Houve uma época em que sua dinastia foi definida pela devoção a Indra, mas Tara e seus ministros começaram a trilhar um caminho que eventualmente levaria à queima dos templos do senhor, à profanação de seus rituais, ao assassinato de seus devotos. Tudo o que fiz foi para prevenir esse futuro terrível.

Sei de tudo isso, e ainda assim queria poder explicar que nunca quis machucá-la. Nunca quis destruí-la de forma tão completa. O desejo de me absolver é tão intenso, quase jorrando de meus lábios, que percebo que permaneci em sua corte por tempo demais. Quem me tornei, se estou simpatizando com alguém tão herege quanto Tara?

Desvio os olhos de seu rosto. Viro-me para deixar o quarto. Embora ouça um grito de desespero silencioso vindo dela, não olho para trás.

Esse é meu trabalho. Meu destino.

Meu nome é Meneka.

E eu sou uma apsara do paraíso de Indra.

As portas do quarto se fecham, silenciando a música. Não posso mais ouvir Tara, mas me movo mais rápido, como se quisesse me distanciar da angústia de meu coração.

Apsaras têm uma reputação. Poetas mortais sussurram que somos amantes da ilusão e do controle máximo. O senhor Indra diz que somos suas peles de cobra, prontas para trocar e nascer de novo. Eu acho que somos venenos de cobra. Nossa dança mágica é letal. Ela já derrubou reinos e tentou santos. Mudou o curso da história e tomou amores.

Ainda assim, quando me apresento, o mundo faz sentido. Sou coberta pela total êxtase do paraíso, minha dança é uma devoção a Indra e uma bênção dele. De certa maneira, a dança é até mais do que Indra permite ser.

É uma alegria secreta minha, espalhando minha essência. Contudo, o jeito que minha apresentação é usada...

Tenho apenas 23 anos, meu tempo com tão pouca idade ainda é medido em anos mortais, mas me sinto mais velha. Já perdi as contas da quantidade de missões de que participei, dos jeitos que provei minha devoção ao meu senhor. Tara foi um de meus alvos mais sacrílegos. Um dos mais difíceis. Vou garantir que seja a última.

Corro pelos corredores do palácio, virando esquinas e entrando em passagens sem ver. Depois que não consigo mais avistar nenhum guarda, paro. Ao fechar os olhos de novo, toco os colares encantados. Invoco o nome de Indra e requisito o retorno para Swarga, o paraíso do senhor.

A permissão é dada como recompensa de minha devoção. O puxão em meu umbigo se tensiona quando Amaravati atende a meu chamado. Uma rajada de vento sibila pelos corredores do palácio, trazendo consigo cheiro de canela e ghee. Minha forma se torna aérea, e ondas etéreas formigam minha pele. O vento da cidade celestial me leva para longe do reino mortal.

Quando abro os olhos, estou nos portões da Cidade dos Imortais, de volta à casa no reino celestial. Estrelas cintilam acima e sob mim. Mesmo que seja noite, minha cidade está brilhante e viva, sua poeira mágica dourada reluzindo nos portões gigantes de mármore que formam a entrada. A própria escuridão tremeluz com um subtom de luminosidade.

Nenhum guarda espreita aqui. É época de paz, e a magia local age como um escudo. Os portões se abrem sozinhos, e os ritmos e a música subjacentes de Amaravati me cumprimentam quando entro.

Relaxo o corpo na hora e solto um suspiro. As preocupações do mundo mortal se expelem de meus ombros quando a cidade me recebe. O laço mágico que me conecta a Amaravati desabrocha, intenso. No reino mortal, era uma coisa frágil, plana e frouxa, uma pintura desbotada. Aqui, é uma flor, viva, bonita, dourada. Eu a inspiro, e a beleza de Amaravati me atinge como se eu a estivesse vendo pela primeira vez. Faz tanto tempo desde que estive aqui.

A cidade zumbe sob meus pés enquanto caminho. Cada casarão que vejo é mais bonito do que todo o palácio da rainha Tara. As passagens de pedras reluzem sob a luz dourada. Em algum lugar, um pássaro cantarola docemente, sustentando uma única nota melodiosa que dedilha meu coração. Risadas ecoam aqui e ali, embora eu não veja ninguém. Os cidadãos estão escondidos dentro dos prédios gloriosos, abrigados em jardins noturnos perfumados. A mesma brisa delicada que me trouxe de volta farfalha pela cidade, dessa vez com o cheiro de raios e tempestades, fragrâncias que pertencem ao senhor Indra. A magia se espirala de forma preguiçosa pela cidade, faisquinhas que tremeluzem e lampejam.

Eu me transformo enquanto inspiro as ruas silenciosas. No reino mortal, comecei a questionar minha devoção ao senhor Indra. A sedução de Tara devia ter me dado alegria, cada evolução de sua luxúria um testemunho de minha fé, mas a missão apenas perfurou minha crença em mim mesma. Meu desespero era traiçoeiro, e, durante todos os dias da missão, me agarrei à reverência por Indra como um mendigo se agarra à esmola. Agora, com o retorno a Amaravati, essas dúvidas sobre minha dedicação evaporam como sonhos ilusórios ao acordar. Sou mais uma vez lembrada de que sou uma apsara, uma criatura da cidade do senhor — mas dessa vez o conhecimento endireita minha coluna. Minha devoção não está contaminada por tumulto; está perfumada de confiança. Retornei para a realidade que tinha sido queimada por um glamour febril.

A mudança em mim é tão repentina, tão familiar, que fico chocada. Imagens de Indra me observando quando comecei o treino de apsara aos 7 anos irrompem em minha mente. De quando me ajoelhei a seus pés aos 15 anos, antes de embarcar na primeira missão. De sua gentileza e seu orgulho enquanto me abençoava antes de eu deixar a cidade. Sua magnitude, seu amor, seu heroísmo, tudo reluz por Amaravati, como se a própria cidade estivesse cantando seu louvor. Indra é o pai do paraíso, e, embora não tenhamos relação alguma de parentesco, o mesmo sangue dourado de Swarga corre por nossas veias. Imortais e celestiais, somos uma única família, todos nós em dívida com ele por seu amparo.

Lentamente, abro caminho até seu palácio para relatar a última conquista. Rambha aguarda por mim lá; lhe mandei uma mensagem algumas horas antes, quando soube que fui bem-sucedida com Tara, e posso senti-la me chamando, seu rosto desabrochando por trás de meus olhos. Ela foi a única coisa a que me agarrei durante a missão, e anseio por vê-la. Mesmo assim, meus passos ficam mais lentos enquanto contemplo o que estou prestes a fazer.

Toda apsara no fim de uma missão bem-sucedida ganha uma graça, qualquer coisa que o coração desejar. Todas as apsaras pedem por uma chance de continuar a servir ao senhor com mais lealdade — uma bênção que é dada por meio de joias mágicas da própria coleção dele. Usar um ornamento pertencente a Indra é similar a carregar um pedaço do senhor conosco. Sua presença permite que puxemos mais magia de Amaravati do que costumamos poder, essencial para criar ilusões mais firmes, essenciais para o sucesso em futuras missões.

E mesmo assim o cinto de meu sari contrai minha cintura. O colar aperta, e ergo a mão até a clavícula, tentando afrouxar a pressão. O que Rambha diria se eu contasse que é assim que me sinto com as joias há muito tempo? Que as usar não tem sido uma bênção, e sim uma sentença de prisão? A graça que pretendo pedir com certeza irá pegá-la desprevenida — mas o próprio senhor verá que é proveniente do desejo de ser mais devota. As joias são maravilhosas, mas me distanciam dele toda vez que deixo Amaravati. Tudo o que quero é não ver minha devoção contaminada, ficar perto dele, adorá-lo. Ele com certeza concordará. Certo?

Ele vai se enfurecer, sussurra minha consciência. *Você não está pedindo para ser devota. Está pedindo para ser livre.*

Eu afasto o pensamento.

— Não — digo em voz alta, com força. — Não, só quero ficar imaculada. Indra vai escutar. Ele é generoso e vitalizador. Entende minha verdadeira devoção.

Não há nenhuma resposta em minha mente, apenas uma preocupação silenciosa que rasteja até o coração. Apenas Rambha ousou pedir liberação de futuras missões, e, embora Indra tenha concedido, seu pedido ainda estremeceu o reino. Várias vezes, considerei questionar o motivo para ele ter aberto tal exceção, mas seria uma pergunta tola. O amor de Rambha pelo senhor é bem conhecido. Os músicos imortais do paraíso, os gandharvas, cantam sobre a devoção dela em todo festival, nos lembrando de sua pureza, virtude e dedicação total.

Ela ficará chocada por eu ousar seguir seus passos de forma tão descarada? Durante toda vida quis ser como ela, tão impecável quanto, tão livre. Cumpri cada missão sem reclamar. Não me alegrei com elas, mas as realizei mesmo assim — e não é essa a maior devoção? Ser altruísta, adoradora, obediente? Eu me afastei da rainha Tara sem uma palavra de arrependimento. Sou uma soldada de Indra e — apesar das apreensões infestando minha mente no reino mortal — é uma honra ser uma. Se eu lhe mostrar isso, ele cederá. Amaravati é sustentada com serviço e preces a Indra, e Indra concordará que meu trabalho dentro da cidade o servirá melhor do que as missões no reino mortal. E, embora Rambha possa ficar chocada, também ficará encantada. Entenderá que faço por ela tanto quanto faço por mim mesma. Os dois ficarão orgulhosos. Têm que ficar.

Repito essa crença o caminho todo até o palácio, reunindo coragem. Antes de me dar conta, chego aos portões em formato de lua crescente.

Os guardas me deixam entrar sem objeções. Todo mundo em Amaravati conhece a aparência de uma apsara. Somos uma das criaturas mais lindas do paraíso — *temos* que ser. Eles apenas dão um aceno de cabeça para mim, me guiando para a alcova do lado de fora da sala do trono principal de Indra, onde avisto Rambha andando para lá e para cá, impaciente.

Ela é deslumbrante. O cabelo comprido e luxuoso está amarrado em uma trança complexa, como a maioria das apsaras da elite. Sua pele é de um marrom mais rico do que o meu, quase ônix sob a luz fraca. Sobrancelhas espessas e modeladas arqueiam sobre olhos largos e gentis, e as orelhas lembram conchas delicadas. Sobre o sari verde de fios de ouro, ela usa quase uma centena de colares cravejados de esmeraldas e diamantes. Um pininho reluz em seu nariz, e até o bindi brilha poderoso. Todas essas joias são da coleção do senhor, um sinal da devoção dela e do favor dele. Minha respiração fica irregular quando seu poder recai sobre mim. A aura de Rambha é de um dourado luminoso se erguendo atrás da cabeça, tão potente que consigo sentir a textura: gotas de orvalho delicadas depois de uma tempestade quente. Umedeço os lábios para apanhar a sensação na língua.

Um sorriso desfaz a expressão preocupada de Rambha quando me vê. Ela se apressa para me envolver nos braços.

— Graças a Indra — diz ela, me afastando para me examinar. — Você está aqui.

Meu peito se ergue em um suspiro profundo, e o cheiro dela, doce, de anis-estrelado, me inunda, quente e sedutor. Sorrio de volta, apesar do nervosismo.

Ela é muito mais velha do que eu, mas nem sei quanto. Como qualquer outro imortal, o tempo nunca se mostra em seus traços. Além do mais, nenhuma de nós duas é mais criança. O que importa nossa idade? Até enquanto a abraço, não consigo evitar torcer levemente a ponta de sua trança nos dedos. Rambha é meu lar. A sabedoria dela é minha segurança. Uma vez ela foi minha mentora, mas agora é minha supervisora, uma das melhores apsaras que conheço, minha amiga mais próxima.

Nas profundezas de meu coração bobo, sempre desejei mais.

O anseio com certeza deve ficar visível em meus traços, pois ela se afasta e passa as mãos frias em meu rosto para me examinar, preocupada. Seus dedos farfalham como asas de borboleta, e não consigo evitar imaginá-la tocando outros lugares. Minhas bochechas ficam quentes. Engulo em seco, tentando ignorar o calor se amontoando em mim. Mas o carinho, essa intimidade — é apenas outro fio de evidência de que o que pretendo fazer é certo.

Apanho seus dedos flutuantes e leves nos meus e dou um suspiro profundo.

— Outra missão bem-sucedida, Rambha. A rainha Tara foi contida do caminho de irreverência. Ela não será mais uma ameaça a Indra.

— Bem, que bom — responde Rambha. — O senhor está necessitando desesperadamente de boas notícias. Já sabe que joia vai pedir a ele? — Seu sorriso se torna curioso, e ela toca o topo da minha cabeça. Uma sensação fugaz flui por mim e estremeço. — Sempre amei ornamentos no seu cabelo. Quem sabe o diadema dourado do senhor? Ele muda de forma com base em quem o usa. Eu gostaria de ver que forma vai tomar em você.

Os dedos dela descem pela extensão de meu cabelo até os ombros. Oscilam por meu peito, afastando mechas dali para examinar minha clavícula, mas o movimento é lento demais, deliberado demais. Não estou imaginando. É desejo. Desejo por *mim*. Seu polegar roça de leve a ponta dos meus mamilos antes de sair depressa.

— Tenho outra coisa em mente — digo, baixo. — Uma coisa que vai permitir que eu fique mais perto de você. Para a gente poder… para você e eu podermos finalmente…

Paro. Ela interrompe o movimento e inclina a cabeça. Rambha sustenta meu olhar entre cílios de ouro empoeirado. Seus lábios abrem, talvez para perguntar o que quero dizer — e quero me inclinar, quero muito pronunciar as palavras doces que nos aproximarão mais. Elas ardem em mim, mas meu nervosismo diante da possibilidade de Indra recusar minha graça me impede. Rambha e eu orbitamos uma à outra por anos, com toques sugestivos, olhares sedutores, mas nunca ousei dizer nada, não enquanto me sinto tão indigna. Como poderia ir até ela — essa beldade que é famosa por sua devoção completa a Indra —, se cada uma de minhas missões me afogou em dúvidas? A graça que pedirei ao senhor é minha única saída, tanto para arrancar qualquer semente de irreverência que eu possa ter acumulado quanto para ficar com ela para sempre.

Rambha ergue meu queixo com uma mão.

— Você está tão séria. No que está pensando?

Agora seria a hora de falar, de confessar meu pedido, mas as explicações se formam e morrem em minha garganta. E se ela me disser que estou equivocada em meu caminho? Não seria apenas uma rejeição de meu sonho.

Seria a rejeição de qualquer futuro para nós. Não posso arriscar, não quando estou tão perto. Balanço a cabeça, em silêncio.

Um franzido deforma seu rosto adorável.

— Não vai pedir a ele nada indelicado, vai? — Ela espera minha resposta, mas, quando não digo nada, suspira. — É sua bênção para pedir, seja lá o que for, mas não peça a ele para se desfazer de suas joias favoritas. Indra tem estado carrancudo e inquieto ultimamente. Está em conferência, mesmo agora.

Arqueio as sobrancelhas, curiosidade substituindo a preocupação. O senhor dos devas não é conhecido por realizar reuniões tarde da noite. Pelo contrário, Indra é famoso por passar as noites com suas concubinas mais sensuais, engajando em comportamentos licenciosos que acaloram até meus ouvidos de apsara.

— O que aconteceu? — pergunto. — O que está preocupando o senhor?

— Um mortal. Um homem chamado Kaushika.

O nome é familiar. Na corte da rainha Tara, sussurros surgiram sobre um príncipe que desertou o próprio reino para praticar magia. Boatos dizem que se tornou tão poderoso que reis e rainhas começaram a lhe prestar homenagem e a pedir que treinasse seus herdeiros. Não prestei atenção na época, mas meu interesse é renovado agora.

— Outro mortal excessivamente arrogante? — comento, seca. — Não é novidade.

A aura de Rambha escurece, seu cheiro anil-estrelado se torna sacarino.

— Ele não é um mortal qualquer. Se proclama um sábio. Sua influência contra Indra já fez com que realezas e nobres se esquecessem do senhor em seus rituais. Amaravati não é a mesma de antes. Não notou? Os prédios perderam o brilho. Nossa magia está exaurindo sem orações o suficiente dos mortais para reabastecê-la. Está mais difícil apanhar a magia da cidade até quando *eu* danço com todas as minhas joias. Meu laço está fraco dentro de mim, se comparar com os anos anteriores.

Assinto lentamente. Minha dança exigiu mais esforço do que o normal para criar ilusões quando eu estava com a rainha Tara, mas presumi que fosse porque meu coração não estava na missão. Talvez tenha sido porque a cidade corria perigo. Se tudo isso era verdade, então o senhor não iria me querer *aqui* para sustentar Amaravati de dentro da corte com a dança? Eu não poderia estar em uma posição melhor para pedir minha graça.

— O senhor mandou uma apsara atrás da outra para seduzir esse sábio — continua Rambha. — Nanda primeiro, depois Sundari e Magadhi.

Mas... — A voz dela vacila um pouco, os nomes abrindo uma ferida não curada.

Essas três apsaras são tão famosas por suas proezas que até os devas, as deidades do paraíso, ficam hipnotizados com sua dança. Apenas Indra é imune a elas.

— O que aconteceu com elas? — pergunto, franzindo o rosto.

— Não voltaram. Temo que Kaushika as tenha matado.

Minha curiosidade vira horror. Matar uma apsara é quase impossível. Somos imortais. Apenas ódio desesperado e magia poderosa pode nos aniquilar. Como Kaushika fez isso? *Por quê?*

Rambha me abraça de novo.

— Fico feliz que você esteja em segurança.

Dessa vez, percebo como seu corpo treme. Sundari e Magadhi eram amigas de Rambha, parte de sua corte. Nanda me treinava; muitas vezes ouvi a risada rouca dela quando eu criava alguma ilusão divertida. Rambha também deve ter sido a supervisora delas nessas missões fatídicas; ela frequentemente lidava com apsaras de elite. Como deve ter sido para ela esperar e esperar por uma mensagem e então enfim relatar para Indra que perdeu suas armas mais queridas? Não me espanta meu atraso tê-la desconcertada. Uma culpa aguda me perfura. A apreensão de Rambha irradia até mim como o calor de uma chama.

Enrijeço e aperto sua mão.

Farei com que meu atraso valha a pena. Por ela e por Amaravati.

— Me leve ao senhor, Rambha. Quem sabe a notícia do meu sucesso o alegre. — Minha voz soa mais confiante do que estou, mas não recuo. — Está na hora de pedir minha graça.

Capítulo 2

A sala do trono de Indra humilha a da rainha Tara. É o coração do palácio, uma pulsação que imita o ritmo do próprio senhor, me fazendo suar com sua intimidade estranha. Assim que adentramos, a aura do espaço me golpeia. Os cheiros de ghee, açúcar de palmeira e cânfora se espalham pelo ar, lembretes silenciosos de oração e opulência, poder e abundância. Centenas de artefatos gloriosos estão pendurados nas paredes, tanto do reino mortal como do imortal. Pinturas do senhor sendo adorado. Murais com dançarinas em poses sensuais e sedutoras. Tapeçarias com filigranas elegantes que mudam as imagens conforme passamos por elas. Intoxicação bombardeia minhas veias ao contemplá-las, como se eu tivesse bebido soma demais.

A magia aqui é forte e densa. Feixes de poeira dourada se cruzam como luz irradiando do teto, que imita o céu noturno. Estrelas reluzem como um milhão de gemas gordas, mas, ainda assim, nas bordas estão nuvens tempestuosas, turvas e sombrias.

Um leve frio permeia o ar, fazendo com que eu queira esfregar os arrepios nos meus braços. Seria um movimento inculto, mais típico de um mortal de olhos arregalados visitando Swarga do que de uma das apsaras imortais de Indra. Ainda assim, até Rambha, que sem dúvida vem à sala do trono com mais frequência do que qualquer outra dançarina, respira fundo.

Ela range os dentes com força, e depois relaxa lentamente. Minha confiança fingida de alguns minutos antes parece infantil. Se Rambha está tão ansiosa para ver Indra, como é que farei meu pedido a ele?

Tento imitá-la, só que, quanto mais nos aproximamos do trono, mais me torno consciente de mim mesma de uma forma estranha e atrapalhada. As táticas de Rambha não funcionarão em mim. Não é somente um respirar profundo que a relaxa; é sua devoção a Indra. O senhor corta toda a graça nesta câmara. Não resta nada para nenhum de nós, a não ser que reflitamos para ele um pedaço da própria grandiosidade. Rambha existe na radiância dele, separada e segura no amor que sente. Tento me controlar, relembrar que, do meu jeito, também sou devota a Indra, que sua entrega de minha graça hoje só vai cimentar isso para todos, mas não consigo evitar o nervosismo. Olho para todos os cantos. Para o piso que parece se mover. Para as estátuas instáveis. Os pilares reluzentes. O céu escuro.

Finalmente, paro no rei deva.

O senhor Indra não está recostado do jeito normalmente indolente. Em vez disso, tamborila o pé no chão, e uma careta desfigura seu rosto lindo e delineado. Joias brilham dos pés à cabeça, pedras granadas, de um grená mais escuro que o sangue, no pescoço; safiras mais azuis do que o oceano, presas nos pulsos; pérolas de selenita envolvendo os dedos. Seu traje dhoti é anil, a tecelagem delicada no bordado lembra nuvens violentas desviando para uma calmaria repentina, antes de perder o brilho e voltar para a escuridão — um reflexo de seu humor tempestuoso. A ornamentada coroa dourada reluz sob uma faixa do amanhecer.

Todos os imortais possuem uma aura reconhecível, que brilha como uma auréola. A aura de Indra é tão radiante que as dos devas ao redor dele parecem sombrias em comparação. Ela cobre seu corpo todo, a luz incandescente se esticando bem atrás de sua pessoa. Poeira dourada se emaranha de forma sensual na ponta de seus dedos como um animal de estimação afetuoso.

Ele é tão lindo que mal consigo suportar encará-lo. Só o vejo de relance, já que corro meus olhos pelos outros devas: o benevolente Surya do sol, o robusto Vayu do vento, o impiedoso Agni do fogo.

Com uma mão, Indra brinca com seu vajra, a flecha de raios que é sua principal arma e que estala com eletricidade e raiva; as bordas reluzentes são tão afiadas que parecem apenas uma mancha de luz. Na outra mão, uma taça de cristal se enche magicamente com vinho vermelho-rubi, mesmo enquanto ele o bebe. Posso ver que o senhor está bêbado de novo. Outra pontada de ansiedade faz meu coração saltar.

Rambha enrijece e para, arregalando os belos olhos. Sussurra, alarmada:
— Shachi.

Não entendo de primeira; estou abalada demais por estar contemplando o senhor em si. Então sigo com o olhar o apontamento de Rambha e noto que há outra figura de pé ao lado dos devas. A deusa Shachi. A esposa e consorte de Indra, a rainha das devis.

Cambaleio e paro. Agora que a examino, não consigo imaginar como não a notei. Não a vejo há anos, mas ela nunca aparentou estar tão resplendorosa — ou enfurecida.

Seu ser inteiro está energizado. Sua pele é de um marrom-dourado tão brilhante que ela se assemelha à luz da própria aura, um espiral aparentemente infinito de brilho dourado. Seus olhos reluzem com discernimento e inteligência, e ela ergue o queixo, encarando Indra por cima do nariz pequeno e estreito. O sari vermelho impetuoso que usa se enrola por suas curvas exuberantes com o que parece ser o fogo de Agni, só que mais frio, mais contido. Como as vestimentas de Indra, o sari de Shachi muda de cor: um momento está laranja vulcânico, depois rosa, e então o primeiro tom da aurora, até se tornar um vermelho impetuoso de novo. Perto da floração plena da deusa, Rambha mal é um botão de flor. Comparada a ela, sou só uma semente.

Shachi se endireita. Sua aura fica mais nítida, obscurecendo todas as outras deidades só por um instante.

— Você pode ser o rei dos devas — diz ela, tensa, para o marido —, mas não esqueça, senhor, que eu comando as devis. As apsaras são minha responsabilidade.

Indra faz uma careta.

— Não posso abrir mão das minhas maiores armas, nem por você, rainha. Pode cuidar delas, mas Swarga é *meu* paraíso. Não seu. Enquanto eu me sentar neste trono, as dançarinas são minhas.

Os olhos da deusa faíscam.

— Você está convocando sua própria ruína — declara ela.

Um lampejo de luz, e ouço meu arquejo oco...

Ela se foi.

O senhor Indra pisca e se senta. Ele aperta os dedos na taça de vinho enquanto o silêncio ecoa após a partida dela.

— É tudo por causa daquele maldito garoto — comenta ele para ninguém em particular. — As apsaras desaparecidas despertaram essa rebeldia na rainha.

Os devas conselheiros de Indra murmuram palavras de conforto, baixinho demais para que eu as apanhe, mas o senhor bate a taça de vinho no trono e a estilhaça.

— Não *sabemos* nada sobre ele — rosna. — Nem um espião voltou com nada útil. Amaravati está em perigo. Eu estou em perigo. O Vajrayudh está chegando. Não me diga que não tenho nada com o que me preocupar!

Os devas trocam olhares. A ponta dos dedos de Agni faísca com fogo. Os olhos dourados de Surya reluzem ainda mais de irritação. Vayu, que ama caos, permite que um sorriso alegre apareça em seus lábios. Ainda assim, nenhum deles responde.

Indra se recosta com uma carranca. Estala os dedos. Os cacos de cristal somem de suas roupas, e outra taça de vinho aparece no lugar, preenchida até a borda. Ele dá um gole com uma expressão sombria.

Meu nervosismo aumenta. Devas ficam com raiva. É direito deles. São criaturas elementais, responsáveis pelo destino de três reinos. Indra é o senhor do céu e da tempestade, volátil por natureza, fiel à própria essência. Sei disso e amo isso nele. Mas nunca testemunhei o senhor e sua rainha brigarem de forma tão pública.

Será por causa do Vajrayudh? O evento celestial acontece uma vez a cada mil anos e é um lembrete gritante das limitações de Indra. O senhor pode ser o rei do paraíso, mas nem mesmo ele consegue controlar os poderes do universo. Durante o Vajrayudh, todos os celestiais ficam fracos. Amaravati fecha os portões, e nenhuma alma pode entrar ou sair. Os devas descansam, e Indra se recolhe em seu palácio no conforto de gandharvas e apsaras para se perder em músicas e danças até o evento passar. É essencial que os devas e as devis estejam em harmonia e Amaravati em paz durante o Vajrayudh. Sem isso, o próprio céu pode implodir, consumido pelo elevado caos mágico.

Ao meu lado, Rambha parece paralisada, encarando Indra. Seguro a mão dela com a minha suada e a puxo para a sombra de um pilar, grata por ainda não termos sido vistas na confusão.

— Rambha. O que está acontecendo? — sussurro, com urgência.

— É Kaushika — cochicha ela de volta, tirando com dificuldade os olhos do senhor. Parece aflita, mas sacode a cabeça para se livrar das emoções. — O príncipe se torna mais forte a cada dia. Quando ele se declarou um sábio, outros sábios foram prestar suas homenagens. Indra também mandou gandharvas para tratar com ele, devido à tradição. Só que Kaushika simplesmente riu dos cantores e os dispensou. O senhor é racional, já se curvou a sábios antes, mas esse insulto não provocado? Indra não pôde tolerar. Ele mandou seguidores para desafiar Kaushika em combate, mas o mortal é de uma aldeia de guerreiros e derrotou os devotos kshatriya com facilidade, humilhando Indra de novo. Foi quando o senhor mandou as apsaras para o príncipe, mas elas não voltaram. Shachi está furiosa com o desaparecimento delas.

Rambha fica em silêncio, e lembranças de Shachi me inundam. Correndo em seu jardim, rindo enquanto é perseguida por suas amas. A primeira joia que ganhei, uma fina corrente de ouro que a rainha removeu do próprio pescoço. Doces que ela levava para as meninas apsaras enquanto nós a rodeávamos, passando a mão em seu sari. De certa forma, as apsaras são filhas de Shachi. As mais velhas de nós nasceram no Batimento dos Oceanos, de onde a própria Shachi veio — só que as mais novas, como eu, nasceram da união de outros seres celestiais. Nunca conheci meus pais, mas não precisei. O nascimento de uma apsara é uma bênção para toda Amaravati. Cresci com outras garotas no bosque de Shachi, e fui enviada a fim de treinar para o exército de Indra quando amadureci. No dia em que parti do bosque, os olhos da rainha me seguiram com tristeza. Achei que estivesse melancólica porque eu tinha perdido a inocência da infância. Mas talvez não tenha gostado de me entregar para Indra. Ela temia as missões? Temia Kaushika também?

— Indra não pode simplesmente abater esse sábio com o vajra? — pergunto.

Afinal de contas, nem os imortais conseguem sobreviver a um golpe do raio celestial de Indra.

Mas Rambha balança a cabeça, ansiedade se amontoando em seus olhos.

— Indra não pode machucar Kaushika diretamente, a não ser que o sábio apresente um ato de guerra inquestionável contra o paraíso primeiro. Se tivéssemos alguma evidência dele matando nossas irmãs, seria o bastante para o senhor, mas o mortal cobre seus rastros muito bem. Ele é devoto de Shiva, o Destruidor, e Indra não ousa fazer um movimento descuidado. Mas se esse sábio continuar espalhando irreverência contra o senhor...

— Toda a nossa magia pode sumir — completo a frase, sombria. — Nossa dança. Nossas ilusões.

A ideia faz minha barriga se revirar, enchendo minha boca de acidez. Tenho questões com a maneira como minha dança é usada, mas quem eu seria sem ela? Apesar das incertezas, sempre fui devota do senhor, é por isso que ouso vir aqui com um objetivo próprio. Mas mortais não pensam a longo prazo e são instáveis. Indra é o senhor da chuva e da água, da tempestade e do céu. Sem ele, o reino mortal sofreria, colheitas morreriam, terras ficariam áridas. O sábio não deveria saber disso? Como alguém pode se autoproclamar um sábio e ainda assim ser tão equivocado? Esse homem ridículo está ameaçando tudo o que amo. O teto escurece, a raiva do senhor pressiona minhas veias, encharcando meu ressentimento.

Estou prestes a falar, fazer perguntas, quando um trovão ressoa no alto.

— Rambha — chama a voz profunda de Indra, e meus joelhos estremecem contra minha vontade. — Por que está aqui?

Rambha hesita diante de mim, uma pausa minúscula, antes de se endireitar. Ereta, ela continua até o trono, e eu a sigo, o senhor observando nossa aproximação. Nervosismo rasteja sobre mim como o zumbido de uma abelha, e tento repetir minhas justificativas para o que vou fazer, mas, quanto mais perto chegamos, mais minha mente dispersa. Uso todas as minhas forças para colocar um pé na frente do outro.

O senhor Indra arqueia as sobrancelhas, irritado com a intrusão, mas suspira quando Rambha se curva profundamente para ele. As mãos dela se movem em danças mudras sutis. Seus colares e anéis reluzem mais. Ela está usando magia, criando uma ilusão delicada para o próprio Indra, talvez para acalmá-lo, e com certeza ele entende isso. E, longe de estar irritado por ela tentar manipular seu humor, ele parece estar se divertindo. De forma distraída, imagino o que Rambha esteja lhe mostrando. Imagino que relação eles têm e o jeito que a divindade dele a cobre.

— E então, Rambha? — pergunta ele.

— Meneka retornou, meu senhor — responde ela, baixo. — De outra missão bem-sucedida no reino mortal. Seus devotos ainda estão protegidos.

Indra viaja o olhar até mim, me notando por completo pela primeira vez. Sou absorvida por sua examinação intensa.

— Uma das que você mandou para Kaushika? — demanda ele. — O que encontrou, garota?

— Não, meu senhor — interrompe Rambha às pressas. — Uma missão diferente. Aquela para a rainha Tara da nação de Pallava. Ela aterrorizava muitos, incluindo seus devotos. Entrou numa cruzada para conquistar poder além do alcance. Foi uma jornada difícil para Meneka, meu senhor, mas ela fez o que comandou. Como tradição, veio para receber sua graça.

Indra se recosta, a expressão já entediada agora que percebe que sou uma apsara comum.

— Você está abençoada, filha. Vá descansar, como é direito seu, antes de precisar provar sua devoção a mim de novo.

Ele puxa alguns anéis dos dedos e os joga para mim. Eu os pego, sentindo o peso. Consigo ver o quanto são poderosos, o quanto da magia de Amaravati possuem. É um tesouro além do esperado para qualquer apsara, um que o senhor arrancou do próprio corpo diante dos devas. Sei que deveria pegar as joias e sair. Que já perdi a chance. Mas o desespero me inunda, espalhando-se e se transformando em pânico. Quanto tempo levará? Quantas missões mais até ser o momento certo? Nutri a possibilidade de minha graça durante o tempo com a rainha Tara como se fosse um filho amado. Suportei as provações de minha angústia por causa dessa esperança tênue. Não posso empreender outra missão vazia, outra decepção.

Sei que é um erro. Sei que estou sendo tola. Mas dou um passo à frente, com as palavras cuidadosas que preparei, a estratégia que planejei voando da mente como pássaros assustados.

— Por favor, meu senhor — solto, e minha voz sai como um grasnido. — Não quero estes amuletos. Imploro ao senhor que me permita permanecer em Amaravati em troca. Peço que me permita o alívio de outras missões futuras.

Indra está meio virado para os devas, com um deles já puxando outro assunto. Ecoando em meus ouvidos, minhas palavras parecem tão baixas que mal consigo acreditar que as pronunciei. Acho que o senhor não me ouviu. *Torço* para que não tenha ouvido.

E então Rambha fica de queixo caído.

O senhor Indra se vira de volta para mim, o rosto incrédulo.

— O que você disse? — sibila.

Sua magia é tão forte que o próprio ar congela com a raiva de Indra, me forçando a ficar de joelhos. Eu me arrasto de forma desajeitada, a respiração arrancada de mim. Acima, o teto estala e as estrelas somem. Nuvens tempestuosas o dominam por completo. A frieza do cômodo é substituída por um calor horrível e sufocante.

Todos os pensamentos se contorcem dentro de mim. O laço me conectando a Amaravati desabrocha, radiante, apesar da irritação de Indra, ou talvez por causa dela. Quero ser diplomática, só que, em reação ao poder dele, a verdade tropeça para fora sem permissão.

— Todas as apsaras recebem uma graça de sua escolha, meu senhor — sussurro. — Só quero o que é meu.

Indra alterna o foco descrente entre mim e Rambha, mas os olhos de minha amiga estão arregalados. Está claro que ela não esperava isso. Culpa perfura minha névoa confusa. Talvez eu devesse ter lhe contado o que pretendia, mas Rambha teria tentado me impedir. Além disso, se Indra vai se enfurecer, pelo menos ela não será punida. É melhor assim. Rambha não será ferida, sairá ilesa, minha tolice não a terá colocado em perigo...

Indra se levanta.

Raios estalam ao redor dele, da ponta dos dedos à coroa. Seu ser inteiro reluz em fúria. Suas roupas, a própria pele, se tornam tão gloriosas que fecho os olhos. Ainda consigo ouvir o trovão brotando além das paredes do palácio, por toda a cidade de Amaravati. Meu coração chacoalha no peito, tomado de terror acelerado, enquanto sinto Indra se aproximar de mim. Calor me queima, buscando incendiar a carne de meus ossos. Ainda estou de joelhos e de repente me sinto grata por isso. Meu corpo não suportaria meu peso no momento.

Indra paira sobre mim. Sua voz sai perigosamente gentil.

— É traição que despeja da sua boca? Você deseja ser liberta do serviço, filha?

Engulo em seco, e o pânico me deixa incoerente.

— N... não, meu senhor. Peço isso porque desejo servir! P... por favor. O senhor concedeu o mesmo a Rambha. Desejo só... que me considere também. No reino mortal, minha devoção a você sofre, mas aqui, vivendo em Amaravati... a cidade precisa disso, com a magia se exaurindo. Posso... se o senhor permitir...

Raios rebentam acima de nós, me silenciando.

— Como ousa falar de devoção comigo enquanto tenta se esquivar do seu dever? — sussurra, sua voz baixa é mortal. — Apsaras são *minhas* armas. *Meu* exército. É uma honra participar das missões. Você nunca ficará livre delas.

O poder de Indra é forte demais. Meus olhos umedecem com a pressão que sua presença exerce. Sinto o cheiro do vinho de canela em seu hálito, e os vapores me sufocam.

Ainda assim, através do aperto intenso de sua magia, um pensamento permanece claro em minha cabeça. Se eu aceitar sua resposta, se for forçada a ir em outra missão para seduzir um mortal, me perderei para sempre. O rosto ávido da rainha Tara e dos outros mortais que seduzi lampejam diante de mim, cortando o pânico. Olho na direção de Rambha, embora não ouse encontrar seus olhos.

Um suspiro aterrorizado escapa de mim, tolice incapaz de ser impedida.

— Por favor. Por... favor, tem que ter algo que eu possa fazer. *Alguma coisa...*

— Para um pedido tão traiçoeiro, para um presente tão especial? — zomba Indra. — Quem sabe, se você derrotar um problema como Kaushika, eu talvez considere. Nada menos do que isso seria um sinal da sua verdadeira devoção. Agora, saia da minha frente, filha, antes que eu me enfureça de verdade.

Rambha fecha a mão em meu pulso com força, em um aviso para não dizer mais nada. Ela me puxa de pé e gesticula com a cabeça bruscamente para que a siga. O senhor Indra já está se virando, enojado.

Mas tudo em que consigo pensar é que tal oportunidade nunca mais reaparecerá. Se eu não receber minha graça agora, se não prender Indra em uma promessa, nunca conseguirei escapar de meu destino, condenada a esse ciclo pelo resto da vida imortal.

Desespero se crava em mim. As palavras me escapam sem que eu pense muito.

— Eu faço! — grito, espantando Rambha. Já estou me inclinando para frente, as mãos buscando sua graça em súplica. — Senhor Indra, meu senhor, por favor, *por favor*. Eu faço.

Ele se vira para mim novamente, o rosto cheio de surpresa.

Eu me forço a encontrar seu olhar, mesmo enquanto meu corpo inteiro treme. Minha voz chega a mim como se estivesse distante.

— Se o senhor prometer que nunca vou precisar sair de Amaravati depois que a missão acabar, eu seduzo Kaushika. Vou neutralizá-lo para que nunca mais seja uma ameaça ao senhor.

Claro, não é tão fácil.

Mesmo que meu coração bata rápido o bastante para ser ouvido por toda Amaravati, Indra mal ergue as sobrancelhas e apenas retorna para o trono a fim de beber de novo. Ele acena a mão descuidadamente, e de uma hora para a outra não consigo mais ouvir a discussão entre ele e os devas.

Pela expressão de Rambha, está sob o encantamento também. Ela me procura com as mãos e esmaga a minha na dela. Sua respiração sai em sussurros trêmulos. Ela me observa, mas sua pele está fria demais, enquanto a aura cheira a queimado. Mil dúvidas e perguntas devem rodopiar em sua mente, embora não diga nada, talvez por medo da ira do senhor. Então nós duas ficamos lado a lado em silêncio, tentando não tremer. Busco conforto no toque dela enquanto meu coração dispara de adrenalina.

Não acredito no que fiz. No que eu estava pensando? Nunca seduzi um sábio.

A magia mortal surge de muitas formas, mas a meditação rigorosa de um sábio desperta um poder rival ao dos devas — um poder que pode subjugar Indra, lançar o senhor no reino mortal, até tornar sua magia inútil sem Amaravati. Sábios usam prana, a energia imaculada do universo, para curvar as forças da realidade. Apenas apsaras como Rambha são enviadas para seduzi-los, e até ela ficou aterrorizada ao falar de Kaushika.

O grande alcance desse homem me fascina. Swarga, o reino celestial dos devas, já está sofrendo por causa dele. Poucas coisas podem destruir um celestial, mas Rambha acredita que esse príncipe-sábio conseguiu matar algumas das apsaras mais poderosas. Sua irreverência por Indra está reduzindo a magia de Amaravati. Que chance eu tenho?

De repente, me sinto pequena. Derrotada. Recordo o quanto a missão com Tara foi difícil. Como, a cada sedução, camadas do meu ser foram descascadas, deixando-me nua e miserável. Minha dança é uma droga da qual não quero escapar, mas a agonia e o êxtase de me apresentar em uma missão, o ódio a mim mesma e a dúvida com os quais vivi no reino mortal — eles envolveram meu amor pela arte de formas irreparáveis. Se a experiência com uma rainha mortal exacerbou o tumulto constante dentro de mim, o que a sedução do sábio Kaushika faria? Quero retirar meu pedido imprudente, mas já é tarde demais. O encantamento de Indra se esvai e todos os devas me encaram, inescrutáveis.

O senhor se inclina para a frente. A raiva sumiu de seu rosto. Agora ele está cauteloso, vigilante.

— Se aproximem, as duas — comanda.

Aos tropeços, nos movemos. Tenho consciência de Rambha apenas em partes. A atenção total de Indra está em mim. Sua radiância esmagadora me encharca dos pés à cabeça enquanto ele examina minha beleza.

— Ela é boa o bastante? — questiona ele, a pergunta direcionada a Rambha.

Ouço-a engasgar.

— Eu não a escolheria, meu senhor — sussurra Rambha. — Ela ainda nem conhece as mudras mais úteis. Falou besteira. Nunca desafiou um sábio, muito menos um tão perigoso quanto Kaushika. Pelo amor que tem por mim, senhor. Por favor, não a deixe fazer isso.

Indra a examina por um instante, quase de forma fria, antes de se virar para mim.

— Ela é capaz?

Foi a segunda vez que perguntou. Sei que Rambha não ousa recusar-lhe uma resposta clara. Por mais imprudente que tenha sido, até *eu* compreendi a expressão em seu rosto. Os olhos dele se estreitam de leve em uma irritação bem pouco velada por ela cogitar desafiá-lo na frente dos devas, depois de eu mesma fazer isso com meu pedido. Ele contorce os cantos da boca em um alerta: agora não é a hora de testar sua paciência. É tudo um lembrete sutil. Ele é um rei. Rambha, embora favorecida, não passa de uma cortesã.

E eu, penso em desespero, *não sou ninguém mesmo.*

A voz de Rambha treme, mas sua resposta não é ambígua desta vez.

— Ela é única. Se orgulha de nunca se envolver com um alvo, uma falha que já tentei reprimir, mas isso só a deixou mais criativa nas missões. Não se pode negar suas destrezas e seus recursos, e é por causa deles que realiza as missões com tanto sucesso. Embora suas ilusões sejam mais cruas do que as de outras apsaras, ela tem sido bem-sucedida até agora porque aprendeu a não se apoiar apenas em magia e beleza. Meneka estuda profundamente o inimigo em vez disso, entalhando ilusões baseadas em quem são e no que temem. Em alguns anos, eu a teria feito seduzir alvos mais desafiadores, e, com mais treino, ela poderia um dia se tornar a maior arma do paraíso. Mas, por favor, me escute, meu senhor. Ela ainda não está pronta. O senhor estaria sacrificando um recurso valioso...

— E você, Meneka — interrompe Indra. — Você se voluntaria para essa missão?

Minha mente ainda está girando por causa das palavras de Rambha. Por pensar tão bem de mim, por pensar tão pouco de mim... Será que está certa? Eu tenho o que é preciso para me tornar a maior arma de Swarga?

— Sim — sussurro, erguendo os olhos para o senhor.

— Então eu concordo — diz Indra, simplesmente.

Um sorriso ilumina seus lábios. Ele o transforma assim como a sala do trono. As nuvens tempestuosas clareiam. As estrelas se apressam com um brilho sublime. Agni, Surya, Vayu e todos os outros senhores se entreolham, as próprias auras se tornando esplendores agora que a fúria de Indra não as domina mais.

Indra se move para frente em um borrão, então suas mãos estão em meus ombros, enrijecendo minha postura, me dando forças. Fico fascinada por ser tocada por ele. Cores, luz do sol, risadas — tudo isso gira dentro de mim, minha alma reagindo à divindade agora que ele me considera para tal graça. Eu me sinto intoxicada, invencível. Magias que nunca soube ser capaz parecem estar ao alcance. As ilusões que consigo ordinariamente fazer como uma apsara são risíveis; há tanta graça que de repente me é concedida. É assim que Rambha se sente o tempo todo? Uma risada absurda escapa de mim, e sorrio para Rambha com orgulho e afinidade, mas ela solta um arquejo.

— Meu senhor — diz ela antes que eu possa falar. — Preciso protestar. Meneka agiu errado… me permita cuidar dela. Deixe que *eu* vá nessa missão. Eu lhe imploro.

— Não posso abrir mão de você — responde Indra, franco. Seus olhos brilham com o reflexo de centenas de joias enquanto ele me avalia. — A missão é sua, filha. Seduza Kaushika no reino mortal. Descubra seu verdadeiro objetivo para o paraíso. Aprenda seus desejos e segredos, e impossibilite sua busca por poder. Você receberá o desejo do seu coração… a liberdade de qualquer missão futura. Você será uma deusa, uma devi, em Amaravati. Ninguém questionará sua devoção a mim ou a Swarga.

Diga não, roga Rambha com o olhar. *Peça perdão. Por favor, Meneka. Por favor.*

Estou fazendo isso por nós, tento argumentar sem falar.

Ela pisca como se tivesse me escutado, e olho de volta para o senhor.

— Eu aceito — respondo, ofegante.

— Então vá — declara Indra, acenando com uma mão adornada. — Não demore um minuto a mais. O Vajrayudh chega em seis fases da lua do senhor. Você deve parar Kaushika bem antes disso.

Ele nos dá as costas a fim de voltar para o trono. Já fomos esquecidas.

Rambha treme de raiva e medo. Ela abre os lábios, como se fosse implorar ao senhor mais uma vez, mas então aperta minha mão de novo, dolorosamente. Nós fazemos uma reverência em silêncio, e ela me arranca do cômodo.

Capítulo 3

Fico zonza quando deixamos o senhor. Seu poder se retrai de mim, e de repente estou sozinha comigo mesma, relembrando quem sou: uma mera apsara, incerta do próprio lugar. A familiaridade de Amaravati zomba de mim, sussurros e insultos em cada virada de brisa. A luz dourada e brilhante de repente é reluzente demais, me cegando. Noto detalhes irrelevantes: a curva de um pilar, o contorno de uma parede, a trança exuberante de Rambha. Minha pele fica quente, depois esfria, várias vezes, como se eu estivesse para ficar doente. Minha mente está confusa por causa da sala do trono, pulando de meu desespero para o encanto de Indra, para a tentação calorosa da liberdade. Oscilo entre me sentir poderosa e miserável, querer ficar ereta e então desabar de exaustão. Quando eu e Rambha retornamos à alcova adjacente, estou tão perdida em mim mesma que minha cabeça está doendo, e minha garganta, quase fechada.

Rambha se vira para mim no momento em que entramos. Ela segura meus ombros e me sacode com força.

— Como você pôde fazer isso? Pedir essa graça insensata e depois se voluntariar para essa missão. No que estava pensando?

— Eu... eu estava pensando em você. Em... ser como você. Quis fazer uma surpresa.

— Em vez disso, você me atacou desprevenida. Achou mesmo que Indra lhe daria liberdade? Ele nem sabia seu nome até hoje. Você não tem ideia das coisas que fiz para provar minha devoção a ele. Não tem ideia do que eu e ele compartilhamos, pelo que passamos.

Eu me retraio de suas palavras afiadas. Nunca a vi tão chateada.

As bochechas de Rambha estão coradas de raiva, e sua aura reluz vermelha, o poder me açoitando como um chicote. O cheiro dela se torna mais forte, apimentado. Dou um passo para longe, o alarme clareando minha cabeça de seu desespero, mas, quando ela vê a expressão em meu rosto, a raiva deixa o dela. Aos poucos, sua aura se acalma, volta para o estado pacífico usual.

— Meneka, o que você fez, meu amor? — pergunta, baixinho.

Ela me puxa para me sentar a seu lado, e deito a cabeça em seu ombro.

Por um tempo, permanecemos paradas. Rambha acaricia meu cabelo repetidas vezes. Tento conter meu caos, mas repasso os momentos na sala do trono de Indra em minha mente várias vezes. Não consigo imaginar outro desfecho para a situação. De que outra forma eu devia ter reagido para conseguir o que queria? Meu desejo por liberdade sempre foi indomável. Será que eu poderia simplesmente implorar por perdão agora? Ou será que Indra escutaria se eu tentasse seduzir Kaushika, mas dissesse que era difícil demais?

Pensar assim é inútil. Apsaras não podem falhar. Depois que uma apsara sai para uma missão, só pode retornar se for bem-sucedida. Se não for, é deixada no reino mortal, exilada até conseguir provar devoção ao senhor de alguma outra forma.

Estremeço grudada em Rambha. Um suspiro trêmulo sai de meus lábios. Não acredito que é assim que vai acabar. Estávamos nós duas aqui, nesta alcova, minutos antes. Eu contemplei lhe contar o plano, meus *sentimentos*, mas, se suas palavras para mim sinalizam alguma coisa, é o fato de que ela teria simplesmente me rejeitado, nem que fosse para me salvar. Um pavor desgarrado cresce dentro de mim enquanto aceito a inevitabilidade das circunstâncias. Esse era o único resultado possível. Tento sentir seu cheiro, fechando os olhos, querendo esquecer o que aconteceu e adiar o momento em que estarei perdida no reino mortal. Se Rambha for realmente meu lar, então isso é tudo que tenho. Faço um esforço para estabilizar meus ombros trêmulos, mas umidade escorre em meu cabelo e arregalo os olhos. Rambha está chorando.

Ergo o rosto na hora, minha autopiedade desaparecendo diante de seu pesar.

— Eu vou ficar bem — garanto.

— Vai, sim — responde ela, veemente, limpando as lágrimas. — Vou mandá-la com joias que canalizam mais magia do que você jamais usou. Vai encontrar esse mortal e vai mostrar a ele quem você é, e vai voltar para mim. — Ela flutua os dedos por meu rosto de novo, segurando minha bochecha. — Você *vai* voltar para mim.

Estamos tão próximas que seu hálito se mistura ao meu.

Quero dizer algo. Fazer um movimento. Me inclinar para frente.

A emoção rodopia dentro de mim, *necessidade*. Quase sinto o anil--estrelado adocicado de seus lábios nos meus. Quase lambo o sal de suas lágrimas. Quero mostrar o que ela significa para mim. Que foi mais do que o desejo de ser como ela o que me impeliu a pedir tal graça a Indra; que foi *ela*, estar com *ela*. Será que agora, no momento em que não tenho nada a perder, consigo ser corajosa?

Mas minha imprudente missão suicida lança uma sombra sobre nós, se sobrepondo à intensidade das palavras anteriores de Rambha. Não posso mais lhe contar de meu desejo por ela; só a faria sentir mais pena de mim. Eu me afasto, e Rambha me solta. Depois de pigarrear, ela diz:

— Se vai fazer isso, então ouça com atenção o que sei sobre Kaushika.

Ela me conta do eremitério dele na floresta, onde as outras apsaras começaram. Do pouco que os espiões de Indra descobriram, do perigo que Kaushika representa tanto para Amaravati quanto para mim. Mais uma vez, Rambha se torna minha supervisora, me prepara para a missão. A distância se abre entre nós de novo.

Não consigo negar o alívio que se lança em mim. Cheguei perto de admitir meus sentimentos por Rambha tantas vezes, para que fazer isso agora? A tensão da missão ofusca o momento entre nós duas. Tento ouvir suas instruções com a mente afiada, mas o medo interrompe qualquer sentido que eu possa dar às palavras dela. No fundo, Rambha deve saber que isso está bem além de minhas habilidades. Ela ficará de luto por mim do jeito que ficou pelas outras? Ouvirá essa última conversa na própria cabeça várias e várias vezes e um dia perceberá o quanto era importante para mim? Um beijo seria meigo, mas a troco de quê? Não vou deixá-la confusa e mais chateada do que já está. Nós duas sabemos que é provável que eu nunca retorne.

Rambha aparenta compreender o que estou pensando, porque me dá um pequeno sorriso.

— Kaushika pode ser um sábio poderoso, mas você é mais do que só uma dançarina, Meneka. Ele é astuto e diabólico, mas você também é. Fui sincera no que falei para o senhor. Você é uma das melhores. Entendeu?

Assinto, sobrecarregada demais para falar. Ela me ama, por esse motivo me diz tudo isso, mas não posso mentir para ela. Sua crença em mim é mais do que mereço, mais do que sinto por mim mesma.

Não há tempo para explicações longas. Nós duas sabemos que é hora de ir. Rambha se levanta, segurando minha mão. Traçamos um caminho familiar até o jardim pessoal de Indra, onde todas as apsaras param antes de partir para uma missão.

Os momentos anteriores a uma visita ao reino mortal são sagrados. Apsaras recebem permissão para vagar pelo jardim pessoal de Indra a fim de buscar paz e meditar sobre a glória do senhor. Para nos relembrarmos de que ele é nosso senhor e rei e de que nossa magia depende de seu bem-estar. Dentro deste jardim, um desejo necessário para o sucesso das missões é concedido para cada apsara de partida.

Rambha para na entrada, e eu hesito. Adentrar no bosque é um ato devocional. Minhas emoções turbulentas vão maculá-lo. E se minhas dúvidas envenenarem meu desejo também? Não acredito que acabei de retornar do que pensei ser minha missão final. Achei que tinha visto este jardim pela última vez e aqui estou eu de novo, cedo demais. Olho para Rambha, querendo falar, pedir conselhos, implorar que venha comigo. Meus dedos tremem, quase a toco, mas a expressão dela está quieta, ininteligível.

Entro no bosque sozinha.

※

As primeiras árvores me engolem na hora.

A magia jaz intensa aqui, a reluzente poeira dourada de Amaravati se amontoa como frutas sobre a folhagem. Frutos vermelhos exuberantes parecem enjaulados. Folhas cantam, um farfalhar na cadência de um hino. O odor de flores recém-brotadas me deixa um pouco zonza. Como na sala do trono, o poder de Indra me cobre de novo, uma tração na pele, exigindo atenção.

Imagens surgem para mim em sussurros e perfumes, contornadas com a glória de Indra.

O senhor reluzente, com grinaldas no pescoço, cada botão de flor escolhido por um seguidor devoto. Indra arando campos com as próprias mãos, ajudando sementes a crescerem. O rei protegendo a vaca sagrada

Kamadhenu em uma batalha com mortais invejosos. Indra agitando os oceanos para liberar amrita e outras bênçãos espetaculares. Continuamente, centenas de imagens de seu heroísmo, vividas de novo e de novo por milênios. Pisco e todas elas se esvaem, mas a magia sopra para meu sangue e me lembra de minha obediência.

Essa sensação é familiar das missões anteriores. Nelas, eu a acolhi. Quando parti para seduzir a rainha Tara, vaguei por este jardim lindo a fim de rezar para Indra e recarregar minha magia. Eu me lembrei de que ele era um dos seres mais antigos do universo, que persistiu e sempre persistirá. Acreditei no senhor.

Agora, preciso de mais do que lembranças para voltar a mim. Ignorando o pomar de frutos e as fontes contornadas por flores, vou direto para a kalpavriksh, a sagrada árvore de desejos no centro do jardim.

Ela é imensa, uma floresta por si só. Os troncos nodosos adentram profundamente no solo. Seu dossel espesso mancha até o céu de Indra. Já vi árvores figueiras-de-bengala parecidas no reino mortal que se espalham por acres, mas nenhuma delas se compara à kalpavriksh.

Dizem que o próprio Indra plantou a kalpavriksh depois que ela surgiu durante o Batimento dos Oceanos, o evento que criou a amrita, o néctar dourado. Amrita foi bebida pelos primeiros celestiais de Amaravati, dando a eles e a todos os seus descendentes — inclusive a mim — nossa imortalidade. Tudo isso aconteceu milênios antes, e Indra conta versões diferentes da história, algumas vezes relatando o Batimento como uma grande guerra, outras o reduzindo ao resultado de uma missão diplomática com rakshasas e asuras, as criaturas de Naraka, o reino infernal. A única coisa que todas as versões têm em comum é o poder dos presentes que vieram do mar, incluindo a kalpavriksh.

O poder irradia sobre mim enquanto percorro o bosque.

Poeira dourada se espalha por tudo em Amaravati, mas, na árvore, não há sinal visível da magia da cidade. A kalpavriksh rivaliza com o poder de Indra, até aqui, em seu jardim.

Uma paz cai sobre mim, preenchendo meus pulmões com o mais fresco dos ares. Meus batimentos cardíacos desaceleram e minha respiração fica mais profunda. Relaxo músculos que não sabia estar tensionando. Por um breve momento, minha vida parece pueril. Estou na presença de uma das criaturas mais antigas e mágicas do universo — um deva em si. O poder do próprio cosmos zumbe dentro da árvore no ritmo de uma música bem doce.

Folhas farfalham quando me sento na base do vasto tronco da kalpavriksh. Roço os dedos na madeira nodosa, contando minha respiração lenta e profunda. Na última vez que estive aqui, antes da missão com a rainha Tara, desejei que a rainha fosse dócil. Que cada mudra fosse uma oferenda ao senhor. É o que a maioria das apsaras deseja: facilidade nas missões.

Dessa vez, estou ciente de que assumi uma tarefa impossível, tudo para fugir de meus medos e viver na segurança de meu lar. Mas qual o sentindo de um lar se nunca posso retornar? Qual o sentindo de estar em segurança se eu estiver morta? Cada missão corrompe um pouco mais minha devoção a Indra, mas será que vou me esquivar do dever como ele me acusou? Serei fraca?

— Me ajude — sussurro, incapaz de responder às perguntas. — Me ajude a encontrar devoção. Eu... eu não quero me perder. Me ajude a encontrar a verdade.

É um desejo vago, e não sei se vai funcionar. Mas não sei de que outra forma colocar minha confusão em palavras. Repito a oração incerta várias vezes. Quando sei que só estou adiando o inevitável, me levanto. É inaceitável que Rambha venha me procurar e me arrastar para a missão. Não vou partir indigna.

Rambha me espera onde a deixei. Diversas porções preciosas de tinta, creme, perfumes e óleos descansam aos pés dela dentro de uma sacola bordada aberta. Ela me cumprimenta com um sorriso lacrimoso, um que estou abalada demais para retribuir, então me agacho para fingir interesse nos pacotes. Avisto saris com tecelagens de zari bem delicadas, com bordados nas barras que contam histórias obscuras de Swarga. As joias atraem meu poder mesmo embaladas, mais luxuosas do que tudo que já usei. Em qualquer outro dia, eu passaria os dedos pelas sedas, maravilhada com as gemas reluzentes, tentaria entender as histórias ocultas nas roupas. Hoje, não perco tempo. Apenas assinto com intensidade, envolvo os pertences em um saco e me levanto, jogando a sacola no ombro.

Rambha me dá um abraço apertado. Quero me despedir, mas a emoção se prende na garganta. Se eu disser alguma coisa, corro o risco de chorar. Não posso chegar ao reino mortal sendo fraca. Só dificultará a sedução. Rambha deve entender isso, porque não se oferece para me acompanhar até os portões de Amaravati, onde o vento me levará de volta para o reino mortal.

— Volte para mim — sussurra ela. — Com o Vajrayudh chegando, sua devoção ao senhor deve ser inquestionável. Me prometa que não hesitará.

— Prometo — digo, forçando a palavra para fora.

Ela ergue meu queixo. Seus olhos são como luas luminosas, umedecidos com lágrimas brilhantes. Para minha surpresa eterna, ela se inclina e roça os lábios suaves nos meus. Mel, anil-estrelado e canela queimada perfumam minha boca.

— Quero você de volta — sussurra Rambha, com a voz falhando um pouco. — Disse que fez isso por mim. Para ser como eu. Então realmente *seja* como eu e faça o que for preciso para ser bem-sucedida. Quando voltar, talvez haja outras promessas que possamos fazer uma para a outra.

Pisco. Minhas bochechas ficam quentes.

Mil emoções brotam em mim: esperança, empolgação, confusão e, além disso, um desejo profundo e esturricante. Será que ela sempre soube de meus sentimentos? Eram recíprocos esse tempo todo, nós duas inseguras demais uma com a outra para dizer algo? É absurdo estarmos neste momento inescapável, perto do que vínhamos querendo há tanto tempo, enquanto o futuro está ameaçado por minhas ações desesperadas. Quero rir da ironia. Quero chorar de desespero. Quero ser ousada agora, *finalmente*, me inclinar e beijá-la, beijá-la de verdade. Entrelaçar os dedos em seu cabelo e puxá-la para mim. Provar a doçura de sua pele, despi-la e mordiscar a carne macia. Rambha gostaria? Ou preferiria que eu me curvasse a ela? Molhada e quente? Que eu a obedecesse, seguisse sua liderança? Calor se amontoa em mim enquanto imagens lampejam em minha cabeça. Eu a deixaria me guiar se assim desejasse. Eu a deixaria fazer qualquer coisa, contanto que estivéssemos juntas.

Mas ela é uma apsara mais pura do que qualquer outra. A devoção ao senhor guia cada ação dela. Por isso não falei nada sobre minhas intenções. É por isso que não posso dizê-lo até retornar. Se ficarei com ela, preciso ser digna. Cheguei até aqui para ser merecedora. Seria um erro me precipitar agora.

Uma nova resolução me preenche.

Com o duradouro beijo de Rambha na boca, encaro meu destino.

Capítulo 4

Retorno ao reino mortal em um rastro do vento de Amaravati. Talvez seja porque já sinto saudade de minha cidade. Talvez seja porque nunca esperei sair de casa tão cedo. Talvez seja o gosto dos lábios de Rambha, me relembrando como fui arrancada dela de novo, quanta coisa depende dessa missão. Seja o que for, encaro com aversão a floresta silenciosa aonde cheguei, imediatamente procurando pelo inimigo.

Diferente de Amaravati, o reino mortal não brilha com magia. O luar de Chandra fornece a única iluminação, fluindo do céu, iluminando um pedaço de grama aqui, uma clareira ali. Criaturinhas correm em algum lugar, o som de seus pés correndo nas folhas secas. O pio de uma coruja noturna soa perto de mim, depois um sibilo de asas farfalha meu cabelo.

A nudez do ambiente, sem nada dourado ou preservado, me confunde. Meu laço mágico, que desabrochava em Amaravati, é substituído por uma linha lisa. Isso acontece toda vez que saio da cidade e seguro as joias buscando conforto, pérolas suaves sob meu toque, tentando absorver o poder delas, mas não consigo evitar o questionamento. Serão suficientes? Não sei que forma a sedução de Kaushika vai tomar. Tudo que Rambha me contou é que ele é quase cinco anos mais velho do que eu, um alerta para o fato de que, embora eu seja imortal, ele já viveu mais. Kaushika tem sangue real, como muitos de meus alvos, mas já praticou sua magia a ponto de ser chamado de sábio. Se apsaras como Nanda não conseguiram seduzi-lo, se ele desafiou *Indra* sem nem tentar ser sutil, então é, no mínimo, um ateu e, no máximo, um megalomaníaco. Sua crueldade provavelmente é calculada, diabólica. Suas fantasias, até onde sei, podem ser mais sombrias do que as de qualquer outro mortal. O que precisarei fazer para sair imaculada dessa missão?

Eu me fortaleço mentalmente, afastando essas dúvidas, e me agacho para examinar o saco que carrego. Aos poucos, começo a separar as joias das roupas e dos cosméticos. Tiro as joias da missão com Tara, que ainda estou usando: os braceletes, os colares, até os anéis nos dedos dos pés e as pedras preciosas enroscadas em meu cabelo. Talvez minhas ações sejam diferentes das de outras apsaras que vieram para esta missão antes de mim, mas sei que não posso ir até Kaushika com essa aparência. Esses tesouros só servirão para alertá-lo sobre quem sou.

Ainda assim, hesito os dedos só por um instante enquanto abro o fecho dos ornamentos. O que estou fazendo está bem perto de blasfêmia. Muitas das joias são presentes do senhor. Usá-las não é apenas um sinal de minha devoção, também ajuda a canalizar minha magia diretamente de Amaravati. A magia de uma apsara está conectada à cidade, que, por sua vez, está conectada a Indra, que utiliza o prana do universo em si e o distribui pela Cidade dos Imortais. Essas joias são um pedaço do senhor, um lembrete de sua presença.

Mas, mesmo sem elas, contanto que eu continue pura em pensamento, devo conseguir criar ilusões, embora fracas. As palavras de Rambha ecoam até mim. *Ela é única. Estuda profundamente o inimigo.*

Tiro forças disso e jogo todas as joias em um dos potes. Sem dúvida, até saber com o que estou lidando, é mais prudente proteger esses presentes. Escolho a primeira árvore grande que avisto, um orvalho nodoso com galhos enormes e extensos, e me curvo para colocar os potes na base. Dobro os pulsos em uma mudra simples, e a ilusão se forma; luz cintila em feixes dourados antes de se dissipar. Quando olho de novo, as joias estão camufladas na grama e nas rochas, misturadas ao chão da floresta.

Mal tenho tempo de refletir se também deveria limpar a tinta rosa cremosa dos lábios quando uma pulsação reverbera ao redor da floresta. Rosnados e grunhidos seguem, perturbando a noite, eriçando todos os meus pelos.

Eu me ergo rapidamente, movendo os olhos para todos os cantos. Seguro perto de mim os pacotes restantes de roupas e tintas, girando nos calcanhares. Os grunhidos soam de novo, ecoando de todas as direções da floresta iluminada pela lua. Formas morrem e surgem dentro das árvores, e minha pele se enche de arrepios. Eu me viro de um lado para outro, tentando atravessar o breu, sabendo que estou cercada.

Minhas palmas começam a suar. Não me avisaram que haveria criaturas selvagens na floresta, mas claro que isso não ocorreria a Rambha. Não posso morrer pelo simples ataque de uma criatura mortal. Mas me ferir? Algumas cicatrizes não se curam, nem mesmo em carne imortal. Sem minha beleza, serei inútil.

Recuo quando um rugido soa próximo. Uma sombra se move na escuridão, perto demais. Deixo escapar um grito baixo, e meu corpo reage sozinho. Antes de me dar conta, estou correndo, tropeçando em raízes, cambaleando. Quero parar e criar uma ilusão, alguma coisa, qualquer coisa para distrair a criatura, mas ainda não consigo ver nada com clareza. Arrependimento me invade por ter escondido as joias. Sem elas, fico limitada; já serei punida por minha ação audaciosa? Enquanto penso nisso, bato em algo duro.

Videiras se fecham em meus ombros, espreitando-se até minhas mãos. Meu corpo se contorce enquanto luto e grito — mas então me dou conta. Não são videiras. Alguém está me segurando. São *mãos* que seguram as minhas, tentando me estabilizar.

A compreensão me choca o bastante para notar que os rosnados pararam. A forma diante de mim se dissolve em um homem. Eu o encaro.

Ele parece ter minha idade, talvez um pouco mais velho. Seu cabelo está preso em um coque, e ele não usa nada além de uma calça simples e um kurta liso. Sob o algodão fino, posso ver que tem o peito musculoso como o de um guerreiro, mas a vestimenta é muito simples para alguém da casta kshatriya, e ele não usa a braçadeira de nenhum exército. Perco a voz sob a luz de sua aura. Auras celestiais parecem auréolas, e a maioria dos mortais não possuem uma. Só que o poder desse homem reluz de dentro, cintilando com tanta intensidade que ele amontoa ao nosso redor como um pequeno sol. Me sinto zonza. Suspiro profundamente, tentando recuperar o equilíbrio. Cheiro de cânfora e jacarandá me rodeiam, despertando-me com seus perfumes carregados.

O homem franze as sobrancelhas espessas e escuras. Enruga os lábios de leve, revelando o fantasma de uma covinha nas bochechas recém-barbeadas. A expressão perfurante e desconcertante de seus olhos castanho-escuros me paralisa. Raiva queima nesse olhar, e algo mais horripilante. *Ódio.*

Um pânico toma conta de mim. O pavor me agarra de novo, esse mais estridente do que aquele que senti por causa das criaturas rosnando.

Claro que sei quem ele é.

Reconheço seu poder. Está aparente no jeito que ele se comporta.

— Quem é você? — grunhe Kaushika, me sacudindo. — E o que está fazendo aqui?

Tudo em que consigo pensar no momento é que esse é o homem que matou minhas irmãs. O homem que é a causa de tanto sofrimento em Amaravati. O homem que paira entre mim e Rambha.

Será que ele me viu lançando as ilusões nas joias? Já entendeu que sou uma apsara? Este será meu fim, antes mesmo de realmente começar a missão? Pelos olhos de minha mente, Indra me avalia, como se estivesse aferindo se estou à altura da tarefa. Rambha diz: *Ela nem conhece as mudras mais úteis*. O sorriso do senhor treme enquanto me dá a missão mesmo assim.

Percebo que meus dedos ainda estão presos nas mãos largas de Kaushika. Ele me solta no mesmo instante, mas não recua. Abre a boca de novo, talvez para repetir a pergunta, mas me recordo da reverberação que estremeceu a floresta antes dos rugidos das criaturas selvagens. Com certeza foi um canto mágico, um mantra muito poderoso. Falo antes que ele tenha a chance de pronunciar outro.

— Meneka. Meu... meu nome é Meneka — falo, ofegante.

O som de minha voz aterrorizada o faz parar.

— E o que está fazendo aqui, *Meneka*?

— Eu... eu...

Nada passa por minha cabeça. Nenhuma mentira, nenhuma desculpa, nada. Percebo desesperadamente como estou despreparada. Até Rambha foi incapaz de me contar alguma coisa útil sobre este alvo. Eu torcia para aprender sobre Kaushika antes de abordá-lo, mas nunca esperei tropeçar nele momentos depois de chegar ao reino mortal. Seu rosto se torna mais desconfiado com meu silêncio, e, apavorada, solto a verdade:

— Vim... vim em busca do sábio Kaushika — digo.

— Para quê? — rebate.

— Para... para...

Do nada, raiva domina meu pavor. Se esses serão meus últimos momentos antes de ele me matar, por que eu deveria agir como culpada? *Ele* é o mal aqui. Kaushika aparenta ser tão arrogante quanto pensei que fosse —

cruel, ditatorial, desprezível. Mortais que desafiam Indra são o motivo de eu precisar retornar para este reino deplorável repetidas vezes. Se não fossem gananciosos, eu não seria mandada para missões assim. Eles só se importam com poder, e estou cansada de ser um peão nesses jogos. Esqueço o completo perigo que Kaushika impõe, o desafio que apresenta. Um impulso bruto lampeja por mim, sincero e tolo. Enrijeço as costas e cruzo os braços.

Minha voz sai fria:

— Isso é problema meu.

— É? *Eu* sou Kaushika. Agora, por que está me procurando?

Recuo e junto as mãos, fingindo surpresa com a revelação de sua identidade. Comprei tempo o suficiente para me recuperar. Lembro-me de tudo o que ouvi sobre esse homem no país de Tara e inclino a cabeça com cautela.

— Me perdoe — peço, injetando remorso no tom. — Não quis irritá-lo. Vim aprender com o senhor, sábio. Ouvi boatos sobre seus poderes. De um retiro onde ensina aqueles que vêm até você.

— Só ensino a quem tem magia dentro de si. Você tem?

Claro, nem todos os mortais conseguem fazer magia, mas também não é incomum, sobretudo para os que herdaram algum poder pela linhagem, de vidas passadas, ou através de meditação rigorosa. A magia que consigo desempenhar é profundamente diferente da magia mortal, mas não é o que ele está me perguntando.

— Tenho — respondo, procurando meu laço com Amaravati enquanto pronuncio a palavra.

Kaushika me encara em silêncio. Ele abre os lábios e um canto emerge dele, profundo e grave. Com sua voz, uma onda passa por mim, e minha ligação com Amaravati lampeja como se o próprio Indra estivesse diante de mim. Arregalo os olhos, mas a sensação já está se esvaindo. Kaushika ainda parece desconfiar, mas, antes que eu possa pedir explicação, ele me fornece uma.

— Você tem magia forte, mas os boatos estão errados. Não posso ajudá-la. Vá embora.

— Não... por favor. Você não pode me mandar embora, não quando... não quando tem criaturas selvagens na floresta.

O rosto dele está ininteligível.

— Não tem criatura nenhuma. Foi um feitiço. A floresta é protegida. Você pode ir embora e vai ficar segura. Ache outra pessoa para treiná-la.

Pisco, confusa. Então foi esse o propósito do mantra que ouvi. Ele deve ter colocado aqui, para aterrorizar invasores. Minhas irmãs se depararam com isso também? Kaushika já está se virando, mas o rosto de Rambha surge em minha mente.

— Não me mande embora — declaro. — Por favor. Estou fazendo isso pela minha família... pelas pessoas que amo.

As palavras são verdadeiras, arrancadas do desespero, e o fazem parar. Ele me avalia, intrigado.

— Como assim?

Penso no reino de Tara, onde ouvi sobre o homem pela primeira vez. Rapidamente, uma história se forma.

— Pertenço a uma casa nobre da nação Pallava — explico. — Meu país está em perigo, nossa rainha está sendo irracional. Sei que minha magia pode ajudar meu povo, mas preciso aprender a usá-la primeiro. Chegaram rumores do seu poder ao meu país, então aqui estou eu... Por favor, não permita que eu volte com as mãos abanando.

Ainda assim, ele não me responde, embora eu veja a indecisão em seu rosto.

Minha boca está seca. A hesitação dele indica que tem experiência com um passado conflituoso. Kaushika vem de uma família real, mas nenhum dos espiões de Indra descobriu de que reino ele é. Afinal de contas, existem milhares de países no reino mortal, com realezas, nobres e crianças mais novas que de tempos em tempos partem para achar seus destinos. Mesmo que Swarga mantenha registros de reis e rainhas particularmente poderosos, o reino mortal sempre foi turbulento e instável. Não tem muita coisa que valha a pena lembrar.

Será que Kaushika saiu de casa por contra própria ou o obrigaram a partir? De qualquer forma, a história sobre ajudar meu reino o fez reconsiderar, e eu já aprendi algo sobre ele. Uso minha vantagem em uma tacada final.

— O senhor é o *sábio* Kaushika — afirmo, baixo. — Todos os sábios têm um dever: ensinar aqueles que vêm até eles desejando aprender. Ou meus professores estavam errados?

Ele arqueia as sobrancelhas, e uma expressão sarcástica aparece em suas feições.

— Um sábio escolhe seus estudantes. Aqueles que são dignos. Que são puros de coração. Você é?

Ergo o maxilar, sem respondê-lo, mas está óbvio em meu rosto.

Descubra.

Um sorriso enviesado se forma em seus lábios. Ele inclina a cabeça, me avaliando.

— Muito bem. Mas escute: o treino é difícil. Pouca gente tem a disciplina para o asceticismo que exijo. Menos ainda tem a pureza de coração para conhecer a si mesmos, que é do que preciso.

Sem me dizer mais nada, ele sai andando. Mordo os lábios quando a escuridão se aprofunda. Vaga-lumes piscam distantes, pontinhos de beleza dourada que me lembram de casa. Encaro as costas de Kaushika, esse homem cuja sedução tomará formas que não posso saber. Raiva martela em mim por como já me rebaixei ao implorar para entrar em seu retiro. Por causa de sua arrogância, desafiando meu senhor. Rambha tem razão; ele não é como outros alvos. Não haverá culpa ao seduzi-lo. Em relação ao perigo... minha identidade está oculta por ora. Embora ele consiga sentir minha magia, não consegue ver que é celestial. Contanto que eu nunca crie uma ilusão na frente dele, estou segura. Certo?

— Já mudou de ideia? — grita ele, seu desprezo percorrendo o breu.

A adrenalina da caçada cresce dentro de mim, aquecendo o sangue. Gravetos quebram sob meus pés conforme o sigo.

Capítulo 5

Marchamos silenciosamente pela floresta por um tempo. O único som vindo das folhas esmagadas sob nossos pés e das criaturas noturnas correndo. O luar passa pelos vãos na folhagem acima, e a quietude da floresta aumenta dez vezes com Kaushika a meu lado.

Seu cheiro se impregna em mim, cobrindo minha pele, enroscando-se no cabelo, parando na base de minha garganta, me chamando para mais perto. Eu o fito, os ângulos do rosto ocultos na sombra, a maneira graciosa como se move. Fica claro que, embora se refira a si mesmo como um sábio, não esqueceu a origem guerreira. Eu me pergunto o quanto é sábio mesmo. Certamente carrega o poder para ser um — é evidente em sua aura —, mas sábios buscam a suprema verdade da iluminação, o conhecimento do universo. Suportam meditações árduas e moldam a mesma forma de magia prana que Indra. É por isso que o senhor busca conversar com eles antes de tentar contrariá-los. É por isso que Indra até se curva ao conselho deles quando lhe convém.

Kaushika recusou as tentativas do senhor para uma reunião. Riu dos embaixadores gandharva, derrotou os guerreiros devotos e matou as dançarinas apsara. O paraíso não sabe qual é a verdadeira intenção dele, mas suas ações não foram nada além de degradantes e agressivas. A cada movimento, ele demonstra seu desprezo a Indra. Por quê? O que busca?

Nisso, jaz a resposta para sua sedução, então pigarreio e começo meu trabalho.

— Por que você enfeitiçou a floresta de um jeito tão apavorante? — pergunto.

— Proteção — responde ele, direto.

— Contra quem?

Kaushika move o maxilar, e seus passos se tornam mais compridos. Tenho que correr para acompanhar sua forma alta. Folhas secas se partem sob nós, e ele não responde por um longo tempo. Conto cinco segundos e estou prestes a repetir a pergunta quando ele suspira.

— É melhor que saiba mesmo — cede. — O eremitério é um lugar perigoso. Praticamos muitos tipos de magia lá, e nossa força é uma ameaça para gente de fora. A floresta está encantada com uma defesa de intenção. Se alguém chegar aqui para ferir a mim ou ao meu povo... — Ele baixa o nariz aquilino para mim e abre os lábios em um desdém perigoso. — Fico sabendo na hora.

Meu choque deve ficar visível no rosto, porque ele dá um sorriso tenso e afiado.

Foi isso o que deve ter entregado minhas irmãs apsaras. O talento de Sundari, Magadhi e Nanda com as ilusões não tinha comparação. Devem ter chegado à floresta prontas para manipular sua magia, armadas com todas as joias cintilantes do paraíso. Mas o feitiço as traiu. A defesa claramente trabalha de duas maneiras: uma para informar Kaushika de intrusos mal--intencionados e outra para mantê-los ocupados até ele chegar.

Sou inexperiente, portanto, reagi com pânico. Mas minhas irmãs não teriam se perturbado. Teriam criado ilusões de defesa contra as criaturas selvagens e conjuradas. Kaushika deve tê-las reconhecido como agentes de Indra na hora. Deve tê-las executado antes de conseguirem encantá-lo. Será que chegaram tão longe quanto eu?

Uma sensação nauseante se espalha em meu peito. Lembro-me do lampejo de ódio que avistei no rosto dele quando me encontrou. Sundari usava flores no cabelo. O sorriso de Magadhi deixava meus joelhos bambos. O canto de Nanda podia rivalizar com um gandharva. Mortas, todas elas mortas. Culpa de um ódio desesperado e uma magia esmagadora — e ardilosa. Por causa desse homem.

Percebo que Kaushika ainda está me observando, lendo o pavor em meu rosto. Engulo em seco e olho ao redor para justificá-lo.

— Então realmente há perigo aqui na floresta?

— Talvez. Ou pode ser a resposta óbvia: *você* é o perigo.

A ponta de meus dedos formiga. Passa por minha cabeça que a defesa só foi ativada quando criei a ilusão para esconder as joias. Quase não consegui disfarçar minha identidade.

— Não pretendo machucar você — afirmo, baixinho.

Kaushika reage com um sorriso frio.

— Veremos, não é?

Marchamos lado a lado em silêncio. De vez em quando, Kaushika me lança um olhar inescrutável, talvez antecipando mais perguntas, só que, embora eu saiba que devo aproveitar o tempo com ele, não ouso pronunciar palavra alguma, incerta do que vou entregar sem querer. A sensação de perigo se fecha a meu redor, sombras que ricocheteiam na escuridão, meu laço com Amaravati fino demais para me transmitir confiança.

Pouco tempo depois, chegamos à beira da floresta e luzes brilham pelas árvores. O caminho em que estamos se alarga, a terra batida indica que ele é bem usado. Arbustos brutos e descuidados abrem para uma trilha delineada por flores, rosas, hibiscos e calêndulas em uma suave profusão de cores; as pétalas estão pálidas sob a luz fraca, mas não perdem a beleza. Sigo Kaushika quando ele entra em uma clareira com quase uma centena de cabanas.

Ainda que seja tarde, vozes viajam até nós. Ouço debates acadêmicos sobre mantras e Vedas, éticas e darmas. Cantos ecoam pelo retiro, a maioria baixo demais para fazer algum sentido. Reconheço apenas um som antigo que me estremece. É um mantra pedindo a Shiva sabedoria para destruir maya, a ilusão que esconde a natureza da própria realidade. Um arrepio de medo sobe por meu corpo, travando os músculos dos ombros.

Não é incomum ouvir tais cantos dentro de um eremitério. Sábios, por causa da própria natureza, buscam remover as camadas de ilusão do corpo e da mente.

Mas, com esse canto, sei que entrei por completo na toca do lobo. Como uma senhora das ilusões, uma apsara, sou o epítome de tudo o que os sábios querem destruir. O pátio central se encolhe aos meus olhos, sua magia mortal perigosa se espalha. Kaushika não é a única ameaça aqui. Todas essas pessoas me destruiriam se soubessem minha verdadeira identidade.

Não digo nada, seguindo-o enquanto abrimos caminho para além das cabanas, até um galpão escurecido e coberto de palhas.

Adentramos em um corredor comprido e estreito com paredes nuas. Portas estão abertas, levando a quartos vazios. Só uma porta está fechada, atrás da qual presumo que outro estudante esteja dormindo. Kaushika me coloca em um quarto sem ornamentos a não ser por algumas palhas no chão. É tão pequeno que mal dou dez passos antes de ter que me virar. Uma janela sem cortinas tem vista para o pátio principal, e feixes do luar jazem tristemente no chão. Não tem nenhuma cama, nenhuma ornamentação, nenhuma vela nem comida, nem mesmo um jarro com água. Penso nas mansões de Amaravati, na poeira dourada sempre presente, nos hinos que ressoam pelo paraíso. Mudras quase se formam na ponta de meus dedos, me tentando a cobrir essa nudez com ilusões. Ergo os olhos para Kaushika. Não consigo esconder o desespero neles.

Ele curva os lábios em um sorriso fraco, forçado.

— Amanhã veremos se você vai se encaixar. Certifique-se de chegar no pátio, onde seu professor vai encontrá-la.

Pisco.

— Não é você quem vai me treinar?

— Dure bastante tempo aqui e então veremos.

Ele se vira para partir, mas uma irritação faísca dentro de mim.

— Você vai ficar surpreso com o que consigo fazer.

— Ah — diz ele, arrastado. — Sei exatamente o que você consegue fazer. Vamos ver o quanto disso você entrega.

As palavras pioram meu frio na barriga. O quarto escuro e nu se fecha a meu redor quando o sábio passa pela porta. A floresta, os cantos, o rosto de minhas irmãs perdidas, tudo surge diante de meus olhos. Uma parte minha ainda está descrente, porque no começo desta noite eu estava com a rainha Tara. Dançando para ela, *seduzindo*-a. Rambha me beijou com a promessa de algo mais. Ainda sinto o toque de seus lábios, mas nunca me senti tão longe de Swarga como agora.

Exaustão me atropela. Tanto aconteceu que mal consigo organizar os eventos na mente.

Dou as costas para a porta e me jogo na palha. Um sono sem sonhos me domina de imediato.

Uma batida me acorda no que parecem meros minutos.

A aurora está passando pela janela, um brilho rosa atrás das últimas nebulosas de estrelas. Grogue, abro a porta e vejo uma jovem de idade próxima à minha. Ela pisca para mim, seu sorriso vacilando, mas então se recompõe. Achando graça, eu sorrio de volta.

Estou acostumada com essas reações a minha beleza. Todos os seres celestiais exalam charme, mas histórias são cantadas sobre o primor das apsaras. Foi uma rara exceção Kaushika reagir a mim com hostilidade, mas, claro, ele já viu — e destruiu — apsaras mais atraentes do que eu.

Abro mais a porta. A mulher hesita, depois se apresenta como Kalyani.

— Kaushika me falou que temos uma novata — diz ela, hesitante. — Eu mesma cheguei há algumas semanas. Seu nome é Meneka?

Eu a examino, as bochechas redondas, a risada delineada pelos olhos, o coque no topo da cabeça. Ela está vestindo uma kurta e calça lisas, e carrega um conjunto dobrado para mim em seus braços. Agarro o tecido de meu sari do paraíso. Traço o bordado delicado. Com relutância, assinto.

Kalyani me guia até uma salinha nos fundos da construção, onde um balde de água fria me aguarda. Enquanto me desnudo e jogo água no cabelo, desenrolando os cachos com os dedos, ela conversa comigo, me contando do retiro. Receberei roupas de baixo e velas, mas a limpeza fica por minha conta. Tudo o que eu trouxe deve ser entregue a um discípulo chamado Romasha, que está encarregado de todos os materiais externos que chegam aqui. Embora, na maior parte, o eremitério exista de forma independente, plantando a própria comida, cultivando seus pomares, criando a própria cerâmica e tecendo as roupas, meus bens serão usados para negociar com o mundo exterior. Qualquer lucro será para o uso coletivo do lugar.

— Não posso me separar das minhas roupas — protestei quando Kalyani me contou. — São parte da minha herança, parte do meu país. Não posso dar elas para serem negociadas.

— Então vai ter que as queimar— afirmou Kalyani, com tom de desculpa. — Devemos nos separar completamente do passado quando chegamos aqui. É por isso que Kaushika proíbe qualquer pergunta ou discussão sobre nossas origens. A separação é para nos ajudar no caminho ascético. Lamento. Não acho que ele abrirá uma exceção para você.

Guardo a informação da ordem de Kaushika na mente. Se ele permite que as pessoas fujam do passado aqui, se até as força a esquecê-lo, será de grande ajuda; não terei que fabricar mais nada sobre minha história. Será que Kaushika está fugindo do *próprio* passado? Se for o caso, tenho que descobrir e usar isso. Quanto às roupas... a não ser que alguém me supervisione para garantir que queimei os saris, simplesmente irei escondê-los na floresta com as joias na primeira oportunidade.

— Você vai ser minha professora? — questiono Kalyani.

— Só uma guia. E uma amiga, se desejar. Conhecimento é compartilhado livremente por aqui, mas Anirudh e Romasha são os que lideram todas as lições. Logo vai ver. Que tipo de magia você faz?

— Eu prefiro demonstrar — digo, evasiva.

Não tenho nenhuma magia mortal em mim, mas vários de meus alvos realizavam magia que ameaçava Indra. Já me deparei com cantos, artefatos, astrologia e preparo de poções. Nada disso se comparou a meus próprios poderes celestiais.

Termino de me secar e visto as roupas que Kalyani trouxe para mim. Prendo o cabelo em um coque, como os sábios, e então saímos.

Ao amanhecer, o pátio central aparenta ser muito maior. Quase uma centena de estudantes se amontoam em grupos separados, praticando formas diferentes de magia. Mantras ecoam, rivalizando uns com os outros em beleza e complexidade. Amuletos e roupas são consagrados com giros dos pulsos que lembram danças mudras. Fogo reluz em formas magníficas, o ar cria redemoinhos em pequenos tornados, e a água dança entre os dedos. Aqui e ali há curandeiros queimando ervas, estudando o contorno da fumaça. Até noto alguns discípulos praticando posições de ioga que parecem notavelmente com uma dança.

Kalyani me guia pelos estudantes até um lugar calmo, onde aguardamos em silêncio. Um jovem, só um tiquinho mais velho do que nós, se destaca do grupo mais próximo. Ele arregala os olhos, em choque com minha beleza, depois sorri para mim.

A aura de Anirudh não é tão forte quanto a de Kaushika, embora ainda irradie poder e se pareça com joiazinhas enfiadas em chacras em seus pulsos e no peito. Noto os ombros retos, a postura nobre dos movimentos, a cadência suave da fala. Não tenho permissão para perguntar, mas sei que esse homem foi da realeza um dia.

— Seus dias serão marcados por tarefas e lições — conta Anirudh. — Kalyani vai ajudar e guiar você. Está com fome?

Faço que não. Celestiais não precisam de comida. Em Amaravati, se chegássemos a comer, consumíamos vinho e néctar, doces e ambrosia. Nunca gostei de comida mortal, mas terei que beliscar refeições aqui, o bastante para não levantar suspeitas. Meu estômago já se rebela com a ideia, embora eu tome cuidado para manter o desgosto longe do rosto.

— Melhor assim — responde Anirudh. — Só comemos depois da prática matinal no pátio. O primeiro jejum nos ajuda a focar. As coisas vão mudar à medida que se aproxima da Cerimônia de Iniciação, que é o principal objetivo de todo o treino aqui. Em mais ou menos dois meses, todos nós, inclusive eu, teremos que demonstrar para Kaushika o que conseguimos fazer com nossa magia. É para ser uma demonstração do nosso poder e controle, e podemos escolher a forma da demonstração. Todo mundo aqui é iogue, capaz de grande magia, mas o propósito desse eremitério é transformar um iogue em um rishi. Sabe o que é um rishi, não sabe?

— Um sábio — respondo, assentindo. É um termo mortal comum.

— Não é qualquer sábio — declara Anirudh, sacudindo a cabeça. — Um rishi é um sábio que desvendou os mistérios mais profundos do universo. Que nadou nas águas do conhecimento, que pessoas comuns como nós só podem torcer para vislumbrar alguma vez na vida. Um rishi é um título autoproclamado, mas ninguém aqui, exceto Kaushika, o reivindicou até agora. Ele sozinho já demonstrou seu poder para outros sábios, para Gautama e Bhardwaj, para Jamadagni e até ao genioso Vashishta. Se seguirmos seu caminho, então um dia teremos que fazer o mesmo, mas começamos convencendo o próprio Kaushika. Entendeu?

— Entendi — respondo, cautelosa. — Por que dois meses?

Anirudh sorri.

— Por causa da Mahasabha. A assembleia dos sábios vai acontecer logo após a Cerimônia de Iniciação, quando Kaushika deve apresentar os estudantes para o restante do enclave. A assembleia vai ser um julgamento nosso e dele também. De tudo que estamos fazendo aqui no eremitério e do caminho que tomamos. Kaushika quer que a gente se saia bem, então está nos dando o máximo de tempo que pode antes de apresentar os mais fortes de nós. Ele vai ser criterioso, mas não duro. Quer que fiquemos mais poderosos. É por isso que mantemos o cronograma *e* o treino. Você chegou muito tarde, mas vamos fazer nosso melhor. Vou ajudá-la em cada passo.

Ansiedade atormenta meu coração. Indra me deu até o Vajrayudh para reprimir Kaushika, um evento que vai chegar em seis meses. Mas com a Cerimônia de Iniciação tão próxima, como vou sobreviver até lá se nem consigo fazer magia mortal?

— Não se preocupe muito com o que está por vir — diz Anirudh, lendo minha expressão enquanto Kalyani assente em encorajamento. — Por ora, vamos simplesmente ver o que seu poder lhe permite fazer. Que forma sua magia assume?

— Runas — respondo, com cuidado. — É o que foi passado na minha linhagem.

Tive tempo o suficiente para pensar nisso desde o inquérito de Kalyani mais cedo. De todas as magias mortais, a criação de runas é a mais parecida com as danças mudras das apsaras. Eu até aprendi as formas de algumas com um de meus alvos, um guerreiro kshatriya chamado Nirjar.

O rosto tatuado dele está entalhado em minha mente, os dedos grossos e a força brutal, a magia que Indra temia. O corpo largo e musculoso era coberto de runas que lhe davam velocidade, ousadia e ferocidade. Mas, apesar da aparência ameaçadora, Nirjar foi um dos alvos mais aprazíveis — gentil em seu treino, cuidadoso com as palavras. Por ser indestrutível com as runas, a própria existência dele era uma ameaça a Swarga. Para que servia o paraíso, se Nirjar buscava criar um corpo imortal? Somente almas deveriam ser imortais, mover-se pelo paraíso ou pelo inferno no ciclo do carma até ser hora de renascer de novo. O dever sagrado de Indra o impeliu a reprimir Nirjar, e fui enviada para realizar essa tarefa.

Ainda vejo o jeito que Nirjar agarrou as lâminas e esfolou a pele, descascando a si mesmo. Diferente das ilusões que fiz para muitos outros alvos, as que criei para ele não foram nada sexuais. Simplesmente lhe mostrei uma vida comigo, filhos, um futuro e felicidade. Seu sangue se esvaiu do rosto, perdido na simples visão, e eu retornei do reino mortal enojada comigo mesma. Mas o senhor ficou tão maravilhado que recompensou não só a mim, como a Rambha também, com joias.

Eu me chacoalho para afastar a lembrança e foco no campo de Kaushika. Quando Nirjar criava runas, o ar em si crepitava com energia e criava uma forma faiscante que flutuava sobre ele. Hesitante, uso o dedo para desenhar a runa em uma brisa no espaço diante de mim, mas claro que nada acontece.

Anirudh chia.

— É uma runa fácil. Tenta de novo.

Ele segura minha mão, corrigindo a caligrafia e me ajudando a formar os golpes precisos.

Continuamos pelo que parecem horas. Se torna cada vez mais claro que, embora eu esteja aperfeiçoando a forma, não consigo produzir nenhuma magia. Ao nosso lado, Kalyani pratica as próprias formas e foca a respiração enquanto troca de poses de ioga, mas, pelos olhares que me lança, sei que a estou chocando com minha incompetência. Anirudh fica mais frustrado, murmurando que nunca viu um bloqueio assim na magia.

— Você já conseguiu *alguma vez* formar a manifestação de uma runa? — pergunta, exasperado.

Balanço a cabeça em negação. Claro que não. Não é a forma que minha magia assume.

Anirudh mordisca o interior da bochecha.

— Kaushika deixou você entrar. Até eu vejo que você tem magia. Mas se nenhuma faísca aparece, mesmo que faça parte de uma linhagem dela...

Sua expressão fica mais ansiosa. Estou prestes a perguntar o que acontecerá se eu não for bem-sucedida quando nossa conversa é interrompida.

— Acho que você precisa pegar bem mais leve com ela — diz uma voz arrastada.

De repente, estou ciente de que o pátio todo ficou em silêncio. Cânfora e jacarandá rodopiam por mim quando Kaushika se move em meio à multidão e se aproxima de mim como uma pantera. Os discípulos se afastam, abrindo caminho para ele. Eu o observo se aproximar, e uma chama de fúria se aprimora em meu peito com o jeito arrogante como ele anda, a posse que acha ter sobre mim simplesmente porque estou aqui, fingindo ser sua estudante.

— As runas vêm depois — explica Kaushika, sem tirar os olhos dos meus. — Meneka nem consegue acessar o próprio poder ainda.

A compreensão lampeja nos olhos de Anirudh. Ele se move para o lado, e Kaushika assume seu lugar, a centímetros de mim. Se eu erguer a mão para criar outra runa, vou tocá-lo. Meu mundo se estreita a ponto de eu ver apenas ele, seu perigo, a quietude relaxada de seu corpo.

Kaushika cruza os braços.

— Feche os olhos. Olhe dentro do coração. O que vê?

Ciente com cada fragmento de meu corpo que ele já matou apsaras, eu o obedeço com relutância.

— Não vejo nada. Mal sinto o movimento da minha respiração — murmuro.

Kaushika solta um grunhido.

— Bem, pelo menos tem isso. A respiração é como uma armadura se movendo pelo seu corpo físico. Dentro dele, fica o prana, se movendo pelos canais nadi do seu ser. Esse prana é sua magia. Você precisa se conectar com ela.

É absurdo ele precisar explicar o que é prana para mim, sendo que sou uma celestial. Prana é muito mais do que meramente *minha* magia. É a magia do universo, ligando e permeando todas as coisas vivas e não vivas. Como celestial, o prana do universo flui para mim por Amaravati, começando em Indra. O senhor do paraíso *manipula* prana com sua divindade para nutrir a Cidade dos Imortais. Kaushika pratica a mesma magia que Indra, mas desafia o senhor, aquele que é tão habilidoso e que sustenta o paraíso e a terra.

Fecho a cara para sua incongruidade.

— Como me conecto com meu prana?

— Não existe nenhum *como* — responde Kaushika. — Só *é*. Você precisa se estudar. Magia é uma conversa consigo mesmo. Você tem que se responsabilizar pelo próprio aprendizado. Ou esperava que simplesmente viria aqui e eu lhe daria todo o conhecimento?

Minha carranca se aprofunda com as palavras condescendentes. Ele ousa me dar um sermão sobre responsabilidade? Esse homem que desafia os devas com sua indiferença?

É tão egocêntrico que abro os olhos e o examino, os contornos sombrios da boca, a intensidade aguda do olhar. Uma sensação de imprudência hipócrita cresce em mim. Eu não ousei até o momento, sem saber a extensão da percepção dele de minha identidade, mas não consigo me segurar. *Revele sua luxúria*, murmuro mentalmente.

Espero que uma imagem brote. Kaushika buscando poder em toda essa gente que ele reuniu. Kaushika buscando desvendar os poderes do universo. Kaushika me dando um vislumbre de seu passado.

Mas meu sussurro se choca com um esquecimento poderoso, o que me deixa de queixo caído.

Uma parede em branco zomba de mim, como se Kaushika não tivesse nenhum desejo. A sensação é tão sobrenatural, tão estranha, tão *profana* à vitalidade que vivo como uma apsara, que recuo, arregalando os olhos.

Encaro-o, sem entender de primeira, mas então a compreensão me inunda. Não é a falta de desejo que bloqueia sua ambição. Ele se *blindou* para que eu não possa espiar.

Será por causa das outra apsaras? Kaushika construiu esse escudo depois de conhecê-las? Ou sabe que *eu* sou uma apsara? Se soubesse, com certeza já teria me matado. Meu peito sobe e desce enquanto continuo a encará-lo. Mordo o lábio inferior, preocupada. Kaushika rastreia o movimento e franze ainda mais o rosto.

Eu me recupero, ciente de que estamos sendo observados.

— Talvez — digo, baixinho —, eu possa aprender do que sou capaz com base no que *você* pode fazer?

Sua expressão fica cautelosa com a mudança em meu tom.

— Como assim?

— Você falou que magia é uma conversa consigo mesmo. Pode me mostrar como fazer isso? O que *você* faz quando é verdadeiro consigo mesmo?

Alguém arqueja. Kalyani solta uma risada, meio chocada. Anirudh murmura que já estou alcançando o que ele levou uma vida inteira para conseguir. Não sei o que quer dizer, mas vejo o jeito que os olhos de Kaushika brilham ao ouvir isso.

Sei que estou abusando, mas a urgência corre por minhas veias, como as carruagens do paraíso. O que me importa aprender magia mortal? O sol nos golpeia, e eu imagino o senhor Surya me observando e reportando para Indra — mas, claro, a área com certeza está protegida contra olhos curiosos, até mesmo os olhos de um deva. É por isso que Indra ainda não descobriu nada significativo. Estou sozinha aqui, rodeada de inimigos. Talvez eu devesse ser mais cuidadosa, mas a percepção só aumenta minha fúria. Esse homem me afastou de tudo o que amo. Se eu não for bem-sucedida, ele destruirá tudo.

Kaushika força os lábios em um sorriso, como se pudesse ler meus pensamentos. Como se *concordasse*.

— Cuidado, Meneka. Você não deveria fazer perguntas cujas respostas não entenderia — murmura.

Não desvio o olhar.

— Só vim aqui aprender.

— Veio? Vamos ver o quanto está disposta.

Um canto flui dele, o mesmo que usou na noite anterior, antes de declarar que eu podia fazer magia. Minha ligação com Amaravati cintila, mas, em vez de se esvair na mesma hora, ela continua crescendo. Minha pele se aquece, queimando. Meu corpo se ilumina por dentro, e me sinto flutuar, embora meus pés ainda toquem o chão.

Minha voz fica estridente.

— O que está fazendo?

— Mostrando quanta magia você carrega.

Kaushika para de cantar, mas o mantra assume, me consumindo. Estou radiante, dourada, explodindo de poder.

De repente, sei que todo mundo pode ver quanta magia possuo. É mais do que cada um deles, exceto Kaushika. Arquejos ecoam da multidão.

Kalyani parece maravilhada. Até Anirudh está de olhos arregalados. Estão se sentindo ameaçados por meu poder? É o que Kaushika pretende com essa exibição? Me tornar um alvo, me alienar? Toda essa gente visa destruir maya. Tentarão me matar apenas por eu ser mais poderosa. Verão que Indra é meu senhor, que minha magia é celestial. Minha respiração em pânico reverbera em meus ouvidos. Estudo o rosto deles. Tento me mover, mas não consigo, presa pelo medo terrível.

— Você se vê? — sussurra Kaushika. — Consegue alcançar dentro de si?

O laço de Amaravati desabrocha em mim, luminoso, e o calor de Kaushika me engole. Tento acalmar o coração, mas ele só bate com mais rapidez. Eu me prendi aqui com ele. Foi isso o que destruiu minhas irmãs.

Lenta e dolorosamente, ergo os braços contra a magia dele, Kaushika está perto o bastante para que eu toque seu peito, e sinto o músculo sólido, a pressão firme.

Então empurro, *com força*. Kaushika ergue as sobrancelhas.

Seu encantamento para.

Ele recua, abrindo mais distância entre nós.

Há silêncio em todo o entorno, os olhares solenes dos outros estudantes, o espanto e a descrença. Kaushika sorri, seus olhos brilham triunfantes. Baixo as mãos enquanto nos encaramos.

— Você tem medo de si mesma — diz ele. — Mesmo que seja poderosa, não tem utilidade para nós aqui no eremitério. — Ele olha ao redor, e suas palavras seguintes saem mais altas, viajando pela multidão: — Considerem isso uma lição. A força da magia é secundária. O autoconhecimento vem primeiro. Se eu fosse vocês, não me acostumaria com ela. — Kaushika dispara os olhos até mim e sua voz é dura: — Meneka não vai durar nem um mês.

Capítulo 6

—O poder de um iogue surge através da meditação árdua — afirma Romasha. — Tapasya, como é conhecido.

Sentada em um pedestal que circunda o enorme marmeleiro, Romasha é tão bonita que poderia rivalizar com uma apsara. Seu cabelo espesso está preso em um coque, mas mechas escapam para emoldurar o rosto em formato de coração. Seus olhos estão focados em uma bolinha de fogo cintilando entre os dedos. O fogo reluz entre as mãos dela, depois sobe pelos braços até os ombros, se enredando pelo pescoço como uma cobra. Ele se enrola e desenrola no peito antes de se fundir em uma bola de fogo mais uma vez.

Estou ajoelhada na grama diante dela, junto a Anirudh e Kalyani. Uma brisa leve sopra pelo retiro, carregando consigo o cheiro de chuva. Estamos reunidos com os outros quase cem estudantes de Kaushika, sentados no jardim. Além daqui, há estábulos onde cavalos e vacas estão alojados; atrás deles, fica o pavilhão de pilares.

Nós três somos os únicos sentados em grupo, uma concessão dada a mim porque sou nova. Fogo cintila por todo lugar enquanto estudantes seguem as instruções de Romasha. Alguns dos discípulos usam runas, outros, mantras. As chamas de Parasara parecem um escuro sol eclipsado com uma coroa dourada ao redor. Eka ricocheteia faíscas azuis brincalhonas de um dedo para outro. Kalyani cria cinzas finas, mais como ar do que como fogo, mas não menos quentes por isso. Anirudh, que tem mais prática, facilmente equilibra um orbe parecido com lava com ondas douradas na superfície.

Eu mesma estou com as mãos vazias. Um vácuo formiga entre meus dedos.

— Foco — sussurra Kalyani a meu lado, sentindo minha frustração. — Visualize o fogo dentro de você. Mire isso na runa que está buscando.

Dou um aceno tenso de cabeça, mas contorço os dedos, querendo curvá-los na mudra da Risada de Agni. Com isso, conseguiria criar uma ilusão de chamas tão poderosa que rivalizaria com qualquer magia desses iogues. Essas pessoas saberiam que não é fogo de verdade?

O laço dourado me estimula a tentar, mas não estou com as joias para aumentar a magia. Uma ilusão para enganar tanta gente assim cobraria demais. Não me atrevo a exaurir a mim mesma. Precisarei da magia depois que quebrar o escudo de Kaushika, embora meus esforços para realizar tal coisa tenham sidos infrutíferos até agora. Além disso, até o momento, os mortais não conseguiram ver que minha magia é celestial; poder é simplesmente poder para eles. Uma ilusão desse tamanho poderia me expor.

— Tapasya não é uma meditação comum — continua Romasha. — É a brasa que inflama um fogo espiritual, conectando um iogue à magia prana do universo. E então acessamos o mesmo poder cósmico que os devas em Swarga acessam. Devas dependem de orações para sustentar sua magia, mas, com tapasya intenso, nós, iogues, tomamos o poder infinito para nós mesmos. Somos receptáculos do universo, uma parte dele e seu conteúdo todo. O infinito é capaz de, ao mesmo tempo, conter e não conter as partes.

Desde aquela primeira sessão de treino, eu comecei uma rotina prescrita, similar aos outros discípulos. Acordo antes do amanhecer para ordenhar vacas, coletar lenha, sovar massas e lavar pisos. Depois pratico no pátio, em sessões que até o momento não resultaram em nada além de frustração. Então, quebro o jejum dentro de um refeitório enorme, com um prato de amêndoas e khichdi cheio de ghee, ou milhete apimentado com uma taça de sanjeevani, que finjo saborear, enquanto sinto saudade do soma e dos vinhos de Amaravati. Por fim, há mais lições, seja em um galpão ou no pavilhão, ou bem aqui no jardim, sob alguma árvore, todas elas são inúteis para mim.

Romasha desvia a atenção para mim como se tivesse escutado meu pensamento.

— Olhe para dentro de si — instrui. — Aceite que seu lugar é aqui, que você tem um espaço entre nós. Sinta a respiração fluir e internalize que ela é simplesmente a bainha da magia do universo. Acesse-a.

Devolvo o olhar e tento não rir de forma grosseira.

Essa instrução é absurda. Se eu realmente aceitasse quem sou, uma apsara, sequer estaria aqui? Essas pessoas *permitiriam* que eu estivesse aqui?

Há uma semana, venho participando de debates sobre filosofia e história, darma e niyama, religião e ética. Todos eles falam da mesma *sabedoria*. Queimar maya e achar o caminho para o verdadeiro conhecimento. Inimigos da ilusão, qualquer um desses iogues me reduziriam a cinzas se tivessem a chance. O próprio Kaushika lideraria o ataque, mesmo que tenha me ignorado por completo desde o primeiro dia. Eu o vi participando das mesmas aulas que eu, como se ele fosse um iogue comum, e não o mestre deste lugar.

Mesmo agora, ele está sentado a algumas fileiras adiante. Sinto uma pontada na cabeça por estar de costas para um predador. Resisto à vontade de me virar e fitá-lo. Do jeito que está, seu perfume chega límpido até mim, enevoando minha mente. Inspiro e tento capturar o cheiro da chuva em vez disso.

A forma como ele administra o eremitério me atordoa. Em casa, reverência é questão de senioridade. Apenas as apsaras de elite ensinam mudras às jovens, e esse conhecimento é guardado com zelo, liberado por atos de devoção. Já discuti com Rambha muitas vezes, mas porque ela é minha amiga; se fossem Sundari ou Magadhi, eu não teria ousado. Uma rivalidade sutil, porém óbvia, sempre perdurou entre as apsaras: ser a mais bonita, a mais ardente; criar as melhores ilusões e assumir as missões mais difíceis. Até o senhor Indra encoraja a competição, considerando ser uma prova de nosso amor por ele.

Aqui, Kaushika não parece se importar com tais coisas. Embora esteja claro que sua palavra seja lei, ele raramente interfere em como Anirudh e Romasha comandam as coisas. Já o vi escutar com seriedade outros estudantes no pavilhão, até concordar com suas perspectivas enquanto desafiam o raciocínio dele. Todo mundo tem seu respeito, e ele claramente não tem medo de ser questionado, mas minha provocação o deixou hostil, e não curioso. Sem esquecer o primeiro dia de treino, o rondei com cuidado, sendo até subserviente em vez de provocadora. Suportei a indiferença por uma semana. O que não me levou a lugar nenhum. Remexo o corpo, desconfortável, quando o olhar de Romasha desvia de mim.

— Só tem um ser que personifica o poder completo do universo — diz ela, a voz arrastada. — Shiva sozinho está tão ligado ao poder do universo que se torna indistinguível do infinito. Até os devas se curvam a sua supremacia, várias vezes submissos a ele. Só que, por mais que seja poderoso além da conta, Shiva não perde tempo com a politicagem do paraíso e da Terra. Esse afastamento das interações mundanas para aprender sobre si mesmo é essencial para conseguir a própria magia.

Kalyani arqueia as sobrancelhas para mim. Percebo que estou com o rosto franzido. Dou de ombros para ela e finjo voltar para a magia, embora não consiga evitar a repulsa que zuni por mim com as palavras de Romasha.

Os iogues no eremitério frequentemente se comparam com o Grande Senhor Shiva, alegando seguir seu caminho, mas agem mais como os devas que odeiam do que como Shiva. O Senhor da Destruição pode ter quebrado o ciclo do carma, mas é porque ele direciona o calor de tapasya para dentro, em vez de manifestá-lo no mundo. Até sua residência no Monte Kailash, outrora próspera, está no momento gélida, desbotada de vida, enquanto ele puxa o poder radiante do universo para si. *É por isso* que ele é o Senhor da Destruição. Porque a vida em si é quebrável perto dele.

Os iogues não têm esse poder. Como Indra, que canaliza prana para empunhar raios e tempestades, os iogues canalizam a magia para o mundo por meio de mantras, runas e ervas consagradas, tudo para executar mudanças na realidade. Eles não retêm a magia para uma iluminação maior. Indra está certo em ficar apreensivo. Com tanta ingenuidade e poder, seriam capazes de enfraquecer Indra insensivelmente, sem saber o dano que fariam à própria espécie no processo.

Romasha se levanta da árvore. Ela acena com a cabeça para alguém atrás de mim, e eu me viro e vejo Kaushika se erguer.

A aura dele é tão forte que me chama. Consigo discernir os chacras de prana cheios de magias dentro de seu corpo, os discos reluzindo como um arco-íris. Azul-safira na garganta, brilhando na pele escura. Verde-esmeralda no coração. Acima da cabeça há um roxo tão nobre que me deixa sem fôlego. Agarro-me ao laço com Amaravati em minha mente; embora esteja frágil, eu me seguro a Indra mesmo que Shiva ressoe pelo espaço. *Revele sua luxúria*, penso, mirando meu poder em Kaushika.

Bato no escudo de novo. É intoxicante saber que atrás disso está o segredo para sua sedução. Que, se eu conseguir achar o caminho certo, receberei um gostinho da vitória. Como os outros aqui, o conhecimento que Kaushika tem de si mesmo sem dúvida é defeituoso; ele é, afinal de contas, o professor verdadeiro deles. Estudo seu corpo e traço a forma da aura, procurando um jeito de entrar.

Ele e Romasha vão de estudante a estudante e os ajudam a desbloquear as energias. Fogo se ergue da ponta dos dedos em formas lindas e serpenteantes que se misturam umas às outras. Kaushika murmura satisfeito antes de passar para o próximo estudante. Sei que não virá até mim.

A voz de Indra ecoa em minha cabeça. *Derrote-o.* Como posso fazer isso se o homem nem reconhece minha presença? Mantenho os olhos no perfil afiado de Kaushika, os ângulos dos ombros, a força dos bíceps. O laço de Amaravati circula meu coração. Meus dedos entalham a runa para fogo, um sol desabrochando, e uma ideia me ocorre. Seguro o laço como faria se fosse criar uma ilusão, só que, dessa vez, eu o direciono para a runa.

Uma dor aguda aperta meus pulmões. Arfo e solto o laço.

É um lembrete. Um aviso.

Só posso usar a magia de Amaravati para o que Indra me permitiu fazer: dançar e criar ilusões. Não posso explorá-la de outra forma.

Solto um grunhido frustrado. Está óbvio que não aprenderei nada desse método mortal. Mas tenho que aguentar esse treino, uma perda de tempo para todo mundo.

É a única coisa com a qual Kaushika e eu concordamos.

Mudo a atenção para Anirudh e Kalyani. Os dois têm se revezado para me ensinar em privado, além das aulas de que todos nós participamos.

— É verdade? — pergunto, baixinho. — Kaushika disse para vocês não me ajudarem?

Kalyani morde o lábio. Ela olha para Anirudh, incerta do que dizer, respeitando sua senioridade.

Anirudh desvia o olhar para Kaushika. Quando fala, a voz soa cansada:

— Ele nos disse para não ajudar *demais*. Alertou para não fazer isso às custas do nosso treino.

— E estão?

Anirudh suspira.

— Todos vimos o quanto você é forte. Quanta magia contém. Você será um recurso valioso para nós, mesmo que ele esteja relutando em admitir isso. Não desista ainda. A gente não desistiu.

Kalyani assente com empatia. O apoio que me oferecem tem mais a ver com o orgulho que Kaushika terá deles se conseguirem do que com liberar minha magia em si. Até onde sei, na Cerimônia de Iniciação deles, podem alegar que me ensinar — a estudante incompetente — é o maior talento que possuem. Ainda assim, a confiança em meu potencial me aquece.

— Se sou um recurso, por que ele mesmo não me ajuda, então?

— Ele não confia em você — responde Anirudh. — Só consegue confiar em gente muito devota.

— Devota a ele?

— A Shiva — declara Anirudh, direto. — Nossa meditação, nossa prática de ioga, nossa magia… tudo isso é oferenda ao senhor. Sua negação a si mesma, Kaushika vê como uma negação ao próprio Shiva. — Ele dá de ombros, impotente. — Já tentamos mantras e ervas, ásanas e a sabedoria do Vedas. Devíamos ter visto alguma coisa a essa altura. Você está sendo um desafio.

— Quem sabe só Kaushika possa me ensinar — insisto. Olho de novo para onde o sábio ajuda Yamortri. — O retiro é *dele*. Foi *ele* que me deixou entrar aqui.

— Para lhe dar uma oportunidade — argumenta Anirudh. — Kaushika não fez nenhuma promessa. Todo mundo aqui recebe o mesmo tratamento. Ele não fez promessas nem para *mim*, Meneka, e sou o amigo mais antigo dele.

— Sério?

Enrijeço. Imagino os dois jovens, crescendo ao redor dos segredos um do outro. Sinto tanta empolgação com essa lasquinha de informação que minha mente zumbe com possibilidades e perguntas. Não sei por onde começar. Entretanto, antes que eu consiga colocar os pensamentos em ordem, um grito ondula pelo ar.

Eu me viro na direção do grito e pulo de pé. Outros discípulos se levantam também, todos nós nos reunindo para ver. Uma garota jovem e de pele pálida estremece não muito longe do tronco do marmeleiro. Seus olhos estão fechados, os lábios abertos em um grito. Folhas estalam, e a árvore começa a fumegar.

Romasha murmura um mantra antes que outra pessoa o faça. A meu lado, Anirudh esboça uma runa de umidade também. Ambos os encantamentos tomam forma no mesmo instante, e fluxos de água caem pela árvore em uma tempestade pequena e contida, impedindo o fogo de se espalhar. Apesar de todos nós estarmos de pé, ninguém toca na garota. Todo mundo se mantém distante, com o olhar sombrio, seguindo um protocolo que desconheço.

E então Kaushika aparece, se ajoelhando ao lado da garota, com a mão na testa dela. Ele fecha os olhos, e noto o que deixei passar antes. Não só a árvore está pegando fogo. Sob a pele pálida, chamas laranja cintilam.

O fogo lampeja da testa até a garganta. Ela chora, um soluço curto, e meu coração se prende ao som.

— O que ele está fazendo? — sussurro.

— Curando a garota — responde Anirudh. — Todo ato de magia que fazemos nos esgota, mas a cura toma quase tudo. Kaushika vai ter que meditar outra vez para recuperar o que está dando a Navyashree. Está sendo generoso, e com certeza vai ter um efeito nele, vai cansá-lo.

— Uma lição — emenda Romasha ao ouvir nossa conversa. A voz dela viaja para todo o resto dos iogues também. — Celestiais não queimam canalizando magia, pois o fazem através do prana do rei deva. Estão protegidos, separados dos perigos do prana descontrolado porque Indra forma uma barreira para essa magia tão poderosa. Mas eles também não podem acessar o tipo de poder que dominamos. Tapasya é fogo. Prana é fogo. Se vocês não os contiverem de forma adequada... — Ela deixa as palavras perdurarem enquanto nós assistimos à garota pulsar com faíscas.

Nós abrimos caminho quando Kaushika a pega nos braços e murmura entre dentes. A luz sobrenatural sob a pele da discípula aos poucos flui dela para ele. Kaushika não parece abalado, mas uma linha séria se forma em sua testa, pesada de concentração. A combinação do brilho chispante dentro dele apenas evidencia o estado de alerta em seu corpo. Até com meu conhecimento limitado, sei que é uma habilidade da qual mais ninguém aqui é capaz.

Minha missão se agita dentro de mim diante do perigo invisível, de sua proeza silenciosa. Sua vingança irracional contra meu rei, estimulada por um preconceito convicto, ameaça até o paraíso. *Revele sua luxúria*, sussurro, desesperada, mas nenhuma imagem retorna.

Com a garota ainda nos braços, Kaushika sai marchando do jardim com Romasha nos calcanhares.

Capítulo 7

Mais tarde naquela noite, bato à sua porta.

A cabana fica no perímetro do eremitério, o maior dos assentamentos dentro do complexo. Uma janela aponta para os jardins do marmeleiro. A cabana em si tem vista para a floresta escura e sombria — oportuno para esse homem que mantém um olho em intrusos e outro nos discípulos. Uma luz dourada se amontoa no interior, visível pelo vão sob a porta. Sombras se movem quando ergo a mão para bater de novo.

Kaushika abre a porta e preenche o espaço com ombros infinitos e impaciência. Pela primeira vez não o vejo com o uniforme do retiro, com um kurta escuro como a noite e uma calça da mesma cor. Um velho xale marrom se enrola no pescoço, e ele carrega um saco de juta em um ombro.

A irritação aumenta em suas feições ao me ver. Estamos a um palmo de distância um do outro, mas me mantenho firme e resisto à vontade de recuar enquanto ele paira.

Kaushika também não recua, mas sua careta se aprofunda como se tivesse ciência desse jogo infantil de superioridade entre nós e pretendesse ganhar.

— O que você quer? — pergunta, rude.

Respondo com meu sorriso mais meigo, sabendo que isso só o irritará mais.

— Vim saber se Navyashree está bem, depois do que aconteceu com ela na lição de hoje.

Kaushika arqueia as sobrancelhas, a careta substituída pela curiosidade só por um instante.

— Eu não sabia que já eram tão amigas.

— Não somos. Só desejo saber.

— Por quê?

— Ela é um ser humano. Uma discípula do eremitério. Eu não devia me importar com o fato de ela estar queimada?

Kaushika apenas bufa.

— *Você* não se importa? — pergunto, inclinando a cabeça. — Você a salvou e esgotou a magia que tem dentro de si no processo. Ela é *sua* estudante.

— Cumpri meu dever — responde ele, franco. — Nada mais. Não vou me emocionar com isso.

Dessa vez, *eu* arqueio uma sobrancelha.

— Nenhuma emoção por salvar uma vida? Que interessante.

Confusão lampeja em seus olhos. Deixo o silêncio respirar e observo a passagem de emoções em seu rosto: dúvida, ira e uma sensação passageira de vergonha. Basta algumas palavras para ele começar a duvidar de si mesmo? Quero rir de como é fácil aborrecer Kaushika e de como, em geral, são os alvos mais sinceros que reagem assim. Ele me lembra de Nirjar com sua franqueza — mas não consigo ver Kaushika como sincero. Está muito próximo de sentir pena dele, então de começar a gostar dele, e aí o que seria de mim e da missão? Me chacoalho mentalmente e me lembro do ódio que vi em seu rosto.

Kaushika murmura algo entre dentes e depois me fita, ponderando. Ele muda o saco de um ombro para outro, em um gesto mais suave.

— Ela está bem — responde. — Romasha assumiu a cura dela. Você pode buscar mais detalhes com ela, se quiser.

Ele se move para passar por mim, mas fico na ponta dos pés enquanto a luz da vela se apaga na casa dele. A cabana nada em sombras, a única claridade vindo das estrelas jorrando pelas janelas. Distraída, me pergunto de sua relação com Romasha. Ela sem dúvida é bonita, e já vi o jeito como os dois falam um com o outro, em uma parceria confortável. São meramente amigos? Ou há algo mais potente crescendo entre eles? Se Kaushika e Romasha têm um acordo, mesmo que seja um broto de afeição romântica enterrado sob votos de celibato, posso usar isso para desvendá-lo. Romasha mal é uma concorrente minha, mas, se eu me tornasse mais como ela,

Kaushika prestaria alguma atenção em mim. Talvez *essa* seja a forma de sedução que ele esconde atrás do escudo — oculta não porque teme as apsaras, mas sim porque teme o próprio desejo e o que ele significa para seus votos de asceticismo. Como seria fácil quebrá-lo. Só mais um mortal com medo de si mesmo, apesar das proclamações de autoconhecimento. É um pensamento tão irônico que não controlo um sorriso.

— Romasha? — murmuro. — Ela é muito forte, mas não achei que você entregaria uma *cura* a ela. Navyashree parecia bem machucada, isso não deixaria Romasha fraca também? Por que você colocaria um fardo assim nela? Está indo a algum lugar?

— Estou — responde ele, abruptamente, e fecha a porta.

Outro murmúrio, e o ar tremeluz pela porta e pela casa em uma proteção.

Ergo a cabeça e vejo que ele estava observando minhas reações curiosas. Pigarreio. Seu perfume me cobre e me fascina de forma perigosa, com as notas ocultas atrás dele, mas não desço os dois degraus que levam à varanda. Estou bloqueando o caminho e, se Kaushika se mexer, tocará em mim. Só que até isso me daria mais informações sobre ele, então simplesmente baixo os cílios, dessa vez infundindo modéstia no sorriso.

— Eu estava torcendo para falar com você hoje. A Cerimônia de Iniciação está chegando, e preciso de você.

— Você precisa de mim — repete ele, sem emoção.

— Para me ensinar. Me dar instrução.

— E que tipo de instrução seria, Meneka?

Pisco. Sei o que *eu* estou fazendo com essa conversa, mas ele está flertando *de volta*? Estou errada sobre ele e Romasha? É uma armadilha? Meu coração acelera.

— Ora, sábio Kaushika — murmuro, arregalando os olhos —, poderia ser qualquer tipo de instrução, por favor.

Ele não diz nada, mas inclina a cabeça. Por um instante, a sombra de um sorriso se espreita em seus lábios, me recompensando. E então desaparece com a mesma rapidez que surgiu.

— Por mais lisonjeado que eu esteja, não confraternizo com meus estudantes — afirma, seco.

Será que ele leu minhas observações sobre Romasha também? Estou entregando demais de minha identidade ao agir tão rápido? De qualquer forma, coro.

— Só quis dizer que você pode me ensinar. Runas são minha forma preferida de magia, como o senhor sabe.

— Ah, eu sei, mas também não ensino. Só depois da Cerimônia de Iniciação.

— Nesse caso, até lá mal somos *seus estudantes* então, certo?

Dessa vez, uma risada surpresa escapa dele.

— Ah, você é divertida, sem dúvida. Por mais que eu esteja gostando disso, não tenho tempo para uma conversa tão inútil. Saia da frente, por favor. Tenho que ir.

— Mas eu preciso...

— Não me importo com o que precisa. Seu aprendizado é da sua conta.

— Mas... — comecei, tentando não demonstrar desespero. Estou *tão* perto. Eu o fiz *rir*. Ele está *gostando* disso, apesar de tudo. — Se você me ensinar...

Mas a risada dele está se transformando em uma careta.

— Saia do caminho, Meneka — ordena ele de novo. — Não tenho tempo para você hoje.

Dessa vez, o comando é implacável. Não ouso recusar.

Obedeço em silêncio.

Kaushika passa por mim, com a ponta do xale oscilando. Ele não vai em direção aos estábulos ou à estrada que leva até a vila mais próxima, mas para a floresta. O retiro ainda ecoa com os cantos silenciosos de estudantes praticando. Olho para trás e vejo alguns discípulos ziguezagueando entre as cabanas, indo para o pavilhão ou para o galpão, talvez para debaterem os estudos. Ninguém está prestando atenção em mim.

Mantendo a distância, baixo a cabeça e sigo Kaushika.

Em minutos, estou rodeada por árvores e os sons do eremitério morrem. Kaushika desapareceu de vista, mas sua aura deixa um rastro poderoso, e eu o rastreio como uma caçadora, perseguindo as cores serpenteantes da magia. Luzes estrelares reluzem entre as árvores, e terra molhada redemoinha entre as lâminas da grama. Por dias, esperei a chuva, embora não tenha tido sinal algum além desse cheiro provocador. O que será que está acontecendo em Amaravati? Indra está impedindo que chova no eremitério como punição a Kaushika? Penso em Rambha e no que ela diria se eu contasse que enterrei todas as minhas joias, e depois as roupas, em terra crua, que sequer as estou usando na missão. As cores da aura do sábio enfraquecem, movendo-se de folha para galho, e me apresso, contornando as árvores e garantindo que meus passos sejam silenciosos.

Pouco tempo depois, a aura de Kaushika fortalece novamente. Desacelero, meus movimentos se tornam ainda mais cuidadosos. Não tenho uma explicação se ele me vir; meu único plano é não ser pega. Eu ando em zigue-zague pelas árvores e finalmente o avisto. Sua forma alta se aproxima de outro homem, menor e mais velho, embora esteja bem ereto para a idade. Uma barba grisalha se enrola com aperto nas bochechas do homem, e um sorriso gentil ilumina os olhos enrugados. Kaushika se ajoelha e curva a cabeça até os pés do outro homem em um gesto de respeito profundo. A curiosidade se inflama dentro de mim. A aura do homem mais velho é poderosa, mas, de alguma forma, não se compara à de Kaushika. Quem é ele para Kaushika ser subserviente desse jeito? Por que estão se encontrando tão secretamente?

 O homem murmura algo e Kaushika se levanta. Eles voltam a andar e seguem o caminho até que o dossel das árvores dá em um lago refletindo a luz das estrelas. Alimentado pelo rio Alaknanda, esse lago é o corpo d'água mais próximo do eremitério, se estendendo vários metros. Já o vi em um dos mapas de Anirudh, e uma saudade de casa se afia em meu peito. É um lago mortal, igual a qualquer outro, mas toda essa água pertence ao senhor Indra. Será que Kaushika ao menos compreende isso?

 Ele e o companheiro caminham pela margem, os ombros curvados um para o outro enquanto discutem algo com uma intensidade febril. O homem velho balança a cabeça, e Kaushika estende um braço em protesto, mas então assente com relutância. Eles se acomodam em um afloramento rochoso, e Kaushika escuta, mal-humorado, enquanto o homem fala.

 Penso rápido. Estão longe o suficiente para não me ver, concentrados na conversa, mas estou afastada demais para ouvi-los. Para descobrir alguma coisa, eu teria que arriscar entrar na clareira ou nadar no lago.

 Bem, é uma escolha bastante fácil.

 Estou cercada por árvores, a escuridão me envolve. Eu me dispo com rapidez e escondo as roupas do retiro sob uma pedra. Com o máximo de silêncio possível, toco a água gelada, que me reconhece como uma criatura de Indra e reage à minha natureza celestial. Ela se agita, aproximando-se, e obscurece em uma onda silenciosa e crescente quando me agacho e adentro no lago. Em segundos, estou submersa. Nado até os dois homens, sabendo que o lago vai me encobrir.

 Ainda assim, fico arrepiada. Mesmo que consiga respirar debaixo d'água, o frio me afeta. A parte mais irônica é que, se eu pudesse produzir o fogo de tapasya, conseguiria me aquecer. Rezando para os homens não se demorarem, me ergo sem ser vista ou ouvida, ficando logo abaixo da superfície enquanto me aproximo deles. Daqui, a voz de Kaushika está abafada, mas entoo um hino para Indra, e os sons se tornam claros na hora.

— ... arriscado — diz o homem mais velho. — Você está treinando seus discípulos rápido demais. Demandando que aprendam rápido demais. Está deixando muita gente entrar no eremitério, os outros sábios estão preocupados. Se deseja apresentar seus estudantes a eles...

— Estou *recusando* discípulos — interrompe Kaushika, irritado. Quase consigo ver a intensidade de seus olhos, franzindo as sobrancelhas. — Poucos vão ficar depois da Cerimônia de Iniciação. Só vou permitir que os mais devotos ao caminho, os que realmente conhecem a própria alma, treinem comigo. Agastya, o senhor mesmo me ensinou a não rejeitar aqueles que buscam a verdade. Que esse conhecimento é para todos. Com certeza não me pediria para parar.

— Também lhe ensinei a restrição. Você está exercitando essa escolha, meu filho?

— Ser um sábio é ser livre. Esse é o *meu* eremitério. Eu tenho que governá-lo do jeito que acho adequado, exatamente como cada sábio faz com a própria escola. Com certeza os outros não vão se opor a isso.

— Você acha que Vashishta não vai? — pergunta Agastya.

— Vashishta sempre me odiou — declara Kaushika, irritado. — Antes de pedir que o senhor me treinasse, procurei por ele, mas ele me humilhou, reprovando minha juventude e arrogância, e alegando que eu estava obcecado pelo de poder. Queria negar meu lugar como um sábio apesar da minha tapasya, apesar do que fiz pelo conhecimento dos mantras.

— Ele valoriza controle emocional — argumenta o homem mais velho amavelmente. — Eu gostaria de saber se seu temperamento já o atrapalhou.

Um silêncio cresce após essas palavras. Imagino as emoções que cruzam o rosto de Kaushika: frustração, culpa e resignação. *Agastya e Vashishta*, noto. Dois dos rishis mais poderosos do reino mortal. Canções são entoadas em Amaravati sobre Indra tratando com eles, chegando a convidá-los para conferências e aconselhamento. Embora os sábios sejam mortais, eles têm centenas de anos de idade. Conhecem intimamente o senhor, em parte amigos e em parte rivais. O que acham da irreverência de Kaushika a ele? Será que sabem dela?

— Perdoe-me, guruji — pede Kaushika, com formalidade. — Não pretendia ser desrespeitoso.

— Você é poderoso, Kaushika. Ninguém pode negar seu status como rishi. Mas, ao aceitá-lo como um deles, os sábios buscavam controlá-lo. Acreditam que você viverá pelas diretrizes deles. — Agastya suspira, e quase sinto a ondulação do ar. — Vashishta quer saber se Shiva achou adequado abençoar seu eremitério. Vive insistindo nisso, sempre menciona a ausência de Shiva como uma indicação da sua insensatez. O senhor já apareceu?

Meu pulso martela na garganta, e preciso me lembrar de não expirar e soltar bolhas. Mantenho-me imóvel, o cabelo ondulando ao redor.

— Não — declara Kaushika.

A decepção sangra de sua voz, mas tudo o que sinto é uma mistura de terror e alívio. Kaushika pretende invocar o próprio Shiva para o eremitério, e Shiva não deu ouvidos, mas e se ele ceder? O que aconteceria com Indra e Amaravati se Kaushika extraísse uma bênção do *Senhor da Destruição*? Shiva é o Inocente, ignorante e desatento das políticas dos reinos mortais e imortais. Se Kaushika o pedisse por armas para derrubar Indra, o senhor poderia realizar o desejo sem perceber o que faz. Lembro-me dos hinos praticados no retiro, mantras recitados para empoderar sábios e pedindo bênçãos para aniquilar maya. O que pode acontecer com tais poderes sem supervisão? Estremeço, e não é apenas por causa do lago frígido.

— Somos devotos — afirma Kaushika, frustrado. — *Eu* sou devoto. O eremitério é um reflexo da minha devoção a Shiva. Por que o senhor não aparece?

— Talvez seus discípulos não sejam tão devotos quanto você pensa — responde o outro homem.

— Quem não for logo vai embora — constata Kaushika, sombrio.

O frio rasteja até meus ossos. A impossibilidade da missão fecha minha garganta. Engulo em seco, tentando desalojar o nó de desespero. O outro sábio fala de novo, e me estico para ouvir.

— Concordamos que você é um rishi, Kaushika. Contudo, permita que eu lhe ofereça um pouco de sabedoria. Ainda está preso à busca por poder. O passado paira sobre você, e parece incapaz de superá-lo. Você cria carma, uma ação depois da outra, mas um rishi de verdade quebra o ciclo do carma como o próprio Shiva.

— E eu vou quebrar — garante Kaushika, severo. — Você está certo, guru, meu passado ainda me governa, mas também está errado. Não estou atrás de um poder irracional. Faço isso para satisfazer uma promessa sagrada, uma que devo cumprir. Que *preciso* ver cumprida. Para que sirvo se não posso seguir o que julgo ser o certo? De que serve minha tapasya se nem mantenho minha palavra?

— Só você pode decidir isso, filho — responde o guru, gentil.

Kaushika grunhe, e eu permaneço imóvel. O frio está tão terrível que agora queimo com ele. Peço calor a Agni, o senhor do fogo, mas, mesmo enquanto rezo, sei que ele não responderá assim fácil. Agni é tempestuoso; ele surge em minha mente, da forma como o vi na última vez, na sala do trono de Indra, o rosto pontudo reluzindo com um sorriso afiado que nunca chega aos olhos.

Kaushika fala de novo, com um tom mais gentil:

— O que mais os sábios querem de mim na Mahasabha?

— Uma explicação para sua campina além dos motivos do seu juramento. Eles vão questioná-lo quanto a isso.

Campina? Fico com as orelhas eriçadas e nado para mais perto, tentando lutar contra o frio.

— Eles a veem como um ato de rebeldia — continua o guru. — Você entende que foi por essa razão que convocaram a Mahasabha, não entende? Para obrigá-lo a responder por isso. A apresentação de seus estudantes é apenas secundária.

— Minha campina não é só para meu benefício — rebate Kaushika. — É para auxiliar os reinos mortais e imortais. Não é possível que os sábios não vejam que os tempos estão mudando. Compreendo que não faz parte da tradição, que nunca foi feito antes, mas não a busco para ser uma provocação a nenhum ser. Ajo assim para satisfazer meu carma. Como sábio, não devemos romper as barreiras do conhecimento?

— Sim, mas de forma correta — declara o guru, baixo. — A campina é uma exibição magnífica de magia, mas Vashishta não irá tolerá-la. A mera ideia o enfurece. É verdade que sábios rompem as barreiras do conhecimento, mas há um equilíbrio. Você deve aceitar isso, mesmo que não goste. O carma que fica construindo o corrompe, e todas as suas belas palavras e argumentos não convencerão a Mahasabha. Vashishta está convencido de que a campina é um crime contra a natureza. Nem eu acho que seja prudente. Você deve considerar outros caminhos para conquistar o que quer.

Há outro silêncio. Imagino Kaushika encarando o lago enquanto pondera. Os dois homens não falam de novo, mas também não se mexem. Meu corpo fica rígido. Minha mente desacelera a cada instante. Em devaneios, me pergunto se posso congelar aqui, ciente de minha imortalidade. Como seria uma imobilidade assim? Um pavor lento rasteja para dentro de meu coração ao contemplar a ideia e fecho os olhos com força.

Acima de mim, ouço os dois homens retomarem a conversa, mas, de repente, não consigo mais focar. O frio me ataca, me atraindo para um sono perigoso, sono do qual sei que não acordarei. Tento mover os dedos, mas isso cria uma onda grande, uma que poderia me expor se eles fossem investigar.

Eu devia ter nadado até um esconderijo minutos atrás. Agora, estou dura demais para fazer isso sem chamar atenção. Tudo o que posso fazer é permanecer aqui, presa com meu conhecimento e minha imprudência.

Bem quando se torna insuportável e estou para emergir, arriscando ser descoberta, ouço galhos estalarem. Os homens se levantam, Kaushika murmura sobre acompanhar o sábio por uma parte do caminho.

Eu me forço a contar até cem. Só chego a cinquenta antes de precisar flutuar até a superfície, com os dentes batendo e os membros dormentes. Não há ninguém ao redor, e a noite está calma outra vez, mas, quando encontro minhas roupas, as visto bem rápido, sem perder tempo me secando, pois sei que não posso ser pega aqui.

A volta para o eremitério é confusa. Esfrego a pele para aquecê-la, e um pouco de concentração retorna — o suficiente para refletir sobre o que ouvi. Qual promessa Kaushika fez? O que o guru quis dizer quando comentou que Kaushika está preso ao passado? Kaushika tem inimigos entre os sábios? Algum que apoie Vashishta? Não seria incomum, sábios muitas vezes debatem sobre a melhor forma de conquistar a elucidação, seus poderes rivais são uma fonte de conflito entre a própria espécie. Posso usar isso? Tem alguma coisa a ver com Indra?

As perguntas se movem sem rumo dentro de mim, uma provocando a outra, cinzas passageiras que não consigo apanhar. Peneiro tudo o que aprendi com desespero, procurando respostas, mas, no fim, todas as perguntas se destilam naquelas do comecinho, que ditam meu propósito aqui, minha missão.

Qual a forma da sedução de Kaushika?
Como supero seu escudo?

Quando retorno ao eremitério, a adrenalina já aqueceu meu corpo e tenho um plano. Está tudo vazio quando chego, nem um estudante sequer remanescente na madrugada. O sono dominou o retiro e, com exceção do candelabro no altar de Shiva, dentro do pavilhão, todos os prédios estão no escuro.

Hesito apenas por um instante. Kaushika protegeu sua casa, mas essa pode ser minha única chance. Abro a porta e entro, ciente de que estou ativando a proteção.

Vários outros possuem a própria casa: Romasha e Anirudh, Parasara, Eka e até Durvishi, que chegou um pouquinho depois de mim. Todos eles demonstram excelência nas práticas. Nunca estive em nenhuma delas, mas imagino que o interior seja similar.

A cabana só tem um cômodo com uma partição de madeira que leva a uma varanda no exterior. Pássaros noturnos piam dentro e fora das vigas, e uma brisa seca sibila pelas rachaduras das janelas. Não ouso acender uma vela, mas não preciso; a luz das estrelas reluz o bastante para iluminar um colchão com um cobertor esfarrapado no meio do aposento.

Arqueio a sobrancelha. É isso. O grande sábio Kaushika se permite o conforto de uma cama e um cobertor, quando novatos como eu devem dormir em palha pura. Que surpreendente. É direito dele, com certeza, mas me irrita mesmo assim. As últimas noites têm sido especialmente brutais. Acordei com dores no corpo, músculos que nem sabia ter doendo quando eu me movia. Só os alongamentos de apsara me ajudaram a lembrar que sou, na verdade, imortal.

Baixo os olhos para o chão, onde uma dezena de livros e pergaminhos estão empilhados perto de uma almofada de assento. Eu me aproximo e os folheio. Alguns são registros de poses de ioga, retratando o fluxo do prana. Mantras obscuros e pouco conhecidos cobrem o restante deles, versos que Kaushika está certamente pesquisando. Petições da realeza flutuam com a brisa leve, vistas em algumas das páginas. Reconheço o nome de alguns reis e rainhas nos quais o paraíso esteve interessado.

Em um dos tomos, algo chama minha atenção, cuidadosamente posicionado debaixo de uma capa de madeira. Um pedaço de papel amarelado, dobrado várias vezes, tão pequeno que tem o tamanho de minha unha. Com curiosidade, eu o abro e revelo uma carta desbotada. A caligrafia está muito desgastada. Não consigo ler tudo, embora algumas palavras me saltem aos olhos: *alma*, *renascimento* e *punição*. Não consigo evitar sentir que essa carta e seu conteúdo, de algum jeito, são relevantes para a missão.

Pela aparência, tem vários anos. Linhas do pergaminho se desfazem em meus dedos, mesmo meu toque sendo gentil. Visualizo Kaushika amaciando esse papel, encarando, relendo as palavras que já deve ter memorizado. Imagino seus dedos compridos fazendo os mesmos movimentos que os meus fazem. Quem escreveu isso? O que diz? Por que ele o preservou aqui, no eremitério, se deseja que todos nós esqueçamos o passado? Ou é apenas mais uma de suas hipocrisias? Como a cama, que curiosamente parece tão tentadora neste momento?

Uma coruja pia do lado de fora da cabana, e dou um pulo. Com delicadeza, dobro a carta de volta e a empurro entre a capa do livro. Já fiquei tempo demais aqui. Chego perto da porta e tento sair, mas, quando coloco o pé sob o limiar, uma vibração atravessa meu corpo e me para. É como se algo estivesse me forçando de volta e se recusando a me deixar passar.

Com o rosto franzido, tento de novo, mas a energia persiste e me impede de sair.

Não tenho tempo de desvendar isso. Ouço vozes se aproximando e recuo até o canto mais próximo. Agarro o laço de Amaravati em mim e movo os dedos em uma mudra rápida, o Eclipse de Surya. A ilusão me cobre e me torna invisível, tanto que, quando movo a mão, não vejo nada além da parede de colmo da cabana. Pressiono os lábios e me abrigo imóvel.

Duas formas chegam à porta. Noto que vieram de partes diferentes do eremitério pelos sussurros de Romasha:

— Você ouviu também?

Luz lampeja em suas mãos, a mesma bola de fogo que já a vi empunhar. Anirudh não responde, mas segura uma bola de chamas similar, a dele com a aparência de ondas de lava escura. Ambos entram na cabana de Kaushika, iluminando o ambiente. Um som corre pelo chão, Romasha se assusta e quase lança o fogo, mas interrompe o movimento quando nota que é só um esquilo.

Eu me aperto contra a parede, sabendo que estou invisível para eles, mas ainda ofegante. Eu ativei a proteção deliberadamente, para descobrir quem viria à cabana de Kaushika em sua ausência. A presença desses dois não deveria me surpreender; depois de Kaushika, são os mais experientes e poderosos do eremitério e conduzem lições entre eles. Mas ainda assim meu coração afunda quando avisto Anirudh espreitar pela cabana e checar dentro do armário e sob a cama. Não conheço bem Romasha, mas Anirudh sempre foi gentil comigo. Tem sido amigável.

Os dois se encontram no meio da cabana, olhando ao redor. Romasha relaxa os ombros. Ela extingue o fogo nos dedos e se curva um pouco.

— Você acha que Kaushika se enganou? — pergunta ela.

— Ele não comete esse tipo de erro — responde Anirudh, com uma careta. O fogo dele ainda está aceso.

— Talvez alguém tenha vindo procurá-lo, mas nem entrou na casa — sugere Romasha.

Anirudh assente lentamente.

— Sim. Sim, claro. Se alguém tivesse entrado, ficaria preso na proteção, não é? A gente o veria. Talvez a pessoa a tenha ativado sem querer.

Ele relaxa o corpo quando aceita essa explicação. O fogo que conjura enfim some, e todos nós somos inundados pelo breu. Meu coração martela no peito, alto o bastante para eu temer que eles consigam ouvir caso prestem mais atenção. Uma dezena de pensamentos se agita dentro de mim. Seja lá o que Kaushika está planejando, esses dois devem estar envolvidos. Ele colocou uma proteção na casa, e talvez seja uma prática comum, algo que faz toda vez antes de sair, mas não vi nada aqui que valesse a pena esconder ou levar. O que significa que a proteção em si era uma armadilha, como aquela com a qual me deparei na floresta. Tanto Anirudh quanto Romasha vieram esperando intrusos e, mais do que isso, estavam prontos para punir com fogo. Se eu não tivesse me encoberto, o que teria acontecido? Eles são capazes de matar também? Foi *assim* que minhas irmãs morreram?

Tento silenciar o falatório em minha mente.

Quando os dois saem, escapo por trás deles sem ser notada.

Capítulo 8

Não consigo questionar Romasha, que mal vejo fora das lições e não conheço bem o bastante. Não posso ser óbvia com Anirudh, que vejo o *tempo todo* e passei a conhecer, porque não tenho por onde começar. Não dá para simplesmente jogar o assunto em uma conversa, pedir que compartilhem os segredos que com certeza estão guardando para Kaushika. O próprio sábio não retornou para o eremitério, e sinto a ausência dele como um buraco entalhado em meu corpo. Eu o procuro a todo instante, nas práticas matinais, nas lições, até espiando a cabana de novo, onde nenhuma vela reluz à noite.

Repasso a conversa que entreouvi no lago várias e várias vezes. Remonto a imagem de Kaushika incessantemente, enquanto a Cerimônia de Iniciação se aproxima. Uma parte minha borbulha de ansiedade porque não estou fazendo nenhum progresso na missão nem na magia mortal que finjo praticar. Semanas após semanas se passam, e todo mundo menos eu já sabe o que irá demonstrar para Kaushika durante o teste.

Kalyani se aprofunda na respiração para força física e velocidade. Entre um piscar de olhos e outro, ela consegue dar a volta no eremitério duas vezes. A habilidade de Anirudh é ainda mais impressionante. Quando largo um livro, ele ergue meu braço para pegá-lo. Consegue usar a magia para influenciar os membros de outras pessoas... Nem Indra consegue fazer isso, só influencia através de sua potência.

Todo iogue é similar de alguma forma, desempenhando façanhas de magia espantosas. Mesmo que continuem conduzindo as lições, muitas pessoas não participam mais, focadas, em vez disso, no aprendizado pessoal. Sou uma das poucas que é *convidada* a participar de cada aula, minha inabilidade de formar runas agora de conhecimento geral. Minha capacidade de conter uma grande magia se tornou irrelevante. Embora eu diga a mim mesma que não vim aqui para aprender truques mortais, a pontada da humilhação me fere quando os outros estudantes me lançam olhares. Ninguém mais está espantado comigo. Concordam com Anirudh; cheguei tarde demais. Concordam com Kaushika; vou embora no fim do mês.

Esse fim me encara sem rodeios enquanto os dias escorrem. O pânico borbulha dentro de meu peito, e me esforço para ignorá-lo. Lembro-me de Kaushika garantindo ao guru que estudantes indignos partirão. Estou impaciente para vê-lo e continuar com a missão, ao mesmo tempo que estou morrendo de medo de ele me pedir para ir embora quando souber de meus fracassos. Quando quase um mês se passa com nada para exibir, fico desesperada o bastante para ser direta.

— O próprio Kaushika já não faz isso? — pergunto.

Estou com Anirudh e Kalyani, nós três em uma rara pausa das muitas práticas e tarefas. Estamos dentro do pavilhão de pilares, ajoelhados no centro, perto do cilindro simples que forma o altar de Shiva, o lingam. No exterior, a chuva finalmente começou a tamborilar depois de algumas semanas de provocação, e eu a encaro com desejo, querendo correr para ela, dançar livre sob ela. Em vez disso, desvio o olhar e fito meus colegas mortais.

Anirudh assente.

— Costuma fazer. Mas ele está fora há dias. Estou surpreso por você não ter notado.

O ar ondula ao redor dele enquanto canta, um zumbido lento e melodioso que cascateia em ondas, erguendo-se com a brisa. O lingam, feito de mármore preto, brilha com o mantra. Faíscas irradiam dele, e sinto seu poder cru me inundar e se acomodar dentro de mim com calor.

Tiro algumas flores silvestres da cesta que carrego e as arrumo de forma artística ao redor do lingam. Foi ideia minha. Tive que pedir a permissão de Anirudh para poder sair do eremitério e recolhê-las na floresta. Não tenho nenhuma grande devoção a Shiva além do que é esperado de mim como celestial, mas, se Anirudh vai relatar a devoção de cada um ao Destruidor para Kaushika, esse ato me ajudará.

Mas as flores são os únicos ornamentos perto do lingam cilíndrico. Ascéticas do jeito que são, essas pessoas renegam a beleza. Uma chama sem adornos queima na frente do altar, contida dentro de uma lamparina de barro e empoderada por tapasya. Representante da devoção do retiro a Shiva, a chama nunca deve se apagar. Anirudh fecha os olhos, e o mantra se torna um murmúrio. Sua magia assobia pelo pavilhão enquanto a chama se ergue em um pilar alto e esguio. Ao nosso lado, Kalyani junta as mãos e solta todo o ar. Flores serpenteiam de minha cesta e oscilam ao redor do pilar de chamas, depois se acomodam no piso quando a chama se esvai. Ela arqueia uma sobrancelha para mim, como se dissesse: "É assim que se faz". Já tentou me fazer usar runas para cada tarefa, torcendo para que eu aprendesse, mas nunca estive tão desinteressada em uma magia que não é minha.

— Parece tão difícil sustentar a chama com seu poder toda hora — falo, ainda focada em Kaushika. — Não te cansa?

Anirudh se inclina para trás, satisfeito e aliviado pela consagração.

— Romasha e eu nos revezamos na ausência de Kaushika, mas admito que vai ser um alívio quando ele voltar.

Faço um som empático. Com o máximo de casualidade que consigo, pergunto:

— Para onde ele foi?

O tom de Anirudh é tão casual quanto o meu.

— Por que quer saber?

Dou de ombros. *Revele sua luxúria*, sussurro na mente, e uma forma se cria atrás de meus olhos, a mesma de toda vez que olhei os desejos de Anirudh. Uma imagem dele ajoelhado aos pés de Kaushika pedindo para ser abençoado.

A primeira vez que a vi, fiquei assustada. Anirudh e Kaushika eram amantes? Foi por isso que Anirudh o seguiu do reino deles? Seria possível que Kaushika não tivesse nenhum interesse em mulheres? Dificilmente teria importância para minha sedução; no lugar de lhe mostrar minha forma, minha ilusão simplesmente me apresentaria como homem. É algo que já fiz muitas vezes com os alvos.

Mas agora sei que não é um desejo sexual por Kaushika que guia Anirudh. É um desejo de deixá-lo orgulhoso. Em minha chegada no eremitério, me enganei ao pensar que a revelação de meu poder colocaria os outros discípulos contra mim e me tornaria um alvo. Aprendi desde então que essa competição mal é algo com que os iogues se importam, uma antítese a como as coisas acontecem entre as apsaras em Amaravati. Os iogues *querem* que eu seja bem-sucedida na magia. Querem elevar o prestígio de Kaushika e o do retiro. Por mais estranho que seja essa linha de raciocínio, é algo que posso usar.

— Quero agradar Kaushika — respondi. — Se ele voltar logo, posso mostrar como desejo servir ao eremitério. Assim como o resto de vocês.

— Agradar a ele não deveria ser sua preocupação — declara Anirudh, me surpreendendo. — Entendo o desejo, ele é um homem potente, seu poder atrai todos nós como mariposas para sua chama. Mas não é por isso que você está aqui, é?

— Vim treinar. Não consegui criar uma única runa, mas, se ele me ensinar...

— Se ele ainda não a ajudou, não vai ser agora, por mais que peça...

— Mas por quê? — Largo o fingimento quando a angústia se torna aparente. — O que eu fiz?

— Nada. Mas ele tem direito à decisão. Não se preocupe com o que está fazendo ou para aonde vai, Meneka. Ele muitas vezes viaja por razões pessoais. Vai voltar quando quiser. Não ficamos rastreando-o, e a regras dele são somente dele.

— Ele está sendo irracional — solta Kalyani. Ela se vira da ornamentação das flores ao redor do altar e coloca o braço a meu redor. — Para que deixar ela entrar e não a treinar?

— Ela não está destreinada — responde Anirudh. — Ela vai para as aulas. Medita. Kaushika criou esse eremitério, nos juntou, mas não pode nos treinar pessoalmente, não se for seguir a tradição. Ele não tem permissão para fazer isso, segundo as regras da Mahasabha e o acordo com os outros sábios. Só lhe é permitido compartilhar os segredos que sabe com os que são dignos, e a Cerimônia de Iniciação vai determinar *quem* é digno. Até lá, ele deve seguir o caminho do afastamento, só observar e não interferir, guiar e sugerir, mas não treinar. Por que você acha que ele só nos provoca, em vez de fornecer respostas mesmo quando debatemos filosofia? Devemos chegar a um entendimento do nosso poder e caminho sem interferência. É por isso que ele não treina nenhum de nós ainda, nem mesmo eu ou Romasha.

— Mas está claro que Meneka está com dificuldades — protesta Kalyani, veementemente. — O afastamento nesse caso é igual a assistir a uma criatura inocente se afogar simplesmente pelo bem da não interferência. É cruel e insensível.

— É o método ascético — argumenta Anirudh, gentilmente. — O que ele faz com ela não é nada diferente do seu próprio treino, Kalyani.

Kalyani faz uma careta profunda. Embora os dois venham me ajudando, ela já moveu céus e terra tentando me ensinar práticas específicas de respiração. Já apareceu em minha porta de madrugada e usou o poder da própria tapasya para facilitar meu foco. No começo, estava relutante em desrespeitar Anirudh ao discordar dele, mas, quanto mais nos aproximamos, mais ela verbaliza o descontentamento com o modo como sou tratada.

Aperto a mão dela em gratidão, sabendo que sua frustração tem a ver tanto comigo quanto com Kaushika. Várias vezes, quase deixei escapar, em minha irritação, que ela *não pode* me ensinar, por mais que tente. Somente a imagem de Rambha ajudou a segurar minha língua. Prometi para Rambha que retornaria. Ela disse que faríamos promessas uma para a outra. A lealdade de Anirudh é clara, porém, mesmo se Kalyani não souber nada de Kaushika e de seus segredos, ela é uma sábia em treinamento. Não importa a gentileza, é leal a Kaushika. É por esse motivo que qualquer uma dessas pessoas está me ajudando. Não posso me esquecer disso.

Lágrimas repentinas inundam meus olhos. Quatro semanas. Quatro semanas se passaram desde que cheguei, e não tenho nada para mostrar. Mal troquei duas palavras com meu alvo, a intenção dele oculta. Com qualquer outro alvo eu já estaria na metade do caminho da sedução, mas Kaushika se provou mais do que desafiador. Há uma escuridão dentro dele, obscurecendo suas verdadeiras intenções, espreitando a uma unha de distância.

Se Kaushika me pedir para ir embora devido a meu fracasso na Cerimônia de Iniciação, talvez eu nunca receba outra chance de retornar ao eremitério para seduzi-lo. Ficaria em exílio até terminar a missão. Posso ver os eventos se desenrolando. Como eu jogaria a precaução ao vento, impulsionada pela urgência. Como eu abordaria esse sábio de algum jeito, uma visão de surpresa direta, me entregando na hora em vez de completar a missão de uma forma delicada.

Minhas irmãs também foram encurraladas pelo desespero? Nanda começou a dançar na vã esperança de Kaushika simplesmente ser seduzido por sua beleza? Sundari criou uma ilusão que funcionou antes, sem nunca passar dos escudos de Kaushika, mas torcendo ansiosamente para que suas melhores armadilhas conseguissem? Magadhi estava deslumbrante, o lindo sorriso, frágil, quando contorceu os pulsos em mudras?

Não posso me permitir cair no mesmo destino. Rambha me *beijou*. Esperávamos trocar votos. Mas tudo isso será irrelevante se eu tiver que deixar o eremitério.

Anirudh nota minha expressão aflita e suspira.

— Seu problema é que não está se deixando acessar o prana. Está se bloqueando.

Balanço a cabeça. Claro que meu problema não é esse. Esses mortais não entendem. A magia que Kaushika revelou a todos, estocada dentro de mim, era a magia de Amaravati. Era prana, mas tinha sido dado a mim pela graça de Indra. Não consigo simplesmente executar tapasya como os mortais e acessar o poder que o senhor acessa. Já tentei. Realizar tal magia não é de minha natureza. Se fosse possível, algum outro celestial teria tomado o mesmo caminho a essa altura.

Kalyani mostra uma expressão preocupada.

— O que acontece na sua mente quando você medita?

O desalento pousa em meu pescoço como uma corda pesada.

— Sinto saudade de casa — sussurro.

Sei que não deveria dizer isso, um sinal claro de que não me encaixo aqui, mas não consigo evitar. O tamborilar da chuva, um som do qual senti uma falta dolorosa como um sinal de Amaravati, só serve para me lembrar de como estou sozinha.

Anirudh e Kalyani trocam outro olhar. O rosto de Anirudh se suaviza.

— O que fazemos aqui não é fácil. Lamento.

— Não é isso. Deixei pessoas para trás. Irmãs. Amigos. Uma parceira.

Fecho os olhos e quase consigo acreditar que estou nos braços de Rambha de novo. O sabor açucarado de seus lábios. A maciez de sua pele. *Volte*, a voz dela sussurra para mim em minha memória. Abro os olhos e vejo os mortais me observando com simpatia.

Pigarreando, assinto para os outros estudantes.

— Ninguém aqui tem parceiros? Ninguém é casado?

Kalyani aponta para dois homens perdidos em uma discussão sobre a proeza da magia que executariam na Cerimônia de Iniciação.

— Shailesh e Daksh são casados. Dividem uma casa aqui dentro.

Ergo as sobrancelhas.

— Kaushika deixa que fiquem nos mesmos aposentos? Apesar do compromisso dele com o caminho ascético? Então significa que os dois homens dividem a cama... eles... eles...

Paro, sem saber como verbalizar a pergunta, mas Anirudh dá um sorrisinho.

— Não tem problema perguntar, Meneka. Não é uma dúvida incomum. Daksh e Shailesh são só dois das muitas pessoas casadas no retiro. Naren e Abhay, Advik e Sharmisha, todos foram um dia amantes, e muitos compartilham uma casa agora, mas transcenderam a necessidade por sexo com a meditação. Agora redirecionam a energia sexual para um poder mais profundo, o próprio Shiva. Todos os iogues se afastaram da evanescência do desejo. Ao unir o desejo, até o sexual, com o conhecimento verdadeiro de nós mesmos, alimentamos o processo de tapasya e então conseguimos acessar nossa magia. Shiva é o Senhor do Asceticismo. Nossa busca por ele é a maior forma de adoração.

— Amar o corpo do outro é um ato de adoração também — murmuro. — Negar isso a essas pessoas... é um decreto de Kaushika?

— Ele não fez essas proclamações, mas todos nós aqui seguimos o caminho ascético. Ele presume o celibato. — Anirudh faz uma careta. — Kaushika devia ter alertado você a respeito disso antes de deixá-la entrar. Não é do feitio dele se esquecer de uma coisa tão essencial.

— Será por isso que você está bloqueada magicamente? — arrisca Kalyani. — Com saudade da sua parceira, você se impede de acessar seu poder completo?

— É possível. — Anirudh me avalia, inclinando a cabeça.

Um aperto doloroso atravessa meu peito. Não tenho palavras para eles. Quem são essas pessoas, tão rígidas que se negam os prazeres da carne? São a antítese de uma apsara. Imobilidade passiva, enquanto apsaras são movimentos sexuais. Meditativos e frios, sendo que as apsaras dependem de expressão e vida. Seres do fogo tapasvin, enquanto apsaras são criaturas da água de Indra. Kaushika é uma contradição minha em toda forma, um eremita imutável enquanto eu permaneço uma ninfa em constante mudança. Como vou seduzir esse homem? A que profundidade vou me perder de mim mesma nessa missão impossível?

Ergo o queixo ao paraíso, e lágrimas enevoam meus olhos. Engulo em seco, busco a orientação de Indra e tento capturar a imagem de sua resplendência. A chuva tamborila no telhado e finjo que ela toca minha pele. Esse lugar, essa missão... nunca estive tão vulnerável, tão impotente.

Anirudh pigarreia.

— Se está achando o caminho de asceticismo difícil, acho que precisa de mais inspiração do que podemos te dar aqui.

Ele entoa um canto, e o ar acima se irradia em um mapa reluzente e translúcido. O retiro é um monte de pontos. Uma massa escura representa a floresta pelas quais cheguei, e uma faixa cinzenta tortuosa além da mata reluz na forma do rio Alaknanda.

Anirudh aponta para uma estrutura distante do rio e da floresta, levando até o conjunto mais próximo de vilas.

— Está vendo esse triângulo? É o templo de Shiva, o mais perto do eremitério. Quero que vá lá depois das suas tarefas hoje. Quem sabe ficar mais perto do Grande Senhor a guie de volta para o caminho.

Kalyani arqueia uma sobrancelha e acena com a mão para o lingam que Anirudh acabou de consagrar.

— Não pode ser feito aqui?

— O templo é consagrado pela devoção de muitos outros e não só por iogues. Esse tipo de coisa tem um potencial único, para o qual Meneka talvez reaja. — Anirudh faz um movimento de equilíbrio com a mão. — Geralmente eu não sugeriria isso, mas vale a pena tentar. Todo o resto já falhou.

Eu o encaro. Minha voz sai cautelosa.

— Achei que deveríamos ficar no eremitério e na floresta, para a separação do mundo exterior ser completa.

— Se Kaushika descobrir, eu assumo a responsabilidade — responde Anirudh. — Você não vai sair do eremitério para engajar em coisas mundanas. Vai para poder se desligar ainda mais do mundo.

— Mantenha seu coração puro — pede Kalyani. — Mantenha a mente pura.

A infelicidade infiltra seus tentáculos em mim, envolvendo meu corpo. Vejo as palavras e o risco que Anirudh está assumindo como são: uma última chance e uma tentativa desesperada de me conectar com uma magia que não possuo. Rezar para Shiva não me ajudará, mas não posso recusar essa instrução. Seria o mesmo que desistir. Talvez sair brevemente do eremitério inflame outras ideias. Em silêncio, ouço enquanto Anirudh me fornece as direções até o templo.

Capítulo 9

A chuva se tornou um aguaceiro quando cheguei ao pequeno templo a alguns quilômetros do eremitério. Meu kurta e a calça estão grudados em minha pele ensopada. Estremeço, encharcada, mas não estou incomodada de verdade. Anirudh se ofereceu para tecer um escudo sobre mim, mas Indra comanda a chuva. É a bênção de meu senhor.

Inspiro a riqueza da terra úmida, o distante crepitar de raios, o desabrochar recente de flores silvestres. *Casa*, penso, e Amaravati tremeluz diante de mim por um segundo, dourada e magnífica, uma miragem ondulante. Uma dor me impede, uma mão agarra meu coração. Balanço a cabeça, sabendo que não há retorno até eu terminar com Kaushika.

Passo o olhar pela pequena estrutura diante de mim. Diferente das regalias de Amaravati, o templo de Shiva é um tantinho melhor do que uma caverna. Entalhado em uma rocha invisível ao lado da estrada, está banhado pelas sombras noturnas. Piso em um chão arenoso. Uma energia silenciosa e misteriosa tamborila pela caverna. Três raízes escalam as paredes rochosas, as fibras finas e cabeludas se agarrando às enormes pedras cinza.

A caverna é pequena, mal cabem duas pessoas de pé. Estou sozinha aqui, sob a poeira da tempestade, mas algum devoto há pouco tempo trouxe incensos. O ar cheira a resina e gengibre, e chamas minúsculas lampejam, lançando uma luz fraca e oscilante. Bem no centro do templo está o poder sobre o qual devo meditar: um lingam sobre um yoni. Shiva com sua Shakti.

Desfaço o coque que prende meu cabelo como o de um sábio. Água pinga das mechas em meu pescoço enquanto as torço. Solto meu cabelo escuro e comprido.

Estudo as paredes. Formas cintilam, alcançando minha atenção. Passo os dedos nos entalhes afiados em pedras, e as lendas ganham vida em minha mente.

Ali está Shiva, um pilar infinito de fogo tapasvin, sem começo nem fim. Ali está ele, um guerreiro decapitando Brahma, o Senhor da Criação, por causa dos desejos incestuosos de Brahma. Shiva, um residente da floresta, chega em seu casamento em farrapos e cinzas, ignorante do decoro requisitado. Shiva, um marido enlutado, chora, enfurecido, e queima o universo quando fica sabendo da morte da esposa.

Do lado de fora, um trovão estala, um retumbar longo e arrastado. A chuva cai em cascatas de um céu cinza.

Pisco, e as lendas de Shiva somem. Indra não me chama pessoalmente, mas o trovão é um lembrete. Sou uma criatura de Indra. Shiva é o Senhor do Universo, mas sou muito pequena, muito aflita para ele. Se há algum deus que se importa comigo, que *deve* se importar comigo, é Indra.

Sem aviso, um luto agudo atravessa meu coração. As circunstâncias da missão me esmagam. Lentamente, caio de joelhos. Uma profunda saudade de casa me agarra, enfraquecendo meus músculos. Lembranças se agitam: rainha Shachi se ajoelhando e me dando um chocalho dourado quando eu tinha 3 anos. O bosque onde observo apsaras mais velhas dançarem, ansiando ser tão graciosa quanto elas. Minhas primeiras ilusões, um punho gorducho se curvando em mudras. Senhor Indra abençoando minha primeira missão.

Me deixe orgulhoso, o senhor do paraíso diz na lembrança, os olhos infinitamente gentis.

Assim o farei, meu rei, sussurro antes de partir.

Chamas dançam no limite de minha visão, e lágrimas gordas escorrem pelas bochechas. O laço de Amaravati se aperta, me fazendo arfar. Abro os dedos em uma mudra improvisada, Pesar de Shore, uma figura solitária em uma praia abandonada, que revela meu desamparo. *Você é minha salvação*, penso. *Como pode ter me enviado para minha ruína?*

Me deixe orgulhoso, responde Indra, a única resposta. Sua voz se mistura com a de Rambha. *Sua devoção inquestionável.*

Bato a cabeça na parede com um baque. Minha mente caça a história de Indra. Herói de mil batalhas, domador do grande elefante Airavat, salvador do reino mortal, senhor da chuva e da fertilidade, da vitalidade e da música... A litania passa por minha cabeça sem parar, mas sem nada significativo. Deveria ser fácil me afundar em sua grandeza, algo que semeei e cultivei em seu jardim antes da missão. Mas aqui, no reino mortal, estou desconsolada, a devoção isolada quando mais preciso dela.

Abruptamente, me chacoalho.

Eu me levanto.

Vir aqui foi um erro. Anirudh vai perguntar como me sinto depois da meditação. Já estou mentindo para ele sobre mim. O que é mais uma? Não preciso de Shiva. Não sou nenhuma sábia. Sou uma apsara, e preciso de Indra. Possuo várias joias dele, das quais preciso para a missão. Não tenho usado as ferramentas com as quais me enviaram, e me movo, determinada a achá-las, a seduzir Kaushika como devo fazer. Vou até a entrada da caverna, para me encharcar na chuva de novo, uma oração a Indra já formada em meus lábios.

Antes de sair, um raio cintila mais uma vez. Dois cavaleiros de capa surgem no crepúsculo. Uma mulher fala, desafiadora. Um homem responde, achando graça. A capa dele cai por um instante, e sua aura se derrama na estrada. Pedra, árvore, casco de carvalho, tudo brilha com a luz antes de ele se cobrir de novo. O poder de Kaushika ondula por mim, e recuo, com a adrenalina correndo através de mim, de repente em alerta.

Eles se aproximam mais, quase chegam até mim. De onde estou, escondida dentro do templo cavernoso invisível, posso vê-los e ouvi-los com clareza. Respiro e sinto cheiro de cânfora e jacarandá.

— ... com certeza por causa deles — diz a mulher. Ela inclina a cabeça para a chuva. Água escorre pelas rugas em sua na testa. — Nem você pode negar isso.

— Não nego nada, Rani — responde Kaushika. O rosto dele está escondido sob o capuz da capa, mas quase vejo seu sorriso. — Pouco me importa o que os devas fazem como uma forma de natureza incontrolável, estou mais interessado em como suas ações interferem no reino mortal. Me fale, qual interessa a você?

— Tem diferença? Um deva é um deva.

— Gostaria que eu lhe ensinasse filosofia?

A rainha bufa.

— Eu gostaria de saber por que deveria arriscar enfurecer um imortal, criança. Minha linhagem reza aos devas há gerações. Meu povo é leal a Swarga. Por que deveríamos parar agora?

A língua afiada dessa rainha desconhecida me provoca uma risada. Emaranhados nela estão espanto e horror. Aqui está, minha primeira evidência verdadeira de Kaushika ativamente conspirando para impedir mortais de socorrerem Indra. Quantos já se juntaram à causa dele? De acordo com Rambha, o paraíso não sabe, mas essa rainha não parece ser a primeira pessoa da realeza que Kaushika aborda. Lembro-me do que Anirudh disse sobre Kaushika viajar para tratar de assuntos pessoais. Fomentar a irreverência a Indra *é* um dos assuntos de Kaushika. Por quê?

Foi o que essa rainha perguntou. Seja quem for, não é nenhuma tola. Pelo grisalho no cabelo, é muitos anos mais velha do que eu e Kaushika. Por um breve instante, ele faz um bico para a menção à sua juventude. Depois sorri, como se a irritação nunca tivesse existido.

Ele inclina a cabeça.

— Talvez a melhor pergunta seja se você desagradaria a um sábio.

— Você ousa me ameaçar? — começa a rainha, virando-se para ele.

Kaushika retira o capuz, um movimento que a impede de continuar falando. Ele tira a capa, depois o kurta. A rainha observa com cautela enquanto ele põe as vestimentas sobre o cavalo relinchando e revela o fio sagrado que corta seu peito nu como uma cicatriz. A rainha arregala os olhos quando o vê, como se estivesse lembrando de repente que ele não é um jovem comum, e sim um mortal de grande magia. Ele toca o fio, com o olhar contemplativo.

Contraio os dedos. Ainda não tinha visto o fio sagrado nele, embora seja esperado de um sábio. Ele nunca se importou com esse ritual... e agora o usa para intimidar a rainha? Kaushika é tão ardiloso quanto me falaram, mas aciona meus sentidos, as gotas de água pingam em seus cílios, o coque no alto que bizarramente anseio soltar, o jeito como se senta montado no cavalo. Um desejo doloroso e irreconhecível cresce em mim, se enrolando com fervor da garganta até a barriga. Engulo em seco, e o movimento é estranhamente difícil.

— Há devas — diz Kaushika, baixinho, esticando um braço e indicando a chuva. — E há sábios.

Kaushika estala os dedos, e um canto rítmico emerge dele. Arfo, uma reação idêntica à da rainha.

A chuva pausa.

Ela não para... ela *pausa*, como se Kaushika tivesse congelado o mundo todo. Gotas de água pairam imóveis no início da noite, tão longe quanto posso ver. Folhas param de zunir, o rugido do aguaceiro silenciado. Os cavalos param de relinchar, seus rabos suspensos no meio do ar. Acima, os raios também congelam, fragmentos dourados e angulosos impedidos de se tornarem raios. O silêncio é sobrenatural, ensurdecedor. Aterrorizada, minha respiração para. Indra consegue sentir isso? O senhor está em pânico?

A rainha move a cabeça de um lado para outro, o rosto pálido. Uma luz dança pelas gotas de água cinza suspensas, mas é a aura de Kaushika, um bilhão de arco-íris luminosos, visíveis talvez apenas para mim.

— E então, rainha? — indaga Kaushika, sorrindo de forma franca.

— Eu... eu — gagueja a rainha, de olhos arregalados.

Histórias de sábios poderosos me invadem, aqueles sobre os quais gandharvas cantam somente quando estão bêbados de soma. Brighu, que fez as estrelas o obedecerem. Kashyapa, que drenou os vales dos Himalaias e os deixou inabitáveis. Atri, que domou o rio Ganga para fazer com que ele fluísse do paraíso. Mesmo tão jovem, Kaushika está quase no nível desses grandes homens. *Ele é capaz*, penso. *Pode destruir Amaravati. Pode acabar com minha magia.* A tontura me deixa cambaleante.

— Entenda que não preciso de armas, Rani — declara Kaushika. — Não preciso de soldados. Considere por que um sábio está pedindo para mudar sua lealdade. Considere o que fazemos. O que protegemos.

— Nós. Os sábios nos protegem — sussurra a rainha. A voz dela está rouca, hipnotizada. A cadência é similar ao modo como fui enfeitiçada por Indra. Ela se vira para Kaushika, e as palavras parecem ser puxadas de dentro dela. — Sábios oferecem sabedoria, o único objetivo é aumentar o conhecimento do mundo. É como nos protegem além dos anos.

Kaushika sorri.

— Que conhecimento poderá ser libertado quando o mundo não for mais controlado pelo humor tempestivo do paraíso? Você ficará no caminho? Ou será a pessoa que lidera seu povo por um novo caminho?

A mudança no rosto da rainha é assustadora. Ela pisca, e um tremor a atravessa. Vacilante, desvia o olhar de Kaushika e junta as palmas.

— Me perdoe, guruji — sussurra a rainha, e ergo as sobrancelhas para o honorífico que ela dispensa a ele.

Preguiçosamente, Kaushika gira a mão. Uma parte da chuva imóvel cintila, fundindo-se, e cria um escudo ao redor da rainha e de seu cavalo.

— Vá. Volte para seu povo. Se reúna com o conselho. Vou aguardar sua decisão.

A rainha se curva profundamente, e Kaushika murmura outro canto. Som e movimento explodem de volta tão de repente que dou um sobressalto. Raios rebentam várias vezes, e imagino Indra enfurecido na corte, o vajra crepitando sem misericórdia. O cavalo da rainha, de repente reanimado, relincha de pavor. Ela o atiça adiante, e eles desaparecem em uma curva na estrada. Kaushika os observa partir, e então a expressão calma em seu rosto desmorona.

Seus ombros afundam. Ele fecha os olhos como se estivesse confrontando a si mesmo. Vejo a máscara cair e deixar para trás uma vulnerabilidade verdadeira. Kaushika ofega e ergue o rosto para a chuva. Ele toca o fio sagrado como se estivesse tentando se lembrar de algo.

Uma curiosidade por esse homem me preenche, e minha mente tenta desesperadamente pegar a forma de sua sedução. Kaushika de joelhos, de cabeça curvada enquanto pairo sobre ele. Kaushika me segurando, me virando. Kaushika maravilhado enquanto danço para ele. Kaushika indiferente enquanto crio ilusões. A sedução ricocheteia, de uma imagem para a outra, nunca para, e um pavor agitado me segura. Quem é ele? Do que gosta? O que busca? *Urgente, urgente...* essas perguntas devem ser respondidas.

No segundo seguinte, preocupação substitui a curiosidade quando Kaushika fita o templo. De repente percebo por que escolheu ter essa conversa aqui. O templo de Shiva, seu poder dez vezes mais consagrado por estar tão perto do eremitério, ajudou Kaushika a executar a magia complexa que acabou de fazer. Afinal de contas, ele é um sábio, seu caminho é o do próprio Shiva.

Kaushika impulsiona o cavalo até mim.

Meus arquejos ocos ecoam dentro da caverna. Movo o olhar pelas paredes rochosas. Não será como da vez que o espiei no lago. Não tenho onde me esconder agora. Nenhuma camuflagem ou cobertura. Nenhum subterfúgio. Já testemunhei os limites de seu temperamento, e nunca é prudente enfurecer um sábio.

O que eu faço?

Uma ideia arriscada cintila em minha mente, então giro e me sento. Encaro o lingam, de costas para a entrada, mas meu corpo todo está em alerta. Junto as palmas em uma oração, mas meus ombros ficam rígidos. Não há tempo de pensar em nada mais sutil. Engulo em seco e escuto Kaushika desmontar e entrar no templo.

Capítulo 10

❦

*E*le para no instante em que entra.
— *Você.* O que está fazendo aqui? — cospe.
— Kaushika?

Viro-me um pouco e vejo sua forma contornada na soleira. Ele é impossivelmente alto, e, se não fosse pela aura, a caverna ficaria mais escura com ele bloqueando a luz. Mas, em vez disso, uma radiância invade o templo. Fecho os olhos e inspiro por um momento, tonta de adrenalina e medo.

Ele não sabe que estive espionando. Ainda estou segura. Viro-me completamente para ele, arregalo os olhos e me levanto aos poucos.

Kaushika fecha a cara conforme avança, roçando os ombros nas paredes. Chuva pinga dele, e a caverna minúscula fica ainda menor. Sua luz me queima, e minha pele parece chamuscada com a potência. É tão inebriante que quero me inclinar e cheirá-lo.

— Você não deveria estar aqui — continua ele, os olhos brilhando. — Como ousa sair do eremitério? Se quer sair, posso tornar isso permanente, mas não ache que está acima das regras só porque possui magia pura.

— Estou rezando para Shiva — digo. — Só quis...

— Assim? — Kaushika aponta para o cabelo solto, para o kurta amassado, para a pele ainda úmida. — Se vai ser uma sábia, você precisa entender que há decretos a serem obedecidos, incluindo a aparência. Você veio ao senhor assim?

Apesar do terror, semicerro os olhos. De forma incisiva, passo o olhar por seu próprio coque úmido, a armadura bordada com gotas de chuva, a calça baixa onde posso ver uma pitada de pelo escuro.

— Uma repreensão absurda, vinda de você — falo, e sai arrastado. — Sendo que você mesmo está quase nu.

Kaushika arregala os olhos de fúria. Uma blasfêmia baixa sai dele, e ele se retira, de volta para a chuva. Entra de novo um instante depois, puxando o kurta sobre o corpo.

Um arrependimento doloroso passa por mim quando ele cobre o peito com o tecido, diminuindo a luz da aura. Talvez seja meu nervosismo, mas não consigo evitar uma risadinha para sua expressão frustrada.

A careta dele aumenta.

— Não cometa o erro de se comparar comigo. Venho praticando meu rigor há anos para obter autocontrole. Posso bancar a ausência dele agora, mas até eu precisei seguir esses passos quando era um não iniciado como você. — Ele respira fundo, tentando se recompor. — Já provei minha devoção ao Grande Senhor várias vezes. A sua ainda está sob investigação.

Arqueio uma sobrancelha.

— E *você* vai decidir o valor da minha devoção?

Kaushika desvia a atenção para o lingam.

A pergunta paira no ar, afiando os limites da própria arrogância. Ele pisca e se agacha no altar.

As linhas de suas costas estão retas, tensas, mas, ao fechar os olhos, Kaushika murmura um canto. Toca o lingam, brilhando de poder. Cinzas prateadas escorrem da ponta de seus dedos enquanto ele desenha três linhas horizontais, a tripundra, na rocha preta. Uma guirlanda aparece do nada e rodeia o altar. Chamas de incenso lampejam dentro da caverna com luz renovada e inalo, surpresa com a paz repentina que flui em mim. Estou maravilhada demais, encarando o templo reluzir com um brilho dourado veloz, para perceber que Kaushika está me observando.

A oração a Shiva já acalmou suas feições. Ele está tão impassível como sempre. Abro a boca para falar, mas ele desvia o olhar.

— Vontade. Conhecimento. Ação — declara, baixinho, o olhar nas três linhas do tripundra. — O básico da conexão com seu prana. Já o aprendeu?

— Não.

Nenhum de meus professores me explicou desse jeito.

— Imaginei. Shiva não vai escutá-la, Meneka. Você não tem a disciplina necessária para silenciar sua mente e penetrar a meditação.

— Shiva é Bholenath — respondo. — Ele é o Inocente. Talvez seu caminho até ele seja através de rigorosidades, mas ele não se importa com políticas devocionais e rituais. Ele se importa com a autenticidade do coração da pessoa, a pureza da nossa intenção, a doçura do nosso amor. Estou errada?

— Não. Não está errada. Me diga então, seu coração é autêntico? Sua intenção é pura? — Um sorriso sombrio corta o rosto de Kaushika. — Seu amor é doce?

Abro a boca, mas imagens surgem atrás de meus olhos. A princesa Ranjani, minha primeira missão bem-sucedida, em meus braços. O prazer nos olhos enquanto eu descia beijos em sua barriga, enquanto abria suas pernas. A expressão monótona quando a deixei para voltar a Amaravati. Quando, enojada, por fim criei a regra de nunca me envolver com um alvo independentemente do que minhas irmãs façam. Horror, dúvida e aflição congelam meu corpo. Lágrimas repentinas reluzem nos cantos de meus olhos. Kaushika observa meu rosto, e o dele fica mais suave.

— Desculpe — pede ele, baixo, olhando de volta para o lingam. — Essa pergunta nunca é fácil. Mas, a não ser que possa respondê-la, não vai conseguir convocar Shiva.

Confusão rodopia dentro de mim, por receber empatia dele, por precisar tanto disso. Nem Rambha reconheceu por completo o medo que sinto de mim mesma e do que fazemos como apsaras, mas aqui está Kaushika, de todas as pessoas, tentando do próprio jeito desinteressado.

Um trovão rebenta do lado de fora, e volto a mim.

Chega.

Não deixarei que Kaushika me defina. Não vou deixar meu alvo ditar essa missão. Eu me forço a me lembrar da resplandecência de Amaravati, o perigo real desse homem, o ódio que avistei em seu rosto naquele primeiro encontro. Meu laço se tensiona dentro de mim e me dá magia e raiva.

— Conveniente escolher Shiva como a deidade do seu eremitério — comento.

— Do que está falando?

Dou de ombros de forma delicada.

— Anirudh me contou que todo mundo no retiro direciona o desejo sexual para dentro, para alcançar a felicidade espiritual. Ele disse que é disso que Shiva precisa, em busca das austeridades.

Kaushika balança a cabeça em minha direção.

— Você tem falado de sexo com Anirudh, então?
— Falamos de muitas coisas. Isso te incomoda? — Kaushika faz uma careta, e meu sorriso de resposta é um veneno doce. — No eremitério, tudo de que ouço falar é do caminho de Shiva que os sábios devem seguir. Mas para mim parece que vocês, iogues, se reprimem demais. Shiva condenaria a repressão, não acha? O senhor que é a liberdade encarnada?

Kaushika estreita os olhos.

— Nosso rigor não é opressivo. É uma forma de autocontrole máximo. Shiva é livre porque ele sozinho controla a própria mente, perfeitamente no comando de quando e como reage. Se você não entende algo tão simples como isso, então com certeza não se encaixa no eremitério.

— Sério? — Suspiro dramaticamente. — Me diga, sábio. O que o lingam significa?

Para minha surpresa, Kaushika solta uma risada pura e divertida.

— É esse o seu argumento? O lingam é um falo ereto, e o yoni, um útero receptivo. Todo devoto de Shiva sabe disso. Shiva é muitas coisas. Senhor do Ioga. Senhor do Asceticismo. Aquele que executa as maiores austeridades, até as sensuais. — Ele mantém os olhos em mim. — As eróticas.

— Mas ele não é nada sem a Deusa. Até a representação dele a destaca. — Ergo o queixo, e minha voz fica mais severa. — Você segue o caminho de Shiva, mas não reconhece o que o equilibra. Ignora Shakti, que mostra a ele quem ele é. Sem ela, Shiva não consegue viver sua divindade, destruiria o universo todo com o poder de sua meditação... destruiria a si mesmo. É a Deusa que o ancora, que o força a reagir, a dar, a participar. É a Deusa que transforma sua destruição em criação, em erotismo. Sem ela, ele é incompleto, mas você a ignora no eremitério e alega seguir o caminho dele. Fico sentada aula após aula, com Anirudh e Romasha tagarelando suas lições, mas você não ensinou a eles a simples verdade. Medito no lingam do retiro, e, mesmo que você tenha construído o yoni lá também, nenhuma palavra é dita sobre a Deusa. Tem certeza de que *você* se encaixa em um eremitério que alega seguir Shiva?

O silêncio ressoa pelo templo.

Kaushika abre a boca, e então a fecha. Ele estuda a caverna, observa os entalhes de Shakti em suas muitas formas. Como a Kali violenta montando o corpo de Shiva. Como uma Parvati benevolente, rivalizando Shiva com a própria meditação. Como Sati e Durga e Annapurna e Kamakshi. A Deusa sempre como *Shakti*, poder personificado, completando Shiva.

Algo lampeja nos olhos de Kaushika. A arrogância é substituída pelo horror repentino, depois humilhação e, então, uma indefesa estonteante.

É tão inesperada que fico surpresa.

— Shiva não é sozinho o Senhor do Universo, sábio — continuo, baixinho. — Ele é o Senhor do Universo quando está com Shakti. Vocês adoram o lingam e o yoni, mas sua rejeição ao prazer, sua busca pelo asceticismo sem entendimento, recusa o amor como a força de toda a criação. Nega a Deusa, portanto nega Shiva também. Eu te perguntei por que salvou Navyashree, e você alegou que era seu dever, uma resposta bem ascética, mas seu caminho de austeridade não considera as lindas contradições de Shiva ou a eterna permanência itinerante dele. Você jura venerá-lo, mas quanto de Shiva realmente entende?

Kaushika desvia a atenção dos entalhes para mim.

Não ouso me mover, presa por seus olhos. Eu me pergunto se errei ao falar. Se entreguei informação demais. Tento neutralizar minha raiva e indignação, as emoções com que iniciei essa conversa. Falei as palavras para tapeá-lo, mas, quanto mais Kaushika me encara, sem piscar, curioso, mais difícil fica lembrar que estou no controle.

Ele me observa, a cabeça inclinada, como se estivesse tentando me interpretar tanto quanto estou tentando interpretá-lo. Como se estivesse me vendo de verdade pela primeira vez.

Aos poucos, minha respiração fica rasa. Olho para as linhas de expressão no rosto dele. Para os dedos compridos e artísticos. O volume dos lábios e o fantasma das covinhas. O que ele vê? Por que não fala? Meu laço desabrocha, me confundindo. Eu o agarro, mas sua percepção me desamarra. Rambha, Amaravati, Indra… todos eles somem. De repente, Kaushika e eu estamos sozinhos, sem pretensões, sem objetivos, aqui no templo de Shiva.

Kaushika ergue a boca em um pequeno sorriso.

— Você tem razão — diz ele, por fim. — Eu venho ignorando a Deusa. Agastya teria rido de mim se soubesse que é isso o que tenho feito. Deve ser por isso que falhei em convocar Shiva até o eremitério.

Arregalo os olhos, apavorada. Abruptamente, sou puxada de volta para a missão. Eu acabei mesmo de lhe dar uma arma de conhecimento, uma que o *ajudará*? Será que Indra viu isso? O senhor considerará uma traição?

— Shiva não vai sair do Monte Kailash — digo, ofegante, em pânico. — Ele não vem simplesmente quando é chamado. Você mesmo disse.

— Ele vem quando está convencido do amor e da pureza de um devoto — responde Kaushika. — *Você* mesma disse. Você me deu uma percepção essencial do motivo pelo qual ele tem me ignorado. Eu deveria ter visto isso desde o começo. — Kaushika se ergue. — Vou acolher seu conhecimento, oferecido livremente. Vou usá-lo para melhorar o retiro. Agradeço a você por isso, Meneka.

Também fico de pé, alarmada.

— Você admite que tenho conhecimento. Então vai me deixar ficar no eremitério?

— Para nos ensinar o caminho da Deusa? — rebate ele, com ironia. — Você é insuportavelmente linda. Sem dúvida os outros adorariam aprender com você. — Ele ri, um som rouco e irregular, e balança a cabeça. — Acho que não. O eremitério ainda é meu. Ninguém fica aqui sem conhecer a si mesmo. Sem conseguir executar a magia que o conecta com seu eu interior. Por mais agradecido que eu esteja, seus dias estão contados, a não ser que consiga fazer runas.

Ele avança para sair do templo, mas bloqueio seu caminho.

— Então me ensine — peço.

— Não vale meu tempo.

— Seu tempo? — Imito sua risada rouca. — Você tem tempo para sair e viajar, mas não para me treinar?

Ele dá de ombros, friamente.

— Muito bem, tenho tempo. Não tenho a vontade.

Ele não pode me expulsar. Não agora. Não quando estou finalmente avançando na missão. O desespero me deixa ousada.

— Você não me queria no eremitério desde o começo. Apesar da minha força. Da minha devoção. Por quê?

— É um problema só meu... — começa.

— É problema meu também — rebato, afiada. — Você *quer* que eu falhe. Está mentindo sobre sua intenção. Mentindo sobre o motivo de não me querer aqui.

Os olhos de Kaushika cintilam.

— Não presuma tanto — diz ele. — Agradeço a você pela orientação sobre Shakti, mas gratidão é tudo o que vai conseguir de mim hoje.

A raiva me cobre, aquecendo minhas bochechas. Ele tenta passar por mim de novo, mas o bloqueio mais uma vez.

— Me ensine — exijo. — Me ensine de uma vez, e depois decida meu valor.

— Não. Você debate muito bem e tem conhecimento filosófico sobre Shiva, mas há turbulência demais no seu coração. Não tenho tempo de tratar isso.

Fique aqui e reze, Meneka. Reze que Shiva a escute... mas tenho que voltar para o eremitério.

— Eu também tenho. Anirudh está me esperando. Me ensine, Kaushika. Só uma aula e, se não aprender, eu vou embora. Não vou esperar a Cerimônia de Iniciação. Parto hoje à noite se quiser.

Um interesse cintila em seus olhos. Ele respira com força e move o olhar para o próprio pulso. Percebo que o estou segurando. O pulso dele retumba sob meu toque, e seus olhos se escurecem um pouco com a percepção. Minha garganta fica seca, mas me recuso a engolir. Soltei as palavras sem pensar, mas estou fadada ao fracasso. Não posso fazer o que os outros fazem. Meu fingimento acabou aqui, assim como a missão de Amaravati. Com certeza ele não concordará com a demanda imprudente. Anirudh nos contou que Kaushika não tem *permissão* de ensinar, segundo as regras da Mahasabha. Eu o encaro e espero que recuse, mas um sorriso maroto se forma em seus lábios como se a ideia de me ver longe do eremitério fosse o suficiente para arriscar a censura de outros sábios. Como se já tivesse ganhado.

— Uma aula — concorda Kaushika, baixinho. Com a outra mão, ele aponta para o cavalo, cutucando a grama do lado de fora. O ar tremeluz, com a chuva camuflando a barreira que ele conjura. — Vamos ver o quanto você aprende daqui até o eremitério.

Capítulo 11

Meu corpo está pegando fogo.

O calor jorra de Kaushika sentado atrás de mim no cavalo. Acima, a chuva respinga, mas não nos atinge devido à proteção invisível. Estou sozinha com o sábio, o senhor Indra foi impedido de testemunhar nossa conversa. Desesperada, me agarro à missão e digo a mim mesma que essa é a primeira e única chance de penetrar o escudo de Kaushika. Só que, mesmo enquanto penso nisso, as imagens de sua sedução se formam e morrem atrás de meus olhos. Sou lembrada de que ainda não sei nada sobre este homem.

Sinto meus músculos ficarem tensos. Sento-me rígida, tentando respirar. Atrás de mim, Kaushika está imóvel, imóvel demais. Um calafrio sobe por minha coluna quando sinto seu corpo duro. O jeito que suas pernas estão levemente pressionadas nas minhas. O jeito que seus braços estão a centímetros de me envolver. Meu cabelo ainda está solto, e ele não insistiu que eu amarasse de novo. Imagino Kaushika pairando sobre mim, com o olhar fixo nas mechas desfeitas. Imagino Kaushika considerando o que falei de Shiva e Shakti, de liberdade e sexo.

No que está pensando? Eu realmente tentei *lhe ensinar* sobre Shiva? Dar um sermão sobre a divindade do prazer? Entreguei demais. Mostrei-lhe minha verdadeira natureza. Ele saberá que sou uma apsara. Fará algo a respeito. Este passeio, esta aula, é só um espetáculo, um que sem dúvida também encurralou minhas irmãs.

Kaushika se inclina para a frente a fim de pegar as rédeas com uma mão. Inspiro de repente quando seu hálito faz cócegas em minha pele. Baixo o olhar para os dedos dobrados na corda. Estão abertos como uma oferta.

— Segure as rédeas — pede ele, baixo.

Minha voz sai rouca:

— Você quer que eu guie o cavalo até o eremitério?

— Quero que assuma o controle. *Eu* vou nos guiar de volta.

As pernas dele se enrolam nas minhas, os joelhos se mexendo. Dou um sobressalto com o toque. Sob nós, o cavalo começa um trote lento. De repente lembro que Kaushika já foi príncipe. Ele não precisa de rédeas. Esteve na garupa de um cavalo desde que aprendeu a andar.

— Se você vai nos guiar, então por que estou segurando isso?

Consigo ouvir seu sorriso.

— Porque você precisa aprender a confiar em si mesma, e isso vai criar uma ilusão de confiança até você a encontrar.

Meu coração retumba. *Uma ilusão de confiança.* Ele está jogando comigo. Com certeza deve saber.

— Talvez a gente devesse caminhar — sugiro, rouca.

— Por quê? O cavalo a deixa desconfortável?

Você me deixa desconfortável, penso. Minha garganta está seca. De repente, não consigo distinguir quem é o sedutor e quem é o alvo.

— Não — respondo. — Mas acho que você está tentando me ludibriar.

— Estou tentando ensiná-la. Era isso o que você queria. Aqui, vou até lhe dar um símbolo da minha sinceridade. Uma coisa que eu mesmo entalhei.

Ele se remexe, e me viro para assisti-lo soltando o coque, removendo um pente. O cabelo ondulado que cai em seus ombros, moldurando o rosto anguloso, me atrai tanto que mal noto o pente estendido para mim.

Quando pego o ornamento, arregalo os olhos. Entalhado em madeira, no formato de uma lua crescente, o objeto pulsa delicadamente com magia mortal. É quase tão poderoso quanto algumas joias do paraíso. Como um mortal poderia criar algo tão potente? Quantas horas e canções foram necessárias para consagrar esse amuleto? Eu o analiso com cautela e um clarão de poder me percorre. Luzes cintilam em meus olhos, um zumbido ressoa em meus ouvidos e, pela primeira vez, vejo além de minha respiração uma energia pulsando em meu corpo. Prana.

Arfo e, embora o clarão se esvaia, o poder ainda me atravessa. Amaravati está conectada com esse prana, alimentando-o por meio do laço atrás de meu umbigo. Mas também detecto outro caminho para o poder. Uma abertura para um mundo dentro de mim, e não para aquele além.

Enrijeço e me afasto de Kaushika. Meu coração sobe até a boca. Oscilo na beira de algo horrível, de algo lindo.

— Lembra o que falei do prana? — pergunta Kaushika.

— Uma conversa comigo mesma — sussurro.

— Isso. — Ele se inclina, e sua bochecha roça a minha. O hálito dele banha minha pele. — Feche os olhos. Foque em si mesma. A vontade de saber quem você é. O conhecimento para aceitar isso quando o avistar. A ação para transcender o que vê e unir isso ao bem maior.

— Para onde você vai quando sai do eremitério? — solto.

Quero ouvir de seus lábios. A admissão de que odeia Indra, o que me permitirá aprofundar minha investigação e me forçará a voltar à razão de uma vez.

A voz dele exala impaciência, encoberta por um sussurro.

— Quem sabe eu conte, se você passar das próximas horas. Agora, não me faça repetir.

Ele cutuca delicadamente minha lombar. Eu me mantenho completamente imóvel. Devagar, fecho os olhos e seguro o pente com as duas mãos. Esqueço que devo descobrir a forma da sedução de Kaushika. Esqueço que essa pode ser minha última chance. Em vez disso, fico maravilhada pelo que avisto dentro de mim quando aperto o amuleto.

— Respire — instrui ele. — Siga sua respiração. Segure seu prana com a mente.

Conheço esse exercício. Já o pratiquei com Anirudh e Kalyani. Diferente daquelas vezes, quando só avistei um único laço saindo de Swarga para meu prana, dessa vez vejo...

— Gotas de orvalho. — Arfo. — Brilhando dentro de mim. Pingando pela minha alma.

— Uma imagem incomum — comenta Kaushika, suave. — Mas é sua. No meu retiro, iogues muitas vezes veem o prana como faíscas de fogo tapasvin, e outros o veem como ar também. Nunca encontrei alguém que o visse como água, mas prana é simplesmente a magia do universo, mais sutil do que qualquer fantasia que podemos lhe dar. Se essa imagem a serve, siga-a.

Uma dezena de pensamentos cruza minha mente. O encantamento com a impossibilidade do que estou fazendo. A descrença por estar vendo o prana diretamente, sendo que minha única conexão com ele deveria ser pela Cidade dos Imortais. Minha missão, e a proximidade dele.

O cavalo segue em frente de forma ritmada, e a chuva parece distante; Indra foi barrado, atrás de um escudo. A magia de Amaravati brota em mim com as gotas de orvalho do prana, duas fontes que me conectam ao poder do universo em vez de uma. Minha natureza se mantém, grudando no caminho familiar de Amaravati. Solto o pente e os curvo em uma mudra, o Reverso da Lua. *Isso é perigoso*, sussurra Rambha, e abro os olhos. Baixo as mãos.

Kaushika se inclina.

— Segure firme — diz, e entrelaça os dedos nos meus, curvando nossas mãos de novo no pente. — Fique focada.

— Isso foi um erro — sussurro. — Não consigo fazer isso.

— Consegue — sussurra Kaushika de volta. — Se dê a permissão de que precisa. Converse consigo mesma, Meneka. É a única coisa que importa. Alimente sua devoção com quem você é de verdade.

Fecho os olhos de novo, hipnotizada.

Dê, repito, e meus dedos formigam. O prana selvagem brota dentro de mim de novo, radiante, enquanto o calor de Kaushika me envolve. A magia lampeja dentro de mim. Em desespero, rezo para Indra, peço-lhe que interfira de algum jeito. Tento focar as gotas de chuva que ouço além da barreira. Tento focar a respiração, uma inspiração profunda. O cheiro de cânfora e jacarandá. O laço dourado de Amaravati. As gotas de orvalho de minha força vital.

Mudo o foco de Amaravati para meu coração.

Minha respiração se transforma.

Poder corre por minhas veias, tão forte, tão chocante que grito. É mais poder do que jamais senti antes, como se o que eu vinha recebendo de Amaravati tivesse sido só uma cosquinha. Sou inundada pelo universo por um instante único e apavorante.

Arqueio as costas contra Kaushika. Jogo a cabeça em seu peito. Ele fecha os braços ao redor de meus ombros e me mantém estável, mas mal tenho consciência dele. Tudo que sinto sou eu mesma, e ergo os dedos para esboçar uma forma, a runa de felicidade. Ela cintila e ondula como água, não é só uma imagem construída no ar, e sim uma runa, uma runa *de verdade*. Estou criando o que deveria ser impossível para mim como imortal, mas aqui está, reluzindo para mim com a verdade, irradiando sua força em nós dentro do escudo de ar, nos infundindo.

Kaushika arfa, depois ri, um som rico e profundo. Ele aperta meus braços com os dele em uma afeição repentina e triunfante. Viro-me no cavalo para ver a alegria em seu rosto. A carranca desapareceu e ele parece mais jovem, não mais formidável. Covinhas surgem nas bochechas dele, e eu tenho um desejo repentino histérico de tocá-las. Prová-las.

Revele sua luxúria, sussurro imprudentemente, pressionando. O escudo reluz em mim, mas cutuco as bordas, consumida por minha magia. *Revele sua luxúria.*

Meu comando esbarra em algo. Uma imagem adentra em minha mente. Estou montada nele, empurrando seu peito. Os olhos dele brilham de raiva e satisfação. *Você vai ser influenciado?*, sussurro, traçando beijos por seu pescoço enquanto os batimentos dele se tornam mais irregulares. *Vai obedecer?*

Você vai?, pergunta ele de volta. Mas seus olhos estão fechados em êxtase, os quadris empinados enquanto me movo em cima dele, mas não é pelo prazer que estou lhe dando, não só isso, é também pelo prazer que estou me dando.

Arfo, e o pente de lua crescente cai de minhas mãos para as de Kaushika. Solto as gotas de orvalho — meu próprio prana — e o mundo se estabiliza, não mais acentuado e desperto. A imagem da sedução de Kaushika se esvai e some quando libero a magia de Amaravati.

Chocada, eu o encaro. Pensamentos me circundam, caóticos demais para fazerem sentido, como pássaros se aglomerando em minha mente. Kaushika encontra meus olhos, intrigado, sem saber da magia apsara que acabei de executar. Minha respiração está irregular, incapaz de entender o que vi, como vi e o que significa.

Árvores ondulam, e formas escuras se tornam mais firmes. Kaushika ergue o olhar do meu, e estou impressionada demais para notar que paramos. Está completamente escuro agora, e retornamos ao eremitério. Luzes cintilam das cabanas próximas, a chuva silencia qualquer canto. Como chegamos aqui tão rápido? Fechei os olhos há poucos minutos. Não consigo respirar. Estou tonta, oscilando com tudo.

Kaushika sai do cavalo e me ajuda a descer. A pele dele está quente na minha, porém, cedo demais, ele se afasta, com um sorriso nos lábios.

— Admito que não achei mesmo que fosse capaz — diz ele. — Talvez estivesse errado a seu respeito.

Há um significado oculto nas palavras dele, mas estou instável demais para dar um sentido a elas. Eu me prendo no que mais importa.

— Quer dizer que posso ficar? — sussurro.

— Por ora. Até a Cerimônia de Iniciação. Você ainda precisa passar nela. Mas seu treino deve ser mais fácil. Você é mais forte do que percebe. Seu poder vai apenas crescer agora que desbloqueou o caminho até ele.

Kaushika acena com a cabeça e então pula de volta no cavalo. Ele puxa as rédeas e se vira para retornar por onde viemos.

— Você não vai ficar? — falo, alto.

— Não. Tenho coisas para resolver.

— Que tipo de coisas?

— Pode ser que nossos caminhos se alinhem — responde, sorrindo de leve. — Você deve descobrir sozinha.

— Você prometeu que me contaria se eu conseguisse ficar — lembro.

— Eu disse *talvez* — responde. — Estou exercendo minha escolha de não contar.

Solto um grunhido frustrado. A luz de um candelabro próximo cai no rosto dele, sombras e escuridão, um lampejo de diversão e risada nos olhos. Ele move a mão, e o escudo de ar sobre mim se dissolve. Fico encharcada em segundos, e ele também, mas Kaushika parece se importar com a chuva tanto quanto eu. O kurta gruda em sua pele e tento não encarar o formato de seu corpo, ainda abalada pela imagem que avistei ao buscar sua sedução.

— Melhor entrar, Meneka — avisa Kaushika, sorrindo. — A não ser que saiba a runa para bloquear esse aguaceiro.

Balanço a cabeça, e ele ri. Trovões rebentam, e o cavalo se vira, os sons dos respingos do cavalo e do cavaleiro somem.

Fico na chuva por um longo tempo.

Capítulo 12

Não conto para ninguém da aula privada com Kaushika. No dia seguinte, após o templo, me encontro de novo com Anirudh e Kalyani no pátio para a prática antes do café da manhã, e a ansiedade no rosto deles se transforma em maravilha e alívio quando recrio, calada, a runa de felicidade que fiz para Kaushika.

Sem o pente como amuleto consagrado, dessa vez sai fraca. Ainda assim, a forma cresce por alguns segundos, cintilando como gotas de orvalho, refletindo nos olhos arregalados dos mortais. Kalyani começa a gritar e bater palmas antes de ela sequer se formar por completo. O rosto sério de Anirudh brilha com uma satisfação calma. Solto a runa, e ela explode como um rojão silencioso, frágil demais para banhar a mim e a meus amigos com seu poder.

Ainda assim, risadas espantadas ecoam ao nosso redor, provocadas não por magia, mas por alegria sincera. De repente, sou rodeada pelos outros, que me assistiram. Eles me dão tapinhas nas costas, me parabenizam, me abraçam. O murmúrio silencioso costumeiro do pátio é quebrado pela celebração eufórica e pelo riso. Não consigo evitar sorrir de volta, incapaz de esconder o orgulho no rosto.

— Você conseguiu — diz a linda Romasha, com um raro sorriso. — Você tem que nos contar o que mudou na sua prática para enfim permitir isso.

Fito todos os olhares atentos atrás dela. Burly Jaahnav, que é o maior discípulo do eremitério, com uma aura sempre pacífica e ideias sobre darma sempre reverentes; a pequena Durvishi, que é a mais nova e mais atenciosa de nós, que consegue convencer até Kaushika sobre sua filosofia; o sorridente Parasara, que todos acreditam que irá seguir o caminho de rishi por causa de sua completa devoção a Shiva. Dezenas e dezenas deles abandonaram a prática, ávidos para ouvir minhas palavras. Absolutamente todos eles são gentis e corteses, desejam que eu seja bem-sucedida para poder trazer honra ao retiro. Cada um deles é um perigo para o senhor Indra, em seus caminhos ascéticos para se tornarem sábios, que destruiria maya, destruiria minha espécie e a mim, na busca de iluminação. Meu momento de orgulho se estilhaça como vidro.

Meu sorriso é frio.

— Me lembrei do amor.

— Como assim? — pergunta Eka.

Ela é menor do que eu, embora tenhamos a mesma idade. Sua aura é vermelha e dourada, perfumada como canela.

Baixo o olhar.

— Não sei se Kaushika gostaria que eu falasse disso.

Como esperado, isso só motiva mais perguntas.

Kalyani aperta minha mão. Anirudh inclina a cabeça, curioso.

Encontro o olhar dele.

— Você estava certo. Era no caminho ascético que eu estava falhando. Mas não era falha minha, era falha do caminho em si. O poder do universo é o do amor, a devoção completa que Shiva e Shakti têm um pelo outro. Foi disso que me lembrei no templo. É isso que um iogue deve compreender para realmente desbloquear o próprio poder.

Ao lado de Anirudh, Romasha paralisa. Ela semicerra os olhos pensativa, e me encara com uma expressão severa. Os outros começam a murmurar — Parasara diz que já considerou essa ideia, mas não pensou em falar, Jaahnav e Eka debatem se Shiva está enfurecido com o eremitério por causa dessa negligência. Deixo os murmúrios aumentarem conforme outros começam a falar também, então, quando ameaça sair do controle, movo os dedos para criar outra runa, um om pacífico que conecta o prana individual com o do universo.

Então, curvo os pulsos em uma mudra da Dança da Luz. É um risco, ainda mais agora que Romasha me observa com tanta intensidade. Lembro-me de como cogitei se Kaushika tinha sentimentos por ela. Não acredito mais nisso, não depois de testemunhar a forma de sua sedução, mas ainda é alguém com quem devo ser cautelosa por desconfiar tanto de mim. Mas é essa desconfiança que me encoraja, zunindo por mim como um raio de rebeldia. Não posso mostrar aos iogues nenhuma ilusão de verdade sem que descubram quem realmente sou, só que, emaranhada desse jeito com a magia mortal, a runa se ergue sobre nós com o poder multicolorido do cosmo.

A falação cessa abruptamente quando todos os olhos a seguem. É maior do que qualquer runa que já vi alguém criar, meio real e meio ilusão, crescendo sobre o pátio, sobre o eremitério, dando voltas e cintilando como um farol. Eu me seguro no laço do paraíso, alimento a metade ilusória enquanto ela se expande. Então a solto e deixo chover faíscas de luz em cima de todo mundo.

— Amor... é um poder subestimado, não concordam? — sussurro.

Os outros me encaram, e vejo a semente de dúvida crescer dentro de seus olhos. Sinto-me recompensada e envergonhada, e recebo essa mistura de emoções como o amigo familiar que é.

Sou cercada de perguntas pelo resto do dia. Discípulos com quem nunca falei vêm até mim, inventam desculpas para me auxiliar nas tarefas, querem saber mais da Deusa. Aypan, iogue andrógino que costuma preferir meditar a debater, segura minha mão, fala de Shiva como Ardhanareshwar, a forma do senhor que não é nem masculina nem feminina. Eu lhe dou um abraço, acaricio seu cabelo, a lenha que estamos coletando fica esquecida enquanto nos relembramos de ex-parceiros e de como deixamos pedaços de nós mesmos na alma deles. Penso em Kaushika e em sua ordem para deixar o passado em paz, e Indra sorri em minha cabeça a partir da lembrança. Rio com Aypan, sabendo que estou finalmente sendo bem-sucedida na missão.

A matronal Shuba confidencia a mim que deixou a família para trás a fim de aprender no eremitério. Lágrimas reluzem em seus olhos enquanto nós duas sovamos uma massa.

— Esses rotis de açúcar são os favoritos dela — comenta, mencionando a filha mais nova. — Penso nela todo dia, mas estava na dúvida se fazer isso seria uma traição ao asceticismo que Kaushika exige. É por isso que minha magia sofre?

— Sem amor, o asceticismo é estéril — digo, com empatia. — Pensar em quem você ama só vai aprimorar sua magia para a Cerimônia de Iniciação. Aprimorou a minha.

Ela assente e chora silenciosamente, dou tapinhas em seu ombro, sabendo que outro dos iogues é meu.

Kalyani me conta que deixou um jovem para trás em sua vila. Ela retira um lírio desbotado do bolso, preservado com magia, as pétalas brilham com gotas presas.

— Ele me deu isso no dia em que fui embora — comenta, baixinho. — Queimei todo o resto que trouxe comigo quando cheguei. Essa foi a única coisa que não consegui.

— Talvez você não precise — respondo, com gentileza. — Se consegue canalizar sua afeição no seu prana, não seria a serviço de Shiva também, de certo modo?

Kalyani assente, contemplativa, e sinto o prana correr em meu coração, uma torrente ardente de água. Mas, entrelaçado a esse poder, há um fio contorcido de medo. Kaushika não vai gostar de nada disso. É capaz de ficar com raiva ao ver que deformei seu reconhecimento do que sei de Shiva em algo que ele nunca aprovaria para o eremitério todo. Talvez até queira me tirar daqui, mas já ganhei bastante influência. Não vou sair com facilidade, e os outros protestarão. O retiro desmoronará se ele tentar. Por isso, embora esteja preocupada, reluzo em meu esplendor, finalmente aceitando que sou digna dessa missão. Alcancei o que outras apsaras não conseguiram. Kaushika está vulnerável, seu grupo de iogues enfraqueceu. O doce veneno de minhas palavras flui sorrateiramente entre eles, invisível, sem obstáculos.

À noite, o eremitério ressoa não com hinos e mantras a Shiva, mas a Shakti — hinos que aprendi a tocar perto dos joelhos da rainha Shachi enquanto ela trançava flores em meu cabelo. Um estudante cujo nome desconheço canta essa melodia agora, e fico sentada nos fundos, entoando com o resto deles e tentando esconder o sorriso.

No dia seguinte, Shailesh e o marido, Daksh, dão as mãos abertamente e tocam um ao outro sem parar durante a prática do pátio. Dois dias depois, vejo Sagara e Narmada escapulirem para a floresta, rindo enquanto desfazem os coques do cabelo. Uma semana depois, Sharmisha cai em cima de Advik com gratidão e triunfo depois de aperfeiçoar um mantra particularmente capcioso, e o beija com fervor como se estivesse no bosque das apsaras, e não em um centro comunitário no coração do eremitério de um sábio austero. Risadas irrompem com a cena, em vez de censuras, outros estudantes batem palmas e gritam. Dessa vez, não preciso esconder o sorriso. Mantras são murmurados, o lingam é adornado com flores. Até vi Ineshina e Leela dançarem dentro do pavilhão, as formas cruas, mas não menos bonitas, enquanto oferecem o show a Shiva.

Fico esperando que Anirudh ou Romasha me repreendam por encorajar esses estudantes, mas nenhum deles diz uma palavra, mesmo que Romasha tenha ficado mais frígida comigo. Pergunto-me se é porque ela suspeita que sou uma apsara, mas talvez ela só seja uma criatura moralista. Já me deparei com muitos puritanos nas missões, receosos das reações do corpo a mim, e, se fosse procurá-los em um lugar, seria dentro de um eremitério ascético. Permaneço afastada dela, mantendo nada além de conversas moderadas.

Mas, com todos os outros, meu poder cresce, uma eletricidade me alimentando como correntes do poder de Indra. Algumas vezes, até estimulo os discípulos a fazerem formas mais limpas, mesmo sendo imprudente, mas sentindo o orgulho que eles sem dúvida sentiram de mim quando finalmente criei as runas.

Durante todo esse tempo, a imagem da sedução de Kaushika queima em meus olhos. Eu me vejo de mãos enterradas no cabelo dele, seus olhos fechados de agonia extraordinária. Toda vez que a revivo, minha pele pega fogo, como se eu estivesse à beira de uma revelação. Nenhum outro alvo teve essa forma final de sedução criada tão rapidamente; é preciso meses de dança e manipulação do desejo original para me ver na mente do alvo. Como isso surgiu nele sem nenhuma provocação? Ele tem pensado em mim esse tempo todo? Não é tão indiferente a minha beleza quanto finge ser? A ideia me faz estremecer enquanto reinterpreto cada interação com Kaushika; enquanto penso no quanto a missão está perto de terminar.

Se eu já vi essa imagem — a imagem final da sedução —, só preciso ajustar os contornos antes de seduzi-lo por completo. Tenho apenas que investigar as preferências dele e criar ilusões repetidamente e em formas diferentes, para que, um dia, eu seja tudo em que ele consiga pensar. Cada ilusão exigirá mais precisão, ser mais precisa; as mudras precisam ser uma linda mistura para criar a visão exata que ele vê na mente. Cada revelação de sua luxúria deverá informar a ilusão seguinte. Ele gosta de minhas unhas traçando sua pele? Como minha expressão deve ser nessas visões? Devo estar excitada, envergonhada, nervosa? Preciso decidir cada um desses fatores para descobrir a essência de seu desejo — mas essa fase é mesmo a mais agradável de uma missão apsara, talvez até a mais fácil.

Com o tempo, com cada ilusão sendo uma flecha infalível para enfraquecê-lo, Kaushika finalmente se tornará meu servo. Noite ou dia, acordado ou dormindo, cada pensamento e preocupação o abandonará. Assim como

Tara. Assim como qualquer outro alvo bem-sucedido. Será possível que essa missão, depois de tudo, seja mesmo a mais simples?

Posso ir para casa, penso, a mente tonta com as implicações. *Posso ficar com Rambha, nunca mais sair de Amaravati*. Ela sorri em minhas lembranças, mas as imagens da sedução de Kaushika interrompem a vitória quanto mais perto chego de alcançá-la.

Fui convidada para ajudar a liderar as rezas, tornando-me a próxima opção depois de Anirudh e Romasha para responder a perguntas filosóficas. Quando conduzo as sessões, imagino Kaushika me observando.

Imagino o desejo em seus olhos, o sussurro de seus dedos e como seria a sensação se ele entrelaçasse os dedos nos meus de novo. A forma da sedução dele dança dentro de mim, e empolgação e adrenalina fluem em minhas veias por estar tão perto de conquistá-lo. Por como o estou destruindo, embora ele não saiba.

Durante a prática, misturo as runas com mudras de novo para maravilhar os outros. Assistimos às formas cintilarem no ar. Toda vez, me pergunto como isso é possível. Prana é o poder *de Indra*. Se consigo canalizá-lo como ele, as outras apsaras também conseguem? Caso consigam, o que isso significa para nosso serviço a Amaravati e ao próprio senhor? Meus pensamentos estão emaranhados, cada um infestado de lembranças e esperanças. Vejo Indra no trono me prometendo: *você será uma deusa*. O hálito de Kaushika queima em minha bochecha, o jeito que suas mãos apertaram meus dedos. *Você é insuportavelmente linda*.

Certa tarde, uma dezena de estudantes está me rodeando para falar das famílias, a vontade de retornar para casa aparente em suas vozes, quando finalmente avisto Kaushika. Os mortais e eu estamos a caminho de uma das lições de Romasha para aprender outro mantra poderoso, mas Renika, uma jovem atraente com um vão entre os dentes, balança a cabeça.

— Temos que continuar ouvindo Romasha? — questiona ela. — Está claro que ela não vê o valor do amor nos nossos caminhos.

— Os mantras dela supostamente devem nos ajudar na Cerimônia de Iniciação — responde Kalyani enquanto os outros murmuram. — Não é isso o que você quer?

Renika dá de ombros, emburrada. Não digo nada, mas ela é apenas um dos muitos discípulos que não se importam mais com a cerimônia, que podem até estar desejando fracassar e voltar para casa. Ela é um dos que assumiram a dança como forma de oferecer devoção a Shiva, alegando que ele é, afinal de contas, o Senhor da Dança.

— E você, Meneka? — indaga Kalyani. — Sua demonstração na cerimônia vai ser uma confluência de runas? Ou você tem uma runa poderosa específica em mente?

Ela para, e move o olhar de mim para o marmeleiro, onde o restante dos estudantes está reunido. Romasha não está liderando a turma; é outro discípulo, chamado Viraj. A multidão de costume está sob a árvore, estudantes se sentando, conversando em voz baixa, mas então Kaushika chega, com Romasha e Anirudh em seu encalço. Dois outros discípulos os seguem, Eka, com os olhos castanhos sérios e um profundo conhecimento dos canais nadi, e Parasara, com uma aura tão forte que de vez em quando rivaliza com a de Kaushika.

Ele tem uma expressão estranha no rosto quando para em frente a meu grupo. Suas roupas estão amassadas, o cabelo levemente desarrumado. Está com olheiras, e ele parece tão esgotado que chega a ser irreconhecível.

Ergo as palmas, quase como se fosse segurar as bochechas dele antes de interromper o movimento, chocada com meu corpo por pensar em fazer isso e por ele parecer precisar do afago.

Onde esteve desde a noite no templo? E o que o deixou nessa condição? Vai me repreender pelo que fiz com o eremitério em sua ausência? Ou simplesmente me pedir para ir embora?

Eu me preparo para lutar e troco um olhar nervoso com Kalyani, lendo o mesmo pensamento na mente dela. Os outros saíram de mansinho, repreendidos pela mera presença de Kaushika. Eu os vejo de canto de olho, nos observando antes de se misturarem à multidão. Viraj começa a aula, mas Kaushika não parece notar. Ele fica ali, analisando Kalyani e eu.

Minha ansiedade escala com o silêncio. Romasha deve ter contado o que eu venho fazendo. Ele vai expulsar não só a mim, mas Kalyani também. Nós rimos da prudência excessiva de Romasha durante o ensino de magia e pode ser que tenhamos sido ouvidas. Talvez ela tenha lhe contado de nossa insolência, das suspeitas de minha verdadeira natureza como apsara. Respiro fundo e tento me acalmar, Kalyani aperta minha mão.

— Precisamos da ajuda de vocês — anuncia Anirudh. A voz dele está anormalmente sóbria, os olhos monótonos.

— Ajuda para quê? — pergunta Kalyani.

— Tem certeza disso? — Kaushika se vira para Romasha. A voz dele está desgastada e fina. — Essas duas são bem novas. Tem iogues mais habilidosos aqui.

Romasha assente.

— São as mais fortes. Como Eka e Parasara. A magia que têm dentro delas, neste momento, é maior do que a de qualquer um. Você precisa de poder puro, não precisa?

— Poder para quê? Ajudar no quê? — insiste Kalyani.

Ninguém responde, e Kalyani e eu trocamos outro olhar, esse mais perturbador. Parasara e Eka dão de ombros para nós. Também não sabem o que está acontecendo.

Um arrepio de medo me atinge, ansiedade e nervosismo deixam meus músculos tensos. Seja lá o que vier a seguir, afetará a missão de formas incalculáveis.

O olhar de Kaushika é sombrio.

— Preparem elas. Viajamos em uma hora.

Capítulo 13

Pegamos todos os cavalos. Há seis éguas idosas e sete de nós. Nenhuma aparenta conseguir cobrir distâncias longas, mas Kaushika entoa um mantra silencioso, e os animais relincham e bufam, eriçando as orelhas. Percebo tarde demais que deve ter sido isso o que ele fez em nosso retorno do templo de Shiva, para energizar o cavalo. Não é um espanto, então, termos chegado ao eremitério tão rápido. Ele me ajudou ao mesmo tempo que me atrapalhou — oferecendo sinceridade ao mostrar o pente mágico, mas tirando tempo que eu poderia usar para provar minha magia. Eu o examino, esse homem que conheço apenas em fragmentos conflituosos nas luzes incompletas de um prisma. *Um alvo*, lembro a mim mesma. *Só isso.*

Eka não sabe cavalgar, então se acomoda atrás de Anirudh com o olhar nervoso. O restante sobe na montaria mais próxima que encontra, nossas mudas de roupas e sacos de dormir guardados dentro das sacolas nas selas. Kaushika nos observa, contornado pelo sol da tarde.

— Vamos cavalgar com rapidez. Vamos cavalgar com força. Sei que vocês têm perguntas. Elas vão ter que esperar — declara ele.

Sem mais uma palavra, Kaushika começa um meio galope, e o seguimos. Depois que passamos do eremitério, o galope de Kaushika fica mais veloz. Minha mente gira de curiosidade e medo, mas a viagem suga toda minha atenção. É como estar em um cavalo do paraíso — esses animais mortais correm como se estivessem voando pela terra. Formas passam rápido demais até para que meus olhos as percebam — contornos borrados das árvores, luzes de uma ou duas vilas, e então o movimento das estrelas acima quando o sol começa a se pôr. Não faço ideia há quanto tempo estamos cavalgando, ou para que direção vamos. Só consigo me concentrar em me segurar no cavalo, que segue o de Kaushika por conta própria.

Horas se passam. Estrelas ficam mais afiadas, precisas. Desaceleramos. O solo fica árido, e os cavalos levantam poeira. Minha garganta está ressecada, e tento salivar para engolir em seco. Cactos, encélias e lilases pontilham a paisagem, as formas espetadas, contornadas pelo sol, se esvaindo. Seja lá onde estivermos, estamos longe do eremitério. É um choque os cavalos ainda estarem vivos. Magia de Kaushika, claro.

Subimos um cume, e um pequeno vale jaz abaixo de nós, desordenado por mais ou menos uma centena de formas. Semicerro os olhos e tento entender. Estátuas? Não, outra coisa, mas desvio a atenção para meus colegas. Por ser imortal, não sinto exaustão, só que, ao meu redor, quando enfim paramos, os outros estão ofegantes. A cabeça de Eka está escorada nas costas de Anirudh, e Parasara e Kalyani esfregam o rosto. Até Kaushika parece cansado, sua aura, apesar de seguir iluminada como de costume, está irregular, lançando um perfume forte de cânfora. Lembro-me de repente de que, por mais que ele seja poderoso, é só mais um mortal.

— Onde estamos? — pergunto, com palavras ofegantes para fingir cansaço.

— Na vila de Thumri — responde Anirudh enquanto passa um cantil de água para Eka.

Desmonto para examinar o vale mais de perto. Um cheiro amargo e ácido chega até mim, carregado por uma brisa quente e nauseante. Há uma podridão no ar, e vejo que o que pensei serem estátuas são cabanas, espalhadas aqui e ali. É estranho não ter uma única luz ardendo na vila, nem mesmo em um templo para alguma deidade local.

Os outros começam a descer. Kaushika escala um afloramento pequeno, que deve lhe dar uma boa vista do vale todo. Suas costas estão eretas como uma vareta, a aura brilha com as bordas serrilhadas. Ele começa a cantar, a voz profunda e forte. Algo nesse mantra em particular me lembra dos gandharvas, os músicos celestiais de Amaravati. Uma onda de saudade passa por mim e meus joelhos ficam bambos.

O mantra cresce e penso em grama fresca, um feixe dourado de luz do sol, o gosto de minha liberdade. Penso na chuva caindo, uma pureza doce e açucarada nela. Penso em minha dança, a única honestidade que conheço. Lágrimas incomodam os cantos dos olhos. Esse canto me traz os mesmos sentimentos que minha dança. Como a voz de Kaushika consegue ser tão invocadora? Como ele consegue me mergulhar em mim mesma tão profundamente sem nem tentar?

Kaushika ergue as mãos graciosamente. Toca a ponta dos dedos indicadores nos polegares. Quase parece uma dança mudra, o ar estala na frente dele. Todos nós o encaramos, e é só quando os cavalos choramingam que percebo que a música terminou. Ainda sinto as reverberações tamborilarem em mim, os olhos de Kaushika estão fechados, os lábios ainda se movem. Ele está cantando, embora agora seja entre dentes.

Todos nos viramos para Anirudh e Romasha, e os dois assentem, entendendo nossas perguntas não feitas.

— Thumri... — começa Anirudh, a voz dele sai sóbria. — Esta vila precisa de magia. Vocês foram trazidos aqui porque, de todos os iogues do retiro, são os que atualmente têm mais prana dentro de si. Precisamos desse poder agora, mas, por favor entendam, pode levar meses, até anos, de tapasya dedicado para reabastecer o que essa tarefa exige. Kaushika não pediria isso a vocês... *a nós*, se não achasse que fosse necessário.

Kalyani olha para Kaushika, que ainda está cantando.

— Temos cultivado e guardado nosso poder para a Cerimônia de Iniciação. Se o usarmos agora...

— Provavelmente não vão conseguir fazer a demonstração que pretendiam — completa Romasha. — Você pode fracassar na cerimônia e ser convidada a se retirar do eremitério. Vai ser decisão de Kaushika, mas devemos separar as duas coisas. Isto não faz parte dos assuntos do retiro, é um pedido de fora.

Nós trocamos olhares apreensivos. Kaushika tensiona os ombros. Ele não para o mantra a fim de negar as palavras dela ou nos dar alguma garantia. Meus dedos se curvam contra minha vontade na mudra de Águas Calmas, mas paro de criar a ilusão até para mim mesma.

— O que precisa de nós? — pergunta Eka.

— Cura — responde Romasha. A aura dela cintila, afundando-a em um amarelo bonito dos pés à cabeça. — Cura para os aldeões daqui, porque foram abandonados pelos devas. Pelo próprio paraíso.

Sinto um frio se arrastar por minhas costas.

— Como assim? — pergunta Parasara, de rosto franzido. — O que os devas fizeram?

— Esta terra um dia foi verde e exuberante — explica Romasha, e, mesmo em seu tom frio costumeiro, há uma lasquinha de pesar. — Os campos eram tão maduros que pingavam de frutos. Thumri era devota a Swarga, Indra era o patrono havia centenas de anos. Não está claro por que, mas a vila acredita que desagradou a Indra. Talvez uma oração a outro deus tenha sido feita antes de invocá-lo, ou houve algum ritual em que não invocaram o senhor do paraíso para abençoar a reunião. Talvez tenha sido deliberado, talvez tenha sido um acidente. Seja lá qual for a razão, Indra nega água e chuva a esta vila há vários anos. Se traz alguma quantidade, é parca e enviada como uma zombaria, um lembrete do que ele se recusa a lhes dar. A seca chegou a esta terra e continua piorando. Os efeitos de uma coisa assim... bem, com certeza vocês podem imaginar.

Luzes faíscam na ponta de seus dedos, e ela lança um pontinho de brilho para o vale, onde ele paira, cortando o breu. Os outros ecoam meu arquejo de pavor.

Uma centena de pessoas está deitada em tapetes puídos, os rostos virados para o céu. Duas mulheres de aparência cansada caminham entre os enfermos carregando um balde. Param em cada pessoa e oferecem um copinho de água antes de seguirem para a próxima. Vislumbres chegam até mim pela luz de Romasha. Um jovem um pouco mais velho do que eu parecendo puro osso, os olhos revirados. Uma mulher idosa abatida, sentada em seu tapete com uma garota nos braços. Terra rachada, rostos ressecados e desespero desamparado.

Não sei o que dizer. Já ouvi sobre esse tipo de coisa, claro. Devas favorecem ou castigam vilas mortais como bem entendem. Só que em Swarga é fácil negligenciar a evanescência da vida mortal. Comunidades mundanas surgem e morrem durante a grande passagem do tempo, se tornam poeira e fumaça. Celestiais não conseguem acompanhar essa mudança. Uma culpa por essa negligência se aguça dentro de mim pela primeira vez.

— Várias vezes, os aldeões tentaram agradar a Indra, rezando para ele — afirma Anirudh em nosso silêncio horrorizado. — Ele mandou o raio em vez da chuva e matou tanta gente que os aldeões agora estão com medo demais até para pensar em seu nome. Sem água para sustentá-los, começaram a beber lama. Abater árvores e ingerir seiva. Matar lagartos e vermes e beber o sangue deles. Morte, podridão e doença tomaram conta deste lugar.

Eu me sinto nauseada. Olho para as construções queimadas enquanto visualizo o raio as atingindo. Distante, vejo os campos chamuscados onde a destruição vem ardendo. *É direito de Indra*, digo a mim mesma. *Ele é o senhor da chuva e da tempestade, o rei do paraíso. Ele decide com quem compartilhar sua dádiva. Não tem nenhuma obrigação. É o jeito dos devas. Dos reis.*

— Fiquei sabendo dessa vila durante as viagens — emenda Kaushika, sombrio. — A epidemia piorou.

Não notei, mas ele se juntou a nós de novo, e o rosto definido está mais angular do que antes, afiado pela exaustão.

Ele me fita, depois olha para os outros.

— Cheguei a Thumri há algumas horas e alistei os aldeões mais fortes para ajudar a tirar todo mundo das casas e os reunir no que um dia foi a área central da vila. Bem pouca gente permaneceu aqui, só os muito velhos ou os enfermos. A maioria partiu para encontrar alívio em outro lugar. Dei água aos aldeões dos meus cantis. Tentei mantras e runas, usei todo o poder da minha tapasya para imobilizar a podridão. Mas a doença é dominante demais, e não consigo curá-los, não com meu poder tão reduzido, não sem conduzir mais tapasya, uma tarefa que vai me levar meses de meditação. — A expressão de Kaushika fica distante, mas ele encontra o olhar de cada um de nós. — Eu não pediria a vocês que emprestassem magia se houvesse outro jeito. Vocês são iogues na jornada até o autoconhecimento e a iluminação. Não tem nenhuma dívida para pagar aqui.

— Você queria que a gente visse isso — diz Kalyani, encarando-o. — Queria que a gente tomasse a decisão depois de nos trazer aqui.

— Queria vocês longe do eremitério — responde Kaushika. — A jornada ascética demanda afastamento do mundo. Não queria confundir vocês pedindo por algo dentro do retiro que eu mesmo não aconselharia durante a jornada ascética. Mas aprendi há pouco que esse não precisa ser o único caminho até a iluminação… um conhecimento que vocês estão aprendendo também, não estão? Mesmo assim, é o coração de vocês que deve tomar essa decisão. Não vou forçá-los.

Meu coração para. Um por um, todos nós assentimos. Qualquer um desses iogues poderia — *deveria* — se recusar a se envolver. O que ganharão com isso além de enfraquecer o próprio poder? De se desviar das próprias filosofias? É tudo culpa minha.

Ainda assim, o que *eu* estou fazendo, concordando em ajudar esses mortais sendo que o próprio Indra os renegou? É heresia contra meu senhor. Indra tem seus motivos para tudo o que faz. Esse poderia ser meramente outro movimento ardiloso de Kaushika, algo para fomentar mais ódio e irreverência contra Swarga. Algo para disseminar confusão em minha mente.

Não tenho tempo para remoer isso. Romasha gesticula, então deixamos Kaushika retomando o mantra e descemos até o vale, trabalhamos em grupos e executamos milagres nas longas horas da noite.

Primeiro, faço dupla com Romasha, depois com Anirudh, e então Parasara. Formo com os dedos as runas de bem-estar e conforto, o om e a cruz gamada, a concha, e uma dezena de outras formas cujos nomes me fogem. Elas se misturam com os mantras e os encantos lançados pelos outros, aumentando seu poder. Aos poucos, facilitamos a respiração dos aldeões. Damos a eles água e limpamos o cinza de seus olhos. Nós os levamos de volta para suas casas com palavras gentis e suaves, Kalyani e Eka verificam os pulsos, clareiam os canais nadi e jorram a própria força neles.

Não é o bastante.

Eu não sou o bastante.

Embora seja poderosa, a magia que possuo vem de Amaravati. Qualquer prana selvagem que exista dentro de mim é só uma goteira. Os outros iogues não sabem disso; só veem poder como poder, mas não consigo usar meus encantamentos como eles. Primeiro de tudo, minhas runas são fracas, e logo se esvaem. Começo a trabalhar separadamente dos outros para esconder isso, um obstáculo mais do que uma ajuda.

O laço de Amaravati se curva ao redor de meu coração, apertando levemente o que sobrou de meu prana selvagem. É um lembrete de que sou uma criatura de Indra. Que o imaginário de minha magia tapasvin vem dele, e que o único motivo para eu ter *alguma* magia dentro de mim é porque Amaravati a alimenta. Uma vez, descaradamente, tentei usar o laço de Amaravati para criar uma runa verdadeira, mas, como antes, uma dor aguda perfurou meu coração. A compreensão me atormenta com a limitação de meu poder. Tenho permissão de criar a *ilusão* de uma runa com o poder celestial, não uma de verdade. Consigo simular, como fiz no eremitério, mas que bem isso faz aqui? Minhas ilusões não podem ajudar essa gente. Só prana de verdade pode, e não tenho mais nada para dar.

A noite cai, e eu me afasto dos outros. A brisa quente, que de início bagunçou meu cabelo, esfria. Me vejo sentada ao lado de um velho mortal. Ele está deitado no chão, os olhos reumáticos abertos para o céu noturno. Sua pele é sarapintada e enrugada, o cabelo branco esparso. Todo o meu poder tapasvin se exauriu, então tudo o que faço é pegar a mão dele e dar tapinhas nela repetidamente.

Lágrimas escorrem de seus olhos e pelas laterais do rosto até a terra seca. Tenho certeza de que ele não sabe que estou aqui, mas talvez sinta minha natureza celestial, porque sua voz sai rachada, rouca pela falta de uso, falando com algo fruto de sua imaginação.

— Eu rezei — sussurra ele. — Rezei, Sili, por você e pelos nossos campos, filha. Por que... por que... fomos abandonados?

As lágrimas dele se tornam irregulares, a respiração, ofegante. O homem fecha os olhos e fico alarmada. Examino os arredores, à procura de alguém para ajudar. Só avisto Kaushika, na colina acima, encarando os céus, cantando.

Talvez ele sinta meu olhar, porque move o dele para mim. Apanho o brilho de seus olhos, e a raiva ardendo no interior. Ele não para de cantar, e seu mantra me domina, preenche meus ouvidos enquanto o canto se torna mais estridente. Cogito qual magia ele está executando, e por que meu coração a reconhece além da memória.

A aura de Kaushika cintila, poder explodindo dentro de seus chacras. Ele cintila iridescente, uma enxurrada brilhante de luz delineada pelas sombras. Lágrimas inundam meus olhos ao contemplá-lo em sua glória. Pela visão borrada, distingo o magnetismo do olhar dele capturando o meu, hipnótico, feroz. Tem alguma coisa no jeito que ele me observa, me atraindo, como se tentasse me dizer algo. Mas não posso pensar nisso agora. Eu me forço a voltar para o velho, cuja respiração virou agudos e dolorosos arquejos.

Seja confortado, penso em desespero, segurando sua mão. *Fique em paz.*

O peito do mortal palpita rapidamente na agonia da morte. Ele abre os olhos, arregalados e assustados. Em desespero, tento uma runa mais uma vez, mas ela nem se forma — sou tão inútil quanto era nos primeiros dias no eremitério.

Não me importo se Kaushika está vendo. Não me importa se é perigoso.

Fecho a mão em punho, abrindo-a em uma mudra, a Dádiva de Indra, e uma ilusão se forma — só para mim e esse mortal. À nossa frente, a miragem cintila: uma terra verde e exuberante, gotas descendo pelas plantas, um campo que desabrocha dourado e carregado de lavoura. Um espasmo passa pelo velho, um suspiro profundo é liberado.

A mão dele fica frouxa na minha.

Ela escorrega.

Ele fica imóvel.

Um choro me rasga, silencioso e despercebido, ao mesmo tempo que um raio estala no céu. Um trovão estronda enquanto as estrelas desaparecem. A chuva começa a cair, e retorno meu olhar lacrimoso para Kaushika quando finalmente entendo por que seu canto era familiar. Ele está silencioso de novo, os olhos fechados enquanto a chuva o encharca, mas cantava momentos atrás. Sibilava uma oração antiga e obscura, uma que foi esquecida até no paraíso.

Kaushika chamou Indra.

E Indra o ouviu.

A confusão me agarra, causando dor e sacudindo meu corpo com dedos frios. Eu choro, incapaz de compreender o que vejo, incapaz de entender o significado de minha missão, o enigma que é Kaushika, a crueldade de meu senhor com Thumri. Eu me enganei com o ódio de Kaushika pelo senhor? A briga acabou?

Os outros se arrastam até mim sob o aguaceiro. Eu os encaro, a chuva se misturando com minhas lágrimas.

— Já fizemos tudo o que podíamos — diz Romasha, cansada. — Está na hora de ir.

Capítulo 14

A volta é mais lenta. Depois de uma noite tão exaustiva, os outros precisam descansar. Embora sejam iogues de imenso poder, são mortais, limitados pelo corpo. Até eu sinto um cansaço afundar meus ombros. Kaushika parece que poderia continuar, mas fita a todos nós, as posturas curvadas, as expressões abatidas, as cabeças abaixadas. Ele para a fim de montar um acampamento perto de um afluente sem nome do rio Alaknanda.

Ficamos em silêncio enquanto amarramos os cavalos no pequeno bosque. Anirudh acende uma fogueira e Romasha distribui torta de arroz. Eka e Parasara já estão nos sacos de dormir. Por um tempo, os únicos sons são os de mastigação baixa e da respiração suave dos cavalos.

Mordo a torta de arroz, surpresa por ainda estar quente. É recheada com legumes bem cortados e um molho cremoso e doce que explode em minha boca. Isso foi feito horas mais cedo, antes de sairmos do retiro. Teoricamente, não deveria estar tão fresca. Preservada com magia, claro. É um pensamento passageiro, mas não menos informativo por isso. Iogues usam magia para assuntos significativos, sabendo que podem se exaurir. Não desperdiçam garantindo que a comida permaneça agradável; comida é para nutrir, só isso. É o modo do eremitério. Romasha fazer essa concessão para o restante de nós, usar a magia dessa forma para manter a comida aquecida, nos manter confortáveis, enquanto sabia que precisaria da tapasya para cura... Ela, Anirudh e Kaushika anteciparam muitas das escolhas que eu e os outros tomamos hoje. Sabem muito mais do que nos contaram. Sempre souberam.

Eu os estudo agora, as cabeças curvadas juntas, os murmúrios baixos. Uma mecha de cabelo se solta do coque de Romasha e ela a enfia atrás da orelha com impaciência. Está em uma conversa profunda com Anirudh e Kaushika, e me pergunto de novo se a beleza dela é do tipo que o atrai. Silenciosa, modesta, discreta, é tão diferente comparada com o primor de uma apsara, mas poderosa mesmo assim. Penso em meus dedos tocando a mão de Kaushika em vez da de Romasha quando ela lhe passa a torta de arroz. Penso na proximidade e nos segredos que compartilham, na *confiança* que existe de um jeito tão calado. É dessa confiança que preciso.

As horas passam por mim como um borrão. Ainda estou formulando as palavras para fazer as perguntas certas quando Kalyani se inclina para frente.

— Indra tem que pagar por isso — afirma, a voz rígida.

O murmúrio cessa. Eka e Parasara se levantam às pressas dos sacos de dormir para fitar Kalyani. Kaushika não se mexe, mas Anirudh e Romasha trocam um olhar. Tento manter a expressão neutra, mas não consigo evitar ficar ereta também.

— Como ele pôde fazer isso com os próprios devotos? — continua Kalyani, e seus olhos queimam de raiva. — Ele deveria ser o senhor do paraíso, mas só se importa em ficar bêbado de soma e ser um inconveniente para o reino mortal. Ele se mete nos nossos assuntos, e cada ato seu é apenas para benefício próprio. Essa punição sem sentido, esses anos de *violência* impiedosa. Quantas mortes vimos hoje que poderiam ter sido evitadas?

Eka assente, com a expressão grave.

— Os celestiais são poderosos e manipuladores, e mortais não são nada além de peões nos jogos deles. Mas os celestiais não entendem o poder de verdade. Ou Shiva não teria ridicularizado os devas.

— É por causa de Indra — emenda Parasara, a voz sóbria. — O paraíso deveria ser puro. Uma recompensa para os mortais depois de uma vida bem vivida. Mas Indra o corrompeu com suas buscas hedonísticas. É um tirano. Sempre foi.

— Não sabem nada sobre a verdadeira iluminação — cospe Kalyani. — Nenhum dos devas sabe... mesmo que controlem o vento, o fogo ou a tempestade. Nenhum dos celestiais. — Ela emite um som enojado na garganta, o rosto em uma careta.

Meu coração afunda. Eu sabia que Kaushika estava afastando os outros de Indra, mas essas palavras horríveis vindas de pessoas que tolamente comecei a pensar como amigos perfuram meu coração como espinhos. Não fui tão bem-sucedida em minha influência no eremitério quanto achei.

Solto as palavras, sem me importar com o que estou entregando sobre minha identidade.

— Nem todos os celestiais são ruins. A música vem dos devas, assim como a dança. As artes, até a magia que fazemos... tudo tem raízes e fundações em Swarga.

— Uma coisa boa apaga as ruins? — provoca Kalyani. Com certeza nota o choque em meu rosto por ser confrontada por *ela*, a única pessoa que vi como amiga, mas mesmo assim continua, consumida pela própria ira. — Quanto dano Indra já causou? Quanta gente já sofreu? Ele não respeita nem seus devas... quanto mais respeitar os mortais. Esmagou a carruagem da deusa da aurora Ushas, então a própria aurora foi adiada por anos no reino mortal. Perseguiu a esposa do sábio Agastya, sabendo que ela não poderia se deitar com ele, só porque gostava da caça. Indra tem interferido nos assuntos de cada reino, e olha o que aconteceu com Thumri. A inação dele, a abdicação da responsabilidade, Meneka, não se lembra dos rostos esgotados?

Uma dor aguda se espalha em meu peito. Que tola fui por confiar nessa gente. Não podemos ser amigos. Nunca fomos.

Viro-me para Kaushika.

— Você *rezou* para Indra. Eu o ouvi. Ele o escutou, não escutou?

Kaushika me examina. Permaneceu em silêncio durante o desabafo furioso da iogue, e, pela expressão, não pretende me dar uma resposta, mas me recuso a ceder.

— Reconheci seu canto — continuo, de queixo erguido. — Foi por isso que choveu em Thumri, não foi?

Kaushika me fita como se visse minhas profundezas. Lentamente, ele assente.

— Então também acha que Indra é um tirano? Que é cruel? — insisto.

— *Você* acha? — pergunta ele, baixo. — Depois do que viu?

Franzo a testa. Ele está desviando do assunto. Meus pensamentos sobre Indra não são o que está em discussão aqui. Ainda assim, se é isso o que o fará admitir o próprio rancor, entro no jogo.

Observo os outros mortais.

— No meu país, Indra é reverenciado. Ele traz chuva para nos aliviar. Protege os soldados. Nos contaram que ele é o assassino de uma centena de demônios asuras, e seu poder os mantém dentro do inferno de Naraka, incapazes de correrem soltos pelos três reinos.

— Foi isso o que lhe ensinaram — diz Kaushika. — Mas o que você acha? Por si mesma?

Franzo mais o rosto. O senhor reluz em minha mente como da última vez que o vi, magnífico no trono, gloriosamente poderoso. Eu o vejo me erguer, o sorriso benigno enquanto me manda nessa missão suicida — mas seu sorriso muda em minha lembrança, as bordas ardilosas, a luz de sua magia obscurecendo os poços ocultos de escuridão na alma dele, me hipnotizando para eu não raciocinar com clareza. Penso no senhor me *seduzindo*. Indra obscurece em minha lembrança, me prendendo com minha devoção e ingenuidade.

Encaro Kaushika. A raiva me inunda com a presunção, a honestidade dele. São truques. Kaushika quer algo, igualzinho aos outros alvos mortais. *Revele sua luxúria*, comando, não um sussurro de persuasão, mas uma arma apontada para um único alvo. Quero talhar suas mentiras e revelar a forma de seu desejo. Ver *como* ele quer poder sobre mim, uma visão que me mostrará sua verdadeira natureza.

O comando o atinge sem a resistência do escudo dessa vez. Ao perfurá-lo uma vez, o perfurei para sempre. Eu mal registro isso, porque minha garganta se fecha. Porque a visão que vejo não é do poder *dele*, e sim do meu. Me vejo nua na grama, as mãos enterradas no cabelo de Kaushika. Seus dedos separam minhas coxas, e seu hálito é um sussurro na pele delicada bem ali. *Me diz do que gosta, Meneka*, pede ele. *Me dê o comando. Sou seu.*

Aí, respondo, ofegante. *Beije-me aí. Me lambe devagar.*

O grunhido em minha garganta se torna um choramingo, um eco do que a Meneka na visão faz.

Dissipo a miragem, mas meu coração martela no peito, tão alto que temo que os mortais possam ouvir. A confusão me deixa agitada. Kaushika está sentado ali, com a mente sob total controle, e ainda assim exibe uma imagem de sedução que apenas um servo deveria contemplar. Como pode ser? O que está acontecendo comigo? O que ele *fez*?

De repente, não consigo mais ficar perto de Kaushika. Como ousa me fazer duvidar de mim mesma assim? Como ousa me fazer questionar minha devoção ao meu senhor e à minha magia? É verdade que tenho minhas questões com Indra, toda filha tem problemas com o pai, e, embora Indra não seja meu criador de verdade, ele é o mais próximo que tenho de um. Apesar de todos os defeitos, Indra me manteve ancorada em Amaravati.

Saber que as missões protegem o senhor e nossa cidade é a única forma de suportá-las. É ele quem me dá magia, e acreditar na minha magia foi a única forma de eu ter sobrevivido todo esse tempo no reino mortal. Kaushika está plantando insubordinação em minha cabeça de propósito.

A voz de Rambha ecoa em minha mente. *Ele é ardiloso e dissimulado.* Agora vejo o quanto, se com algumas palavras já me fez questionar tudo o que sei. A viagem de volta do templo de Shiva me circunda. A facilidade com que ele me fez esquecer Indra enquanto eu executava magia mortal. Talvez aquela demonstração de prana selvagem tenha sido um truque também, colocado ali por Kaushika para meu laço com Amaravati se enfraquecer. Ele está me manipulando assim como fez com minhas irmãs. Como *ousa*?

Fico de pé depressa, vendo os iogues com clareza pela primeira vez. Todos distantes de mim. Cada um é um inimigo de que me esqueci.

Anirudh parece aflito com minha reação, mas Romasha me observa com indiferença.

— Você está exagerando — diz ela, a voz fria. — Entendo que é desconcertante se seu reino já adorou Indra. Mas nós, Anirudh, Kaushika e eu, aprendemos com o mundo exterior. Boatos chegam de reis e rainhas que foram destruídos por Indra. Muitos já vieram até Kaushika também, em busca de refúgio das manipulações de Indra. Rei Samar, do reino de Kosala. Rainha Dhriti, de Videha. Rainha Tara, de Pallava. E isso só nos últimos meses. Tem mais, muito mais. Vários deles eram devotos de Indra.

Arregalo os olhos, movendo-os dela para Kaushika, que está parado, ainda me examinando.

Tara.

Rainha Tara.

Ela foi até Kaushika. Quando? Com certeza depois que cheguei ao eremitério. Falei para Kaushika que vim do reino dela. Por que ele não me contou isso?

Os olhos de Romasha ainda estão sem emoção, mas o rosto de Kaushika suaviza como se tivesse ouvido minha pergunta.

— Saber da rainha Tara só a teria distraído da sua tapasya — explica ele. — Do motivo que a levou ao eremitério. Ajudar sua casa em Pallava.

Anirudh assente devagar, a compreensão o inundando quando entende minha defesa de Indra. Romasha franze o rosto e lança um olhar irritado para Kaushika, talvez curiosa com o motivo de um sábio do calibre dele se rebaixar dando explicações para uma mera discípula. Os outros iogues trocam olhares empáticos quando a compreensão os acomete. Kalyani estende os braços para me abraçar, com a própria ira esquecida diante de minha angústia, mas recuo.

O caos toma conta de minha mente. O rosto apaixonado de Tara quando a vi pela última vez. A incumbência de Indra para completar essa missão. Kalyani falando palavras tão odiosas sobre minha espécie. E eu. A arma que o senhor enviou para destruir essa gente.

Alguma coisa que disseram aqui é mentira? Isso é quem Indra é.

Isso é quem sou.

Uma parte minha sempre soube.

Eu me movo atordoada, dando as costas para todos eles.

— Meneka, espera — começa Kalyani, e Anirudh grita também.

Me afasto dos mortais, indo em direção ao rio.

O tinido da água calma me banha como um hino.

Sento-me e removo os chinelos trançados que usamos no eremitério. Afundo os pés na terra escura e encharcada perto da margem do rio. Afundo os dedos da mão também, ignorando a sujeira. Minha mente zumbe, e o laço de Amaravati se contorce ao redor de meu coração. Quero suspirar profundamente, aquietar o tumulto dentro de mim, mas meus pensamentos voam como abelhas no jardim. Não luto. Encaro o rio reluzente e respiro no padrão calmante que me ensinaram no retiro.

Um tempo depois, ouço um movimento atrás de mim. Um dos outros vindo me chamar de volta, talvez Romasha, dizendo que meu comportamento é impróprio para uma iogue e vai contra a frieza que devemos sentir. Ou Kalyani, tentando me ganhar com palavras tranquilizadoras e desculpas suaves. Eu me preparo para pedir a elas que me deixem só, mas não é nenhuma das duas. Kaushika afasta algumas ervas daninhas, seu corpo iluminado por trás pela fogueira do acampamento. Ele se move lentamente, como se não quisesse me assustar e, quando se senta, se assegura de me dar bastante espaço para me afastar.

— Posso? — pergunta ele, baixo, esticando a mão.

Eu o encaro, ainda em choque por ele estar aqui, e não um dos outros. Kaushika espera pacientemente, nem pressionando nem se afastando.

Devagar, tiro a mão da terra úmida e a ofereço para ele.

Seu toque é gentil, cuidadoso. Como se estivesse tratando um passarinho, a mão grande engole a minha. Ele começa a limpar a terra de meus dedos, entrelaçando os dele aos meus, enviando formigamentos que sobem por meu braço até o coração. Não consigo fazer nada além de encarar a silhueta de seu rosto — o nariz afiado e aquilino, as maçãs do rosto salientes, os lábios que parecem macios o bastante para morder.

Tão perto assim, a aura dele me aquece. O perfume de cânfora e jacarandá pairam sobre o cheiro que é totalmente dele. Inspiro profundamente, maravilhada por conseguir separar as camadas. O jacarandá e a cânfora vêm dos rituais que ele realiza, claramente seus ingredientes preferidos — só que, logo abaixo, aquele odor mascarado é simplesmente *ele*. O aroma me conforta, me lembra da aurora e da dança, de uma floresta sussurrante e do gosto do sal na fruta. Nem com Rambha fui capaz de separar tantas sutilezas. Um suspiro me escapa quando o polegar de Kaushika se move em meu pulso, esfregando-o para um lado e para outro. Meu sangue se agita, e fito seus olhos sérios. Um pouco da tensão se dissipa de meu corpo. Minha mente se acalma o bastante para me dizer, com honestidade pura, que estou gostando do toque e da proximidade. Que ele está me dando paz.

— Ainda sinto tanto poder em você. Estou feliz por não ter precisado usar tudo — diz ele.

Gentilmente, ele solta minha mão. Curvo os dedos quando me privo dele. A confusão rodopia por mim de novo, dessa vez misturada com decepção, colorindo o breve momento de paz. Torço as mãos juntas, limpando o resto de terra nas roupas. Tento me livrar de seu toque também, mas ele paira como se tivesse passado da pele para algo mais profundo.

— Os outros estão cansados — continua Kaushika. — É por isso que disseram aquelas coisas. O temperamento de Kalyani é volátil, e esse sempre foi seu desafio na tapasya, um que entendo bem demais. A jornada de Romasha é de austeridade e frieza… — Kaushika se interrompe, tão ciente quanto eu de que os segredos das duas mulheres são delas, não nossos, mesmo que o lembrem de si mesmo. E, para cobrir o momento de indiscrição, muda de assunto: — Vou treiná-los. Todos os que vieram hoje para emprestar seus poderes. Mas você não precisa disso. Já é tão poderosa.

— Você não contestou o que eles falaram de Indra — retruco, baixinho.

— Não. — A resposta é tão baixa quanto a minha. Quase cautelosa.

— E o que Romasha falou de outros reis e rainhas se juntando a sua causa?

— Thumri é a pior que já vi até agora — diz ele, assentindo com a cabeça. — Mas muitas terras estão sofrendo, devotos a Indra ou não. O senhor do paraíso não é amado por muitos no momento.

Suas respostas são claras, só que, sob elas, queima hesitação. Ele não tem certeza do quanto me contar. Talvez eu devesse considerar essa decisão, descobrir a melhor forma de atraí-lo, mas estou exausta demais para jogos e indisposta para desvendá-lo aos poucos.

— Romasha mencionou meu país. Você sabia que foi por isso que vim para cá, mas não pensou em me contar — falo, direta, sustentando seu olhar.

— Saber não a teria ajudado — afirma ele mais uma vez, mas, quando nota meu semblante dolorido, sua expressão se retrai. Ele esfrega os olhos. — É a sua casa. Me desculpe por ter mantido isso em segredo.

— Você vai me contar agora?

Kaushika hesita. Meu pedido não é uma ordem. É óbvio que ele tem uma escolha, apesar das desculpas e da confissão. E é óbvio que tal escolha terá uma consequência, ainda que a única consequência verdadeira ao silêncio seja como eu o estimarei no futuro. Talvez isso não importe para ele, mas, por instinto, sei que importa. Do contrário, ele não teria vindo até mim. Não estaria se explicando.

Mantenho o silêncio, deixando que ele se afie até Kaushika, por fim, suspirar.

— Você me perguntou uma vez aonde vou quando saio do eremitério — diz ele, enfim. — A lugares como esse, Meneka. Achar gente que foi prejudicada pelos devas... pelo rei dos devas mais do que por qualquer outro. Sua rainha foi atacada por Indra. Você mesma me contou como ela estava errática quando foi embora. É porque estava seduzida. Foi o trabalho de uma apsara, se eu tiver que adivinhar, embora minhas investigações sejam limitadas. A rainha Tara está muito atormentada, e os relatos, vagos. Há caos no seu reino. Lamento de verdade.

Eu o encaro. Pavor, medo e culpa me invadem, aprisionando meu coração com suas correntes. A simpatia nos olhos de Kaushika parece uma mentira — não por ele estar sendo insincero, mas porque eu estou. Quero refutá-lo. Tara *era* devota de Indra, mas me mandaram até lá porque ela perdeu a fé no senhor. Sua sedução foi em parte punição e, em parte, paz, para dissuadi-la do caminho da violência. Ainda assim, as palavras travam em minha garganta como osso. Antes de Tara, houve outros alvos — alguns meus, outros que ouvi de outras apsaras —, mortais que um dia foram seguidores de Indra. Não questionei as missões na época, acreditando nas intenções do senhor, mas, independentemente dos motivos, Indra vinha atacando os próprios devotos. Nem eu posso negar isso.

Sei que deveria fazer perguntas para preservar minha identidade. Deveria perguntar a Kaushika o que foi feito de Tara e tentar investigar se ele suspeita que tenho um papel nisso. Mas todas as mentiras e pretensões morrem na garganta, não formadas.

Quando falo, minha voz está rouca:

— Como sabe que foi uma apsara?

A expressão de Kaushika se fecha.

— Tenho um pouco de experiência com elas. Estou familiarizado com seus métodos.

Abraço os joelhos. Desvio os olhos, incapaz de encará-lo. Está claro que Kaushika não suspeita que eu seja uma apsara, uma vitória com a qual eu deveria me regozijar, mas não consigo. A dúvida sobre o que ele quer dizer com *experiência* arde em mim. Se admitir que matou minhas irmãs, seria um ato de guerra contra Swarga, e Indra poderia retaliar. Eu finalizaria a missão aqui e agora com tal informação.

Só que, de repente, não quero saber. Não quero saber.

— Você acha que o paraíso é corrupto — suponho, então.

— Acho que *Indra* é — rebate Kaushika, ainda de rosto franzido. — O senhor dos céus e eu temos um passado.

Sombras se movem ao nosso redor enquanto nuvens entram e saem do luar. A angústia enterra as garras em mim. Kaushika move o maxilar como se provasse palavras não ditas, considerando a medida delas. Fico imóvel. Quero que me conte mais, mas não sei se é para o bem da missão ou para benefício próprio.

— Eu era um príncipe — conta Kaushika, por fim. A voz tão baixa que me pergunto se ele está falando comigo ou consigo mesmo. — Era filho único, herdeiro do reino de Kanyakubja. Não era grande. Era pequeno e pacífico, comercializávamos flores e perfumes. Me lembro de brincar naqueles campos de flores, e dos jardineiros cantando. De Anirudh e eu nos metermos em encrenca. Me lembro da… alegria.

Kaushika para e foca o olhar adiante, perdido em lembranças. Atrás de nós, ouço a conversa dos outros no campo. Kaushika inspira profundamente, e sua voz se torna ainda mais baixa. Eu me aproximo, a centímetros dele, para não perder uma palavra, mas ele parece não notar.

— Uma enorme seca chegou ao nosso reino — diz, baixo. — Eu era novo, novo demais. Tinha 10, talvez 11 anos? As flores murcharam. Meus pais ficaram doentes. Morreram da doença assim como muitos outros. Eu me vi nomeado rei, mas o que uma criança realmente sabia sobre governar? Eu e meus ministros consultamos grandes gurus. Rezamos para Indra num puja que não podíamos bancar, uma Yajna com o restante das nossas flores, com qualquer magia que o reino pudesse gastar. Chamamos e chamamos. Mas Indra não veio.

Permaneço em silêncio. Em minha mente, eu o visualizo: um Kaushika jovem, a risada das covinhas substituída pelo pesar. Eu mesma devia ser criança na época, correndo pelo bosque de Shachi. Uma imagem de Indra na minha infância surge em minha cabeça: reinando em sua corte, preocupado com políticas insignificantes, sempre bêbado, na companhia de apsaras mais velhas e gandharvas. Tudo enquanto Kaushika e seu reino morriam de fome com a falta da chuva.

— A indiferença de Indra pelo meu reino nos tornou rejeitados — continua Kaushika. — Ninguém queria nos ajudar. E se Indra os punisse também? É impossível entender os devas, as mentes caprichosas, as vontades além da compreensão de simples mortais. Os deuses abandonaram meu reino, assim como nossos vizinhos. Só um rei respondeu às nossas súplicas por ajuda. Ele nos ajudaria com grãos e remédios, até nos protegeria da fúria dos deuses, se eu curvasse meu reino ao dele. Eu me tornaria um vassalo, mas meu povo ficaria seguro. Claro que concordei com os termos. Qualquer rei teria tomado a mesma decisão. Concordei, e meu caminho se tornou claro. Eu precisava me tornar poderoso o suficiente para que uma coisa assim não acontecesse de novo. Reis e rainhas eram apenas peões no grande jogo cósmico. Eu precisava aprender a bater de frente com os devas. Parti quando atingi a maioridade, viajei de reino em reino, aprendi com diferentes sábios. Foram eles que me ensinaram o modo de Shiva. Com o tempo, comecei meu próprio tapasya. Estou na jornada ascética desde que fiz 20 anos. — Kaushika se vira para mim com um sorriso torto. — Parti para ajudar meu povo, igual a você. Em algum lugar do caminho, achei mais propósito dentro de mim mesmo. Você e eu não somos tão diferentes.

Pensamentos colidem dentro de mim, um atrás do outro. O que o impulsionou a me contar isso agora? Sua confissão repentina me aquece, me envergonha, me empodera. Ainda quero defender Indra, mas como reagir depois de tudo o que Kaushika me contou? Lembro-me da primeira vez que o encontrei na mata e de como ele amoleceu quando contei que vim para o eremitério a fim de ajudar meu povo. Penso nos avisos que Rambha me deu antes da missão — de como Kaushika ridicularizou os emissários de

Indra quando se tornou um sábio. O ódio de Kaushika por Indra faz muito mais sentido agora, mas qual seria o limite para esse rancor? Sua ira por meu senhor justifica os crimes que ele cometeu contra minhas irmãs apsaras?

— Você despreza tanto Indra, mas, ainda assim, rezou para ele em Thumri? — digo, por fim.

Ele ergue levemente os ombros, uma evasão da pergunta.

— Todos rezamos para as deidades pela nossa magia. Iogues chamam os deuses em sílabas antigas, construindo os mantras. Foi como Anirudh fez a fogueira hoje à noite, pedindo a Agni. A luz de Romasha de antes foi um presente de Surya.

— Você perdoou Indra, então?

Ele perdoou você?, acrescento em silêncio.

Kaushika balança a cabeça.

— O que fazemos como iogues não é meramente uma reza. Rezamos para a essência natural dos devas e das devis, a ligação deles com a força criativa que é prakriti. Para as pessoas comuns, prakriti simplesmente quer dizer natureza... chuva, luz do sol ou ar. Eles acham que os devas de Swarga possuem e manipulam esses poderes. De certa forma, estão certos, mas os iogues conhecem a verdade sutil. Foi prakriti, a natureza em si, que veio antes como a força primordial de toda a realidade. As divindades de Swarga são apenas manifestações do próprio poder de prakriti. Na sua forma fundamental, Indra é uma energia natural, sem forma e divina. Mas ele se apresenta como um homem, com todas as tolices e orgulhos de um. Podemos separar o Indra poder do Indra senhor. Rezamos para Indra, a força elemental. Indra como um senhor tem muito pelo que responder.

O choque me silencia.

Eu devia saber disso, penso.

Tudo que sempre conheci foi Indra, o criador de Amaravati, o dono e protetor de minha magia celestial, mas é muito mais do que isso. Ele é o primeiro de todo os devas, antigo e impenetrável. É um poder que se formou e se tornou senciente na aurora da criação. Fico tonta de repente pela percepção de sua idade.

— O *senhor* Indra não respondeu à minha oração — diz Kaushika, baixo. — Foi Indra na sua essência mais pura. *Aquela* força do universo não tinha escolha se não responder à prece, como uma simples ação e reação.

Será que Indra sentiu isso na sala do trono? Imagino seu rosto furioso e assustado enquanto o vajra tremia em sua mão. Imagino Indra sendo subjugado por um poder que ele mesmo empunha para fazer celestiais como eu se curvarem, controlado contra a própria vontade como ele mesmo já nos controlou.

— Foi por isso que você não ajudou com as curas — concluo. — Todo o seu poder foi usado para convencer a essência de Indra enquanto o senhor Indra resistia à chuva.

— Era onde precisavam de mim. Vocês não teriam conseguido me ajudar, não nisso.

Os olhos de Kaushika estão livres de qualquer fingimento. As palavras são ditas com simplicidade, sem arrogância. Uma afinidade profunda se forma dentro de mim ao reconhecer isso. É assim que me sentia com a dança, um momento de pureza com minha habilidade e meu poder, que nada nem ninguém poderia arrancar de mim. Ninguém mais entendia. Até perto de Rambha eu me sentia menor, insegura. Mas a aceitação de Kaushika do próprio poder me lembra de que até *eu* separo Indra, Amaravati e minhas próprias missões da alegria que a dança me oferece. Foi assim que iniciei essa jornada. Querendo dançar com liberdade.

Kaushika encontra meus olhos. Ele move os dedos como se fosse me tocar de novo, mas para.

— Quero agradecê-la. Não só pelo que fez hoje em Thumri, mas também pelo que me ensinou no templo de Shiva e pelo que vem ensinando aos outros. Anirudh e Romasha me contaram do seu auxílio. Se você não tivesse falado com os estudantes do caminho da Deusa, eu nunca teria conseguido pedir a eles que viessem a Thumri. Você salvou vidas hoje à noite.

Arqueio as sobrancelhas.

— Achei que ficaria com raiva — sussurro.

— Fiquei — responde ele, sorrindo de leve. — Mas não de você. Esse sempre foi o risco. Eu sabia o tempo todo. Na noite em que chegou à floresta, a proteção de intenção me disse que você seria perigosa. Eu sabia que você mudaria o eremitério de alguma forma... talvez tenha sido por isso que fui tão hostil. Você é mesmo uma ameaça ao caminho ascético, mas nem todas as coisas que nos ameaçam são nocivas. — Ele solta uma risada autodepreciativa e pressiona a lateral do pescoço. O gesto é tão juvenil que quero apertá-lo e confortá-lo. — Estou torcendo para Romasha ver desse jeito também. Ela não aprova completamente o que você anda fazendo, mas acho que está começando a entender. Muitos caminhos podem levar ao mesmo resultado. É um conhecimento essencial para um iogue. Para um sábio.

— Ela não aprova — repito, baixo —, mas você, sim?

Sigo o movimento das mãos dele, o jeito como os dedos compridos se juntam em forma de cone sobre os joelhos.

— Aprovar... — repete, devagar, como se avaliasse a pergunta, tentando ver a intenção por trás dela. — Não sei bem se você precisa de aprovação. Muito menos da minha. Sempre teve a ver com você mesma.

Aos poucos, com bastante tempo para permitir que eu o impeça, ele estica os dedos para pegar minha mão de novo. Kaushika traça o contorno de minha palma, e não consigo fazer nada além de encarar, o coração acelerado. Sua voz é baixa. Ela rola por meu corpo como mel. Excitação e fome anseiam dentro de mim.

— Sou um iogue, Meneka — afirma. — Um *sábio*. Você veio para o eremitério para aprender mais sobre sua magia. Mas eu vim para me devotar à busca da verdade única, do poder universal. Fiz juramentos ao asceticismo. Acreditava que só através da negação estrita de posses materiais e prazeres sensuais eu conseguiria fazer o tipo de tapasya necessária para aumentar meu poder espiritual. Para tornar minha mente tão forte quanto um diamante, para um dia o universo se refletir de volta para mim.

Pasma, não respondo nada. É isso o que um sábio busca. É um dos motivos pelo qual Indra os teme tanto, pois buscam um conhecimento que mesmo Indra não é capaz de compreender de todo. Encaro Kaushika, e sua respiração estremece de novo. Ele está perto o bastante para bagunçar meu cabelo. Não sei quem se move. Talvez sejam os dois, nos aproximando, compelidos pela intimidade desse momento, pela intimidade das confissões. Seus olhos brilham, e consigo distinguir cada cílio individual, cada sulco de uma linha de expressão.

— Você me abriu para uma parte minha que eu vinha negando — confessa ele. — Para uma parte de *Shiva* que vinha negligenciando. Você me lembrou do por que estou fazendo isso. Que iluminação também é amor. Se não fosse por você, eu provavelmente teria ignorado Thumri. Teria escolhido a indiferença em busca do caminho ascético. Só que hoje, quando até meu poder tapasvin falhou... — Ele ergue os lábios, e os meus de repente ficam secos. Eu os lambo de leve, mas é o gosto do perfume dele que capturo. — Foi o poder da Deusa que veio me auxiliar. Você está me fazendo repensar muitas, muitas coisas.

Não sei o que dizer. Meu coração dedilha uma melodia calma, enfeitiçado por esse homem. De repente, compreendo seu olhar quando ele trouxe a chuva. Foi a minha sabedoria que ele recorreu. Foi de *mim* que se lembrou.

Estou ciente do perigo. Ele está dizendo essas palavras só para me convencer a me revelar? É um esquema elaborado para me expor? Eu me sinto estranhamente excitada, ao ser a caça em vez de a caçadora. Calor adentra em minha barriga, sobe para o peito, formigando o pescoço. O desafio de estar com ele me inunda, um alvo que é tão poderoso quanto eu, talvez mais. Subitamente, quero seduzi-lo, não por causa de Indra, mas por mim. Quero que ele *saiba* que o estou seduzindo, que saiba de *mim* e do perigo que apresento e queira mesmo assim, da mesma forma que o quero agora.

Aperto a mão de Kaushika. Ele aperta de volta; um sorriso tranquilo.

— Se você passar na Cerimônia de Iniciação, vou apresentá-la aos outros sábios, como é a tradição. Você vai ter a opção de ficar comigo ou ir para uma das escolas deles. Sem dúvida, Gautama, Bhardwaj e até Vashishta vão cobiçar você.

Kaushika sorri de novo, e entendo que suas palavras não são para se afastar de mim. São para que eu saiba que tenho uma escolha. Ele estica o braço e coloca uma mecha de cabelo atrás de minha orelha. Essa compreensão que flui entre nós é incrível, livre de pequenas angústias, um espelho de minha luz, uma sombra de meu coração.

Meus dedos tremem. Uso todas as minhas forças para não tocar no rosto dele e traçar os contornos do maxilar com as unhas. Uso todas as minhas forças para não me inclinar e descobrir o gosto das covinhas.

— Sei que não lhe dei muita razão para isso — diz Kaushika. — Mas espero, Meneka, que decida ficar comigo.

Um suspiro me escapa, doce de satisfação. Paro de lutar contra a vontade de me aproximar. Descanso a cabeça no ombro dele e, depois de um momento de hesitação, ele aninha a cabeça na minha. Kaushika respira fundo, me aquecendo e me arrepiando ao mesmo tempo. Um silêncio entrelaçado com palavras não ditas se enrola ao nosso redor, nos confortando.

Capítulo 15

No dia seguinte, o momento virou um sonho distante. Chegamos ao eremitério no fim da manhã, e me retiro na hora. Durante a viagem, fiquei entoando uma oração antiga, um chamado por ajuda quando cidadãos de Amaravati se afastam de Swarga. Antigamente era usado por todos os celestiais, mas há anos apenas apsaras enviadas em missões o entoam, e mesmo assim era raro. Às vezes ajuda é enviada, seja na forma das joias de Indra, seja um gandharva que vem buscar uma mensagem. É comum não haver nenhuma resposta. Uma vez que uma apsara sai em missão, presume-se que ela está por conta própria. É para proteger Indra e Amaravati — se forem pegas, o senhor Indra pode negar que nos enviou. Pode alegar que agimos sem seu conhecimento, como agentes rebeldes.

Mas, assim que adentramos nos estábulos, uma visão vem até mim. O topo de um penhasco de frente para o rio Alaknanda. Reconheço o lugar de um mapa do eremitério. A viagem toma metade de um dia, mas, por ser longe daqui, será seguro. Este não é um mero auxílio. Um emissário do paraíso está vindo para me ouvir e levar meu relatório. Enquanto os outros se afastam das éguas, volto para a minha e sigo em direção à estrada.

Kaushika me lança um olhar contemplativo, mas não me desafia. Ele não pode me impedir de interagir com o mundo exterior, não depois de

Thumri. Dispenso sua cautela, e a culpa me corrói por sair sem explicação depois de tudo o que ele me contou. Ainda assim, ter um alvo ansiando por você é um dos primeiros truques que uma apsara aprende; eu o tenho exatamente onde quero. Eu lhe dou um aceno de cabeça indiferente, ignoro as perguntas dos outros e saio dos estábulos a galope.

O sol está no ponto mais alto quando chego à floresta. A energia aqui está mais quieta comparada com a mata perto do eremitério. Lá, as árvores zumbem com poder, resultado de estarem tão próximas de magia tapasvin. Agora sei disso, mais ciente do que nunca do prana, mas ainda me surpreende como consigo ver a diferença depois de apenas algumas semanas no retiro.

A visão celestial me guia. Serpenteio pelas árvores, subindo mais, pensando no que direi ao emissário que atendeu a meu chamado. Minhas perguntas devem ser cuidadosas, discretas. Sei que devo compartilhar o que Kaushika me contou de seu passado, mas fico enjoada com a ideia de relatar isso sendo que ainda não me decidi em relação a essas verdades.

Ele fez isso para me manipular? Mesmo que tenha feito, isso tira a veracidade do que eu mesma aprendi em Thumri? Como posso fazer um relatório agora, compartilhar tudo isso sem contexto, sendo que as consequências seriam tão danosas? Sendo que Indra usaria o que estou revelando apenas para atacar o sábio, sem compreender os motivos de Kaushika para retaliação?

E se Kaushika matou minhas irmãs por isso, os motivos sequer importam? Alguma coisa justifica tal crime? *Eu* posso defender isso? Fui eu quem convocou o emissário, mas me sinto despreparada, minha ansiedade aumenta a cada passo, minha mente gira. Mas, quando chego ao penhasco, um rosto familiar me recebe, e minhas dúvidas saem voando para longe, como se nunca tivessem existido.

Ela está sentada em uma rocha bem à frente do penhasco. Sua expressão está contemplativa enquanto encara a faixa prateada do rio abaixo. Ela é tão deslumbrante que, por um momento, só a encaro, o sari verde envolvido de forma sensual na cintura, as joias cintilando nos punhos, braços, e o pescoço de cisne. A trança espessa cintila e sua aura reluz nas folhas de grama ao redor. É seu perfume que me desfaz, anis-estrelado e gotas de orvalho, me abrindo como uma fruta madura.

Solto um choramingo de alívio baixo ao desmontar.

Rambha ergue o olhar e se levanta.

— Meneka — diz, sorrindo enquanto se aproxima, mas não consegue pronunciar outras palavras.

Cambaleio até ela, esmagando-a contra mim. Nós duas caímos, os membros entrelaçados. Uma risada foge dela, mas logo é cortada quando percebe minha expressão. Eu me enterro em seus braços e tento controlar minha angústia repentina.

— Meneka, o que aconteceu? — pergunta ela, urgente. — Ele a machucou? Você está com problemas?

Faço que não, mas não consigo responder de imediato. Uma inundação de emoções me consome. Não vou dar um relatório para um agente qualquer de Indra, tentando entender os limites de minha devoção ao senhor. Essa é *Rambha*. O cabelo dela faz cócegas em minha bochecha. Seu cheiro me envolve, rosas completamente desabrochadas, mel e anis-estrelado apimentado. Eu senti *tanta* saudade dela.

Com delicadeza, ela me senta na grama.

— Meneka — chama, colocando um braço sobre meu ombro. — Me conte o que aconteceu.

Encaro a faixa de água além. Tenho tanto para contar e nenhum mapa de por onde começar. As últimas semanas lampejam por mim. O encontro desastroso em que Kaushika me avistou pela primeira vez. Seu charme e minha confusão. O medo com o qual venho vivendo, que se transformou em razão — que Kaushika talvez esteja certo sobre as crueldades de Indra. A confissão dele sobre o passado, a conversa no templo de Shiva, minha apresentação de magia prana, a falta de respostas em relação às minhas irmãs desaparecidas. Tudo isso cambaleia e gira dentro de mim, me puxando para uma parte diferente do quebra-cabeça, nunca completando a imagem. Penso na liberdade que me aguarda se eu conseguir clarear a mente. Confusão, dor e esperança surgem à superfície.

Talvez seja porque estou sozinha há muito tempo. Talvez seja porque o emissário que mandaram é Rambha. A verdade das últimas semanas jorra de mim, inconsistente e serpenteante. Depois que começo a falar, não consigo parar, e Rambha não me interrompe. Quase chego a contar a ela sobre o passado de Kaushika — a coisa mais importante que tenho para compartilhar —, mas algo me impede. Então tropeço nas palavras e conto a ela de Thumri para cobrir meu lapso. As sombras mudam no entorno, a tarde esquentando. Minha voz fica rouca, e, quando termino, há um breve silêncio.

Folhas sibilam, e o vento bagunça meu cabelo — que ainda está preso em um coque de sábio. Rambha encara além do penhasco, perdida em pensamentos. Aos poucos, ela se extrai de mim. Levanta-se e começa a andar de um lado para outro, nunca olhando para mim.

Eu a observo, mas não a perturbo. Conheço bem essa expressão. Eu falei demais. Ela está tentando ordenar tudo, alternando entre Rambha amiga e Rambha supervisora. Qualquer coisa que eu diga a mais agora só comprometerá sua honestidade e vontade.

Ela dá um aceno decisivo para si mesma, e então volta a se sentar a meu lado. Pega minha mão, e eu a aperto. Sua voz é suave e delicada, e entrelaço os dedos aos dela, aliviada mesmo que nem possa dizer o motivo.

— Kaushika não sabe que você é uma apsara — começa. — Isso é bom. Muito bom. Você já foi bem-sucedida onde Nanda, Sundari e Magadhi não foram.

Baixo o queixo em reconhecimento ao elogio, mas não consigo mentir para ela.

— Quando cheguei... as coisas que ele disse, o jeito que agia... achei que suspeitava de quem eu era.

— Mas tudo o que você fez desde então dissipou a suspeita dele. Você tem se desviado. As palavras que falou sobre a Deusa... foram inspiradoras, meu amor.

Rambha solta uma risada rica e, mesmo que seja tão melodiosa como sempre, algo nela me gela. A lembrança da conversa dentro do templo de Shiva fica maculada. Falei aquelas palavras com pureza e graça — mesmo que minhas ações para sabotar o eremitério desde então tenham sido fingidas, aquele momento com Kaushika foi real. Não relatei isso com clareza a Rambha?

Meu olhar perturbado encontra o dela.

— Como realizei magia prana, Rambha? Como é possível?

Há uma confusão verdadeira em seus olhos, mas só por um instante.

— Indra deve ter permitido, para que você fosse bem-sucedida na missão. É o único jeito. Nunca ouvi falar de um imortal fazer isso, mas sua missão é mais importante do que qualquer apsara possa empreender. Indra abriu uma exceção para você... lhe deu temporariamente o poder de um *deva*. É algo que deve ser celebrado, Meneka. Acho que nunca aconteceu antes.

Considero a explicação dela. Realmente *rezei* para Indra intervir naquela viagem com Kaushika. Talvez o senhor tenha sentido meu desespero. Talvez o tenha sentido na própria pele. Mas, se ele me deu esse poder, por que me deixaria criar uma runa usando meu prana selvagem, mas não meu poder dourado de Amaravati? Abro a boca para perguntar, mas Rambha se antecipa, lendo a dúvida em meu rosto.

— *Todo* o nosso poder vem de Indra — afirma ela. — Você sabe disso. Pense na bênção que ele lhe deu antes de partir. Não se lembra de se sentir intoxicada com ela? Talvez ele estivesse lhe dando mais do que você pôde compreender na hora.

As palavras fazem sentido, e me lembro da forma como Indra me forçou a me levantar, me banhando em seu esplendor. Lembro-me da sensação de possibilidade que fluiu por mim, como se, de repente, eu fosse capaz das magias mais arcanas. Quem sou eu para negar o que o senhor pode fazer e o que me tornou capaz de fazer? Ele é *Indra*. É o senhor do paraíso.

Mas... ainda assim...

— Você não acredita que tenha sido ele — constata Rambha ao ver minha hesitação. — Não pode estar achando que descobriu algo que nenhum outro imortal chegou perto de descobrir, Meneka. Que você é como os devas. Kaushika e sua arrogância a afetaram tanto a ponto de você esquecer sua verdadeira natureza como celestial? Não se deve dar muita atenção à sabedoria mortal, meu amor... — Rambha se interrompe. Ela inclina a cabeça, me examinando. — Claro — retoma, baixinho, compreendendo. — Não é Kaushika. Você está perturbada pelo que viu em Thumri. Acha o senhor cruel pelo que fez àquela aldeia. Duvida dele, de sua intenção, de seu poder. — O rosto dela se torna mais frio, os olhos semicerrados. — Talvez até duvide de sua natureza divina. Afinal de contas, se você mesma consegue realizar tal magia, então não tem como ele ser mais divino do que você. Não se você tem tanto poder quanto ele.

Não respondo. Afirmar qualquer uma dessas constatações, até para Rambha, poderia me fazer ser exilada. Baixo o olhar, indisposta a desafiá-la, mas incapaz de mentir e também de negar.

Mas não preciso responder. Rambha me conhece bem demais. Ela me observa por um longo momento, depois a frieza derrete de sua voz. Ouço-a suspirar.

— Eu falei para você manter sua devoção pura — afirma.

Eu me sobressalto. Olho para ela, aflita, me afastando, incapaz de acreditar que ela repreenderia minha fraqueza na devoção tão diretamente, mas Rambha segura minha mão com força, e percebo que suas palavras não foram ditas para me punir. Só para me relembrar.

— Thumri — diz ela, contemplativa. — Me lembro de lá. Aqueles mortais não conhecem a própria história, mas é o esperado. A memória deles é curta, mas em Swarga conhecemos a verdade. Thumri costumava ser um reino grande e próspero. Me lembro da reza, dos incensos perfumados que flutuavam até Amaravati. A condição que os aflige não é nova. Começou na época do último Vajrayudh, há mil anos.

Um espanto silencioso desabrocha em mim ao ser lembrada do quanto Rambha é mais velha do que eu, para lembrar-se de um evento tão antigo. Ela curva os punhos sem esforço. Uma ilusão se forma na ponta de seus dedos, e avisto o senhor que ela ama, angustiado com a impotência de ajudar os devotos. Vejo Indra de um jeito que nunca vi antes — um senhor gentil e compassivo, que é estimulado apenas pelo serviço aos mortais, para que eles vivam em prosperidade. É uma ilusão, mas ainda assim verdadeira. Rambha vê o rei deva com um olhar que só posso aspirar ter, compreendendo-o como ninguém. Assisto à miragem, hipnotizada. O senhor Indra sangrando ouro enquanto quebra as unhas ao tentar arrancar prana do universo para poder socorrer o reino mortal. O senhor Indra lutando com mil demônios, invisível, sem reconhecimento, enquanto os mortais esquecem sua magnanimidade. O senhor Indra mediando alianças com asuras, a fim de proteger o reino e prevenir a devastação da humanidade.

— Durante o último Vajrayudh, Indra se retirou para Amaravati para descansar — conta Rambha, delicadamente, ainda modulando a ilusão. — O paraíso fechou as portas, e Indra não respondeu às orações. Não porque não queria, mas porque não podia, enfraquecido como fica durante cada Vajrayudh. Foi o que causou a primeira seca em Thumri, e em muitos outros lugares também. Muitas vidas foram perdidas. Só que Thumri sobreviveu, não foi?

Sobreviveu, penso, visualizando o idoso moribundo e os corpos doentes espalhados pelo solo rachado.

— Faz mil anos — digo, baixo. — Por que o senhor não os ajudou depois que o Vajrayudh acabou?

Rambha dá de ombros. Ela desfaz a visão.

— Mortais rezam para os deuses para obter o que querem, mas, quando não conseguem, dão as costas com bastante facilidade. Quando a primeira seca chegou, culparam Indra e o deixaram de lado. E então as secas continuaram. Você não pode culpar Indra por puni-los pela irreverência.

Balanço a cabeça.

— Essa gente... queria a graça dele de volta. Indra poderia tê-los salvado.

— Não cabe a nós questionar. Somos meras apsaras. Essas decisões são de Indra e seu conselho.

— Mas são nossas ações que determinam essas decisões — rebato. Fecho os punhos na grama. Não consigo acreditar que Rambha não vê o problema. Minha voz fica forte, mais insistente. — Rambha, no paraíso a gente não questiona nada. Como apsaras, nos mandam obedecer e nunca pensar. Me enviam atrás de alvos que representam perigo para o senhor, mas nunca nos contam quem mais poderia se machucar com nossas ações. Acho que você subestima o senhor... Se contássemos tudo isso a ele, talvez mudasse de ideia, e *essa* não deveria ser a forma da nossa devoção? Aconselhá-lo quando ele não pode ver...

— Chega.

Rambha se ergue de repente, e a ponta afiada de aviso em sua voz me queima, o fim da paciência dela. Minha repentina explosão de coragem morre.

— Esses pensamentos são imprudentes — acusa ela. — O senhor pediu a Thumri que fosse fiel a ele, mesmo quando as coisas ficassem difíceis, e isso deveria ser o bastante. Assim como devia ser o bastante para *você*. Devoção é uma via de mão dupla, Meneka. De que serve amor, de que serve uma boa devoção, se for apenas transacional? Se pode ser arrancado com tanta facilidade? Se tem tantas *condições*, é mesmo amor? O senhor já lhe deu ótimos presentes e poder, mas você ainda questiona sua intenção porque alguns mortais lhe contaram suas histórias trágicas. *Você* perdeu a fé?

Recuo, as palavras presas na garganta.

Minha devoção ao senhor *foi* abalada; é sempre assim no reino mortal. Eu temia que isso acontecesse de novo. É por isso que queria permanecer em Amaravati, nunca ser mandada para outra missão. Rambha me relembrou, sem nada além de algumas palavras, que nunca vou ser como ela. Ela me mostrou a impureza de minha natureza.

Uma tristeza rasteja para meu coração, e minha visão treme. Baixo o olhar.

A sombra de Rambha se move. Ela se senta ao meu lado de novo e acaricia minha bochecha. Apesar de tudo, busco seu toque, aflita demais para fazer algo além de aceitar o conforto que ela me oferece.

— Você é uma celestial, Meneka — diz, com delicadeza. — Você é uma apsara da corte de Indra. Não se esqueça de onde veio. Mortais são frágeis; sua fé, muitas vezes fraca. Depois de cada Vajrayudh, Indra tem que se esforçar muito para restaurar a convicção deles, só que, quanto menos orações oferecem, menos ele pode fazer em resposta. Gente como esse Kaushika só arruína a conexão cósmica entre devas e devotos. Indra está ficando mais fraco a cada dia que o Vajrayudh se aproxima. Se chegar e passar sem que Kaushika seja dissuadido, o veneno que o sábio espalha vai enfraquecer ainda mais Indra, até depois que o Vajrayudh passar. Todos os reinos sofrerão, e Amaravati será irrevogavelmente destruída. Só você pode impedir que aconteça. Entende isso, não entende?

Assinto, desolada. Rambha me puxa para mais perto, e seu hálito aquece minha testa.

— Por favor, Meneka — sussurra ela, e sua voz se parte um pouco quando diz meu nome. Ergo a cabeça e vejo a dor e o medo que ela vinha desesperadamente tentando esconder. — Você está muito perto. Kaushika está se afeiçoando a você, já sabe disso. Está conseguindo tirar ele do caminho ascético. Tudo de que precisa é mais um empurrãozinho.

Balanço a cabeça. Quero contar a ela como Kaushika se tornou mais poderoso com o conhecimento de Shakti. Embora seja receptivo comigo no eremitério, a intenção e a aversão a Indra só aumentaram depois do que fiz. Mas os lábios de Rambha permanecem em meu ouvido, depois flutuam para baixo, a língua dela saindo para provar a pele delicada de meu pescoço. Estremeço, sabendo que isso é tudo o que sempre quis. Tudo que posso ter se simplesmente completar a missão. Não consigo me forçar a levantar mais nenhuma objeção. Meus olhos flutuam, se fechando, e um suspiro suave cresce em mim enquanto os dedos dela traçam padrões gentis em minhas costas.

— Você me prometeu que daria tudo de si — relembra Rambha, e, mais uma vez, seus lábios pairam em meu pescoço e me causam arrepios. — Cumpra sua promessa. Agora não é a hora de se preocupar com suas regras triviais. Ele vai se entregar se você parar de se segurar. Beije-o para destrancar seus segredos. Durma com ele se precisar. Não ligo. Só...

Arregalo os olhos. Eu me afasto de Rambha, me movendo com rapidez para trás, encarando-a.

— Você não liga? — pergunto, rouca.

Rambha me avalia, confusa.

— Somos apsaras — responde, dando de ombros. — Sexo é só sexo. Não precisa ser mais do que um simples prazer. Até estaria dando a Kaushika o que ele deseja. Você falou que se viu quando olhou o desejo dele, *sem precisar criar* nenhuma ilusão para despertar isso. Parece que ele simplesmente gostou da sua beleza. Seria tão errado satisfazer o desejo dele?

Eu me afasto mais dela. Ainda consigo sentir o toque, mas suas palavras são como um balde de água fria sobre nosso momento juntas. Eu a encaro, sem entender, sem saber por que estou confusa. Alguma coisa nisso é mesmo uma surpresa?

A luxúria de Kaushika de fato mostrou minha imagem, não uma vez, mas várias. Eu não ter feito nada para a formação dessa imagem só significa uma coisa: ele me deseja. Sempre me desejou. Há uma espécie de libertação nisso. Não tenho culpa do que acontece com ele.

Mas meus sentimentos por Rambha se emaranham nas raízes do dever e dos sonhos de luxúria. *Quero* que ela diga que me deseja para si mesma. *Quero* que fique chateada com a ideia de eu me entregar para ele, mesmo que seja em nome da missão. Nas profundezas de minha ingenuidade, quero que ela se *importe*. Que se importe mais comigo do que com seu amor e dever a Indra.

Mas, além disso, quero que ela me entenda. Quero que veja por que a perspectiva de dormir com Kaushika, mesmo que seja o que a luxúria dele mostre, é repugnante para mim, uma vez que fui até ele mascarada por artifícios. Me senti assim com todos os alvos; é o motivo de eu não me deitar com eles. É a única coisa que sempre me incomodou como apsara. A única coisa que Rambha nunca entendeu.

Ela inclina a cabeça, examinando meu silêncio.

— Você é mesmo tão orgulhosa? — pergunta, e fico surpresa por ela conseguir ver meus pensamentos com tanta clareza. — Você sempre teve em alta estima o fato de nunca se envolver com um alvo, mas essa é nossa habilidade como apsara, e usá-la não tira seu talento como uma dançarina. Como pode se abster da ferramenta mais poderosa à disposição? Ache a forma perfeita que ele deseja e acabe com essa missão. Não é essa a coisa mais importante?

Não digo nada, a dúvida sufocando minha garganta. Claro que ela diz isso. Sempre foi uma apsara melhor do que jamais serei. Tem sido uma verdadeira criatura da luxúria, como Indra decretou que fôssemos. Para Rambha, dormir com um alvo não é diferente de falar com um, tudo isso feito com a única intenção de servir a Indra. Posso fazer isso com Kaushika depois do que ele me mostrou de si mesmo? É esse o verdadeiro significado de ser uma apsara, e o motivo de eu nunca ter sentido que era o bastante? Estou negando minha verdadeira natureza? Um ato final... É isso o que finalmente me ensinará quem eu sou?

Rambha me encara, os olhos suplicantes.

— Você pode acabar com isso, Meneka. De uma vez por todas. Ache a oportunidade. Seduza-o antes de o Vajrayudh chegar. Pelo seu bem e pelo bem do mundo. Me prometa que não vai recuar, não quando está tão perto.

As palavras dela, o perfume de Kaushika, o orgulho de Indra, tudo isso me enevoa. Penso em Kaushika e na forma de sua sedução. Na sensação de suas pernas nas minhas e na imagem de meu prazer em seu centro. Ele me deseja — mas o que significa eu ter espiado sua luxúria e ter encontrado a minha? Essa imagem era realmente dele? Ou sua proteção de algum jeito refletiu minha magia de volta para mim? E realmente importa, se está me dando o que preciso para a missão? Não estou aqui por um único propósito?

A tarde me oprime, cada pergunta uma farpa se escondendo sob minha pele. Não consigo falar, mas Rambha ainda me fita com expectativa. Parece que minha boca está cheia de pedras, mas não consigo negar a lógica de suas palavras.

Lentamente, muito lentamente, assinto.

Capítulo 16

O dia da Cerimônia de Iniciação nasce com nuvens tempestuosas envolvendo o céu. Kaushika pretendia conduzir a cerimônia no pátio, mas Anirudh me contou que hoje tapasya não pode ser desperdiçado para criar escudos contra a chuva. Arranjos são feitos dentro do pavilhão de pilares. Uma plataforma é erguida no centro, larga o bastante para a apresentação de cada discípulo ser vista. O ar está espesso com o perfume de cânfora e lascas de madeira, e Romasha canta, com a voz limpa, tamborilando em um tamborzinho. O restante de nós se senta de pernas cruzadas no chão, esperando a vez.

Entrelaço nos dedos a guirlanda de flores que fiz, me forçando a não esmagar as pétalas de nervosismo. A meu lado, Kalyani segura a própria oferenda, um bracelete fino dourado que adquiriu como uma bênção por ajudar a aldeia Rastha havia apenas alguns dias. Depois de Thumri, o boato de nosso auxílio se espalhou, e mais iogues receberam permissão para ajudar. Outros discípulos seguram presentes, flores e frutas, moedas de ouro e pequenas joias — tudo adquirido ou ganhado graças aos atos piedosos. Conforme cada discípulo avança até Kaushika na plataforma, oferecem os objetos a ele. Vejo Kaushika colocar os presentes no altar de Shiva antes de ungir o discípulo com vibhuti, a cinza sagrada feita de madeira queimada.

Não consigo parar de olhar para ele. Dias se passaram desde o encontro com Rambha, nos quais não vi Kaushika, embora não seja uma surpresa. Esteve ocupado preparando a cerimônia. Eu mesma não cheguei a nenhuma conclusão em relação a meus sentimentos, mas sei que minha espiral de perguntas não tem lugar aqui. Que Rambha está certa é incontestável. Não vim ao reino mortal para aprender a ser uma sábia, e sim para completar uma tarefa sagrada, uma missão celestial. Vim salvar minha casa.

Mas é difícil me lembrar disso agora, enquanto os cantos para Shiva preenchem meus ouvidos e o ar está pesado de intenção espiritual. Nem em Amaravati senti uma conexão tão profunda com minha alma inefável. Amaravati é ouro e brilho, pompa e esplendor, luxo e ostentação. O eremitério, em contraste, é como um olhar ardente para o coração. A cerimônia, coberta de formalidade, ainda retém um elemento de abandono e liberdade. Viemos dar a Shiva o que podemos, nos rendendo para que possamos nos libertar.

A meu lado, Kalyani bate em meu braço. Arranco os olhos de Kaushika, que está aceitando a oferenda de Ananta, e sorrio para minha amiga.

Nós mal conversamos nos últimos dias, as duas ocupadas com a preparação para a cerimônia, mas não há nenhuma estranheza entre nós. Eu esperava que ainda estivesse com raiva de mim por defender Indra, mas ela se sentou a meu lado nesta manhã, me mostrando, nervosa, o bracelete fino que tinha trazido como oferenda.

— Tem certeza de que isso vai servir? — cochicha agora.

— Tenho — respondo, sorrindo. — É bem poderoso. Você o consagrou, não foi?

Kalyani assente, pesarosa.

— Muitas vezes. Mas não sinto nenhum poder nele. Talvez eu não seja forte o bastante. Talvez tenha usado demais em Thumri.

Não respondo, mas aperto sua mão, confortando-a. O bracelete de fato contém magia, consigo senti-la com clareza, mas me parece profundamente enterrada. Kalyani deve ter tentado consagrá-lo usando um canto a um dos devas na forma natural. Tem algo selvagem em seu poder — afiado, perigoso, quase velado. E me lembra de Amaravati, mas claro que isso não é algo que eu possa contar.

Volto a atenção para a plataforma. Um por um, Kaushika chama os nomes de diferentes estudantes. Durvishi queima ervas para a demonstração. Do lado de fora, nuvens tempestuosas somem só por um instante, o poder dela forçando a luz do sol de Surya a brilhar, forçando um *deva*. Kaushika assente, depois a convida a voltar para o lugar. Sharmisha e Advik — amantes que se abriram para a afeição um do outro depois de conversarem comigo sobre Shakti — apresentam a magia juntos. Através de uma série de posturas de ioga que são em parte guerreiras, em parte dançantes, os dois se movem pelo palco, os olhos focados apenas um no outro. Flores desabrocham do nada, banhando a todos nós com pétalas de rosas, tulipas e jasmins. Advik coloca um botãozinho atrás da orelha de Sharmisha. Os dois assentem para mim do palco, e sinto a adrenalina me atravessar; fizeram isso por causa do que falei para eles. Aypan vem a seguir, entoando o tempo todo durante a apresentação. As flechas que lança perfuram o escudo do próprio Kaushika. Todo mundo vê o quanto Aypan é realmente potente.

Um após o outro, discípulos demonstram sua magia, cada exibição impressionante. Uma gravidade profunda envolve a todos nós, retendo nossa empolgação e nosso nervosismo. Até agora, Kaushika não mandou ninguém embora — nem mesmo os estudantes que alimentei com as lições sobre a Deusa. Até Renika, a mais verbal sobre retornar à família, ficou. Sou lembrada de que, embora minha sabotagem tenha insinuado dúvidas em suas mentes, Kaushika ainda é um rishi, demandando mais respeito do que eu. Ninguém quer decepcioná-lo. Serei eu a primeira a fazer isso? Apesar de minhas práticas mortais, só tenho algumas runas à disposição. Não consigo dissimular o poder delas com ilusão, não na frente de Kaushika. E se eu acabar sendo a mais fraca daqui? Ele não me mandará embora, não depois das palavras que me disse, certo?

Não se essa visão for verdade, penso, liberando o comando até ele mais uma vez para revelar sua luxúria. Durante a manhã, tentei o sondar, sem que ninguém soubesse. A imagem não mudou, não de verdade. Toda vez recebi apenas a visão de meu prazer, Kaushika traçando beijos em minha barriga, seus dedos interligados aos meus enquanto lhe mostro onde me tocar. Seus olhos ardentes de satisfação enquanto eu o instruo a chupar e umedecer, gemendo quando ele faz isso.

As imagens são distrativas. Eu as renuncio assim que se formam. No pavilhão, Kaushika chama o nome de Kalyani. Aperto a mão dela de forma tranquilizadora antes de ela serpentear pelos outros discípulos até a frente. Kalyani estremece e retira o fino bracelete dourado do pulso. Apresenta a Kaushika com as duas mãos, e ele assente, aceitando o presente.

Não consigo dar sentido ao que acontece a seguir.

O bracelete toca a pele dele, e pisco quando uma forte luz azul na forma de uma lâmina enorme que se lança para o céu preenche minha visão.

Ela queima meus olhos, me cega e silencia todos os outros sentidos — depois cai e nos lança na obscuridade de novo.

A oração de Romasha para de repente. O teto treme, depois racha, as pessoas ao redor gritam, ficam de pé e cambaleiam para trás. O cheiro de queimado preenche meu nariz e avisto Kaushika, pasmo. Sua forma ondula, embaçada, depois distinta, como se eu o visse muito ao longe.

Não percebo, mas estou de pé. Empurro as pessoas para fora de meu caminho na pressa de chegar até ele, tropeçando por todos os puja samigri, o arroz e os incensos, os dhoops e o fogo de Yajna. Qualquer outro pensamento foge de mim, a não ser garantir a segurança dele. Prestes a lançar a runa de proteção, compreendo o que significa a ondulação. Kaushika criou um escudo, por instinto, quando a luz ricocheteou do bracelete. Atrás do escudo, se protegeu de seja lá o que houve.

Mas Kalyani, não.

Ela flutua, as mãos ainda abertas em oferenda. O bracelete foi substituído por uma fumaça preta que lampeja e dança. É diferente de tudo o que já vi, escura como a meia-noite, lustrosa o bastante para os estudantes ao redor se verem refletidos nela. Estou hipnotizada, encarando o jeito como saem da palma dela. O corpo não se mexe, mas a boca se abre e, atrás do escudo, Kaushika arregala os olhos ao compreender.

Ele quebra a barreira de proteção e vai até ela ao mesmo tempo que a pele de Kalyani absorve a fumaça.

Kalyani desmorona onde está, bem quando Kaushika a apanha. Chego em um instante, me ajoelhando ao lado deles. O silêncio ressoa em todo o pavilhão, todos os discípulos assistindo em choque. A pele de Kalyani está escurecendo, mas não é um tom natural. É como se o sangue dentro dela estivesse ficando preto, secando. Seu corpo convulsiona. Os olhos reviram para trás da cabeça. Kaushika arregaça as mangas dela com as mãos trêmulas e os observo enquanto a escuridão se espalha das palmas de Kalyani em ondas, cada corrente subindo mais e mais, se aproximando do coração.

Fito Kaushika com terror nos olhos.

— Por favor — peço, inutilmente. — Por favor.

Kaushika começa a cantar.

O mantra é complexo demais; mal consigo acompanhar as muitas sílabas. O canto se eleva e diminui, as palavras são como um verso comprido. A magia de Kaushika dispara no ar ao redor, espessa e poderosa como um vulcão em erupção. A fumaça dentro de Kalyani diminui conforme ele canta e, para meu grande alívio, o peito dela sobe com um suspiro trêmulo, mesmo que os olhos continuem fechados.

— Ela está bem? — pergunto, ofegante. — Está ferida?

— O que foi isso? — indaga Anirudh, a voz falhando. — A lâmina... parecia um raio.

Ergo o rosto e vejo que não fui a única a correr até Kaushika. Romasha está aqui com Anirudh, Eka e Parasara. Todo o restante paira bem próximo para ajudar, mas não tão perto a ponto de incomodar, sabendo que somos nós que mais nos importamos com Kalyani.

Kaushika não responde. Em vez disso, fecha os olhos e junta as palmas. Um fluxo de cantos emerge dele, melodioso e veloz. Seu tom é tão profundo e bonito como sempre, mas tem algo a mais. Uma espécie de emoção desesperada, como se pela primeira vez duvidasse de que os cantos vão funcionar.

O ar ondula a nossa frente. Quase vejo as letras do mantra, como se a caligrafia mais delicada do mundo se movesse em espiral. Kalyani dá outro suspiro trêmulo e desmorona de novo. Seu peito se move, fraco demais para significar algo bom.

O pavor agarra meu coração como nunca antes, me pego incapaz de pensar com clareza. Lágrimas escorrem em minhas bochechas e tento tocar Kalyani, mas Anirudh me detém.

— Kaushika — chama ele de novo. — O que é isso?

— É veneno — responde Romasha, sombria. — Ele o impediu de se espalhar, mas tem que ser extraído. Senão Kalyani vai morrer.

Kaushika dá um breve aceno de cabeça, mas não para a cantoria.

— Você sabe como extrair venenos — afirma Anirudh, confuso. — É um mantra fácil.

— Não esse — sussurro, surpreendendo até a mim mesma. A compreensão me inunda ao mesmo tempo que pronuncio as palavras: — É halahala.

Kaushika me lança um olhar perfurante e examinador, e então assente. Eu o encaro, a mente girando.

Foi por isso que a magia do bracelete pareceu tão familiar para mim. Por isso me lembrou de casa. Esse bracelete é de Amaravati. Já o vi antes, reluzindo no pulso de meu senhor, há tanto tempo que a lembrança parece um sonho.

Quanto ao veneno... na mente, avisto a kalpavriksh — a árvore sagrada em que rezei antes de vir ao reino mortal para a missão. A kalpavriksh emergiu durante o Batimento dos Oceanos, junto à amrita, o néctar dourado que deu aos habitantes de Amaravati a imortalidade. Só que, antes de o néctar aparecer, o batimento produziu o halahala — um veneno tão letal que matou muitos devas tentando agitar os oceanos. A fim de deter o veneno antes que ele destruísse tudo, o próprio Grande Senhor Shiva o engoliu, um ato que deixou sua garganta azul, dando-lhe o nome de Neelkanth — o deus de garganta azul.

Shiva arriscou a vida para salvar toda a criação, mas gotinhas do veneno escaparam dele e se espalharam pelos reinos. Indra enviou guerreiros para reivindicá-las. As poucas encontradas foram para um cofre em Amaravati, o qual ninguém além de Indra pode acessar.

Encaro Kaushika agora, que baixa a forma inerte de Kalyani até o chão. A lâmina de raio… o halahala… sei o que ele deve pensar, mas Indra nunca usaria o halahala para algo assim, nem mesmo para atacar um inimigo perigoso. Quebraria cada dogma dos devas. Ele seria usurpado pela própria corte. Shiva desceria sobre Indra com fúria e danação.

Quero trazer esses pontos da melhor forma sem levantar suspeitas sobre minha natureza, mas Kaushika não parou de entoar. O ar é preenchido com sua magia, e Kalyani jaz no chão, a respiração ofegante.

Não tenho chance alguma de protestar. O canto continua noite adentro. Em alguns momentos, Kaushika coloca as palmas na testa, garganta e peito de Kalyani, tentando ancorar chacras diferentes. Em outros, ele move os dedos em um padrão rítmico, algo que agora sei serem gestos meditativos que ampliam seu poder, parecido com as danças mudras que ampliam o meu. O calor da magia domina a noite fria, mas sei que é por causa do veneno. Halahala está lutando com a canção de Kaushika.

Eu me ajoelho ao lado dele e crio runas de bem-estar e força — para mim, para ele, para Kalyani. Através de um borrão de horas, percebo que alguém limpou o pavilhão dos resquícios da cerimônia, retirando todo o puja samigri. Outra pessoa nos traz água, mas eu a ignoro, assim como Kaushika. Ele não para de cantar, mas, uma hora, tira o kurta encharcado de suor, e eu quase desejo poder tirar o meu também. Rios de suor escorrem de sua pele, e o brilho da magia se espalha por ele, desde o rosto anguloso até o pelo dos braços e do peito. Meu corpo se aquece, imagens incompletas de sua sedução dançam em mim. Parece tão insignificante agora, o que me enviaram para fazer aqui, o fardo que recebi de derrotá-lo.

Uma súplica desesperada ecoa em meu ser enquanto encaro a forma doente de Kalyani. *Não morra. Por favor, não morra.* Quando Anirudh sugere com delicadeza que eu descanse um pouco, eu o corto.

— Vou ficar — digo, e olho para Kaushika quando falo.

Nada pode me tirar daqui. Kalyani é minha amiga, a primeira aqui no eremitério. A *única* aqui, até onde sei.

Espero um embate, mas Kaushika está focado demais no mantra, e é o fim da conversa. Horas após horas se passam, e uma escuridão verdadeira recai sobre o retiro, composta de nuvens tempestuosas. O veneno se move dentro de Kalyani, algumas vezes subindo até o pescoço, algumas vezes descendo até a pontinha dos dedos.

Tento não ficar em cima enquanto Kaushika trabalha, mas ele está focado demais na tarefa para me notar. Estou maravilhada com seu poder. Ele conseguir fazer isso, lutar com o *halahala*, por horas a fio, está além de qualquer magia, mortal ou imortal. O próprio Indra não consegue fazer isso; tenho certeza. O senhor do paraíso está certo ao temer Kaushika — mas, então, meus pensamentos flutuam para o senhor enviando o veneno para cá. Chacoalho a cabeça, me concentro mais uma vez em Kalyani e crio outra runa para ajudar.

Não sou a única a oferecer magia em auxílio. Romasha queima ervas em potes de argila, criando um círculo ao redor de Kaushika, de Kalyani e de mim. Odores rodopiam no ar: canela, cravo, cânfora. Seu poder de cura me revigora, cessa minha sede e clareia minha mente.

Outra pessoa lidera um canto, longe o bastante de Kaushika para não o perturbar, mas perto o suficiente para afetá-lo. Não ouço as palavras, mas sinto as vibrações no corpo. Quando ergo o olhar, um escudo paira sobre nós. Os outros estão cercando o eremitério, tanto para nos proteger de inimigos quanto para proteger o mundo exterior do veneno que temos agora. Chamam o nome de Shiva várias vezes, uma súplica ao Senhor do Universo para levar o halahala daqui, mas sei que é inútil. Shiva não ouvirá no meio de tanto caos. É preciso uma mente limpa para invocá-lo e, embora estejamos todos tentando, é difícil.

Começo a me perguntar por quanto tempo conseguiremos durar, por que Anirudh e Romasha não mandaram as pessoas embora para se salvarem caso o pior aconteça e não seja possível conter o veneno, quando Kaushika se mexe a meu lado.

Ele me lança um olhar perfurante, como se tomasse uma decisão, depois assente. A qualidade do mantra muda. Um tentáculo de fumaça se ergue da boca de Kalyani e, conforme Kaushika canta, entra em sua boca.

Não entendo de primeira.

Então Romasha chega, as ervas abandonadas, junto a Anirudh, se agachando até nós. Eles encaram Kaushika como se o vissem pela primeira vez.

— Você não pode — arqueja Romasha. — Por favor, rishi, por favor. Precisamos do senhor para nos guiar. Precisamos de você, guruji.

— Kaushika — chama Anirudh, a voz pesarosa. É tudo o que ele consegue dizer.

Encaro Kaushika. Lembro-me da discípula que se queimou com sua magia tapasvin há apenas alguns meses. Lembro-me de Kaushika absorvendo as cinzas dentro de si, dissipando-as. Ele pôde fazer isso com poder tapasvin puro, mas com *halahala*?

Ele não é Shiva.

O veneno vai destruí-lo.

Anirudh e Romasha ainda estão protestando, mas Kaushika se ergue. O veneno já saiu quase totalmente do corpo de Kalyani. Ela respira fundo, depois para, caindo em um sono sossegado.

Estou de pé com meus outros amigos, encarando Kaushika. Não ouço o que dizem. Um som agitado domina meus ouvidos, sangue bombeando na cabeça. Kaushika dá vários passos para trás, distanciando-se de nós. O veneno não lampeja por seu corpo do mesmo jeito que fez em Kalyani. Quer dizer que ele já o absorveu? Incapaz de parar o ataque? Kaushika move uma mão, e reajo no mesmo instante em que seu escudo vem em nossa direção. Dou um pulo para a frente, para mais perto dele, os dedos formando a runa de estabilidade. Jorro toda a minha magia nele com o último resquício de meu poder tapasvin.

Anirudh e Romasha cambaleiam para trás, Kalyani entre eles.

O escudo reluz ao redor de mim e de Kaushika — e então esqueço todo o resto. O eremitério é um borrão de sombras do lado de fora do círculo em que Kaushika e eu estamos. Ele está com os olhos presos em mim, alarmados, apavorados, furiosos. Não para de cantar, e o encaro enquanto estremece, como se estivesse morrendo.

Seu queixo cai de exaustão. Os braços ficam moles, mal conseguem segurar o escudo. Agarro um deles para mantê-lo erguido enquanto Kaushika treme. Ele mexe os dedos sem força, tentando me afastar, mas então seu outro braço envolve minha cintura para se apoiar.

O cabelo dele está bagunçado, mechas compridas escapam do coque e grudam no rosto ensopado de suor. A voz fica mais rouca. Uma expressão assombrada alcança seus olhos. Ele está chegando ao fim de seu poder.

Penso nele morrendo. Penso no que Rambha me mandaria fazer agora. Penso em como ainda tenho muita magia dentro de mim, uma magia conectada a Indra. Se eu espiasse o desejo de Kaushika agora, o que veria? Um desejo de ser mais poderoso? Uma tentativa desesperada de continuar vivo? Arrependimento pelo que fez?

Posso derrotá-lo.

Posso *destruí-lo*.

Agora é minha chance de atacar de verdade, aprender tudo o que preciso sobre ele e o desfazer por completo. O comando quase se forma em minha mente, para pedir que revele sua luxúria.

Kaushika cambaleia, o escudo prestes a quebrar.

Meu comando morre antes de se formar. Ergo a mão direita e conjuro a runa de Sri Yantra. Já exauri toda a minha magia tapasvin; é do laço com Amaravati que tento extrair agora, sabendo que não vai funcionar, *sabendo* que minha magia celestial vem de Indra, e o senhor nunca me deixou criar runas mortais usando o laço. A forma aparece vagarosamente, puxando o poder com cada pedaço de minha força, e grito, a dor se lançando através de mim e me cortando com mil lâminas, me cegando.

Espero que a runa não funcione. Espero que nós dois pereçamos, meus últimos momentos cheios de caos.

Mas, com meu desespero, algo me inunda. O poder de Amaravati surge dentro de mim do mesmo modo de quando danço. Uma espécie de compreensão crua desabrocha em mim, como se essa runa fosse simplesmente outro jeito de fazer uma mudra. Um puxão ocorre em meu umbigo e, pela primeira vez na vida, a magia de Amaravati se conecta com o prana de meu coração, uma batida de duas correntes em um mar tempestuoso, criando uma imagem maravilhosa.

Vejo dentro de mim mesma um espelho.

É um lampejo, um odor, um segredo. Luz salpicada, lótus fresco, céus infinitos. Poder me inunda, uma onda me atinge, doce e feroz ao mesmo tempo. Arregalo os olhos, chocada, mas a mão que faz a runa não treme. Irradio prana para dentro de meu corpo e de Kaushika. Amaravati canta em mim e me conecta com o prana selvagem, os dois poderes se espelhando, entrelaçando, fortalecendo um ao outro.

Sob o toque de minha outra mão, a magia de Kaushika se eleva. A runa também o afeta, e o sinto se contorcer, depois fortalecer, revigorado por minha força. A aura dele, de repente, se torna mais cintilante. A runa cresce, flutuando sobre nós e nos iluminando.

Kaushika a acompanha com os olhos, e seu canto se torna mais estridente. Jorro mais poder de Amaravati na runa, e então consigo *enxergar* a voz de Kaushika, um tumulto de azul, índigo e verde.

Seu mantra ganha vida.

Letras, canção e símbolos rodopiam e cintilam no ar por um longo momento. Meus ouvidos e meu coração são preenchidos por Kaushika e sua magia, e sei que o coração dele está cheio de mim e minhas runas. É uma intimidade que faz o sangue correr para minhas bochechas e, por um instante, vejo dentro dele — sua paixão, liberdade, força de vontade. Vejo minha devoção, minha lealdade, meu senso de integridade. Rambha surge em minha mente, depois Nirjar, rainha Tara, e todos os outros alvos. Atrás de meus olhos, visualizo a mente de Kaushika também, e a forma como usou a intimidação de maneira tão despreocupada, rejeitando aqueles que precisavam de ajuda em nome da iluminação, tudo isso enquanto cultivava o ódio por Indra. Somos refletidos na alma um do outro e, dentro de nós dois, há uma luz gloriosa que tenta brilhar, uma escuridão que redemoinha e se acumula. Estamos os dois livres e aprisionados, sendo elevados por nossas verdades, e empurrados para baixo por nossos inimigos.

Não tenho tempo de pensar no que estou revelando para ele, de imaginar se ele consegue ver tudo o que estou vendo. Kaushika aperta mais a mão em minha cintura em uma súplica silenciosa, e o alimento com meu poder. Ele o apanha, e me inclino, sua magia me cobre, me protege, me liberta... e ele arqueja enquanto canta.

Nossos poderes se fundem.

Kaushika ergue uma mão frouxa, e um entrelaçado aparece, uma trança de luminosidade.

Diante de meus olhos, uma *ondulação* rasga o ar. Além dela, um campo reluz com grama alta balançando com a brisa do verão. Minha mão se estende até lá por vontade própria. Quase consigo tocar a grama. Estou hipnotizada; é diferente de qualquer magia com que já me deparei. Ela chama por mim como uma tentação, mas meu laço com Amaravati me impede.

Assisto, pasma, sem entender, à fumaça do halahala jorrar para fora da boca de Kaushika e cair no campo. O ar escurece com bolhas de veneno. Faíscas crepitam antes de apaziguarem, poeira se curvando como faz próxima do calor do fogo.

O halahala sai de Kaushika rapidamente. O veneno se encolhe até uma coisinha minúscula, rolando para a campina. Tento assisti-lo, ver o que vai se tornar, mas o ar estala de novo, e o portal se fecha sem mais nenhum som.

Kaushika para de cantar e tromba em mim. A cabeça dele cai com um baque surdo em meu ombro, e eu o abraço com força, sem ligar para como nos parecemos para alguém de fora, só me importando com o fato de ele estar seguro. Com o fato de que acabou, e ele está *seguro*.

O silêncio nos rodeia.

Mil pensamentos zumbem dentro de mim, mas não tenho energia para aturá-los. Eu me inclino para o peito de Kaushika, inspirando a pele dele, e suas exalações se enrolam em meu ouvido em preciosos sussurros roubados. Subo mais as mãos, até o pescoço, roçando a pele com as unhas. Ele estremece com um suspiro profundo. Pressiona a palma em minha lombar e me puxa para mais perto do torso. Algo se agita dentro de mim, algo familiar, como luxúria, só que mais profundo, mais *faminto*, e de repente fico consciente de que ele está com o peito nu, que seus polegares estão abaixo da abertura do meu kurta, tocando os ossos do quadril, que sua pele na minha está pegando fogo, gloriosa e *viva*.

Perceber que desejei isso por muito tempo me abala. Escolher salvá-lo e não o destruir me assusta. Paro e enrijeço.

Kaushika abre os olhos e cambaleia para longe de mim.

— Você está bem? — começo, mas sua expressão não está só endurecendo, está furiosa.

— Como você ousa? Como ousa interromper minha magia? O que você fez?

A exaustão e o caos das últimas horas caem sobre mim. Pisco, mas então minha confusão dá lugar à raiva. Dou um passo até ele.

— Eu? — sibilo. — Que portal foi aquele que você abriu? Para onde mandou o halahala?

Os olhos de Kaushika reluzem.

— Você acha que pode questionar minhas decisões? Sou o *sábio* Kaushika. Você está aqui porque eu permiti.

— Sábio — bufo, inserindo cada fragmento de desprezo que consigo reunir na palavra. — Você está colocando o eremitério todo em perigo. Esse veneno era para você, não era? Que ações suas exigem isso de um inimigo? Você está escondendo coisas de nós. Não negue.

Kaushika avança tão rápido que cambaleio para trás.

— E você não está escondendo coisas? — golpeia. — Como você sabia que era mesmo halahala, sendo que ninguém poderia saber? Que magia foi essa que acabou de fazer tentando me *ajudar*? Você vem mentindo sobre si desde o começo e, se não consegue ser honesta, não tem lugar aqui.

Eu o encaro, a fúria em seus olhos parecendo terra em erupção. Raiva e ódio palpitam dentro de mim... ódio como nunca senti.

— Eu salvei sua vida — sibilo. — É esse o agradecimento que recebo?

Um grunhido rola em sua garganta, enviando um espiral de terror ao meu corpo. Kaushika segura meus ombros e me sacode com força.

— Você podia ter *morrido*, mulher tola. Sua alma poderia ter se extinguido se o halahala a tivesse tocado. Se alguma coisa tivesse acontecido com você...

Ele se interrompe, respirando com dificuldade.

Estou chocada demais para dizer qualquer coisa. Eu o encaro e vejo, espreitando sob sua fúria, um terror profundo e doloroso.

Nós nos afastamos. Em um canto da mente, percebo que o escudo nos enclausurando caiu. Que há outros no pavilhão, amontoados, nos encarando. Eles viram e ouviram tudo — a magia que Kaushika e eu fizemos, o portal que ele abriu, o jeito que nos prostramos, a briga, as palavras dele.

Kaushika recupera a compostura. Seu rosto se torna impassivo e frio, e o corpo enrijece, sempre o príncipe, sempre o sábio. Ele encontra o olhar de Anirudh e Romasha quando correm para nós.

— Aguardem meu retorno — ordena. — Devo conter o dano à campina antes que mate alguém lá.

O ar ondula de novo, o mesmo portal se abre.

Kaushika adentra na escuridão, e a porta é selada atrás dele.

Capítulo 17

Cuido de Kalyani.

Tenho uma vaga noção de que fomos levadas para a cabana de Kaushika. No fundo da memória, me lembro da última vez que estive ali, quando o feitiço me prendeu. Anirudh e Romasha teriam me matado na época, ou pelo menos me contido até Kaushika terminar o trabalho.

Lembro-me de tudo isso, mas não consigo despertar o interesse em remoer a lembrança mais afundo. Eu me sento no único banco dentro da cabana e pego a mão de Kalyani, enquanto Anirudh e Romasha cochicham um com o outro.

Nenhum dos dois mencionou a briga com Kaushika nem a magia que realizei. Eu mesma não consigo tirar isso da mente. Eu devia tê-lo destruído naquela hora e naquele lugar. Em vez disso, fui fraca. Quando contar para Rambha — e sei que devo contar —, ela ficará furiosa. Talvez até informe Indra, e quem sabe o que o senhor fará? Ele poderia me exilar só por essa traição. Nunca mais verei Amaravati ou Rambha.

A ideia me sufoca. Tento apagar a sensação do toque de Kaushika em minha pele, apagar a lembrança de seu rosto angustiado e das palavras que pareceram tão sinceras. *Se alguma coisa tivesse acontecido com você...* Kalyani está deitada no colchão respirando lentamente, e penso no que o veneno podia ter feito com ela. Foi mesmo Indra que enviou isso para o eremitério? É porque não confia em minha habilidade de finalizar a missão? O senhor está ficando desesperado o bastante a ponto de recorrer a um ato tão cruel? Contei para Rambha como o eremitério é protegido, e ela teria obrigação de compartilhar. Será que Indra ouviu as notícias e planejou enviar o veneno para cá?

— Não — respondo em voz alta, veementemente.

Não consigo acreditar. Não *vou*.

Não é uma questão de uma mera vila irreverente. Halahala poderia destruir todos os três reinos. Nem Indra ousaria. Eu mesma o ouvi lamentar que o halahala permanecia sob seu cuidado, sem poder tocá-lo. Mas, se não foi ele, então quem?

Kalyani murmura no sono, e pouso uma mão tranquilizante sobre ela.

— Desculpe — murmuro. — Você é minha amiga, e sei que, se pudesse falar, me diria que o culpado por isso é Indra. Mas se for... — Lágrimas me sufocam. — Como tudo em que acreditei pode estar errado? Ele é um deva, e lealdade é tudo o que conheço. Esse sempre foi meu caminho, mesmo que o tenha questionado. Eu errei em minha devoção?

— Você não errou — responde Kaushika. — Mas considere para quem deve entregar sua devoção. E por quê.

Levanto-me lentamente. Não o ouvi chegar. Há quanto tempo está aqui? O que ouviu do que falei? Procuro na mente se revelei algo perigoso, mas Kaushika simplesmente me fita — um olhar rápido e inescrutável que me deixa sem graça — e entra na sua casa.

Não há nenhum indício do homem que falou de forma tão ardente comigo antes. No lugar do calor e da raiva, ele parece cansado. Agacha-se ao lado de Kalyani e pega o pulso dela, contando as batidas. Noto as sombras sob seus olhos, a barba por fazer que raspa as bochechas. O cabelo não está mais em um coque, cai em ondas suaves até os ombros. As roupas estão diferentes também, não mais de um sábio ou iogue, e sim de um nobre, o kurta em tom claro de creme, bordado com um dourado delicado, a calça com contornos zari. Onde ele esteve para ter que se vestir assim? Parece mais novo. Mais gentil.

Kaushika conta a respiração de Kalyani por um minuto longo e silencioso e suspira.

— Ela vai ficar bem. O veneno estava diluído, e agimos rápido. Vamos usar o máximo de poder coletivo que pudermos dispensar para curá-la.

Uma onda de alívio afrouxa os nós em meus ombros. Kaushika se levanta e nos encaramos. A lembrança de como estávamos abraçados ressurge em mim. Como suas mãos estavam quentes em meu corpo. O cheiro intoxicante de sua pele.

Ele deve estar pensando a mesma coisa. Pontinhos de cor aparecem em suas bochechas. Um constrangimento desconhecido me atravessa, como se eu não fosse uma apsara.

— Quero me desculpar — anuncia ele, formalmente. — Pelo que falei. Pelo jeito como falei. Você realmente salvou minha vida. Obrigado.

Assinto. Kalyani se agita, murmurando no sono de novo, e Kaushika estala os dedos. A vela diminui. Somos mergulhados na escuridão, mas, com um gesto dele, eu o sigo, passando pelo único quarto até a segunda porta que leva a uma varandinha. Nós nos sentamos juntos no único degrau da entrada. Daqui, consigo ver o jardim de meditação, embora não haja ninguém lá tão tarde da noite assim. Os hinos se tornaram mais calmos, audíveis apenas pelo zumbido melodioso da magia. Centenas de milhares de estrelas reluzem no céu. Os sussurros da brisa, os perfumes de jacarandá, a pura solidez do homem a meu lado... é quase pacífico. Quero permanecer nesse silêncio amigável. Mas há perguntas a fazer.

Eu o encaro.

— Vai terminar a Cerimônia de Iniciação?

Ele faz que não com a cabeça.

— Não é mais necessário. Vou permitir que qualquer um que deseje ficar e treinar se torne um sábio.

Arqueio as sobrancelhas.

— Achei que a cerimônia fosse uma grande tradição. Que, como sábio, você deve erradicar os que são impuros.

Kaushika dá de ombros, embora o movimento pareça rígido.

— Todo mundo aqui já provou sua intenção com ações — responde.
— Podiam ter partido quando o eremitério foi atacado, mas escolheram ficar e ajudar. Construíram proteções, fortaleceram o retiro repetidas vezes. Mesmo agora, estão patrulhando a floresta, procurando por inimigos, tudo isso sem eu mandar. São devotos, não só a Shiva, mas também ao que fazemos aqui. A devoção deles é incontestável. — Ele me fita, e seu olhar se suaviza. — Assim como a sua.

Minha missão preenche minha garganta, cobrindo minha boca com o sabor amargo de traição. Tive a chance de eliminar Kaushika e não a aproveitei. O que isso significa para mim?

— E os outros sábios? — pergunto, para me distrair da ansiedade crescente. — Eles vão permitir essa quebra na tradição?

— Os outros sábios... — Kaushika suspira e pressiona os olhos com as palmas. Ele parece tão vulnerável que quero puxar as mãos dele, beijar suas pálpebras, confortá-lo, mas forço meu corpo a ficar imóvel. Ele suspira de novo, profundamente. — Os outros sábios são mais velhos e bem mais tradicionais do que jamais fui. Me veem como um rebelde. Tentei obedecer às demandas deles para provar que sou puro de coração, mas depois do que aconteceu ontem... — Ele sacode a cabeça e encontra meus olhos. — Você estava certa. Eu realmente coloquei essas pessoas em perigo, e tenho um dever a cumprir. O que é mais uma transgressão? A Mahasabha foi convocada pelos sábios para eu apresentar meus estudantes e os convencer de que posso ensinar sabedoria àqueles que a buscam. Só que, na verdade, a Mahasabha é uma reunião política, e estão mais preocupados com outra coisa.

Prendo a respiração.

— E o que é?

Kaushika se vira para mim, e compreendo seu olhar. Está aqui, o segredo que o destruiria se me contasse. Consigo senti-lo pairando em seus lábios, ansiando ser dito. Uma espécie de terror lento cobre meu sangue. Não ouso me mexer.

Ele segura o momento, examinando-o. Vejo quando toma a decisão, uma mudança na forma dos músculos. Sei que vai me contar, e meu corpo congela. Não consigo desviar o olhar nem receber esse conhecimento que buscava, presa aqui, neste instante que inevitavelmente definirá meu caminho.

— Você me perguntou para onde mandei o halahala — diz ele, baixo.
— E para onde vou quando saio do eremitério.

Assinto e não digo nada.

— Eu tenho... *criei*... uma campina. Um lugar para onde vou, a fim de meditar. — As palavras de Kaushika são cuidadosas. Lentas. — É um lugar poderoso, Meneka. Anos de meditação o consagraram além de qualquer outro neste reino. Quando medito lá, meu poder aumenta dez vezes. Para o que seria necessário anos de tapasya, consigo fazer em algumas horas.

Minha mente se agita com a revelação. Lembro-me do que entreouvi perto do lago há algumas semanas. *Um crime contra a natureza*, acusou o sábio Agastya. Por quê? Por causa do jeito que ele corta o ar? Da energia que deve ser necessária? Nem Indra consegue simplesmente abrir um portal para qualquer lugar que deseja. Até ele deve depender dos ventos de Amaravati.

Ignorante do caos dentro de mim, Kaushika suspira de novo.

— Os sábios da Mahasabha desaprovam algo tão poderoso e o modo como o consagrei. Mas, se eu não tivesse feito isso, o que teria acontecido com o halahala? Todos nós teríamos sido envenenados, cada criatura teria sido queimada e retirada do próprio ciclo de nascimento e renascimento... não porque o quebrou e acolheu a verdadeira realidade, e sim porque nunca existiu, para começo de conversa. Até os sábios teriam sido destruídos se o veneno se espalhasse.

Estremeço, pensando como todos nós chegamos perto da destruição. Não consigo compreender. O poder que Kaushika exibiu. O fato de o ter realizado comigo.

— O veneno vai ficar seguro lá? — pergunto.

— Por enquanto — responde, embora haja frustração na voz. — Mas não pode ficar lá para sempre. Tentei convocar Shiva de novo, o senhor não me atendeu. Talvez ele não acredite na sinceridade da intenção, mas com certeza deve me ouvir. Com certeza deve ver quem está por trás disso.

Encaro Kaushika.

— Sei o que você deve pensar, mas não pode ser Indra. Simplesmente não pode.

A voz dele é suave:

— Lamento — diz, baixo, e agita levemente os dedos até os meus como se fosse me dar conforto sem me tocar. — Uma traição assim é difícil de aceitar. Compreendo. Acredite em mim.

— Não, você não entende. — Minha voz fica alucinada, e tenho que respirar fundo para controlá-la. — Como pode ser Indra, Kaushika? *Como*? Sei que você o despreza pelo que fez em Thumri e para seu reino. Ele é um deva e já se comportou de forma irresponsável, mas isso? Isso é inescrupuloso. Indra não poderia, nem mesmo bêbado de soma.

— Meneka...

— Ele é um *herói* — afirmo, a voz falhando. Meu desespero se derrama rapidamente em um meio soluço. — Você não lembra que ele salvou toda a humanidade de uma fome infinita e devolveu as águas do mundo para os reinos mortais há dez mil anos? Essa história ainda é cantada em meu reino. Sem ele, o demônio-dragão Vritra teria destruído tudo. Nada teria sobrevivido. Indra foi o único corajoso o bastante para lutar com o demônio. Até você reza à essência que é Indra. Até você reconhece seu poder.

Minha respiração está ofegante, cheia de lágrimas silenciosas. Kaushika faz uma careta, e anseio que veja a lógica de minhas palavras. Preciso que compreenda, *concorde*, porque se não o fizer, se Indra realmente enviou o halahala, eu nunca conseguiria viver com isso. Se o senhor é capaz de tamanha monstruosidade, o que mais ele fez? O que mais *eu* fiz, obedecendo às ordens dele cegamente? Estou me agarrando à última esperança, à inocência de Indra nesse crime hediondo apesar dos muitos erros que ele possa ter cometido. Não posso deixar que Kaushika arranque minha fé; em meu coração, não posso permitir nem que *Indra* faça isso. Quem eu sou se não uma criatura do paraíso? Até em meus momentos mais desesperados, sempre pensei em retornar para sua Swarga. Devo viver o resto da vida sabendo que fui uma agente do *mal*?

Kaushika ainda está com a testa franzida. Por um momento, ele não diz nada, e sua atenção se transfere para as estrelas, visíveis ao anoitecer, contemplando Indra e Swarga. Avaliando minhas palavras. Escutando.

Sei que o que estou dizendo é suspeito. Se um dia ele achou que eu fosse uma apsara, meus protestos apenas confirmam. Mas ele já me contou muito sobre si mesmo. Eu não deveria explorar minha vantagem? Não consigo aguentar ouvir essas blasfêmias de sua boca. Não consigo aguentar o que isso significa para mim e para *ele*.

Se Kaushika realmente acredita em todas essas coisas sobre Indra, usará como justificativa para qualquer ação contra meu senhor. Iria me matar agora se soubesse quem sou, e já deve ter matado minhas irmãs apsaras sem misericórdia. Essa desconfiança nunca saiu de minha mente, desde o começo da missão, mas agora sei que inventei desculpas para o fato, torcendo para que não fosse verdade. Não consigo conciliar esse homem que passei a entender, de quem até comecei a gostar em uma certa medida, com o sábio que mataria apsaras a sangue frio. Nos corredores distorcidos da mente, as duas ideias parecem conectadas. Se Kaushika acreditar na inocência de Indra com o halahala, não vai me machucar, não vai machucar meu povo.

Sei que não tem lógica por trás disso, seja lá o que Kaushika e Indra fizeram, não posso mudar o passado, mas não consigo tolerar que algum deles tenha cometido tais horrores, nem em busca de suas crenças. Nem se achavam que fossem válidos. Simplesmente sei que, se alguma parte for verdade, fala mais sobre mim do que sobre eles, por causa de como os entendo e simpatizo com eles. Será que essa missão já me arruinou tanto, de forma furtiva e invisível, a ponto de eu ter perdido meu bom senso? Tento respirar, apesar do grande nó na garganta.

— Se não foi Indra — começa Kaushika, lentamente —, então quem? Você disse que seu reino o adora. Conhece outra pessoa que teria acesso ao veneno?

Tento pensar. Tento de verdade.

Procuro outra explicação para o halahala, e uma lembrança escondida martela em minha mente, um fio que devo puxar e que me levará à verdade. Mas não consigo esquadrinhá-la porque está tudo muito borrado. Kaushika está me pedindo por clareza, mas não quero que ele a baseie no que eu disser. Quero que *ele* tranquilize *a mim*, cuide de mim, me diga que tudo em que já acreditei estava certo, simplesmente porque sou quem sou e ele acredita em mim.

Enterro a cabeça nas mãos, ciente da incongruência de meu desejo. Kaushika solta um suspiro profundo.

— Lamento — diz de novo. — Indra *foi* um herói, no passado. Mas, por favor, pense bem. O bracelete não se revelou até eu o tocar. Era destinado a mim, e só o senhor do paraíso tem motivo. Indra se sente ameaçado por mim. Sabe que não gosto dele e já tentou me deter muitas vezes. Nas últimas semanas, ele enviou tempestades para o eremitério como um aviso de que sabe onde estou. Consegui mantê-las sob controle durante a Cerimônia de Iniciação. Senão nosso retiro teria sido inundado. Se realmente há outra pessoa por trás disso... bem, talvez isso possa mudar algumas coisas. Só que não consigo ver outra resposta, e Indra não pode ficar impune. É por isso que devo me encontrar com os outros sábios. Eles precisam entender que Indra é uma ameaça para o reino todo. Enviar o halahala é monstruoso de qualquer ângulo. Até você concorda com isso.

Não consigo responder. Sou culpada pelas tempestades enviadas para o eremitério. *Eu* contei nosso paradeiro para Rambha. Nunca esperei uma retaliação assim, mas sinto o desespero do senhor pressionando meu pescoço como uma faca. Sinto a urgência da missão como o primeiro sangue derramado. A voz de Rambha ecoa em minha cabeça, me relembrando de ser devota. Penso em como ela não quis me contar tudo o que acontecia em Amaravati, em como me mandou cumprir meu dever sem questionar, ser uma apsara boazinha e obedecer às ordens cegamente.

Mas aqui está Kaushika, meu *inimigo*, me contando segredos por livre e espontânea vontade, tentando me compreender mesmo que tenha agido a vida inteira contra minha espécie. Meu coração dói tanto que mal consigo respirar. Penso no que *quero* fazer, e em quem me possui. Rambha, Indra, Kaushika e meus amigos do eremitério giram em minha mente como cores dentro da água. As palavras quase se formam em meus lábios para revelar minha identidade, apenas para ver o que ele faria, mas me abraço com força, trêmula. Não posso arriscar, nem mesmo agora, *especialmente* agora. E se eu estiver interpretando errado tudo o que tem a ver com Kaushika? E se *eu* fui seduzida pelo eremitério e pelo reino mortal?

A voz de Kaushika me envolve como uma brisa tranquilizadora.

— Como sabia que era halahala?

— Eu o sent... não sei como. — Minha voz sai abafada, a cabeça ainda enterrada nas mãos.

A lembrança fraca martela e martela de novo na cabeça. Afrouxo o coque, e o cabelo se derrama sobre mim, cobrindo a parte de meu rosto que Kaushika consegue ver. Não me importo com o decoro de ter a aparência de um sábio, não mais. É o bastante para retirar um pouco da tensão em meu crânio. Para me esconder dele, só por um segundo, enquanto estou tão obscura para mim mesma.

Kaushika se move a meu lado. Sinto um movimento, como se ele estivesse prestes a tocar meu cabelo, mas repensa.

— E a magia que realizou? — pergunta, baixinho.

— Eu... eu mesma não a entendo.

Tudo é confuso. Indra deixou que eu usasse o poder de Amaravati para fazer magia mortal? Foi por causa dele que as duas magias se combinaram? Por que me permitiria isso, se ele mesmo enviou o halahala e quer tanto Kaushika morto? Apesar do que Rambha disse, não consigo mais ver lógica na habilidade de realizar magia tapasvin ter sido um presente de Indra. Essa magia deve ser minha. Se o tapasya realmente permite que *qualquer* alma acesse a divindade, então por que eu seria de alguma forma diferente de um iogue? Tento me acalmar, mas cada fluxo de pensamentos termina apenas com mais questões e objeções. Brotos de sinceridade e decepção se enrolam dentro de mim, se contorcendo, até eu não conseguir respirar. Fui revirada de dentro para fora, tudo que eu mantinha no interior jogado para o exterior para todos verem, e acabei oca. Não posso contar com nada, e flutuo sem amarras, um barco à deriva nas águas ondulantes do caos.

Kaushika exala baixinho.

— Está tudo bem, Meneka. Acredito em você. Você não tem motivo para me contar nada. Não devia ter perguntado.

Ergo o olhar, surpresa. Afasto a cortina de cabelo para trás.

De forma irracional, é a voz de Rambha que escuto na cabeça: *De que serve amor, de que serve uma boa devoção, se for apenas transacional?* Uma tristeza me invade e tenho dificuldade em conter o soluço repentino no peito. Não consigo acreditar nisso... que ele está oferecendo tanto de si mesmo, mas não espera nada em troca. Que não me questiona mais como eu o questionei em cada ocasião. Será um truque?

Kaushika sorri levemente, um brilho de dentes brancos sob a luz das estrelas, como se tivesse me ouvido.

— Nunca quis seus segredos, sabe. Só queria que fosse verdadeira consigo mesma. Se esse conhecimento a impressiona, você é inteligente. Fiquei impressionado com você também. — Ele prende o olhar em mim. — Fico impressionado com você o tempo todo.

Minha voz sai em um sussurro:

— Por causa da força do que consigo fazer?

— Não — responde Kaushika. — Por causa de você. Do que vejo em você.

Emito um som, meio fungada, meio risada. Sou uma apsara. Meu alvo vê o que eu permito que veja. Ainda assim, não me moldei para o desejo dele... não de forma deliberada.

— O *que* você vê? — pergunto, cética.

— Uma visão de beleza, sagrada e profunda — explica, com calma. — Vejo uma mulher forte, porque já travou muitas batalhas consigo mesma. Que as ganhou e as perdeu e que compreende a futilidade de lutar, mas luta mesmo assim porque não lutar seria mais difícil. Vejo um ser ousado e audacioso, talentoso e faminto. Vejo um poder capaz de desafiar os próprios deuses. Eu vejo você, Meneka, e vejo a própria Grande Deusa Shakti, ela, que pertence a Shiva. Por que acha que em Thumri olhei para você enquanto completava meu mantra? Quando o poder da minha tapasya começou a enfraquecer, foi você quem me deu força. Me lembrou de outro caminho. Me lembrou de amor.

Minhas palavras se sufocam dentro de mim. É demais, a sinceridade no discurso, o cheiro dele, o olhar acalorado. É demais, essa validação que nunca recebi nem dos mais próximos, ser vista como algo mais, ser vista como capaz, além da própria estima. Seja verdade ou não, quero acreditar nele. Quero me enganar, mesmo que tudo isso seja uma ilusão.

Ergo a mão para tocar o punho da manga de Kaushika, traçando um dedo pelo bordado do kurta.

— Você se encontrou com outra pessoa da realeza — digo, inconsequente. — É por isso que está vestido assim.

— Uma rainha particularmente difícil — responde ele, ainda sorrindo de leve. — Mas acredito que ela entenda o que estou tentando fazer.

— E o que você está *tentando* fazer? — pergunto, erguendo o olhar para ele. — O que pretende conseguir com a irreverência que instiga contra Indra?

— Uma oportunidade — responde Kaushika. — Uma oportunidade de justiça no mundo. Quantos mais devem sofrer como os aldeões em Thumri? Como meu reino? Busco sabedoria, Meneka, para imaginar algo diferente. Meus encontros com a realeza são apenas para julgar se eles sentem o mesmo. Se eu enfrentar Indra, temos que estar unidos.

Eu o encaro. Imagino se a rainha com quem se encontrou hoje seria a do templo de Shiva. É significativo ele se encontrar com alguém da realeza com tanta urgência, sendo que muita coisa aconteceu. Uma parte minha sabe que devo perguntar disso, mas pairo os dedos no pulso dele, e seus olhos escurecem. Quero dizer que as roupas são bonitas, que *ele* é bonito. As palavras ficam presas em meu peito, doendo.

Kaushika perdura o olhar em meu rosto, observando tudo.

Engulo em seco, e o som é alto. Estou me afogando e, mesmo que eu saiba que é uma batalha perdida, chamo Amaravati em uma tentativa desesperada de me lembrar de minha missão, de me lembrar da devoção. *Revele sua luxúria*, sussurro, e vejo minha cabeça ser jogada para trás quando Kaushika me preenche com êxtase, e dessa vez aceito o que sempre soube. Que sua luxúria e seu desejo são um espelho dos meus próprios, assim como a magia que realizamos com o halahala. Somos dois opostos ligados um ao outro neste jogo de alvo e sedutor, cada um assumindo seu papel, sem saber, sem estar ciente. O desejo que vi nele é meu, o empoderamento de tudo o que posso ser, percebido pelo espelho que ele segura para mim.

Passo os dedos em seu pulso de novo, deslizando-os de leve pelo kurta, chegando aos contornos fortes do braço. Kaushika exala, um som suave que eriça o cabelo em minha testa. Não sei por que faço isso, mas é um teste para nós dois. Deixo o toque subir, e então pairo sobre sua boca, o polegar traçando o contorno dos lábios. Ele os lambe no mesmo instante, e a língua raspa meu dedo, provando-o. Kaushika lhe dá uma mordidinha delicada, apanhando-o entre os dentes, e um gemido me escapa.

Eu o encaro, mas ele não me toca além disso. Posso ver; está esperando, está tentando não *me assustar*, enquanto estamos aqui circundando este momento que mudará tudo. É tão absurdo — que ele se importe, que me dê espaço para recuar sendo que *eu* sou a criatura de luxúria e ele, o sábio — que meu gemido se torna uma risadinha, metade de alegria e metade de descrença.

Chega, penso. *Chega de joguinhos.*

Antes que eu possa me impedir, subo em seu colo e monto nele.

Não tenho tempo de pensar se estou sendo ousada demais ou se o entendi errado.

Kaushika arregala os olhos e envolve os braços em minha cintura. Sinto sua força sob mim, e os músculos tensos de suas coxas. Nós dois arfamos quando me acomodo e me inclino para ele de olhos fechados. Tudo o que sinto é *seu cheiro*, tudo o que sinto é seu corpo, alinhado tão perfeitamente com o meu. Ele passa os polegares bem abaixo da curva de meus seios, e *sinto* o contorno de minhas curvas por seu toque. Reprimo um gemido diante da nossa proximidade, diante do que estamos prestes a fazer. Enterro as mãos no cabelo dele, e está tão macio quanto seu corpo está rígido sob mim.

Eu me forço a abrir os olhos, me forço a me afastar e avaliar o rosto dele.

Não chegarei a isso com uma mentira. Vou fazê-lo entender o que significa; não é um alvo comum, e sim Kaushika, *um sábio*.

— Isso vai acabar com seu ascetismo — sussurro.

— Eu aprendi há pouco tempo que não é o único caminho.

Os olhos dele estão colados em minha boca.

— Então essa é a sua escolha — digo.

— Sim. É a sua?

Baixo a cabeça e mordisco a pele do pescoço.

— O que você acha?

Ele ri, e meu coração saltita com o som. Ele entrelaça a mão em meu cabelo, envolvendo o couro cabeludo. E o puxa levemente, curvando um pouco minha cabeça para trás. Quero fechar os olhos, mas me seguro com uma vontade final. Eu o observo através dos cílios, examinando-o.

— Você não pode me culpar por isso — aviso.

— Ah, mas vou — sussurra.

E avança, os lábios golpeando os meus. Minha boca está quente e seguro o cabelo dele. Sob mim, ele *geme*, os dedos apoiando meu pescoço, enroscando-se nas mechas enquanto me puxa para mais perto. Inclino a cabeça, minha fome é como uma chama ardente dentro de mim. Isso é loucura. Só acabará em dor. Este homem odeia meu senhor, minha casa. Talvez tenha machucado minhas irmãs. Só que todos esses pensamentos voam para longe como sementes ao vento. Não consigo parar de beijá-lo, e ele me devora como se não fosse me deixar parar. Ele tem gosto de algodão-doce e gengibre; a cânfora de seu perfume me distrai. Abro os lábios e sugo sua língua com a minha, e ele geme de novo, os dedos em minhas costelas, os polegares se movendo sobre os mamilos, acariciando de um lado para outro até ficarem duros debaixo do kurta.

— Meneka. — A voz dele é um sussurro torturado e, dentro dela, escuto mil confissões, um milhão de promessas. — Pensei nisso por tempo demais.

Estremeço nele enquanto imagens de sua sedução voltam para mim, dessa vez sem amarras, visões douradas em que ele me dá prazer sem pedir nada em troca.

Uma parte minha quer parar. Suas palavras o fazem soar como outro alvo bem-sucedido. Mas há algo verdadeiro dentro do ferro de sua voz, algo que me diz que não foi minha influência como uma apsara que o trouxe até mim, e sim *eu*. Além de minha magia, além de meu poder.

Aperto mais as pernas na cintura dele. Sinto sua solidez empoleirada em minha bunda, ele balança o quadril contra o meu por instinto. Kaushika me prende mais, sem nunca interromper o beijo, e eu o beijo com mais força, roçando o corpo no dele, irregular e sem fôlego, devorando-o. Uma umidade cresce entre minhas pernas, e ele agarra minha bunda, apertando, os dedos passando bem ali.

Pontinhos de prazer disparam por minha coluna até a cabeça. Gemo, mordisco o lábio inferior dele, afundo as unhas na pele do pescoço, incapaz de conseguir o suficiente. Quero mais, tanto mais. Quero ele de joelhos. *Eu* quero ficar de joelhos, suas mãos empurrando minha cabeça enquanto ele me implora por um alívio gentil e eu lhe dou. Quero conquistar este homem. Quero possuí-lo e curvá-lo a mim, não por causa da missão, e sim porque ele será forte para aceitar, querer, entender. Essa é quem sou de verdade? Simplesmente outra apsara intoxicada com o próprio poder, desejando ser adorada pelos servos? A corte reluzente de Indra cintila em minha cabeça de novo. Rambha diz: *seduza*, e penso se fui seduzida, se seduzi.

Paro o beijo, a respiração pesada.

— Eu... eu não quero parar — gaguejo, mas as palavras não são para ele.

São para mim, uma justificativa, uma súplica. Quem me tornarei se seguir em frente com isso? Não terá volta.

— Não vamos parar — responde ele, com firmeza. — Não até eu lhe dar o que quer. Não até que esteja saciada.

— E se eu nunca ficar? — murmuro.

— Então teremos um longo tempo de descobertas, não é? — rebate Kaushika, e seu sorriso faz cócegas em minha pele. — Eu com certeza não vou reclamar.

Rio, e é um som arrancado de mim. A ideia passa por minha mente, que eu o seduzi sem saber, que sou tão intrinsecamente uma apsara que fiz isso até mesmo sem *minha* permissão, quem dirá a dele. Quero tanto me entregar a isso, meu controle me escapa a cada beijo que ele traça em meu pescoço e não consigo lembrar por que é errado. Sua língua desliza por mim em padrões lentos, atordoantes demais para notar e, embora seja eu recebendo prazer, um som sufocado que foge dele me diz que Kaushika permitirá, que me deixará conquistá-lo, que se renderá e encarará isso como força, que também é o que deseja. Nunca tive relutância com o sexo e certamente nunca significou mais do que prazer, mas ao saber o que significaria para *ele*, para mim ao fazer isso com um alvo... Eu o agarro, sem querer partir, sem querer parar, mas com medo demais para continuar.

Kaushika me resgata de minha própria mente.

— Se solte — sussurra ele, e enfia os dedos sob minha calça, pele nua com pele nua, amassando a carne macia das nádegas, avançando.

Ele está a centímetros de onde o preciso, e me contorço, tentando chegar mais perto, só que ele me segura com força. Emito um grunhido frustrado quando uma necessidade vertiginosa corre por mim. Umidade escorrega por minhas coxas e me pressiono em sua solidez, choramingando.

— Gosta disso? — pergunta Kaushika, baixo.

Quase até demais, penso.

— Go... gosto — sussurro.

Minha voz é apressada. A mão dele desliza para dentro, e mordo o lábio para me impedir de gritar. Tento mover minha mão, senti-lo em troca, mas estou presa contra seu peito duro, e ele balança a cabeça. Desliza a língua pelo meu maxilar, mordisca as orelhas, e um grunhido baixo de recusa irrompe dele. Quase consigo ouvir as palavras. *Não eu. Só você.*

O som me desfaz. É intoxicante demais, ele ser um alvo seduzido e ao mesmo tempo não ser. Eu ser uma apsara e ao mesmo tempo não ser. Somos duas criaturas cruas, apanhadas nesse turbilhão de identidades em que fomos forçados a aceitar.

Ele passa as juntas dos dedos em meu centro, cheio de ânsia. Depois desliza um dedo grosso pela abertura, contorcendo-o de forma experiente, e não consigo mais controlar. Grito e arqueio as costas. Ele puxa minha cabeça para trás, a mão em meu cabelo. Meus olhos estão fechados em uma agonia deliciosa, e sinto o toque macio de seus lábios, na bochecha, no queixo, na garganta. O hálito sopra em minhas pálpebras, o raspar da língua enquanto ele lambe meus lábios, abre a boca e a golpeia com uma habilidade que só consigo comparar a amantes que tive no paraíso.

Choramingo com o ataque duplo de seus dedos e língua. A boca dele me devasta, mesmo enquanto o polegar acha aquele local perfeito. Ele move a mão com mais rapidez, e roço os quadris em seu toque. Fecho as coxas nele, mas Kaushika as empurra e abre, acariciando entre minhas dobras com o polegar. Luto para tocá-lo, mas ele já apanhou meus dedos com a mão livre, presa entre nós, para que eu não possa lhe dar prazer, e sim, finalmente, *finalmente*, tomar o meu.

E então todos os pensamentos me fogem quando o ápice do orgasmo chega voando até mim como duchas de ouro em minha cabeça. Não consigo formular um único pensamento coerente. Reduzida à sensação.

Grito, um som insensato que deve ecoar pela noite, mas Kaushika está aqui, engolindo-o antes que escape. Afrouxo o aperto na realidade, pressionando seus quadris com as coxas, montando-o até chegar ao clímax. As mãos dele afundam na carne de minhas nádegas, me puxando contra si, fazendo com que fiquemos o mais próximo que conseguimos nessa posição, com as roupas ainda nos cobrindo.

Kaushika continua acariciando minha boca, a língua profunda a cada movimento frenético de meu clímax repentino. Ouço sua respiração sussurrada, errática e curta, palavras de carinho em uma névoa de discurso partido. Minhas mãos estão segurando seu kurta, fechadas em punho de forma quase dolorosa. Tremores secundários do prazer ainda ricocheteiam por mim, e permanecemos entrelaçados, sentindo cada tremor, cada relaxamento.

Aos poucos, meu corpo fica mole. Afrouxo os punhos. Abro as pálpebras e encontro Kaushika me observando. Ele abre um sorriso nos lábios, meio satisfeito, meio curioso, a covinha se espreitando. O que acabamos de fazer? Ele se arrepende? *Eu* me arrependo?

Fico alisando o pano no peitoral dele inutilmente. Tento me afastar, mas descubro que é impossível.

— Você não é nada mal para um sábio — brinco, de maneira ridícula.

— Já fui um príncipe — responde ele, rindo, uma resposta tão ridícula quanto.

Ele move a boca na minha com delicadeza, mordiscando os lábios, beijando as bochechas, passando pelas pálpebras. Parecem pétalas muito macias, intoxicantes e doces. Um calor se agita dentro de mim, e me custa muito me afastar, fazê-lo parar.

Kaushika não insiste. Ele inclina a cabeça, à espera. Quero dizer algo, mas tudo o que consigo fazer é tremer — arrepios surgem em minha carne. Kaushika me puxa para seu calor, me cobrindo com um abraço apertado. Deito a cabeça em seu peito e me deixo ser confortada por este homem que jurei destruir.

Capítulo 18

Em algum momento, nos desvencilhamos.

De repente, fico ciente de tudo: do trovão rolando pelo céu, do raio a uma longa distância, dos hinos se espalhando pelo eremitério e da perturbação no ar por causa das proteções. Tento me extrair dele, mas meus movimentos são atrapalhados demais com a luxúria satisfeita pelo orgasmo e o nervosismo crescente com o homem que o deu para mim.

Kaushika me ajuda a me levantar. Dou um passo para longe, constrangida, mas ele se move para a frente, diminuindo a distância entre nós, amarra o cordão de minha calça, arruma meu kurta e endireita o colarinho. Os dedos dele formigam em minha clavícula. Penteia meu cabelo com a mão, sentindo seu peso exuberante, antes de enrolar a massa escura em um coque experiente.

Com cautela, eu o fito e busco por sinais de vergonha. Ele só ajusta as próprias roupas com rapidez e me oferece a mão. O mesmo sorriso de antes surge em seu rosto, dessa vez inundado de calor e satisfação, e uma alegria repentina desabrocha em meu coração. Não consigo evitar receber o conforto; a sensação é muito incomum. Sei que devo questionar isso, o que fizemos, o que *eu* fiz, mas, por ora, estou contente por ter Kaushika caminhando a meu lado, tendo mais controle sobre si do que eu tenho sobre mim.

Estou contente por ele nos guiar, e por termos nos entregado a um momento que assolou nossas fantasias por tanto tempo.

Passeamos pelo eremitério em silêncio. Está tarde, e torço para que a maioria dos discípulos tenha se retirado para as cabanas, mas, embora lamparinas cintilem em várias janelas, muitos iogues ainda permanecem dentro do pátio e do pavilhão, a forte magia faiscando na ponta dos dedos, a postos. Uma porção deles marcha até a floresta, e me lembro de Kaushika mencionar patrulhas. Outros entoam baixinho, e magia envolve o ar conforme as proteções são fortalecidas. Durvishi nos avista e move os olhos para nossas mãos dadas. Ela dá uma risadinha e cutuca Jaahnav, que solta uma risada alta, o que faz Anirudh e Romasha se virarem.

Anirudh fica de queixo caído. Sinto as bochechas queimarem. Eu lhe contei de uma parceira que deixei para trás a fim de vir para cá. O que deve pensar de mim agora? Contará para Kaushika o que revelei na época? Quanto à parceira que mencionei — a própria Rambha me mandou fazer isso. A instrução não foi o motivo por que cedi. Não, o momento de intimidade que Kaushika e eu compartilhamos foi puro, mas sei que precisarei lidar com meu amor confuso por ela mesmo assim.

Observo Romasha, que está ao lado de Anirudh. Seus olhos estão arregalados, refletindo o luar e, mesmo a essa distância, vejo as lágrimas reluzindo neles. Um olhar de pesar e traição cruza seu rosto antes de ela se recompor. Dá as costas do nada, e o êxtase do prazer que senti se retrai em resposta. Já vi esse olhar antes. Ele perdura no rosto dos amantes de meus alvos quando atinjo um ponto profundo de minha sedução. Um dia suspeitei que Kaushika fosse apaixonado por Romasha, mas a verdade é que *ela* gosta *dele*, apesar do próprio caminho de ascetismo. Talvez um dia ele aprendesse a corresponder os sentimentos dela. Será que tirei essa possibilidade dos dois sem querer?

Baixo os olhos. Esse único momento de saciedade de minha luxúria já machucou outras pessoas.

— Quem sabe devêssemos ser mais discretos — murmuro, afastando a mão devagar de Kaushika.

O aperto dele se intensifica, entrelaçando os dedos aos meus. Ele me fita com curiosidade.

— Você se arrepende?

Nego com a cabeça. Ainda não sei o bastante para destilar meus sentimentos.

— Não estou falando por mim, mas por você — desconverso. — Você lidera este eremitério. Você os ensinou o asceticismo.

— Não me entrego a uma vergonha sem sentido, Meneka. Se eles têm um problema, vão falar comigo. Além do mais, minhas escolhas refletem meu melhor entendimento do asceticismo, algo que você ensinou a todos nós. — O olhar dele cai sobre os discípulos reunidos, alguns dos quais ainda sorriem, e suspira. — Deixe que eles me questionem, se quiserem. Vou responder com honestidade. Não tenho nada a esconder.

— Nem mesmo dos sábios da Mahasabha? E se eles descobrirem? Sendo tão presos à tradição?

Kaushika dá de ombros, desdenhoso.

— Alguns são casados. Nem todos reivindicaram o caminho do asceticismo como eu e, mesmo se tivessem, o que faço com meu corpo não é assunto deles. Eles entendem o caminho de Shiva, da dualidade, do amor e da rendição mais do que eu.

Deixo as outras objeções morrerem. Se ele não se importa com o que os sábios ou os iogues pensam, por que eu deveria? O paraíso me enviou aqui para fazer exatamente isso: enfraquecer Kaushika e o deixar mais maleável para mim. Estou perto da liberdade, de deixar meu senhor orgulhoso; mesmo que eu não tivesse buscado isso para a missão, estou dando a Indra o que ele pediu sem nem tentar. Deveria me alegrar com isso. Mas tudo o que sinto é o coração partido.

Kaushika para na entrada do galpão onde ficam meus aposentos. A ausência de Kalyani é evidente no breu dentro do galpão. Quase consigo ver nós duas cantando na noite enquanto ela tenta me ensinar a me conectar com o prana, enquanto conversamos sobre sua magia e como Kalyani pode usar amor com ela. Mesmo nessas conversas, a missão permanecia como prioridade em meus pensamentos, mas agora? Vejo-me adentrando nesse mesmíssimo galpão na primeira noite, seguindo Kaushika, imaginando a forma de sua sedução. Sinto-me mais velha, e é o gosto dos lábios *dele* que perduram nos meus, não os de Rambha.

Seguro a mão dele em pânico, a indecisão rodopiando dentro de mim. Tanto mudou, ao mesmo tempo que nada mudou. Minhas lealdades, minha identidade se agitam em meu cerne como se estivessem presas em uma rede de pesca. Kaushika me fita, questionador. Eu me recomponho e solto uma meia-risada. Largo sua mão.

— Depois de tudo, eu ainda tenho que ficar sozinha nesse quartinho — comento, com leveza, tentando distrair nós dois.

Ele abre um sorriso.

— Eu lhe ofereceria minha cama, mas nem eu posso usá-la.

— Tem certeza de que é esse o motivo? — brinco. — Talvez esteja com medo de mim.

Kaushika ri.

— *Estou* com medo de você, mas não pelas razões que imagina. Sem dúvida, tem outras coisas mais prazerosas que podemos fazer em vez de dormir, mas sugiro que a gente descanse. Ao cantar do galo, Meneka, espero que chegue na hora para a Mahasabha.

— Você está insistindo muito em me levar. E se eu o atrapalhar?

— Vai me atrapalhar mesmo se ficar aqui. Assim posso ficar de olho em você, bem do meu lado. Mas, quando viajarmos em grupo, você não vai ser nada além de mais uma discípula obediente.

A palavra me faz arquear uma sobrancelha.

— Obediência — murmuro, subindo os dedos em seu peito. — Você gosta de dar ordens. O problema, sábio Kaushika, é que eu também gosto.

Um suspiro surpreso sai dele, e os olhos escurecem.

— Eu deixaria que você mandasse em mim — sussurra, se aproximando. — Eu deixaria você me ensinar, me governar, me arruinar. Deixaria você me subjugar, se for isso o que quer, Meneka. Se pedir.

Meus joelhos ficam bambos. Minha provocação vacila com sua resposta. Fecho os olhos e aperto as pernas, meu centro doendo com a lembrança do prazer. Kaushika sorri e faz uma leve reverência antes de se virar e ir embora. Eu o assisto partir, ainda trêmula.

Cânfora e jacarandá iluminam meus sonhos.

Eu me viro e reviro, revivendo suas palavras. O gosto dele nos lábios, calor, poder e desejo. O jeito que meu corpo reage, de forma tão instintiva e natural. Não consigo ficar parada, e descanso a mão nas pernas, os dedos dançam, delicados, delicados. Eu os puxo de volta, e minha bochecha fica quente quando visualizo Kaushika na mente. A curva de seu pescoço. Seus batimentos sob a pele. Gotas de suor adornando o peito escuro.

Em meus sonhos, Indra ri atrás de nós, como se eu estivesse sendo bem-sucedida na tarefa que me deu, mas fracassando em uma maior e mais importante. Passo pelos corredores dourados do palácio celestial de Amaravati, buscando respostas, atrás de entendimento. Abro portas para câmaras e, atrás de cada uma, encontro Kaushika, seu sorriso misturado com o desejo de Tara, com a paixão de Nirjar, com a inocência de Ranjani. Culpa e desejo se entrelaçam, dedos escaldantes pelo meu corpo.

É um alívio quando o amanhecer se infiltra pela janela. Do lado de fora, a tempestade iminente passou, e um céu rosa ruboriza as nuvens cinzentas. Acordo para tomar banho e me vestir e encontro um pacotinho do lado de fora da porta. O pente de Kaushika embrulhado cuidadosamente dentro de um lenço, como que para lavar o gosto dos pesadelos. Sorrio tolamente, o coração inchando.

Encontro-me com os outros nos estábulos, chegando ao mesmo tempo que Eka. Romasha e Parasara já estão em seus cavalos, e Anirudh empurra Eka para a égua com a qual Kalyani cavalgou até Thumri. Salto na minha, cansada demais para falar, e Kaushika também não diz uma palavra, mas posso ver que, assim como eu, teve uma noite difícil. Sua boca está reflexiva, e uma linha marca a testa. Quando me pega olhando, sorri e pisca para mim como se quisesse me tranquilizar de que não tem nada a ver comigo.

Não fico tranquila. Kaushika nos escolheu para acompanhá-lo não porque somos os mais fortes no momento — desfalcados de tapasya como estamos —, mas porque pretende falar da atitude arrogante de Indra com o reino mortal, e somos testemunhas de Thumri. Ele espera que corroboremos suas palavras, se necessário; até me *disse* que espera que eu seja obediente. O que direi se os outros sábios me fizerem perguntas? A noite passada serviu para me deixar mais dócil? Se sim, ele ficará desapontado. Não estou mais tentando curvar as regras de minha devoção a Indra em nome de um plano maior. Eles são *rishis*. Cada um deles já é uma ameaça para Indra por causa de seu poder em si. Cada um deles — embora mortais — é tão hábil na magia que já viveu centenas de anos.

Cavalgamos na mesma formação de Thumri, mas dessa vez nosso ritmo é um trote lento. Kaushika e Romasha assumem a liderança, mas Anirudh está a meu lado com Eka do outro.

— O que acontece na Mahasabha? — pergunto. — Tudo o que sei é que vamos ser apresentados.

Anirudh faz um movimento de equilíbrio com a mão.

— Não tem muito mais para falar. É impossível saber quantos rishis virão. Pode ser apenas um, ou podem ser cinquenta. Os números não importam. Quem for representa os outros. Mas é melhor para nós se tiver mais de um sábio. Com um só, saberemos que os outros já se decidiram. Quanto mais estiverem presentes, mais espaço há para argumentar e convencer.

Convencê-los da vilania de Indra, penso, mas não pronuncio as palavras. De canto de olho, observo Anirudh por um longo período.

— Ontem... você me viu com Kaushika...

Ele assente, mas não diz nada.

— Eu... eu não quero que pense — gaguejo. — Bem, o que há entre nós...

— Não é da minha conta — completa Anirudh, tranquilo. Ele estica o braço e aperta minha mão. — Kaushika toma as próprias decisões. Ele tem permissão para isso. Assim como você.

— Mas isso pode afetar a Mahasabha? — sussurro. — Os outros sábios podem agir contra ele? Ele parece não se importar, mas e se eu estraguei tudo?

Anirudh franze a testa. Cavalgamos lado a lado em silêncio por um tempo. Não sei qual reação quero dele. Não consigo concordar com Kaushika que um confronto com o senhor Indra é a melhor opção. Só que o halahala... tudo em Thumri... Indra não é inocente, e meu papel nesses eventos está enlameado demais para ser refinado.

Ao leste, o brilho rosa do amanhecer abre caminho para um dia limpo. Quando Anirudh por fim fala, sua voz sai contemplativa:

— Os sábios não têm motivo para questionar seu relacionamento. Mas sabem o quanto Kaushika era devoto do caminho ascético. Nenhum de nós aqui vai contar a eles, se é o que te preocupa.

— Nem Romasha? — Não consigo evitar a pergunta.

Ela está à nossa frente, as linhas frias dos ombros, a postura enrijecida ao falar com Kaushika. Penso nas lágrimas nos olhos dela e na expressão pesarosa. Amores rejeitados já fizeram muito pior do que ferir aqueles que amam.

Mas Anirudh nega com a cabeça.

— Romasha reverencia Kaushika. Ela nunca faria nada para prejudicar os objetivos dele. Não vamos dar um pio, Meneka, já que não é da nossa conta... mas não significa que o próprio Kaushika não contará para eles. É um homem honesto. Se achar que devem saber, não vai mentir.

— Ele seria um tolo se dissesse algo — cochicho, mas não consigo tirar a afeição da voz, embora o nervosismo me agarre.

Anirudh solta uma risada curta.

— Ah, minha amiga, dê algum crédito a ele. Kaushika é um *sábio*. As perguntas serão para julgá-lo e definir se é realmente adequado para o status que recebeu. Se suspeitarem do relacionamento, só vão querer entender como vocês o definem. Ele devia ter preparado você para isso, mas talvez estivesse tentando protegê-la da preocupação exagerada.

Ansiedade se acumula dentro de mim. Kaushika *estava* tentando me proteger, mas como pode me salvar de mim mesma? Pedi discrição acerca do que fizemos, mas não foi só para preservar a reputação dele, foi para proteger minha verdadeira identidade também.

Cheguei aqui fingindo ser alguém que não sou, indo em direção ao maior perigo a que já me expus, só que desconheço a extensão do poder de Kaushika, e os sábios que vamos encontrar têm mais talento com magia do que posso imaginar. Kaushika não conseguiu diferenciar meu laço imortal com Amaravati de meu prana tapasvin mortal, mas esses outros podem não ter a visão tão limitada. O que ele fará se um dos sábios lhe contar quem sou? O que os próprios sábios farão? Meu coração bate no mesmo ritmo do galope dos cavalos. É impossível não sentir que estou cavalgando para minha execução.

Um pouquinho à frente, o cavalo de Eka relincha, e ela grita em pânico. Anirudh se vira para ela, ensinando a forma correta de montar. Continuo em silêncio pelo restante do caminho. É o mesmo que tomei quando me encontrei com Rambha, e serve apenas para me lembrar do paraíso. Do jeito que as coisas estão indo, espero que Kaushika nos guie para o mesmo penhasco, mas, felizmente, ele segue mata adentro, e nossos cavalos diminuem o trote até chegarmos a uma clareira.

Há uma pequena tenda entre as árvores. Magia flutua ao redor do tecido, opressora, ondulando e confundindo meus sentidos. Pisco várias vezes para clarear a visão, mas consigo visualizar seus enredos como se a própria tenda fosse feita de luz branca, cintilante e pura, e o pano fosse uma ilusão.

Kaushika nos direciona para amarrar os cavalos em uma das árvores, e o seguimos enquanto nos guia até a tenda. Fico surpresa ao ver só três homens esperando no interior, sentados em tapetes sem adornos. Todos compartilham da mesma opinião? Os rishis ausentes já se decidiram sobre Kaushika?

Reconheço os sábios graças às conversas dos outros no eremitério. Vashishta é o com o cabelo tão pálido quanto a lua, preso em um coque, um tufo escapando. A barba chega até o peito, e o vibhuti na testa é branco contra a pele escura. Em uma profunda discussão com ele está um homem aparentemente mais novo, mas não menos austero. O sábio Agastya é menor e mais estoico, a voz baixa e gentil. É o mesmo guru que ouvi no lago, avisando Kaushika dessa reunião. Sua aura brilha atrás dos olhos, contida e relaxada. Espero que Kaushika o cumprimente primeiro, mas sua atenção é atraída pelo último homem, o sábio Gautama, que é alto e magro, o peito nu coberto de colares de sementes.

Kaushika solta uma gargalhada alegre e salta para a frente para envolver Gautama em um abraço. Depois, como se lembrasse de si mesmo, se curva até o chão, se colocando na frente de todos eles enquanto se levantam. Cada homem se curva para erguê-lo, Agastya dá um tapinha no ombro de Kaushika e sorri, embora eu note a frigidez de Vashishta, como se estivesse sendo forçado a receber Kaushika.

Respiro fundo para me estabilizar. A carga que senti no ar está dez vezes maior dentro da tenda. Com o tempo, me acostumei com a magia de Kaushika, mas, vendo aqui agora, nessa confluência de auras, um redemoinho de cores e perfumes me atinge, visível para mim, e somente para mim. A força dos chacras de todos os sábios e o esplendor da meia-lua atrás da cabeça deles são semelhantes à aura dos devas, e isso me tira o fôlego e deixa zonza, oscilando um pouco. Anirudh envolve o braço em meu ombro, me observando com preocupação.

Ainda esperamos na entrada, observando os sábios de longe, e me sinto incapaz de manter o equilíbrio, oprimida demais pela magia do lugar. Meus joelhos começam a tremer conforme o medo me atinge. O que estou fazendo? Devia ter falado a Kaushika que não podia vir. Inventado alguma desculpa. Devia ter confessado a Kaushika que sou uma apsara. Controlado a conversa quando ele estava mais maleável. Qualquer um desses sábios poderia me expor, claro, mas algumas histórias dizem que Vashishta *nasceu* de uma apsara. Já ouvi que ele não morre de amores por Kaushika, que a diferença de opiniões muitas vezes chega a uma batalha mágica alarmante. Ele aniquilaria nós dois na hora. É isso. O fim que eu vinha temendo.

Anirudh aperta meu ombro. Não digo nada, o pânico me deixando muito enjoada. Nenhum dos outros iogues nos observa, não notaram meu desconforto.

— Bom — diz Romasha, os olhos brilhando enquanto fita os sábios. — Isso é bom.

Olho para ela e procuro algum sinal de fingimento, mas parece focada na Mahasabha, claramente já tendo esquecido o momento de pesar ao ver eu e Kaushika juntos. O que está se passando na mente dela?

— Como assim? — pergunta Eka, mas ela olha para Anirudh. — Achei que tinha dito que, quanto mais sábios, melhor, mas só três vieram.

Anirudh ainda me equilibra, mas ele assente.

— Os outros devem estar focados na meditação. Se *todos* tivessem vindo, interrompendo o tapasya, teria sido uma questão bem mais séria. Do jeito que está, é o melhor contingente que poderíamos desejar.

— Esses sábios nunca apresentaram uma frente única — explica Romasha em uma voz empolgada e baixa. — Todos têm sentimentos diferentes por Indra, e esse é nosso verdadeiro propósito aqui... uni-los no pensamento. O rei deva tentou seduzir a esposa do próprio Gautama há centenas de anos. O guru odeia Indra, talvez mais do que Kaushika. O sábio Agastya acredita na reconciliação e na abordagem pacífica. Várias vezes, rezou para Indra, buscando refúgio de secas ou de climas mais rigorosos. Ele não será facilmente influenciado, mas *ouvirá* a razão. Vashishta sozinho não tem nem amor nem ódio pelo senhor deva. É provável que apoie Indra para derrotar Kaushika, mas ver um sábio de cada preferência aqui é uma oportunidade, e...

— Então são esses os seus discípulos? — pergunta Agastya, e Romasha se aquieta abruptamente.

— São — responde Kaushika. — Só alguns de muitos, aqueles que acredito serem mais dignos. Vão se tornar sábios um dia, depois que eu terminar seu treinamento.

Ele dá um passo ao lado, e o restante de nós cai de joelhos e testa no chão.

— Ah, levantem-se, levantem-se — ordena um sábio com impaciência. — Se aproximem, todos vocês.

Nervosos, meus amigos e eu nos erguemos. Agastya gesticula para Eka e Parasara, que mal conseguem encará-lo. Gautama acena para Anirudh e Romasha, sorrindo. É o próprio Vashishta que sinaliza para mim, com um dedo curvado imperioso.

Consigo sentir o olhar de Kaushika ardendo em mim conforme me aproximo do rishi, mas não me atrevo a olhá-lo. Tento me lembrar do que sei de Vashishta. Durante a ascensão de Kaushika a sábio, foi ele quem o submeteu aos testes mais árduos. Ele é o maior rival de Kaushika, mas sua poesia e sabedoria são debatidas no eremitério, hinos que escreveu exaltando Indra mesmo enquanto censura o senhor. Vashishta também acredita mais em Indra enquanto essência do que em Indra enquanto senhor? Tremo tanto, sabendo que posso estar a instantes de ser exposta, que cambaleio enquanto me aproximo, quase caindo no chão de joelhos de novo.

— Guruji — murmuro, juntando as palmas e baixando o olhar. Meus ombros tremem de terror.

— Filha — entoa, com calma. Ele se endireita e ergue o queixo. As feições se enrugam em um silêncio alegre, como se conseguisse ver profundamente dentro de mim e achasse graça do que vê. — Ah — exclama, baixo. — Você é singular, não é? Ele com certeza escolheu uma discípula digna, você que está descobrindo os segredos da magia mesmo sem nenhum treino de verdade. Eu poderia levá-la para meu eremitério para treiná-la, mas não é esse seu propósito aqui, é?

Não consigo sustentar o olhar dele. Minha mente zumbe, incapaz de entender se suas palavras são um elogio ou uma piada. Ele consegue ver a violência de meu coração? Ele *sabe*? Eu me encolho, exposta, me perguntando qual seu objetivo e o que está prestes a fazer, mas Vashishta não continua.

Ele me dá as costas e ergue a voz.

— Muito bem, então. Vamos lá. Rishi Kaushika — chama ele, e há um divertimento em sua voz de novo, com uma borda de aço afiada e amarga —, nos conte sua queixa.

— Não é uma queixa — rebate Kaushika, com calma. — É um dever.

Ele gesticula para o restante de nós, e recuamos. Os sábios se sentam também, e Kaushika toma um assento na frente deles. Anirudh, Romasha, Parasara, Eka e eu somos esquecidos. Uma expressão que nunca vi antes toma o rosto de Kaushika: em parte desejo ardente, em parte esperança, em parte raiva. A respiração dele diminui mesmo enquanto sua aura se torna mais forte. Entendo bastante de magia mortal para saber o que ele está fazendo — reunindo silenciosamente o máximo de poder possível, irradiando influência em ondas. Os outros sábios piscam. Até Vashishta inclina a cabeça, acariciando a barba e o escutando. O silêncio é tão intenso que consigo ouvir o zumbido baixo da magia emanando da tenda, como uma corrente de eletricidade.

— Não vou desperdiçar o tempo de vocês, grandes sábios — declara Kaushika, tranquilo. — Já escrevi para todos informando o que encontrei. Há anos, os três reinos sofrem com a tirania de Indra. Há quanto tempo você mesmo o amaldiçoou, rishi Gautama, pelo que ele tentou fazer com sua esposa? Poucas centenas de anos se passaram. Você pensou em dar uma lição no senhor da tempestade, mas, mesmo que tenha tirado dele a masculinidade, Indra simplesmente achou outro jeito de fazê-la crescer de volta.

Gautama assente devagar, tocando um dos colares de miçangas, o rosto franzido. Penso com horror e espanto misturado: *um*. Pelo menos um dos rishis está persuadido pelas palavras de Kaushika.

Kaushika move o olhar para o seguinte.

— E você, sábio Agastya — diz. — Quando ocorreu a batalha entre Indra e Maruts, você teve que quebrar a própria meditação para negociar pela paz. Mesmo assim, o senhor do paraíso não interveio até você rezar para Shiva, sabendo que Indra destruiria o mundo com sua arrogância. Realmente acha que ele é digno?

Agastya enruga a testa. Está claro que Kaushika já apresentou esse argumento para ele antes, e talvez seja por isso que o rishi tenha estado tão intimamente alinhado com Kaushika. *Dois*, penso. Minha respiração fica rasa. Se Kaushika convencer todos eles de que Indra precisa ser punido, pode significar uma guerra diferente de qualquer uma que os reinos já viram nos tempos recentes.

— Quanto a você, sábio Vashishta. — Kaushika transfere a atenção para o homem barbudo, que o observa, de olhos frios. — Não me disse uma vez que meu caminho para a iluminação estava corrompido? Mas onde estaríamos se não fosse pela campina que criei?

Um silêncio se manifesta com suas palavras.

Agastya e Gautama se viram para fitar Vashishta. O rosto dele é ilegível. Por um longo momento, examina Kaushika, depois, em um movimento tão veloz que me pergunto se o estou imaginando, seus olhos se movem para mim. Inspiro com força.

— A campina, sim — responde Vashishta, inescrutável. — Você escreveu para nós contando que foi para onde mandou o halahala. Então o veneno realmente foi enviado para o eremitério? — pergunta para nosso grupo todo dessa vez.

Um por um, assentimos.

Agastya e Gautama trocam olhares. Vashishta assente e faz uma torre com as mãos, depois as coloca no colo. Ele fecha os olhos. O que será que está vendo? Kaushika consegue fazer coisas com um estalar de dedos. Talvez o rishi esteja realizando magia agora mesmo, sem que saibamos.

O sábio Gautama pigarreia.

— Se o que diz é verdade, então Indra passou dos limites. Parece que, em toda geração, ele deve aprender uma lição de alguma forma.

Kaushika sorri com satisfação. Ele abre a boca para falar, mas Vashishta ergue a mão.

— Não tão rápido — diz o sábio, de olhos ainda fechados. — Gostaria de ouvir os estudantes. Eles talvez concordem com os argumentos resumidos do sábio Kaushika, mas conhecem *todos* os seus motivos?

Ele abre os olhos e nos analisa. Os outros sábios também nos observam com curiosidade, e Kaushika espera, quieto.

— Já vimos a corrupção de Indra, guruji — responde Romasha, se curvando. — Uma de nossas iogues estaria aqui e lhe diria ela mesma se não estivesse doente por causa do veneno halahala de Indra.

Os outros murmuram em concordância, e eu baixo o olhar, assentindo, mas não é o bastante.

— Você, filha — ressoa a voz de Vashishta. — Você sente o mesmo? Percebo uma turbulência no seu coração.

Ergo os olhos, mas não é Vashishta que vejo. É Kaushika. Talvez *séculos* mais jovem quando comparado a todos esses homens, e mesmo assim está sentado ereto, os olhos insondáveis. Ele não se mexe, nem mesmo suspira, e penso no que deseja que eu diga. Penso em Rambha e em sua instrução, na razão pela qual fui trazida aqui atrás deste homem, no que fui enviada para fazer. Eu deveria defender Indra, mas sou paralisada pela indecisão.

Só queria que fosse verdadeira consigo mesma, disse Kaushika uma vez, e me engasgo com o quanto a ordem é simples, com o quanto o pedido é difícil. Ele me fita, assim como os sábios, e tento clarear minha mente problemática, minha respiração saindo dolorosamente ofegante.

Não quero seduzir Kaushika. Não do jeito que me enviaram para fazer. Só que também não quero a guerra, nem a destruição de minha casa, a morte de minhas irmãs, e a profanação de minha espécie. Não quero trair o senhor Indra, que foi minha âncora durante toda a vida. Apesar de tudo o que ouvi, tudo o que vi, como posso desejar o mal do senhor sendo que sua glória e esplendor me rodearam ao longo da vida? Em minha mente, vejo o brilho de Amaravati, o prazer e a alegria que surgem *por causa de Indra*. Kaushika pode menosprezar o heroísmo do senhor por ações do passado, mas já vi a gentileza de Indra, o jeito que satisfaz as necessidades dos celestiais, curando gandharvas feridos e cuidando dos cavalos dourados nos estábulos, revolvendo as terras de Amaravati a cada ano com as próprias mãos para renovar o fluxo de amrita. Sei o que Kaushika quer que eu diga, mas consigo pronunciar essas palavras, mesmo que seja para escapar de sua ira?

Vashishta faz uma careta para meu silêncio.

— Me diga, filha — insiste o sábio. — *Você* acredita que Indra deveria receber uma lição?

Estou tremendo igual a uma vara verde. Baixo os olhos aflita, lágrimas os preenchem.

— Não — murmuro. — Acho que o senhor deveria ser compreendido.

É uma frase honesta.

E estraga tudo.

Os mortais do eremitério giram para me encarar, boquiabertos. Acusação vaza de seus olhos — dizer isso enquanto Kalyani jaz em coma, trair Kaushika sendo que estive bem íntima dele. Romasha parece furiosa, raiva e desconfiança contorcem as feições dela. O olhar arregalado de Anirudh alterna entre mim e Kaushika, horrorizado e confuso. Só que Kaushika permanece imóvel. Seus olhos não desgrudam de mim.

Vashishta sorri.

— Estratégia interessante, sábio Kaushika. Trazer uma discípula que não concorda com o que você está tentando. Mas talvez a tenha trazido aqui para mostrar que tem, sim, um pouco de sabedoria. Ao não se rodear simplesmente de bajuladores, mas também por aqueles que se opõem a você e colocam seus pés no chão.

— Eu a trouxe porque ela merece estar aqui — declara Kaushika, igualmente. — Mas você não está errado, rishi. Ela me desafia, *sim*, mais do que qualquer um. Eu a trouxe para lhe mostrar que já ouvi argumentos a favor de Indra. Até os respeito em certo grau. Mas minha mente está feita, e, ainda mais depois do halahala, torço para que a sabedoria de vocês mostre a necessidade de minhas ações.

As palavras dele são tranquilizadoras, mas o tom indiferente com que as pronuncia aumenta meu pânico. Não consigo lê-lo, mas sei que, se ele começar a me odiar, algo dentro de mim murchará e morrerá.

Vashishta se levanta.

— A necessidade de suas ações? — repete, com frieza. Ele encara Kaushika, e de repente parece que não há mais ninguém na tenda além dos dois. — O halahala é preocupante, e o restante dos sábios e eu vamos suplicar a Shiva que o leve embora, já que você falhou em fazer isso. — Kaushika se retrai, mas Vashishta o prende com o olhar cintilante. — Sua *campina*, contudo, é uma abominação.

Kaushika pula de pé, e os outros sábios se levantam lentamente, com cautela nos movimentos.

— Como pode dizer isso? — provoca Kaushika. — Depois do que contei a você. Depois do ataque a meu eremitério.

— Exatamente — replica Vashishta. — Seu eremitério. Seu passado. *Seu juramento*. — As últimas palavras são um chicote, e Kaushika recua.

— Meu juramento não tem nada a ver com isso.

— Então você contou a eles o que pretende fazer com a campina? — zomba Vashishta. — Contou a eles do que fazem parte? Pelo que estão construindo carma no lugar de buscar a iluminação?

Kaushika ergue o queixo.

— Sabem que a campina é um lugar seguro.

— Ah, sim, *seguro*, porque o grande sábio Kaushika está desafiando o cruel deus Indra. — O rishi mais velho ri, e o som é como o de rochas caindo. — Você, filha — diz ele, me fitando mais uma vez. — Você o está ensinando sobre reconciliação, não é? O caminho da Deusa? E, já que ele insiste nisso, será que o está ensinando direito?

Tremo no lugar. Como ele sabe? Será que sabe que falei essas palavras só para abalar o caminho ascético dos iogues? Ou ele adivinhou minha relação com Kaushika? Vashishta é muito mais velho do que Agastya e Gautama; um ancião se comparado com Kaushika. Sou uma criança perto dele, e, como sábio, ele perfura o véu de maya a fim de ver além da realidade. Minha visão fica borrada. Tremo tanto que é como se eu tivesse sido dominada por um frio. Ele vai me incinerar bem aqui e, se não o fizer, então Kaushika o fará, simplesmente para voltar à boa graça da Mahasabha, simplesmente para evitar a humilhação de eu o ter enganado e traído.

— Deixe-a fora disso — cospe Kaushika. Ele caminha para ficar a meu lado. — Ela não tem nada a ver com isso.

Vashishta simplesmente o ignora. Ele vem até mim, e ergue as mãos para meus ombros. Levanto o olhar através das lágrimas aterrorizadas, incapaz de resistir, atordoada por sua aura e seu poder. Até Kaushika parece menor, embora esteja bem a meu lado.

— Não vou revelar seus segredos — avisa, baixinho, o homem mais velho. — Mas pense em que papel você pretende assumir nisso, criança. Você veio aqui como uma sábia em treinamento, não veio? Pense em quem realmente quer ser.

Ele me solta de repente e se afasta. Vashishta assente para os outros dois sábios, que estiveram em silêncio.

— Acabamos aqui — avisa a eles.

Ele faz menção de sair da tenda, e ainda estou muito desorientada para acolher o alívio quando Kaushika fica totalmente ereto.

— Você não vai me dispensar, Vashishta — grunhe, frio. — *Vai* me escutar.

— Você ousa... — começa o velho sábio.

— Ah, eu ouso — rebate Kaushika, e os olhos dele brilham com fogo e raiva.

O ar se distorce ao redor dele, escuridão e sombras que se fragmentam pelo pano da tenda. Uma luz surge entre as sombras, como estrelas lançadas rasgando os céus. A aura de todos nós se retrai, e há somente Kaushika, brilhante, lindo e assustador como um deva.

Eu recuo, horrorizada.

Porque, neste momento, consigo ver de verdade sua fúria, seu ódio; as sombras que sempre soube que espreitavam dentro dele estão agora irrompendo com sua magia. Não vejo o sábio controlado, e sim o príncipe que foi um dia, incutido de poder e governança. Não vejo o homem que passei a conhecer, e sim um estranho, com um temperamento e uma repulsa tão fortes que, de súbito, percebo que é o mesmíssimo homem que deve ter assassinado minhas irmãs, um homem que destruiria Indra se permitissem. Esses sábios — e eu mesma — são a única coisa entre ele e a destruição total do paraíso.

Levo a mão à boca em choque, até Romasha e Anirudh estão pasmos. Sei, pela expressão deles, que nunca viram Kaushika assim. Eka e Parasara recuam, e os outros sábios observam com cautela, sem reagir.

O silêncio ergue um espelho para o temperamento de Kaushika.

Ele arregala os olhos e, de repente, a magia se esvai. Horrorizado e, sem dizer mais uma palavra, Kaushika se vira e sai da tenda, cada músculo do corpo gritando para ser deixado em paz.

O momento se parte. Sei que acabou. Com essa exibição de magia descontrolada, Kaushika perdeu o pouco de apoio que tinha na Mahasabha. Talvez tivesse conseguido convencer Agastya e Gautama, mas, provocado por Vashishta, perdeu tudo.

Anirudh e Romasha choram baixinho, só que, em vez de seguirem Kaushika, os mortais do eremitério pairam perto dos outros sábios, implorando perdão por seu líder, pedindo clemência. Ergo o olhar e vejo Vashishta me avaliando, um mundo de significados em seu rosto. As palavras dele reverberam em meu crânio. De repente, me enxergo por seu olhar calculista — uma imortal disfarçada, alegando treinar como uma sábia, presa entre defender o homem que matou suas irmãs e disposto a atacar sua casa e um deus-rei que a mandou para a morte e não espera nada além de obediência.

Essas são realmente minhas escolhas? Estou condenada a proteger aqueles que só vão me machucar? Que estão tão equivocados em seus caminhos, comprometidos a não escutar a razão? E o que isso faz de mim, ao me entregar a homens assim, seja Kaushika ou o senhor Indra?

Não posso mais continuar nesse confronto comigo mesma. Fujo da tenda depois de Kaushika para me afastar do olhar perspicaz de Vashishta.

Capítulo 19

Não pretendo ir atrás de Kaushika, mas meus pés rastreiam a aura da magia dele por conta própria, seguindo a forte imagem residual que queima nas folhas e pedras. Serpenteio pelo canto dos passarinhos e pela brisa, me perguntando como essa floresta parece tão pacífica quando testemunhou tanta fúria. Meu prana selvagem surge, um rio de esplendor, e o encontro na mente, tentando capturar um pouco de paz.

Levo quase meia hora, mas, quando enfim trombo com Kaushika, é entre as árvores perto de um laguinho. Rochas circundam o lago, um punhado de luz do sol cintilante, o tilintar de um córrego próximo. Espero vê-lo na grama, meditando para se acalmar, mas Kaushika não está contemplando a beleza à frente, e sim um obelisco de pedra estranho que se ergue da terra, quase tão alto quanto ele. Vira-se para mim ao me ouvir chegar, mas os olhos estão desprovidos de qualquer emoção.

— Minha maior vergonha — murmura, e assente para o obelisco. — Um lembrete do que a perda do meu temperamento pode significar.

Tem algo misteriosamente familiar nessa coluna de pedra aqui nas matas, como um santuário para uma deidade da floresta perdida no tempo. Uma magia profunda dedilha a pedra, puxando meu laço, me lembrando de que a imortalidade pode existir em muitas formas, assim como a própria magia.

Não peço uma explicação a Kaushika, e ele também não oferece, mas me encara com uma expressão severa.

Está com o peito nu, e sei que se lavou no lago, tentando conter a raiva. Talvez até tenha tentado rezar por paz de espírito. Gotas de água escorrem dele, e o cabelo soltou do coque, ainda úmido. Ondas de calor irradiam dele, mostrando como essa tentativa de se acalmar foi em vão.

— Ainda estou com raiva — declara, confirmando isso. — Você não devia estar aqui.

Meu coração martela como um tambor de batalha. Quero lhe dizer que sua raiva não me assusta, mas seria uma mentira. Ainda assim, é meu medo que me dá força. Estendo a mão e toco o braço dele. Espero que esteja escaldante, de tão quente que é sua aura, mas a pele foi resfriada pela água, e com a ponta dos dedos traço o antebraço até os bíceps, até sentir o pulso no pescoço, martelando sob meu polegar. Aos poucos, começo a acariciar seus músculos tensos. Kaushika não me impede, mas também não reage.

— Se está com raiva de mim pelo que eu disse... — começo, hesitante.

— Sim, estou com raiva de você, mesmo que não seja racional — responde, com uma careta. — Eu a trouxe para a Mahasabha sabendo que não a tinha convencido quanto a Indra e seu envolvimento com o halahala. Sustento minha escolha. Nada do que você falou fez diferença mesmo. Esses eventos estavam predestinados, colocados em movimento pelas minhas ações. Vashishta tinha tomado sua decisão antes da reunião, e eu piorei tudo com meu descontrole. Até Agastya, que estava disposto a me ouvir, não vai mais tolerar minha audácia. Mas não posso hesitar em meu caminho, nem por eles.

— Seu caminho ou seu *juramento*? — pergunto, lentamente.

— Meu juramento — afirma Kaushika, apertando os lábios. — Um que Indra obstrui. Eu não lhe contei dele.

Balanço a cabeça em negativa, e ele suspira asperamente, como se fosse doloroso falar. Ele tira minha mão do pescoço e nos distancia um pouco. Franze os lábios e se vira para encarar a água. Se fosse qualquer outro homem, eu esperaria que a tensão se revelasse em movimentos nervosos, talvez andando para lá e para cá na pequena clareira, talvez fechando os punhos lentamente.

Mas Kaushika se mantém imóvel, e é essa imobilidade que espelha sua força. Fica em silêncio por tanto tempo que me pergunto se esqueceu de mim, se pretende me contar algo mais. Eu me mexo, a grama esmagada sob meus pés, e ele desvia a atenção para o som. Contrai a boca, mas agora o conheço o bastante para ver que não é por minha causa, e sim pelo que tem a dizer.

— Você se lembra do que contei antes? — começa, e as palavras são ásperas. — Só houve um rei que respondeu às minhas súplicas por ajuda quando o senhor Indra abandonou meu reino.

— Lembro — respondo, baixo.

Kaushika assente e desvia o olhar de novo.

— Seu nome era Satyavrat. Significa aquele que fez um juramento de verdade.

Kaushika para de novo, e observo as sombras em seu rosto. Eu o imagino, o príncipe criança, de repente lidando com a necessidade de defender seu povo. Penso nele e nas escolhas que o trouxeram até este momento, as escolhas que *me* trouxeram aqui e fizeram de mim a pessoa que aprenderia sua história.

Os olhos de Kaushika cintilam, refletindo a água.

— O rei Satyavrat sabia que, ao ajudar a mim e ao meu povo, incitava a ira de Indra. Mas o rei era poderoso por mérito próprio. Mesmo que não fosse um sábio, era impulsionado pela dedicação ao darma e ao caminho justo. Era um homem que vivia os valores do próprio nome, amado dentro do reino, embora não fosse menos político do que qualquer outra pessoa da realeza. Sua magia era enorme, e ele sabia que, se Indra agisse contra ele, os outros devas protestariam. Sabia dos riscos de enfurecer Indra, mas os assumiu... por mim e pelo meu povo, e pelo futuro do próprio reino. É por isso que nunca me ressenti por querer anexar minha nação à dele. De que me serviam emoções tão mesquinhas? Ele era honrado, e foi minha boa sorte que o trouxe até mim.

Cada palavra é concisa como uma flecha encaixada. Ergo a mão, tentando acalmar sua raiva com o toque de novo, mas magia brilha entre a ponta de seus dedos, fogo derretido que corre pelo corpo dele. Baixo a mão. Não ouso tocá-lo, não agora.

— Por anos, não houve nenhuma retaliação do paraíso — continua Kaushika, e ele faz um barulho de escárnio. — Todos pensamos que Indra, distraído com bebida e dança, se esquecera de sancionar a vingança ou escolhera nos ignorar, como os deuses costumam fazer. Parti para seguir meu caminho até Shiva. Achei que Satyavrat ficaria seguro, sua dinastia protegida. Nenhum de nós contou com a paciência dos devas.

Kaushika se interrompe, a fim de retirar um pequeno pergaminho do bolso. Ele não o mostra para mim, mas o reconheço. A mesma carta dobrada várias vezes, aquela que vi quando invadi sua cabana no que parece ter sido há muito tempo.

— Os filhos de Satyavrat escreveram para mim quando o rei faleceu. — A voz de Kaushika sai perigosamente baixa. Ele enfia a mensagem de volta no bolso, sem ler. — A carta chegou quando eu estava treinando no eremitério de Agastya. Os filhos do rei realizaram os últimos rituais como a tradição manda, pedindo a Indra permissão para que a alma do pai se elevasse até o paraíso. Mas, apesar do carma de bondade de Satyavrat nesta vida, apesar de sua piedade, Indra lhe negou o direito a um pós-vida pacífico. Os príncipes rezaram para outras deidades, até para a rainha de Indra, Shachi, pedindo intervenção. Mas a alma de Satyavrat ainda vaga pelo reino mortal, condenada a não encontrar paz, incapaz de residir em Swarga ou integrar o ciclo do renascimento. — Os olhos de Kaushika cintilam quando ele finalmente me encara. — Os sábios acham que minha campina é um crime contra a natureza, mas e a conduta de Indra? Não é um crime? Como posso descansar até Satyavrat repousar? Jurei que o veria ascender ao paraíso, haja o que houver. É a única coisa que define meu tapasya agora, a única coisa para a qual toda a minha magia está direcionada. Indra precisa ser domado, e eu serei o arauto de sua ruína.

As palavras são tão impassíveis, mas tão furiosas, que recuo. Indra não é perfeito, mas nunca presenciei tanto veneno contra meu rei de qualquer mortal ou imortal. Nem de Anirudh ou dos outros.

— Isso não é inteligente — sussurro. — Indra é o senhor do paraíso. É o protetor da amrita, a própria essência da vida imortal. Ele tem o dever sagrado de proteger Amaravati, e é *dever dele* fazer o que acredita ser o certo.

— E é *meu dever* como sábio fazer o que *eu* acho certo — responde Kaushika. A imobilidade finalmente o deixa, e ele começa a andar de um lado para outro. — O que você acha que eu deveria fazer, Meneka? Simplesmente me comportar como os outros sábios focados na impassividade? Foi *você* quem me falou de participação. Sobre o caminho da Deusa. Como pode acreditar que essa luta não é minha?

— Os outros sábios são mais velhos do que você. São rishis há mais tempo. Se todos eles avisam que esse desafio está errado, então como pode menosprezá-los com tanta facilidade?

— Eu não os menosprezo. *Eles* me menosprezaram. Sei que é devota a Indra, mas estou te pedindo para enxergar com os próprios olhos. Estou pedindo que pense por si mesma.

— Estou pensando *por mim mesma*, e sei que esse caminho só vai acabar com você em ruínas. Indra tem uma das armas mais poderosas do universo. O vajra dele é mais forte que um diamante, mais potente que um raio. Muitos chegaram e foram embora, tentando desafiá-lo em seu trono... e o que você faz aqui....

— Não é no trono dele que estou interessado — interrompe Kaushika, e a raiva o preenche de novo enquanto caminha. — Não tenho paciência para explicar tudo para você se ainda não vê por que isso é necessário. Não nego sua importância para mim, Meneka; cada um de nós precisa de um conselheiro que se oporia a nós. Foi por isso que a trouxe para a Mahasabha, mas talvez tenha sido insensato. Estou perturbado e sem qualquer disposição para escutar. Já demonstrei que não tenho reservas.

Eu me aproximo.

— Eu gosto de você sem reservas.

Seus olhos reluzem. Ele me fita por cima do ombro, parando, e carrega uma expressão cheia de calor, promessas e fúria.

— Tolice da sua parte, se você soubesse o que está na minha mente. Não pressione. Agora não é a hora.

— Por quê? — provoco. — Está com medo?

— Não. Mas talvez você devesse estar. Entende o que está pedindo?

— Você entende o que estou oferecendo? Como você realmente vai parecer quando estiver livre? Eu gostaria de ver, mas a briga imaginária com Indra o cega. Talvez seja *você* quem se esconde de si mesmo. Que irônico ter falhado numa lição que tentou me ensinar. Que trágico, um iogue com medo da ideia de liberdade.

Uma risada irrompe dele, sombria e crua.

— Uma provocação, Meneka? Você vai ter que ser melhor do que isso. Se eu reagisse tão fácil, acha que me chamariam de sábio?

A denúncia dele a meu plano provoca uma torrente curiosa e desafiadora em meu corpo. Pelo fato de notar como estou tentando distraí-lo, como se fosse tão óbvio. *Não é um alvo fácil*, sussurra Rambha em minha cabeça, mas, em vez de medo, sinto empolgação por ele não ser um alvo, não mais, por estar aqui, por inteiro, assim como eu. Uma corrente me atravessa, quente e tentadora, e, embora eu tenha desviado a conversa a fim de aliviar um pouco a raiva dele, de repente quero vê-lo solto comigo.

— Sábio — digo, baixo. — Que não reage, inteligente, completamente no controle. É o que significa, não é?

— Você sabe o que significa. Acha que considero sua ignorância fingida divertida?

Ele se vira para me encarar, as costas pousadas em um tronco de árvore. Cruza os braços e arqueia uma sobrancelha. Solto uma pequena risada, nunca tirando o olhar dele.

— Fingida? Somos *todos* ignorantes, rishi, até o mais iluminado de nós, de alguma forma. Quem pode alegar conhecimento de tudo? Até Shiva fecha os olhos para o mundo a fim de ver além do véu da ilusão de prakriti. Até ele se envolve deliberadamente em *um* tipo de ignorância.

Kaushika pisca e semicerra os olhos. Ele não diz nada, mas também não se mexe conforme ando devagar até ele, cada passo enfatizando minhas curvas. Uma sensação de terror se lança em mim, por falar com Kaushika de forma tão franca, contornando a linha de descoberta e perigo agora que ele está com raiva, agora que o traí na frente dos outros sábios ao defender o senhor Indra. Mesmo assim, me aproximo, e ele move o olhar para meu quadril só por um instante. Essa é a única indicação de seu desejo, mas é o bastante.

Formo um sorriso preguiçoso no rosto. Paro quando fico a um sopro dele, mas não o toco. Em vez disso, me inclino e coloco lentamente um braço na lateral de sua cabeça, a centímetros do pescoço. Curvo a outra mão com delicadeza, não exatamente em uma mudra, mas não muito diferente disso também. A magia corre em meu corpo e, neste momento, não consigo dizer se é o poder dourado de Amaravati ou o prana selvagem do tapasya. Estou tão perto de criar uma ilusão que meus dedos tremem.

Ele tensiona o maxilar, mas já posso ver que o calor da raiva está resfriando e se tornando divertimento e curiosidade.

— Está me chamando de ignorante? — pergunta ele, calmo.

— Gostaria de escolher uma palavra diferente? — rebato.

Minhas palavras não passam de um sussurro, e ele baixa a cabeça, a boca a centímetros da minha, para capturar meu hálito. O movimento faz a pele dele entrar em contato com minha mão, e me assusto, sem esperar por isso, mas Kaushika curva os lábios em um sorriso. Seus olhos brilham, e então não consigo saber quem de nós está no controle. Minha respiração acelera, meu peito subindo e descendo.

— Ah, tem muitas palavras — responde, baixo. — Mas não sei se *você* deveria dizê-las.

Ele sobe a mão até a minha, embora não me toque. Simplesmente move a palma para trás em um gesto delicado e preguiçoso, e as mangas de meu kurta descem, arrepios surgindo em minha pele. É uma coisinha que ele faz, para controlar as roupas sem fazer nenhum contato, mas arregalo os olhos.

Ergo o queixo. Ainda não estamos nos tocando, mas o ar entre nós *estala*, o calor dele crepitando com a água de meu poder. Eu me sinto seca, e coloco a língua para fora a fim de umedecer os lábios. Kaushika me observa, e a língua dele espelha meu movimento.

Aperto as coxas e engulo em seco. Estou achando difícil acompanhar a conversa, mas não posso deixá-lo ganhar com tanta facilidade. Nós dois sabemos o que estamos fazendo, essa provocação silenciosa para ver quem vai ceder primeiro, quem de nós vai revelar seus segredos ou ceder na batalha. É perigoso, esse jogo, mas me aproximo. O tecido de meu kurta roça o peito nu e musculoso dele. Kaushika inspira profundamente, os olhos nunca saindo de mim. Seus batimentos aceleram enquanto a respiração se torna um pouco irregular.

— Se desaprova o que digo, por que me mantém por perto? — pergunto, calma.

Ele ergue a outra mão até o topo de minha cabeça, e o nó se desfaz, o cabelo caindo em cascata sobre os ombros. Pisco, sem entender, mas quando ele baixa a mão vejo o pente em forma de lua crescente — *seu* pente de lua crescente — girando entre os dedos. Uma lufada repentina de vento, seja natural ou fabricada por ele, surge ao nosso redor. Mechas de meu cabelo roçam nas bochechas dele.

Seus olhos brilham de desejo ardente e, aos poucos, ele tira meu cabelo do próprio rosto. Os dedos circundam as mechas, o toque tão delicado que poderia muito bem ainda ser o vento.

— Porque preciso de você — responde, baixinho. — Além de mim, você é a mais poderosa do eremitério. Independentemente de quanto prana use, ele continua reluzindo dentro de você e mal necessita de recarga.

Inclino a cabeça e o avalio por entre os cílios.

— Então pretende me usar.

— Eu pretendo usá-la — concorda. — Se conseguir te convencer.

Kaushika se mexe, só uma vez, e sinto sua masculinidade acariciar minha barriga, a sensação tão sutil que não posso dizer se foi o movimento ou a magia ainda estalando entre nós.

— Me diz — sussurra ele. — Você está convencida?

Minha mente gira. Minhas pernas tremem, a umidade cresce entre elas. O calor dele se lança sobre mim, ou talvez seja meu. Eu não sei; não consigo discernir. A adrenalina pura de nossas posições inversas passa por mim. Ele me perguntar isso sendo que sou eu quem o está prendendo com o corpo. Ele me entender de uma forma que quase ninguém entende, ou já entendeu. Estamos aqui, segurando este momento, mas não segurando um ao outro. O que ceder a ele significaria? Seria tão terrível, sendo que já ficamos íntimos? Eu o quero tão desesperadamente que todas as minhas regras parecem sem importância. Tomei a decisão de nunca me envolver com um alvo, mas foi por causa dos outros, não dele. Ele, *ele*, não é um *outro*; ele é... mais próximo.

Kaushika abre um sorriso, e sei que vou ceder. Que fui arrebatada demais para continuar jogando. A percepção me atormenta, estilhaçando as conexões comigo mesma, e um som áspero e furioso explode em mim, por causa do quanto não ligo, e porque sei que precisarei aceitar isso mais tarde... mas não agora. Não agora.

Meu movimento é brusco. Com uma mão, capturo o queixo dele entre as unhas afiadas. Com a outra, eu o puxo com força para mim. Coloco a língua para fora a fim de lamber a parte oca de suas covinhas, e um som estrangulado cresce em sua garganta quando começo a espalhar beijos no maxilar, descendo pelo pescoço, lambendo a umidade ainda presente no peito, mordiscando a pele sem nem um pouco de delicadeza. Ele ergue a mão para agarrar minha bunda, mas eu o empurro contra o tronco, e ele grunhe, raiva e choque cintilando em seus olhos, junto a um desejo profundo. Seu olhar é de tortura pura, e suor me cobre, surgindo com o calor.

— Falei que gosto de dar ordens — comento, quase ríspida.

— É disso que precisa? — pergunta ele, ofegante. — Para fazer você ver meu ponto de vista?

— Não prometo nada.

— Não espero que prometa — responde, com diversão nos olhos. Ele se inclina, leva a mão para meu pulso e o acaricia. — Vá em frente, Meneka. Mande em mim.

Meu controle se esvai e fico na ponta dos pés. Nossas bocas colidem, e outro gemido escapa dele, como alívio ou frustração. Ele me agarra, os dedos fortes em meu cabelo, quase dolorosos. Minhas mãos estão por todo lugar, no peito, agarrando a barriga dura, puxando o cabelo. É diferente do primeiro beijo. É cru e imediato, e a raiva dele pulsa sob sua magia, ambas me circundando, me inflamando.

Poder substitui o sangue em minhas veias — e minha magia canta como um hino. Estou certa de que ele a ouve, o estrondo da cachoeira dominando qualquer outro som, o *canto* de ambos os poderes se entrelaçando.

Ele me ergue com facilidade, e envolvo as pernas em sua cintura, jamais interrompendo o beijo. Arqueio as costas e a ponta de meus seios pressiona o peito dele. Kaushika grunhe, deslizando a língua na minha. Mordisco seu lábio inferior, e ele me agarra com mais força, movendo o corpo. Risco as unhas na pele nua das costas dele — tão afiadas que tenho certeza de que arranquei sangue. Ele arfa, depois eleva mais os quadris, nos balançando de forma quase dolorosa contra o tronco, e sei que não haverá volta, é isso, nós dois iremos cruzar essa linha, mas meu desejo é grande demais para ser ignorado, e não sei qual de nós dois vinha seduzindo o outro todo esse tempo…

— Com licença — diz uma vozinha.

Congelo, e me afasto, mas Kaushika não me solta.

Os olhos estão pesados, as pupilas, dilatadas. Seu peito sobe e desce, e, por um longo momento, ele só me encara, os dedos ainda apertando o bastante para deixar marcas em minha pele. Sinto o estrondo em seu peito, como se estivesse prestes a ficar furioso por ser interrompido, e arregalo os olhos quando percebo que não compreendi totalmente seu potencial. Que isso é só uma pequena prova.

Eu o encaro.

Aos poucos, levando todo o tempo do mundo, ele me coloca no chão. Espera até que eu esteja firme sobre meus pés, até que eu tenha arrumado a roupa e recuperado o pente de lua crescente para refazer o coque.

Só então move o olhar para Romasha, escondida entre as árvores, os olhos desviados, um rubor na bochecha.

— Os sábios estão partindo — sussurra ela para ninguém em particular. — Talvez devesse se desculpar e tentar reparar um pouco do dano da Mahasabha, guruji.

Kaushika grunhe. Sem tirar os olhos de mim, caminha até onde seu kurta está jogado. Ele o veste e refaz o cabelo em um coque hábil. Em um instante, voltou a ser um rishi, mas, sob os movimentos controlados, ruge a fome pela liberação que nós dois buscamos.

— Vamos passar a noite — avisa ele a Romasha. — Tenho que discutir os planos com você e Anirudh antes de voltarmos. Diga aos outros que podem voltar ao eremitério agora, se desejarem.

Ele aperta minha mão e abre a boca, prestes a dizer algo, mas balança a cabeça. Com um olhar arrependido e pesaroso para mim, parte pelo caminho que Romasha veio.

Ela não o segue, não na hora. Está com o rosto retraído. Conheço anseio quando o vejo, mas o que estou fazendo o beijando, sentindo suas mãos em meu corpo, seu toque ainda gravado em minha pele... Por quem estou fazendo isso? Eu me pergunto de novo sobre os sentimentos dela por Kaushika e o relacionamento deles. Uma culpa engole todas as minhas desculpas. Não tenho palavras para ela.

Romasha me dá um sorriso frágil como se dissesse *ele te escolheu, o que há para dizer?* Então, com um pequeno aceno, ela desaparece atrás de Kaushika.

Eu fico ereta. *Chega.* É hora de tomar uma decisão.

Não me incomodo em voltar para o penhasco.

Dessa vez, quando chamo por um emissário, Rambha se materializa a alguns metros de mim perto da estátua do obelisco. Ela vinha esperando meus chamados. Talvez já estivesse no reino mortal. Sua beleza ainda me abala, e não consigo evitar notar o sari verde sensual apertado na cintura, o anis-estrelado apimentado na pele, os olhos grandes de corça que me observam enquanto se aproxima. É intrigante perceber que ela não me afeta do jeito que afetava. Há apenas algumas semanas, estávamos a caminho de nos tornar algo mais. O que tenho com Kaushika, o que aprendi sobre mim mesma, parece ter eliminado qualquer possibilidade disso.

Uma parte minha sente pesar, e enrugo a testa enquanto ela reluz com as bênçãos do paraíso. Mas não é o pesar de uma coisa perdida, e sim de finalmente compreender quanto meu sonho com ela era irreal. De repente, vejo por que nunca fiz uma sugestão clara para Rambha apesar de todas as oportunidades. Minha mente sempre soube o que meu coração se recusava a acreditar? Que Rambha e eu erámos malfadadas? Eu a observo enquanto se aproxima, notando um pacote feito de miçangas pendurado na cintura como um cinto, mas não a abraço.

Ela também não tenta me tocar. A luz a cobre como uma armadura, e seus olhos estão ininteligíveis, quase frios, como se sentisse a mudança em mim.

— Então, Meneka? — pergunta, calma.

Ergo o queixo.

— Sei por que Kaushika odeia Indra. Sei porque o desafia.

Com o máximo de clareza que consigo, conto tudo a Rambha. A história de Kaushika como príncipe, o juramento de levar o rei Satyavrat para o paraíso, o incidente com o halahala, até os eventos na Mahasabha. Tento ser tão impassível quanto um sábio, relatando só os fatos, mas me questiono o quanto de meus verdadeiros sentimentos por Kaushika estou ocultando dela. Não consigo contar da intimidade com ele — não para ela que, apesar da ordem de que eu deveria fazer exatamente isso, nunca entenderia *por que* o fiz. Minha voz está rouca quando termino, mas Rambha simplesmente encara a água, sem dizer uma palavra. Endureço minha determinação e falo sem recuar.

— Se Indra quer acabar com isso, então tudo o que tem que fazer é permitir que a alma do rei mortal entre no paraíso. Tenho certeza de que Kaushika vai parar se o senhor apenas ceder, e podemos deixar isso para trás. O senhor Indra ficaria fora de perigo, assim como Amaravati e Kaushika. Os sábios da Mahasabha vão ficar satisfeitos... e, até onde sei, mais favoráveis a Indra.

Com isso, Rambha se vira para mim. O restante de minhas palavras murcha na garganta. Não movo um único músculo quando ela começa a me rondar, como se me visse pela primeira vez. Eu me esforço para não me mexer ou mostrar desconforto, mesmo que a aura ao redor dela fique espinhosa, ameaçadora. É irônico que, neste momento de incerteza, eu esteja dependendo do treino no eremitério.

Ela finalmente para diante de mim, o rosto inescrutável.

— Você o beijou. Sinto o toque dele em você.

Assinto uma vez, tensa.

— E por que mudou de ideia, depois de todos esses anos de abstinência com os alvos? Com certeza não foi minha instrução, considerando suas declarações.

Sigo quieta, mas tensiono o maxilar, e é o bastante para Rambha. Ela conhece muito bem minhas expressões.

Aperta a boca em um sorriso e arqueia a sobrancelha com crueldade.

— Ah — exclama, soprando uma risada sem humor. — Então você não quebraria sua regra estúpida pelo senhor, mas quebra pelos próprios desejos. É por isso também que acha que o senhor deveria se rebaixar para esse Kaushika, negociando com esse mortal odioso, deixando que *ele* decida quem deve entrar no reino do senhor? Como você esqueceu com facilidade a quem deve devoção.

Eu me enrijeço, uma raiva repentina cai sobre mim.

— Não esqueci nada. Minha devoção me fez continuar acreditando na inocência de Indra com o halahala. É minha devoção que demanda que eu ache uma solução, que fale a verdade.

— A verdade? — A risada de Rambha ressoa, afiada e impiedosa. — Você não sabe nada da verdade, garota tola. Mandaram-na aqui para cumprir seu dever, não para questionar o próprio deva que lhe concede magia. Olhe para o que pode acontecer, o que já está acontecendo, em Amaravati, por causa do seu precioso Kaushika.

Rambha curva os pulsos em mudras desconhecidas, e, de repente, estou de volta à Cidade dos Imortais. Planetas se agitam e estrelas reluzem acima e abaixo de mim. A sensação de estar de volta ao lar me atravessa como uma onda, e pisco, meu amor por Amavarati dominando qualquer outro pensamento. Só que, antes que eu possa realmente inspirar, o ar se torna cinzas. As grandes mansões da cidade apodrecem e a poeira cintilante e dourada se torna cinzenta, sumindo aos poucos antes de reaparecer. Diante desta mudança, avisto seu esforço. Amaravati está morrendo e, com ela, Indra também. Encaro o entorno com horror, girando em pequenos círculos. Estou na sala do trono de novo e, em vez de um senhor saudável e bonito, há apenas uma deidade aterrorizada, contemplando o próprio fim. A rainha Shachi vocifera, incandescente e amarga, e Indra fica mais desesperado, o vinho fluindo livremente enquanto ele e os outros devas participam de reunião atrás de reunião para discutir a crescente irreverência no reino mortal.

Acima, as estrelas giram em uma passagem de dias, de meses ameaçando se tornarem anos inclementes, o alinhamento delas se encaminhando para o do Vajrayudh, quando Indra ficará mais fraco. Por milênios, Indra sobreviveu, a essência da água evoluindo para um deus. O próximo Vajrayudh o destruirá completamente? Ouço seu pensamento, é o mesmo que o meu, o mesmo que o de Rambha. Pisco, Amaravati girando ao redor de mim, caos em meu coração.

Sei que é uma ilusão. Que Rambha está manipulando tudo só para que eu me sinta assim. Mas sei também que não há nenhum artifício nisso. As imagens são tiradas das lembranças de Rambha, dos medos que tem do que acontecerá. Nem todas são fatos — ainda não —, mas, por mais que ela esteja enfurecida, não está mentindo; só está com medo do futuro se Kaushika não for aniquilado.

Oscilo, incapaz de respirar, forçando os joelhos a me sustentarem. As imagens de Amaravati correm de uma para outra, me danando, me punindo, me enfraquecendo. Os pomares, os salões de dança, os festivais, todos eles apodrecidos e queimados. Não consigo pensar direito; Amaravati se mistura com o eremitério em minha mente, e minha vontade desmorona diante da magia de Rambha. Sinto náusea ao testemunhar a destruição de minha cidade com tanta clareza, sendo que fui tão privada dela, sendo que meu desejo de salvá-la e retornar para ela não diminuiu, não importa o que compartilho com Kaushika.

Não consigo mais olhar, e levanto as mãos para cobrir os olhos.

— Não pode ser — sussurro. — Eu... eu... Kaushika não pode fazer isso. Vou fazer ele ver a razão.

Sinto o poder de Rambha diminuir conforme ela dissipa a ilusão.

— Razão? — Ela bufa. — Você tem outras ferramentas a seu dispor, e quer perder tempo com razão depois do que acabei de mostrar?

Balanço a cabeça, rejeitando suas palavras.

— *Tem* que ser a razão — gaguejo. — Com Kaushika... ele é um sábio... razão é o caminho de jnani, um caminho de *intelecto*, e é a isso que reage... — Engasgo. Encaro Rambha com os olhos cheios de lágrimas. — E quanto ao halahala? — pergunto, desesperada. — Com certeza você quer saber quem fez isso.

— Para mim basta saber que *não* foi Indra — responde ela. — É *essa* a missão. *Isso* é devoção. Citar o caminho de um sábio para mim... — Rambha contorce a boca de desgosto. — Você realmente se esqueceu de quem é. Suas irmãs estão *mortas* por causa deste homem. Se esqueceu disso também?

— Nós... não temos certeza disso — gaguejo. — O Kaushika que passei a conhecer... não acredito que fez isso com Nanda, Magadhi e Sundari. Assim como não consegui acreditar que Indra estava por trás do halahala. Rambha, eles devem seguir a mesma lógica.

— Então você realmente se desviou muito da redenção. — Ela cospe as palavras. — Se acha que os dois são o mesmo, então perdeu toda a noção, fugindo da verdade.

Minha boca treme de mágoa e raiva.

— E o que *é* a verdade?

— Que você gosta desse Kaushika. Que se apaixonou por ele.

A declaração franca é tão bizarra que fico chocada, sem voz. Minhas lágrimas secam. Uma negação explode em meus lábios. *Não estou apaixonada. Só entendo os mortais melhor agora.* Quero jogar isso nela com frieza e certeza.

Mas congelo.

Porque não posso mentir para Rambha.

E não posso mentir para mim mesma.

Ela tem razão. É ridículo que suas palavras gélidas tenham finalmente me feito ver isso sendo que há muitas evidências, mas é a verdade que eu estava procurando.

Passei a gostar de Kaushika.

Fiquei apaixonada por ele.

Arregalo os olhos, e uma dezena de perguntas me inunda. É mesmo amor se fui mandada aqui em uma missão para Indra, quase sem escolha do que devo fazer? É amor Kaushika ter respondido ao meu desespero, sem nem saber quem sou de verdade? É amor se *eu* não conheço tudo sobre *ele*? A liberdade martela dentro de mim com a declaração de Rambha, um segredo enfim revelado. Mas essa liberdade está aprisionada por causa do que esse amor significa e o que ele me mostra sobre mim mesma.

Rambha observa a agitação de emoções em meu rosto: o horror, a confusão, o pesar. A expressão dela fica piedosa.

— Sabia que você não estava preparada — murmura. — Foi por isso que me voluntariei para a missão em vez de mandá-la. Você é jovem demais. Inexperiente demais. Ingênua demais. Meneka, sábios têm poder intrínseco. É por isso que são inimigos tão difíceis de seduzir. Não é só a magia deles que rivaliza com a nossa, é a habilidade de nos desviar do nosso caminho que os torna realmente traiçoeiros. Achei que a tinha alertado. Achei que fosse mais forte. Que eu lhe tivesse dado bastantes motivos para querer voltar.

As últimas palavras viram um sussurro. Ergo o olhar para ela e, só por um instante, apanho um lampejo de mágoa profunda em seu rosto, que por sua vez me machuca. Já vi essa expressão em seu rosto antes. Eu a causei quando aceitei a missão.

Seus lábios tremem e, pelos olhos de minha mente, me lembro do indício de promessa que Rambha me deu. Sinto a pincelada de seus lábios nos meus. Todas as emoções que isso agitou em mim me deixaram esperançosa por dias... até ali ela estava apenas sendo a apsara mais devota de Indra? Em nosso último encontro, mandou que eu me deitasse com Kaushika... Rambha *me seduziu*?

— Foi real? — perguntou, baixinho.

— Importa? — dispara ela de volta. — Pelo amor dos deuses, Meneka, falei para dormir com ele, não o amar. Achei que fosse esperta o suficiente para saber a diferença. Achei que fosse uma *apsara*.

As palavras dela raspam minha pele como lâminas. Sinto uma dor forte apertar meu peito. Eu me movo lentamente, como se estivesse adoecendo. Com esforço, curvo a mão em uma mudra: O Desejo do Coração, uma tentativa de saber que forma assumirá, de ver se me dirá o que eu quero. Uma ilusão hesitante se forma na ponta de meus dedos, uma borboleta quebrada que se dissipa. Reprimo um soluço ao ver meu desejo de liberdade na criatura, ao ver como não estou pronta, não sou *digna* disso.

Rambha aperta a boca, observando a ilusão rachada.

— Sua magia celestial já está sofrendo. Não vê que Kaushika é apenas outra sedução do reino mortal. Você se apaixonou por um homem que a destruiria se soubesse da sua verdadeira natureza. Você mesma contou que Kaushika está tentando incitar os outros sábios contra Indra, tentando usurpar o governo de Indra na cidade do senhor. Você teve a confissão dos lábios dele. Achei que estaria com a mente clara, se *regozijando* por ele estar caído por você e por quase ter completado a missão, mas fica aí falando de *razão* sendo que uma única dança, algumas ilusões finais, poderiam resolver tudo. Você poderia ficar livre de novas missões. Poderia vir para casa, honrada como uma devi. Poderia se tornar a apsara mais celebrada de Indra. Por que essas coisas não têm mais importância do que esse amor infantil?

Ergo os olhos para examinar os dela.

— Então seu conselho para mim é enganar Kaushika?

Rambha me encara de volta calma.

— Meu conselho é pensar no que vai acontecer se você desobedecer a Indra.

Lágrimas borram minha visão. Se me recusar a dançar para Kaushika, Indra vai me exilar de Amaravati. Vai me forçar a ficar longe de casa, e meu poder não será mais estimulado pela cidade exceto em gotas irrelevantes que mal criariam uma ilusão completa. Sem magia, eu me tornaria um fantasma, nem do reino mortal nem do imortal, um tufo ao vento, um sussurro ignorado, esquecida até conseguir provar minha devoção ao senhor de novo. Por uma falha tão chocante… que forma minha redenção assumiria?

E se eu fizer a dança para Kaushika? Minha missão com Tara me levou ao desespero. Saber que destruí Kaushika, esse homem que agora sei que amo, me arruinará.

Rambha brilha no limite da visão, e ergo o olhar para ela, desamparada.

— Se quer paz — começa, com calma —, vá seduzir Kaushika usando sua magia do jeito que deveria fazer. Vou ter que relatar ao senhor tudo o que me contou, e talvez ele considere as ações de Kaushika na Mahasabha um ato de guerra. Será forçado a atacá-lo. Quem você acha que vai ganhar numa batalha dessas?

Não tenho que pensar. Sei a resposta. Indra ganharia qualquer batalha se acontecesse agora. Kaushika é poderoso, mas não tem o apoio dos outros sábios. Tem apenas o eremitério e, depois do halahala, todo mundo está severamente esgotado, incluindo o próprio Kaushika. Ele poderia renovar a magia, é verdade, mas isso levaria meses de tapasya, se não anos. Que danos o senhor do paraíso causaria nesse meio-tempo? Indra já tentou inundar o retiro, se o relato de Kaushika for verdade. O sábio não vai conseguir se manter seguro, muito menos qualquer um dos outros. Soluços ficam presos em minha garganta, e Rambha assente como se eu tivesse dito tudo isso em voz alta.

— Se quer que Kaushika viva, então vai usar a força total do seu poder. Vai criar uma ilusão tão profunda que vai durar o restante da vida dele, para que nunca mais pense em perturbar Indra. Você vai prevenir uma guerra de acontecer e salvar tanto seu senhor quanto o homem que ama. E então vai voltar para casa, para sua liberdade.

Encaro as mãos, mas elas tremem pelo prisma de minhas lágrimas. Minha missão, minha emoção e minha identidade me prendem. Amo esse homem, mas o que isso me torna se ele está tão equivocado? Não consigo evitar ser devota a Indra a meu modo, uma compulsão que até eu falho em compreender. O que isso faz de mim se meu senhor é cruel e injusto?

A verdade é que, independentemente da ordem de Indra, eu *quero* dançar para Kaushika. Quero desde a primeira vez que o vi. Quero controlar seu desejo, só que, mais do que isso, quero testá-lo... ver se é tão forte quanto me fizeram acreditar. E o que isso *me* torna?

Minhas mãos tremem, as mudras que quero criar, inexistentes até agora. A última vez que estive em Amaravati, me curvei diante da kalpavriksh no jardim de Indra, buscando permanecer verdadeira comigo mesma. Então é isso o que sou. Uma tola, presa nesta armadilha que eu mesma criei.

Rambha se move, e pisco depressa. Lágrimas caem em minhas bochechas enquanto a observo remover da cintura o pacote feito de miçangas. Ela o ergue para mim em silêncio, e o pego por hábito. Abro os pacotes de seda e vejo que Rambha trouxe as mesmas coisas que me deu quando embarquei nesta missão: as roupas que enterrei perto do eremitério, das quais lhe contei da última vez, as joias que disfarcei no chão da floresta e, entre elas, uma coroa diferente de qualquer outra que já vi, cintilando sobre uma almofadinha.

Não tenho forças para questioná-la. Ela as trouxe para mim antes de escutar meu relatório. Pouco importa se fez isso para me agradar, me dando presentes, ou para me lembrar de meu dever. Ela os entrega a mim agora com um único objetivo: *usá-los*.

Acaricio a coroa com os dedos, a única joia dentro dos pacotes que não me acompanhou quando saí de Amaravati. É uma coroa simples adornada com ouro muito delicado. É grande demais para minha cabeça, mas, enquanto a observo, ela começa a se encolher, fica exatamente do meu tamanho, um enfeite para a cabeça igual à auréola de um deva, como luz do sol derretida. As membranas douradas da coroa parecem líquidas ao toque. Reluzem milhares de cores, apanhando o luar e as joias de Rambha, transformando ouro em turquesa, esmeralda em safira.

Mais poder do que jamais senti irradia do ornamento, me preenchendo. O puxão em meu umbigo se torna uma atração forte, me dizendo que não é um diadema comum. Isto pertence a Indra.

Fito Rambha, com amargura adentrando em minha boca.

É a mesma coroa que uma vez ela disse desejar ver em mim.

— Não vou dizer a você o que fazer — declara ela, baixo. — Mas, pelo seu próprio bem, considere com o que você consegue viver pelo resto da vida imortal, e o que vai assombrá-la para sempre. Vou voltar ao amanhecer para ver como se saiu. Faça a escolha certa, Meneka. Quando eu contar ao senhor tudo o que me contou, ele vai querer agir. Tem esperado para usar o vajra e decapitar esse mortal. Essa pode ser sua última chance. A última chance de *Kaushika*.

Abro a boca para falar, mas ela já desapareceu no vento de Amaravati, e estou sozinha de novo na floresta.

Por um longo momento, encaro o pacote nas mãos, o diadema piscando inofensivo, me convidando a obedecer a ela e a meu senhor. Fecho os olhos e tento bloquear seu poder, mas o puxão em meu umbigo é forte demais, um laço e uma coleira me prendendo a Indra.

Fazer uma escolha? Não tem nenhuma escolha.

Sinto um tremor.

Como se fosse um sonho, eu me aproximo do lago e começo a me despir, dobrando as vestimentas do eremitério com cuidado e as guardando atrás do obelisco de pedra. Ando até a água, a frieza trazendo arrepios para minha pele. Uma parte minha torce para que o frio me desperte do horror do que estou prestes a fazer, que clareie minha mente. Só que tudo parece acontecer em um fragmento congelado de pesadelo. Eu me banho ao modo das apsaras, rezando para o senhor Indra, pegando a água com as mãos e jorrando-a sobre a cabeça enquanto murmuro, mas a oração é feita de cor, as palavras não incitam devoção — não agora que ajo por coerção. Em vez disso, meu coração bate acelerado de terror e vergonha. No instante em que eu criar minha primeira ilusão, Kaushika me verá por quem sou. Ele me desprezará, me destruirá, e eu serei incapaz de fazer qualquer coisa a respeito disso, perdida em meu caos. E, se eu não for em frente... se não tentar seduzir Kaushika...

Um soluço sufocado se constrói na garganta enquanto imagino o vajra cortando a cabeça de seu corpo. Viver — mesmo que como uma serva — não é melhor do que nem viver? Se eu o amo de verdade, esse não é o único modo de salvá-lo? Meu rosto fica quente de lágrimas, e me sinto paralisada, incapaz de pensar em uma alternativa.

Aos poucos, emerjo do lago, a pele brilhante. Do pacote que Rambha trouxe, retiro os óleos e perfumes. Eu os massageio no cabelo e na pele, cada ato lento, sabendo que, não importa o que aconteça, nunca farei isso de novo. Um pequeno espelho acompanha os cosméticos, mas não consigo suportar meu reflexo, então, sem nenhum auxílio, delineio meus olhos com kohl e pinto os lábios de vermelho com tinta cremosa de hibisco. Não preciso do espelho; consigo fazer essas coisas dormindo. O soluço finalmente me escapa, pois sei que o que deveria ser uma ação de empoderamento é, na verdade, apenas uma evidência de minha vergonha.

Quando remocvo as roupas do pacote, minhas mãos tremem tanto que quase solto a seda. Visto a blusa, que se ajusta bem nos seios, me comprimindo. Envolvo o sari prata brilhante na cintura e, embora seja o luar capturado, a textura delicada, não consigo respirar. A presença de Indra me sufoca, tensionando cada ornamento que coloco em mim. O colar de pérolas. Os braceletes de cristal. Os brincos jhumkas leves como uma pena. Em certo momento, esses lembretes do poder de Indra teriam me dado alegria e paz. Agora é tudo uma coleira, me puxando para a inevitabilidade. O poder de Amaravati floresce em mim, e meu coração se encolhe.

Magia celestial cintila na ponta de meus dedos. Ela energiza minha pele.

Sou uma prisioneira e a culpa é minha. Sou um feixe de luz estelar. Sou etérea, sobrenatural, onírica.

A mata se agita a meu redor, reagindo a toda a magia das joias. Folhas se mexem, as próprias árvores cantam. O diadema de Indra brilha em minha cabeça, afundando-se em meu cabelo. O pente amadeirado de Kaushika está pressionado contra o diadema e, embora minha magia celestial seja poderosa demais comparada à magia prana, o prana selvagem aguarda também.

Eu a uso agora, pronunciando primeiro um chamado sussurrado a Kaushika, depois o canto para força e movimento. Desenho as runas, os troncos caídos se erguem silenciosamente ao redor do lago. Eles criam uma ponte que me leva até o centro, onde a água se solidifica em gelo cintilante.

Não sinto o frio sob os pés descalços. Ajoelho-me no centro como uma oferenda, inspirando a floresta, banhada por raios lunares. Sou uma figura brilhante no meio deste lago silencioso. Sou um sonho, um segredo. Mudras formigam na ponta de meus dedos, querendo se formar, mas eu as reprimo. Ainda não... está cedo para começar a ilusão.

Kaushika logo estará aqui. Meu chamado demandava urgência e privacidade. O desespero bate asas dentro de mim, precisando que ele se aproxime, mas há medo também — por nós dois e nossa vida. Pelo menos não haverá mais enganação. Finalmente vou revelar meus segredos, com toda minha vergonha e glória. Ele fará o que quiser, assim como farei o que devo.

Fecho os olhos, escutando meus próprios batimentos. E aguardo.

Capítulo 20

Abro os olhos depressa quando sinto o cheiro de jacarandá no ar. Sei que é ele; reconheceria Kaushika em qualquer lugar. Em apenas alguns meses, ele já se tornou tão familiar para mim quanto o ritmo de minha respiração.

Ainda assim, vasculho as árvores quando não o avisto — e encaro em choque a transformação silenciosa da floresta. As árvores circundando o lago estão radiantes com feixes de luzes, lembrando bagas de poeira dourada, frutas exuberantes, maduras e prontas para serem colhidas. Uma música suave cerca o ar — não uma melodia de verdade, mas um *zumbido*, como o do eremitério. A brisa, a água lapidando, o canto de um animal distante... tudo parece notas dessa canção silenciosa.

Minha beleza ressalta essa magia estranha. Arco-íris cintilam de minhas joias, apanhando o luar, as lascas de gelo, a luz de minha aura. Eles se espalham a meu redor, os ângulos caindo em meus cílios e em meu pescoço, iluminando a cintura e a boca levemente aberta.

Aos poucos, me levanto. Eu que fiz isso? Não comecei nenhuma ilusão nem curvei nenhuma mudra. Não criei nenhuma runa também, mas procuro dentro de mim e vejo o laço dourado de Amaravati se entrelaçando com meu prana. Meus dois poderes se harmonizam em um encantamento estranho, e percebo que, seja lá o que fez isso, não é uma simples combinação de duas magias. Neste momento de perigo e destruição, o poder em si tomou uma decisão do que deve ser. É o mesmo que usei com o halahala, a força espelhada que refletiu Kaushika de volta para mim, uma magia que existe bem além de minha espécie.

E então o vejo.

De pé na margem oposta a mim, ainda vestido com as roupas de algumas horas antes.

Mesmo a essa distância consigo ver que seu rosto está ininteligível.

A missão, as palavras de Rambha, o canto que usei para chamá-lo — tudo cai de volta sobre mim, me esmagando. O momento de maravilha rodeando a magia se evapora. Eu o encaro, incapaz de dizer qualquer coisa, incapaz até de me mover, o terror fazendo meu coração martelar. Quanto tempo até ele acabar comigo? Quanto tempo até eu o trair? Eu deveria começar a dança, criar as mudras, mas fico parada, congelada, uma estátua feita de prata e brilho, observando-o se aproximar.

Ele chega perto da ponte que construí. Seu poder e graça, sua fluidez enquanto se aproxima, me dominam, deixando minha respiração irregular. Está quase perto, e, com atraso, ergo o queixo, tentando não tremer com todas as minhas forças. Ele está a um sussurro de distância, a curiosidade no rosto, os olhos livres de luxúria seduzida, nem um pingo do vazio que passei a esperar dos outros alvos.

— Meneka — murmura, e olha ao redor para os feixes de luz ricocheteando das árvores. — Você fez isso?

Assinto, mas não digo nada.

— Como?

Analiso a floresta incandescente.

— Eu... não sei — murmuro. — Não... não fiz por querer.

Kaushika assente devagar como se entendesse algo em segredo, depois solta um sorrisinho pesaroso.

— Eu nem devia perguntar. Você é o poder incarnado. É a magia em carne e osso. É gloriosa.

Suas palavras são tudo o que sempre quis escutar e, embora o olhar dele esteja claro, há uma admiração profunda ali também, como se ele fosse um alvo. Ele me examina, absorvendo minha aparência, e inspiro profundamente, tentando me manter em meu caminho, as mãos soltas nas laterais, querendo se curvar em mudras.

Kaushika esfrega uma ponta de meu sari com o polegar e o indicador.

— Onde encontrou essas roupas?

— Você não é o único que vem da realeza — respondo, engasgada.

Ele curva a boca em um sorriso divertido, mas então joga a cabeça para trás a fim de encarar meus olhos e finalmente nota meus tremores.

— Você está com frio — declara, de rosto franzido.

Balanço a cabeça. Não é o frio que faz meu corpo tremer, mas ele já está estalando os dedos. O calor gira ao redor em espirais de vapor, e de repente ficamos encasulados em uma quentura confortável. Através das mechas rodopiando, ainda vejo a floresta além, reluzente, mas sei, por instinto, que estamos abrigados com privacidade, protegidos pela magia.

Ele ergue meu queixo com a junta dos dedos.

— Tudo isso é para mim?

— É — sussurro.

— Para quê?

Para salvar sua vida, penso. *Para salvar minha cidade. Para provar minha devoção.* As palavras se chocam em minha cabeça em uma neblina tempestuosa, muito perto de saírem, mas, neste instante, enquanto encaro seus olhos, outra verdade surge, e solto:

— Porque eu te quero. Eu te quero há um bom tempo.

Porque eu te amo, adiciono em silêncio, me impedindo antes de dizer algo que não possa retirar.

Ele fica em silêncio por tanto tempo que o medo retorna, fazendo meu coração martelar.

O que estou fazendo? Eu devia estar *dançando*. Mas as joias do paraíso me puxam para baixo, e minhas intenções ficam borradas na mente, e ele ainda está tão indecifrável, é tudo tão demais, que não consigo respirar, não consigo *respirar*...

Kaushika se inclina e captura minha boca em um beijo. Ele segura minha cabeça, e um gemido foge de mim enquanto sua língua devora meus lábios. Ele tem gosto de calor, desejo e pura fome, e de repente nada existe além deste momento. Nada de Rambha. Nada de Indra. Nada de missão. Nada importa exceto o que vivemos neste instante, e ele não para. A língua me pune e me acalma na mesma medida, em um segundo me devorando com golpes ásperos, no outro alisando meus lábios, a boca beijando a minha com sussurros delicados. Ergo as mãos para envolver o pescoço dele, as unhas afundando na pele macia, e começo a ofegar, devolvendo cada beijo dele com outro, reivindicando sua boca quando ele para, a fim de recuperar o fôlego. O desejo acaricia meu âmago com a familiaridade do sabor, com o quanto preciso dele neste momento de honestidade e dissimulação misturadas.

Cubro os lábios dele com os dentes, mordiscando até mesmo enquanto ele me pune com chicotadas ousadas da língua, com fome.

Não quero parar. Não quero que isto acabe. Não quero acordar deste sonho, onde o beijo é puro e imaculado, com nada além de avidez um pelo outro. Onde posso simplesmente me perder e não ter que pensar em nada mais exceto o *agora*.

Com um grunhido em minha boca, Kaushika se afasta. Estou tremendo de novo, só que desta vez não é nem de frio nem de medo. Eu o observo, e seu peito sobe e desce.

— Você me quer — afirma ele, e assinto, a respiração irregular.

Eu o quero. É a única verdade que sei neste momento.

Ele sorri, um sorriso meio inclinado que revela as covinhas, e leva a mão até meu pescoço para destravar as correntes de Swarga. Uma por uma, ele desprende todas. São alguns dos amuletos mais preciosos de Amaravati, cheios de enorme magia, mas ele as joga no chão, as pérolas e safiras deixadas de lado como uma pedra qualquer. Tilintam quando caem no gelo, mas Kaushika e eu não tiramos os olhos um do outro. Eu o observo, sem fôlego, enquanto seus dedos deslizam de meu pescoço nu até os brincos, que ele remove também. Tira as presilhas de meu cabelo com os dedos grossos até que mesmo o diadema de Indra e o pente de lua crescente se juntem à pilha no chão. Minha cabeça formiga com o toque, e um suspiro áspero salta de meus lábios.

Ele fita minha boca como se ela fosse uma fruta saborosa, o desejo profundo em seus olhos.

— Mesmo que esses amuletos sejam poderosos — sussurra Kaushika —, você não precisa deles. Nunca precisou. Não comigo.

Estremeço, arrepios irrompendo sobre minha pele. Seu toque é como uma brisa que formiga, e os dedos raspam por meu pescoço e queixo. Ele se curva e se aninha em mim, traçando beijos em minha bochecha, no canto da boca, e no lugar macio perto da orelha. Kaushika inspira profundamente, e o som quase me desfaz. Eu me debato em seu aperto, mas ele me mantém firme, os dentes raspando meu pescoço enquanto ele chupa devagar, sem pressa, a pele delicada. Um arquejo é arrancado de mim, e me contorço mais, ficando desconfortavelmente úmida. Fecho os olhos em uma agonia deliciosa. Se ele não estivesse me sustentando, eu cairia.

A luxúria cresce em mim, quente e pesada, e quero me inclinar e beijá-lo. Quero pegá-lo pelos braços, tê-lo bem pressionado contra mim, mas o instinto me diz que não devo me apressar. Kaushika não está fazendo isso só por mim, mas por si. Meu cabelo cai grosso e pesado em meus ombros, solto da trança de apsara, e ele o manipula, com um grunhido na garganta, dando um puxãozinho muito leve antes de o liberar. Um meio soluço foge de mim quando meu âmago se agita com fogo.

Aos poucos, bem aos poucos, ele ergue a mão e puxa as pontas do sari de meus ombros. O pallu cai, balançando em minha cintura como uma cauda. Não noto quando faz isso, consumida demais pela luxúria, mas, antes que me dê conta, ele desabotoou minha blusa. Retira meus braços dela, descartando a roupa para que eu fique de pé em um rio de sári, meus seios nus.

Kaushika então dá um passo para trás, e seu olhar queima enquanto me examina.

— Você é linda — afirma, baixinho. — Mais do que pensa.

Já ouvi palavras parecidas, mas estremeço mesmo assim, porque, pela primeira vez, essas palavras não são ditas só sobre meu corpo. Só Kaushika viu de mim o que mais ninguém viu. Meus mamilos ficam duros no ar puro, e Kaushika segura um seio, roçando o mamilo com o polegar para um lado e para outro até se tornar quase doloroso. Reprimo um grito, e jogo a cabeça para trás, bem quando ele baixa a dele e chupa o outro mamilo. Minha mente fica desfocada. Seguro nele quando minhas pernas quase cedem, mas ele continua chupando, me levando ao cume do prazer antes de virar para esbanjar atenção ao outro seio.

Os sons que escapam de mim são metade gemidos, metade soluços. Quando Kaushika para, abro os olhos e tento tocá-lo, mas ele está se ajoelhando diante de mim. Eu o encaro, maravilhada e com as pálpebras pesadas, enquanto ele desfaz o restante do sári, amontoando-o longe em um fluxo cintilante. O resto de minhas joias também se vai, e ele puxa minhas roupas de baixo de seda. Saio delas como se estivesse em uma névoa, e ele as joga longe.

E então fico aqui, completamente nua enquanto Kaushika se ajoelha na minha frente. As mãos dele pousam em minha cintura, polegares pressionando meu quadril com força. Seu corpo todo treme, a cabeça curvada. Ainda está completamente vestido, o cabelo ainda no coque de sábio.

— Você me quer — repete ele, baixo, e é quase como se estivesse falando consigo mesmo. — Mas você me tem desde o primeiro momento que nos vimos. Você me tem agora e por quanto tempo desejar, de qualquer forma que desejar. E eu... — Kaushika finalmente ergue a cabeça, e seus olhos brilham. — Eu quero você livre. Quero você sem amarras. Quero você poderosa.

Arregalo os olhos. Vejo-me através dos olhos dele. Invencível. Linda. Uma deusa. Pelo casulo de calor que Kaushika conjurou, a magia da floresta ruge para mim, sentindo o reconhecimento de mim mesma. Não entendo, mas estou aqui, assim como ele, e talvez seja porque não estou mais com o peso das joias de Indra, talvez seja porque estou finalmente me apresentando como *eu*. A magia explode de mim em uma erupção de esplendor ao reconhecer minha natureza, e nós dois arquejamos, vivos, gloriosos e famintos.

Kaushika me pega pela cintura e me deita. Tenho apenas um instante para me espantar com o fato de ele ter conjurado uma cama de folhas de algum jeito, e me deitar não no gelo duro, mas em musgo macio e almofadado. Ele arreganha meus joelhos, e um arquejo se contorce para fora de mim enquanto Kaushika se abaixa e passa a língua em minha entrada. Arqueio as costas e grito o nome dele. O prazer corre através de mim quando sua língua encontra o local sensível, e afundo mais os dedos na pele dele até quando meu quadril se ergue buscando mais.

— Eu... eu...

As palavras falham, mas ele não me dá tempo para pensar. Suas mãos abrem mais minhas pernas, prendendo os calcanhares nos próprios ombros. A língua mordisca e provoca o botão dentro de mim, lambendo, alisando, circundando até eu ficar irracional, o corpo se contorcendo. Uma espiral de calor cresce, cada vez mais tensa, e abro os olhos, a visão borrada pelo prazer infinito. A magia em mim se agrupa como uma corda, e minhas pernas tremem de forma incontrolável. Não tenho perguntas, nenhuma dúvida, nenhum plano, nada além de puro prazer. Kaushika se afasta e insere um dedo, e eu grito de doce alívio, precisando de mais.

É demais. Não é o bastante. Arranho as mãos na urze, sentindo o gelo debaixo dela. Movo-as em direção a ele, e Kaushika insere outro dedo, pressionando paredes sensíveis, alternando entre a boca e a mão. O ataque duplo me desarma.

Um prazer quente e aterrorizador me percorre, e arqueio as costas. Meu grito sai rouco e selvagem quando Kaushika me lambe até as ondas do orgasmo me atingirem, a língua áspera e faminta.

Enfim, eu não aguento mais.

O êxtase ondula pelo corpo, levando tudo meu embora, e nada existe além dessa sensação. A agonia ardente perfura minhas costas, meu crânio, meus ossos, e poder se entrelaça em meu cerne, cru e vivo. Ondas de prazer infinito correm por mim, uma após a outra, até eu ficar encharcada na parte de baixo. Eu me fragmento em milhares de pedaços de luz, a mente esvaziando.

Estou tremendo quando volto do abismo. Vago os olhos para o luar, e não consigo acreditar que trouxe *ele* aqui para ser seduzido. Que tudo isso devia ter acontecido de forma diferente. E que tudo nisso foi, de alguma forma, perfeito.

Eu me sento e o pego me fitando, ainda de joelhos. Enfureço-me ao vê-lo completamente vestido, mas não há vitória em seus olhos. Há apenas humildade e cautela, como se não conseguisse acreditar que está aqui comigo, que *ele* está maravilhado com a boa sorte.

— Meneka? — chama, com cuidado.

Eu me inclino e seguro o colarinho de seu kurta.

— Tire as roupas — ordeno.

Ele arqueia uma sobrancelha.

— Não temos que...

— Eu quero — interrompo. — Você quer?

Kaushika sorri.

— Mais do que tudo.

Assinto.

— Então tire a roupa.

Ele não argumenta dessa vez. Kaushika obedece e arranca o kurta, deixando o peito musculoso nu. A calça também sai, e ele se ajoelha sobre mim, alto, bonito e poderoso. Acaricio a rigidez da base até a ponta, e ele grunhe e enterra as mãos em meu cabelo quando me inclino para beijá-lo — mas então o puxo para baixo em um movimento rápido de troca, deitando-o de costas.

Os olhos de Kaushika ardem quando monto nele, minhas pernas ao redor das dele. Não falamos enquanto guio seu comprimento para dentro de mim, mas, no momento em que nos tocamos, os dois arquejam. Ele agarra minhas coxas e se empurra contra mim até estar completamente dentro. Seus olhos brilham e um gemido ondula por nós dois com a sensação incrível que é senti-lo lá dentro, perfeita.

— Estou te machucando...? — começa, mas não o deixo terminar.

Mexo o corpo, e ele move o dele em resposta. É nossa primeira vez juntos, mas não é delicado nem brando. É difícil, rápido e *bruto*, e os gemidos de Kaushika se rasgam para fora dele, nossos corpos suados enquanto ele estoca. Coloco uma mão em sua barriga musculosa, e a outra vai à perna dele. As mãos dele em minha cintura seguram forte o bastante para deixar marcas.

E, antes que o torpor do prazer me tome mais uma vez, tenho um pensamento final. Não estou mais perto de meus objetivos de seduzi-lo como uma apsara. Sempre estive perdida com ele. Mas, hoje à noite, fui encontrada.

Fazemos de novo. Tantas vezes que perco as contas.

É doce. É doloroso. É intoxicante. Exploramos o corpo um do outro. Aprendemos o que nos faz arquejar, o que nos faz rir, o que nos deixa inconsciente. Nós empurramos as mãos um do outro para longe e nos apertamos mais forte. Ele me segura, metendo em mim por trás, puxando meu cabelo e grunhindo que não acabou quando tento me mexer. Eu o monto de novo e, sob mim, seus olhos brilham, a respiração selvagem. Ele curva os dedos em mim, um e depois outro, acariciando, impulsionando até eu perder os sentidos de novo e de novo. Eu o alivio com a boca, chupando e lambendo, engolindo-o bem fundo na garganta, e ele arqueia as costas, segurando minha cabeça, me guiando para cima e para baixo do jeito que precisa.

Aos poucos, a magia ao redor se dissipa. Quando ele descansa, os olhos fechados e a respiração tranquila, pego todas as joias descartadas, até a preciosa coroa de Indra, e as jogo no lago. Fico de pé sobre ele, despida, com o cabelo solto, encarando as profundezas da água enquanto a lua viaja pelo céu noturno e dá lugar a um baú de tesouros. Eu me encaro na água, o reflexo borrado com as ondas. Meu corpo esfria, arrepios irrompem por toda parte, mas não estremeço.

Uma lucidez cai sobre mim. Não vem de conhecimento, pois não consigo entender totalmente o que fiz. Não. É uma lucidez de estar certa mesmo sem o conhecimento. De estar segura de mim. Sei que é fragilidade e tolice minha. Mas é amor, e o que é mais tolo do que o amor? O próprio Shiva quase destruiu o universo quando perdeu Sati.

Usei magia, tão forte e incompreensível que nem a entendo. Kaushika e eu nos deitamos. Fiz o que Rambha me pediu para fazer, mas fiz por ela? Os olhos de Kaushika estão claros, ardendo com inteligência e gentileza como costumam fazer. Rambha voltará em breve, querendo saber como me saí. O que vou contar?

Ela surge em minha mente, desbotada e incolor, o cheiro de anis-estrelado só uma lembrança. Encaro meu reflexo nu no lago e vejo como eu e ela nunca poderíamos ter dado certo. Éramos alvos uma da outra. Entretanto, a forma da sedução de Kaushika sempre foi a minha. Ele me deu permissão para amá-lo do jeito que preciso. Eu lhe dei permissão para viver em meu coração. E agora, que fui finalmente honesta comigo mesma, posso ser honesta com ele. Posso contar quem sou e confiar que ele acreditará em minhas intenções.

Kaushika chama meu nome, e eu me viro e sorrio.

Ele se levanta e veste a calça. De peito nu, me oferece seu kurta. Meu sári, assim como as joias, está no fundo do lago. Coloco a camisa dele com cuidado e prendo o cabelo usando o pente de madeira em forma de lua crescente. Eu o fito de forma questionadora.

— Isso que você fez — começa Kaushika, e então para, sacudindo a cabeça. A mão dele pousa despreocupadamente em minha cintura, e ele observa a floresta ao redor, examinando as cores douradas da magia residual. — Meneka, você é mais poderosa do que tudo o que consigo contemplar. Você nem sabe a extensão de seus limites, muito menos a forma deles. Se realmente se permitir liberá-los...

Não sei o que dizer. Sigo o olhar dele e tento dissecar o que vê. As luzes douradas e reluzentes nas árvores ainda lembram bagas de frutas. Já criei ilusões mais poderosas do que essa, mas, de novo, não sei como fiz essa magia agora. Simplesmente fechei os olhos, esperando por Kaushika, e ela jorrou de mim.

— Acho que é parecido com o que fiz com o halahala — comento, baixo. — Um tipo de combinação de certas magias.

— Também acho — concorda Kaushika, embora eu saiba que, por *combinação*, ele entende o poder da própria magia com a minha, sendo que estou falando do poder dourado de Amaravati e do prana selvagem dentro de mim. Ele continua: — Venho pensando em como você me ajudou com o halahala. Duvidei, até conferi textos antigos, tentando entender... tudo o que descobri é que foi poder entrelaçado de um jeito raro. Ainda assim me contou outra coisa.

Inclino a cabeça para ele, notando o olhar sério em seu semblante.

— O quê?

— Já passou da hora de eu mostrar a você algo a que tem direito desde o incidente com o halahala — responde Kaushika. — Já passou da hora de eu compartilhar a verdade sobre mim.

Eu me aproximo dele.

— Kaushika — sussurro, o coração acelerado. — Eu tenho que compartilhar uma verdade com você também.

— Me deixe fazer primeiro — pede, e o fantasma de um sorriso passa rapidamente por suas feições.

Quero insistir que o meu é mais importante. Que o que eu falar pode mudar as coisas. Aqui está, enfim, a verdade que vinha querendo lhe contar há tanto tempo... sobre quem realmente sou.

Só que, ainda me segurando, Kaushika fecha os olhos, e um canto emerge de seus lábios. Já o ouvi antes, e os pelos de minha nuca se eriçam. À frente, o ar tremula como se uma pedra tivesse sido jogada na água. Ele se parte, e uma brisa de verão chega até nós.

Arregalo os olhos.

A ideia de compartilhar minha verdadeira identidade voa da mente diante disso.

Essa é a campina. A campina *dele*.

Kaushika retira a mão de minha cintura e a oferece para mim. Perplexa, eu a pego.

E adentramos juntos.

Capítulo 21

A campina me ataca na hora, poderosa, potente, mortal. Ela se estende por quilômetros ao redor, a grama alta reluzindo como ouro. O zumbido de insetos e abelhas preenche meus ouvidos. Colinas se erguem ao longe, azuis e indistintas, e ouço uma correnteza tilintar em algum lugar. A aurora surge no horizonte e, embora eu me lembre de que Rambha em breve retornará ao lago, fico hipnotizada com a campina. Ela se estende até onde consigo ver, montanhas crescendo distantes. Kaushika criou isso? É um reino digno de um deus.

A beleza é exuberante, mas, de alguma forma, não consigo apreciá-la totalmente. A aflição começa a se retorcer sob minha pele assim que entramos. Algo está me dizendo para olhar por trás desse véu de beleza, como se fosse desmascarar uma verdade terrível. Como se tudo fosse uma *ilusão*. Tento respirar fundo, mas meu peito parece vazio apesar da doçura do ar. Meu laço com o paraíso se agita, em pânico, tentando escapar pelo portal por que viemos. Eu me desconecto da Cidade dos Imortais aqui e não entendo o motivo. Independentemente de onde fui em missões, Amaravati sempre viveu em meu coração. Nem mesmo o exílio poderia fazer isso, contanto que Amaravati exista, *eu* existo e...

Arregalo os olhos em compreensão. *Crime contra a natureza*, falou Agastya sobre a campina. *Uma abominação*, declarou Vashishta.

É porque não estamos mais dentro dos três reinos. Esse não é um domínio qualquer. Kaushika construiu outro reino, um que não reconhece Amaravati. Onde nada relacionado a minha casa existe. Meu poder se move, ondas se chocando em uma tempestade no mar, uma besta solta, insegura, assustada. Os raios do sol ainda brilham neste lugar. Significa que o senhor Surya foi replicado? Kaushika conseguiria criar outro Indra com o próprio poder, se quisesse?

De repente, não consigo mais enxergar a beleza deste lugar além do horror. Seguro a mão de Kaushika, apavorada. Ele pressiona meus dedos em conforto.

Paramos de andar, e o portal reluz atrás de nós, ainda acessível. Quero correr para ele, sair daqui, mas me mantenho firme. Grama dourada nos rodeia, roçando meus joelhos nus, fazendo minha pele se arrepiar agora que sei como é estranha. Kaushika se vira para mim, as mãos pressionadas em meus ombros. Ele esteve observando minha reação. Sabe que entendo.

— Que lugar é este? — sussurro.

— A campina para onde mandei o halahala — responde. — Foi minha única opção, enviá-lo para este reino, removido, já que fica fora dos três lokas. Senão, com o tempo, ele teria envenenado toda a criação. Mas isso teve um custo terrível. O halahala ainda se espalha por aqui. Não podemos ficar muito tempo.

Sigo com o olhar para onde ele aponta. Bem ao longe, as nuvens se amontoam, escuras e espelhadas, bolhas se erguendo delas como um vulcão prestes a entrar em erupção. Giram no ar, e entendo que não são nuvens comuns; é halahala, preso aqui, mas tentando escapar como manda sua natureza.

É por causa do halahala que sinto que há algo de muito errado com este lugar? É difícil pensar, ainda abalada pela ausência de meu laço com Amaravati, mas isso por si só me diz que o halahala, embora aterrorizante, não é a razão de minha inquietude. Esta campina é uma violação *apesar* dele. Halahala é um veneno desastroso, mas é natural, criado do prakriti. Este lugar não é.

Viro-me para Kaushika, incapaz de falar. Ele tensiona o maxilar enquanto fita a nuvem de veneno, aperta minha mão de forma quase dolorosa, como se não percebesse o que está fazendo.

— Tudo o que tentei fracassou — afirma, a raiva marcando sua voz. — Segui o halahala assim que o mandei para cá, tentando prendê-lo dentro de alguma montanha, árvores, ou até dentro de amuletos consagrados que deixo na campina. — Os olhos dele brilham de raiva reprimida. — O halahala escapou de todas as tentativas de aprisioná-lo... por serem fracas.

O melhor que consegui fazer foi permitir que ele poluísse os céus enquanto mantenho a terra livre. Agora o veneno se irrita e se agita, profanando centímetro após centímetro. Criei este lugar para ser um paraíso, e Indra o arruinou mesmo sem nem saber dele. É outro dos crimes pelos quais vai ter que pagar.

— Kaushika — digo, suavemente. — Por favor... por favor, me ouça. Indra não poderia ter feito isso. Ele não pode, por causa do acordo com Shiva. Há histórias sobre isso em meu reino.

Mas Kaushika apenas balança a cabeça e aperta ainda mais minha mão. Ele percorre os olhos pela campina, e seu rosto fica sério, uma linha enrugando o meio das sobrancelhas. A escuridão espuma de novo, o halahala cintilando veneno por este reino.

— Histórias não são provas suficientes, Meneka — responde ele. — O fato de o veneno estar preso no bracelete que Kalyani usava me diz que não foi uma criatura comum que planejou a armadilha. Só alguém tão poderoso quanto o senhor do paraíso poderia ter feito isso. É assim que *tenho certeza* de que Indra é o culpado. Venho pensando nisso sem parar desde aquele dia. As ações dele quase mataram Kalyani... e ele quase matou as pessoas que reuni aqui também. Um motivo para eu correr para cá depois do envenenamento foi para evacuá-las. Até eu conseguir me livrar do halahala, este reino não está seguro, e quem é leal a mim e precisa de um santuário não pode voltar.

— Pessoas que você reuniu — repito, atordoada. — Como assim?

Ele aponta para algo distante e deixo a visão se aguçar. Uma desordem de cabanas pontilha a paisagem, muitas para ser uma mera vila, mas distante demais para saber. De início, me pergunto se é outro eremitério, mas algo nas linhas das tendas é muito uniforme, as trilhas muito firmes, e então vejo o que só poderia ser um campo de luta para guerreiros.

— Um exército — digo, ofegante. — Não só pessoas. Você reuniu um *exército* aqui.

— Reuni — confirma ele. — Todos eles esperam pelas minhas instruções. Estão abrigados com uma pessoa da realeza em quem confio no momento. Vou preparar o ataque a Indra em breve. Ele me forçou a agir. Só esperei até a Mahasabha para ver se os sábios me ajudariam, mas fizeram sua escolha, e não importa mais. Também fiz a minha.

Eu me viro para Kaushika, horrorizada, sabendo que qualquer objeção só vai enfurecê-lo mais. Agora que estou tão separada de meu poder, não ouso irritá-lo. Então balanço a cabeça em negação e digo, engasgada:

— Como? Como criou isso?

— Vou mostrar.

Kaushika fecha os olhos e separa os lábios. Um canto flui dele. Diferente dos anteriores, este parece cru. Inacabado.

A voz dele é tão linda como sempre, só que, se nos outros mantras havia uma qualidade de prática, este é cantado com cuidado, como se o próprio Kaushika estivesse inseguro e precisasse concentrar-se em cada sílaba e em como é entoada.

Enquanto observo, a grama ao redor cresce. A brisa esfria, bagunçando meu cabelo na bochecha. A ponta dos dedos da mão e do pé formigam, e um gosto doce adentra em minha boca. O ar atrás de nós tremula com a canção, e ondas irradiam de Kaushika. Longe de nós, uma colina irrompe, terra silenciosa aumentando e inchando, como se o próprio chão estivesse respirando. Mais longe, a corrente de ar encontra uma parede transparente, ondas batendo contra um domo invisível. Tudo *ondula*, o céu, a terra, até nós dois.

Minha visão estremece. Sei que há uma realidade inacabada para além do muro, esperando ser moldada. Toda magia muda a realidade até certa medida, mas por quanto tempo isso aguentará? Este lugar vai desmoronar se Kaushika desmoronar? Este reino depende dele assim como Amaravati depende de Indra? Como isso torna Kaushika diferente do devas que desafia?

Ele para de cantar e abre os olhos. Por um longo momento, nenhum de nós fala. Observamos enquanto as ondulações do ar se dissipam aos poucos, e o borrão de realidade inacabada se suaviza, um vão se fechando. Nosso olhar encontra um ao outro. As reverberações do canto ainda ecoam em meu coração. Elas se enrolam em minha barriga como uma chama silenciosa. Achei que o canto me horrorizaria ainda mais, mas é dele que vem a beleza deste lugar... vem do próprio Kaushika. No entanto, a escuridão vem dele também.

— Que mantra é esse? — murmuro.

— Um canto para todas as deidades da natureza — responde Kaushika. — Para o sol, a luz, as estrelas. Um canto para as esferas terrenas, celestiais e atmosféricas. Para pétala e canção, para onda e solo, para uma única partícula difusa de luz e para nossas almas imortais. Um canto para tudo manifestado e não manifestado. Esse canto é meu maior triunfo, Meneka. É um convite a todos os poderes que existem, grandes ou pequenos. É um canto para criar e nutrir o universo.

— Não... não entendo — falo, e minha voz sai baixa.

— Indra governa Swarga, e o governa com tirania. Prometi paz ao rei Satyavrat e, se Indra não pode dá-la, então tenho que conseguir eu mesmo. — Kaushika sorri e estende a mão. — Eu criei outro paraíso, meu bem. Um que vai ser governado com justiça. Um que vai *substituir* Amaravati.

Arregalo os olhos em choque. Chacoalho a cabeça, tentando rejeitar as palavras dele, mas a evidência de seu poder me confronta. Eu fiz tudo o que precisava, mas, embora eu mesma tenha mudado desde o início da missão, nunca poderia ter imaginado isso. Bonito ou não, esse canto... este lugar... é o mal. Os sábios têm razão. Kaushika foi longe demais. Engulo em seco, tentando formular as palavras. Tento três vezes até conseguir.

— Por que criou o próprio paraíso? — pergunto, a voz quebrada. — Mesmo se Indra tiver abandonado a humanidade, Swarga ainda é pura.

— É? — devolve Kaushika. — Sendo que Amaravati e Swarga estão conectadas a um deus corrupto? Não, minha guerra não pode parar em Indra. Eu quero usurpá-lo e colocar alguém mais digno no trono, mas até eu entendo que Indra e Amaravati estão irrevogavelmente ligados. Indra construiu a cidade com as próprias mãos, colocou cada tijolo, plantou cada semente. Amaravati vai perder poder sem ele. Almas justas podem nunca encontrar o caminho da cidade sem ele. Por isso que criei esta campina... para permitir que essas almas tenham um santuário antes de serem liberadas para um novo renascimento. Por ora, a campina está frágil e não pode manter almas por uma eternidade. Eu ainda não tenho o poder de fazer uma alma renascer, mas vou aprender. Vou encontrar um jeito para cumprir meu juramento.

— Ninguém tem esse poder — declaro, alarmada. — Nem Shiva. Permitir o renascimento é a natureza do *universo* em si, que morre e renasce a cada segundo. Até Swarga existe como uma casa temporária para as almas, guardando-as até ser a hora de reencarnarem.

— É esse o conhecimento de que preciso — rebate Kaushika, e há uma nota de frustração em sua voz. — É por isso que devo continuar no caminho como rishi, talvez até eu me tornar o maior rishi que há. Apesar de toda a beleza e do poder, este lugar ainda está morto, desconectado do prana. Consigo realizar magia aqui, e a campina *me fortalece* assim como Amaravati fortalece Indra. Só que é inútil para os outros, que precisam voltar para o outro reino para revigorar a força de vida. É a fraqueza da campina.

— Os outros sábios não vão deixar você fazer isso — digo, desesperada. — Não vão ajudá-lo a descobrir esse segredo.

— Os outros sábios já tentaram me impedir, mas não têm nenhum poder aqui. Eles seguem o caminho de Shiva, Meneka; não vão interferir. Fazer isso seria exaurir seus tapasya, e estão focados demais no desejo de iluminação. Quando forem ver com atenção... — Kaushika dá de ombros. — A essa altura, eu terei sido bem-sucedido, e eles saberão que nunca foi preciso me impedir.

As palavras falham comigo. Só consigo encará-lo.

Kaushika segura minha mão.

— Vem — diz ele. — O exército partiu, e é tudo o que posso fazer para não deixar o veneno acabar com este lugar. Os outros sábios vão chamar Shiva para levá-lo embora, ou eu farei, mas até lá a campina não é segura para nós.

Passamos de volta pelo portal para o reino mortal. O *verdadeiro* reino mortal.

Respiro fundo quando chegamos, folhas, solo e magia explodem em mim, acordando e me reconectando a Amaravati. Meus joelhos tremem de leve, mas o reino era uma ficção do poder dele, finito em sua existência. Meu prana se encolheu lá, como se estivesse enclausurado em um vácuo. Sinto-me grata por estar de volta, pelo calor da verdadeira aurora acariciando minha pele. Mesmo assim, estremeço de apreensão, encarando o entorno.

Nada resta da noite de intimidade que Kaushika e eu tivemos aqui. Nenhum gelo, nenhuma magia, nada além de uma lembrança. Com a manhã, tudo se dissolveu, mas ele ainda está aqui, me vendo vestir as roupas do eremitério. Ele não me interrompe, porém sei que está esperando que eu fale. Minha mente gira com tudo o que me contou. Tento organizar meus pensamentos. Minha intenção mudou desde o começo da missão. As ações de Kaushika um dia foram imorais para mim, mas passei a entendê-las. Ele não era nada além de um alvo, mas agora é tudo. Ainda assim, o que fez com a campina é demais. Preciso que veja isso. Apesar do que Rambha disse, consigo fazê-lo voltar à razão. *Tenho* que conseguir.

Viro-me para ele.

— Se tiver outro jeito de cumprir seu juramento, você abandonaria essa guerra contra Indra e Amaravati?

Ele franze o rosto.

— Agastya sugeriu isso também. Para pensar em outras formas de dar paz à alma do rei Satyavrat em vez da campina. Mas, depois do que Indra fez com o halahala, não dá para dialogar com o rei deva. E Indra não pode ficar em Swarga, Meneka, nem Swarga pode existir sem ele. É o único jeito. Não podemos ter dois paraísos.

Lembro-me dos embaixadores gandharva que Indra mandou.
— Você nem tentou falar com ele — afirmo.
— Porque sei que é inútil — responde Kaushika, impassível. — Você mesma disse que ele não vai me permitir ditar quem reside em Swarga. Além do mais, deixei meu povo porque conseguia ver o dano que o reinado dele tem causado. As orações não respondidas. O próprio ciclo de nascimento e renascimento partido. Indra permite apenas devotos em sua casa, mas determina quem é ou não. Em um mundo que está mudando... — Seus olhos se endurecem, e ele balança a cabeça.
— Se Indra ficar sabendo dessa campina... — começo.
— Não vai. Bem pouca gente sabe dela. Os sábios sabem. Eles sentiram a magia que eu estava fazendo durante os muitos anos que levei para criá-la. Anirudh e Romasha sabem também, mas são leais a mim. — Kaushika se aproxima. — Você é a única outra pessoa a quem confiei isso.
Sinto o laço de Amaravati dentro de mim, vivo e dourado.
— Por quê? — sussurro. — Nós não conhecemos um ao outro completamente ainda.
— Quero que se junte a mim — explica Kaushika. — Quero você do meu lado. Não consigo fazer isso sem confiar em você.
Balanço a cabeça. A reação dele não me surpreende, mas Kaushika acha que tem o elemento surpresa. Ele não sabe que o senhor já está se preparando para a batalha.
— Indra vai destruir você. Não posso ver isso acontecer.
— Ele vai me destruir com mais facilidade se você não estiver comigo.
— E o halahala? — pergunto, desesperada. — Ainda não acredito que foi Indra.
— Meneka — insiste ele, segurando meus ombros. — Não consigo fazer isso sem você.
Sustento o olhar de Kaushika, em pânico.
— Você ia fazer antes.
— Sim. Só que agora...
Sua expressão vacila, e um tremor passa por ele. Segura minha cintura e se inclina, roçando meus lábios com os dele. Kaushika não me beija. Simplesmente fecha os olhos e pousa a testa na minha. Seu hálito parece uma oração.
— Temo que vou esquecer meu caminho sem você — sussurra. — Fiz uma vez, e estou reparando meus pecados todos os dias. Tapasya me dá poder, Meneka, mas, quando eu exaurir cada pedacinho dele, ainda vou

ter poder por causa do amor. Você me lembrou disso, e continua me lembrando apenas por ser quem é. E preciso desse poder desesperadamente. Para me absolver da minha maior vergonha. — Ele me solta e se aproxima do obelisco de pedra oculto nas árvores.

Eu o fito com curiosidade, sem entender. Kaushika tira os galhos baixos do obelisco. Seus olhos ficam tristes.

— Tudo está ligado a Indra — diz, baixo. — Meu passado, meus juramentos. Até mesmo meus erros.

Ele abre a boca e canta uma canção suave e melodiosa, de arrependimento. Um lamento, uma eulogia, uma canção fúnebre. Tem apenas algumas sílabas, mas reluz ao redor do obelisco como uma coisa viva, e a pedra começa a se mexer, tomando forma lentamente.

— Você me perguntou uma vez como eu sabia que a rainha Tara tinha sido seduzida por uma apsara — começa ele. — Uma apsara foi enviada para me seduzir. Eu estava em profunda meditação, consagrando a campina. O portal estava aberto quando ela chegou diante de mim e começou a dançar. O poder que empunhava me assustou e me irritou, e eu... joguei o peso da minha magia contra ela para me defender. Minha maldição assumiu o controle antes que eu pudesse parar. Anirudh já ensinou a você o jeito como os mantras funcionam. Depois que são lançados, não podem ser alterados. O melhor que eu podia fazer era aplicar uma condição no que fiz, para que ela permanecesse nesta forma até ser liberta por um sábio de coração puro.

Fico imóvel. As palavras de Kaushika chegam até mim junto à compreensão, como se estivessem distantes, separadas por um oceano de horror. Sei do que ele está falando. Compreendo o que está acontecendo. Ainda assim, não consigo aceitar. Quero que não seja verdade. Que ele retire as palavras, as ações, e que eu nunca tenha que saber disso. Quero que ele pare de falar, mas está claro que, depois de todas as confissões e de nossa noite juntos, ele não deseja manter mais nenhum segredo de mim. Sua voz sai mais baixa, mais triste.

— Eu tentei tantas vezes — continua Kaushika. — No dia em que você e eu nos conhecemos, eu estava voltando de mais uma tentativa fracassada de libertar esta mulher. Só que nunca consegui ajudá-la porque *eu* não tenho coração puro. É por isso que eu estava com tanta raiva, meu fracasso me encarando apesar da minha tapasya. É por isso que devo lidar com Indra primeiro. Até cumprir meu juramento ao rei Satyavrat, até equilibrar o carma que me prende com tanta força, não consigo conhecer a pureza, e ela continuará presa.

O mantra se infiltra na pedra. A rocha se move, não mais em uma forma de obelisco arbitrária, mas lembrando uma dançarina, o rosto aterrorizado, braços erguidos sobre a cabeça se defendendo, lágrimas de pedra brilhando em seus olhos. Nanda, que me ensinou algumas de minhas primeiras formas de dança. Nanda, que sabia cantar como um rouxinol. Nanda, arruaceira para uma apsara, suas piadas sempre um pouquinho irreverentes, o sorriso sempre um pouquinho malicioso, e que conseguia me fazer rir até quando me passava os exercícios mais árduos.

Não consigo aguentar. É demais. A briga com Rambha, o prazer que senti com Kaushika, a campina e seu paraíso, e este lago onde meu terror e o perigo dele foram testemunhas de nosso sexo — eles quebram meu momento pasmo de entorpecimento. Um grito horrorizado sai de mim, e cambaleio até a estátua, lágrimas escorrendo pelo rosto.

— Não, não, não — sussurro. — O que você fez? O que você *fez*? — Toco a mão de pedra de Nanda. Viro-me para encará-lo, sem me importar com o perigo que estou correndo. — Onde estão as outras? Cadê Sundari e Magadhi? Você também as amaldiçoou, Kaushika? Onde estão minhas irmãs?

Ele parece confuso por um longo período, franzindo as sobrancelhas.

— Suas irmãs? — pergunta, com dificuldade. — Não, não pode ser. Isso só pode significar que você é...

Ele se interrompe.

Arregala os olhos de dor, negação e compreensão.

— Não é possível — sussurra, como se falasse consigo mesmo. — Eu protegi a floresta depois que Indra mandou gandharvas, sabendo que ele tentaria de novo, mas me protegi de apsaras depois que me encontrei com *ela*. Não achei que Indra ousaria mandar outra, não com ela desaparecida. E você... você consegue fazer magia tapasvin como uma iogue. Nenhum imortal é capaz disso. Eu não poderia estar tão errado. Não é possível.

— Indra me *permitiu* esse poder — solto. — Indra fez isso porque me mandou para cá... estou aqui... você pode não ter acreditado, mas sou uma *apsara*, Kaushika! Sempre fui!

Vomito as últimas palavras, chateada demais para conter o choque e a raiva. Kaushika me encara, o rosto preso no horror de minha confissão, sombreado pela vulnerabilidade da confissão sobre Nanda — e é *essa* expressão que elimina minha raiva, como este momento entre nós dois se deturpou.

Confusão e caos me golpeiam, e o luto lamenta dentro de mim. Não era assim que pretendia contar para ele. Queria que fosse sutil, queria lhe mostrar que o motivo por que vim aqui não importa mais. Minhas razões mudaram por causa dele, e quero explicar que ele é minha antítese e meu espelho, a destruição de minha maya e a conclusão dela. Minha raiva sai de mim com o horror, e tudo o que sinto neste momento é uma profunda tristeza, pelo desperdício por causa de seu orgulho e de minha confusão. Toco o rosto de Nanda, e meu coração se parte em um milhão de pedaços, porque ela me mostra, na pedra macia e na imobilidade, o quanto essa missão estava condenada desde o começo, e o quanto tudo levou a este momento de verdade e colapso.

Minha voz sai rouca quando encaro Kaushika.

— Você vai me transformar em pedra também? — pergunto.

Os olhos de Kaushika lampejam. Ele cerra os punhos, e leio a fúria, a dor, nesse único movimento. Eu espero, magoada demais para me importar se ele atacará.

Mas Kaushika dá apenas um aceno de cabeça, como se para si mesmo. E então se vira, os movimentos rijos.

Cambaleio para frente e agarro o braço dele antes que possa partir. Sei que não vai me amaldiçoar como fez com Nanda, mas a ideia de perdê-lo dessa forma me perturba mais do que sua raiva.

— Não vá! — peço, desesperada. — Podemos consertar isso. Me deixe explicar.

— O que tem para explicar? — rebate ele, os olhos me perfurando. — Eu subestimei demais o senhor da tempestade. Ele ganhou essa rodada. Mas não vai ganhar de novo.

— Ele não ganhou. Não contei... — Mas não consigo completar a frase.

Porque *contei*, sim. Contei a Rambha tudo o que Kaushika já disse para mim, e ela relatou de volta para Indra. Sem dúvida, os devas se reuniram, repassando cada pedacinho de informação, vendo como poderiam manipulá-la. Neste momento, de acordo com Rambha, Indra se prepara para guerra. Baseado em *minhas* informações.

Os olhos de Kaushika brilham.

— Por que se impedir de contar outra mentira, Meneka?

A voz dele é monótona, sem emoção. A dor e a mágoa, puras, mascaradas atrás de uma indiferença fria, partem meu coração.

— Você rompeu meu escudo também? — pergunta. — Olhou meu desejo e plantou a própria imagem? Se Indra ousar me enviar outra apsara, eu gostaria de não ser uma marionete tão fácil.

Ele fala com frieza, como se não esperasse de verdade uma resposta, mas vejo o medo do que fiz a ele por trás dela, de tê-lo forçado a se deitar comigo.

— Eu... eu não plantei nenhum desejo em você — sussurro. — Nunca usei magia em você, Kaushika. Vi seu desejo, e vi a mim mesma, o que me chocou. Só significa uma coisa. Que seu desejo por mim foi genuíno. Sem a contaminação de qualquer magia. Que você me desejou, pura e simplesmente.

Ele não diz nada, apenas continua parado, de rosto franzido. Tiro coragem disso e movo a mão sobre seu braço, tentando acalmar a tensão no bíceps.

— Você devia saber — murmuro. — Algo no seu coração devia saber quem eu era. Depois de tanto defender Indra, você deve ter suspeitado, deve ter aceitado.

A raiva cintila nos olhos dele.

— Então esse é meu defeito? Mesmo que fosse verdade, então tudo o que você fez foi subterfúgio, sendo que não escondi *nada* de você... eu lhe dei *tudo* de mim. Você era minha deusa, minha devi. Se realmente acreditava que meu desejo era meu mesmo, podia ter me *contado* que era uma apsara, sem nenhuma confusão ou pretensão. Podia ter confiado que eu aceitaria você por completo. Eu mostrei que era fraco demais para seus desejos? Para você?

— Você a amaldiçoou... — começo, apontando para a estátua.

— Porque ela tentou profanar minha meditação, meu poder e minha força de vontade! Foi isso o que você fez também? — Ele contorce a boca, e a repulsa nele me abala. — Não acredito que fui tão tolo. Claro, toda a sua sabedoria sobre o caminho da Deusa, sobre a devi. Eram apenas para me destruir, não eram? Minha confiança, minha *arrogância* me cegaram e me fizeram acreditar que, se você conseguia realizar magia de runas, não podia ser imortal. Desde o primeiro dia em que a vi, presumi que sua beleza imensa só poderia significar uma coisa, mas me apaixonei por você contra meu bom senso, contra todos os avisos em minha cabeça, *seduzido* por sua máscara de sinceridade, dando a você o benefício da dúvida. Eu me esqueci. E não é isso o que sua espécie faz? Obriga um alvo a esquecer a própria vontade? Tudo o que você disse foi uma mentira.

Nego com a cabeça em protesto.

— Não foi mentira. — Ergo a mão para segurar o rosto dele. — Kaushika, eu... eu cometi um erro... com certeza você entende isso. Você os cometeu também... com ela...

Acaricio seu rosto, mas ele tira minha mão dolorosamente, como se acabasse de perceber que estou perto demais.

— Não me toque — rosna. — São desculpas. Você fez o que estava na sua natureza. Fingimentos e ilusões. É isso o que uma apsara faz. Você viola. Essa é toda a sua existência, e eu acreditei que era amor, como um tolo.

— *Era* amor — declaro. — *É* amor. Kaushika. Eu amo... estou apaixonada...

— Não — rebate, e agora o calor deixa sua voz. Ele dá outro passo para trás. — Eu era um alvo. Uma missão. Indra a mandou aqui para me enganar. Negue, Meneka. Eu desafio você. — Um suspiro irregular escapa dele. — *Imploro* — sussurra. — Por favor. Negue.

Eu o encaro, e a explicação morre em minha boca. De repente, fico enjoada. Não pensei as mesmíssimas coisas que ele está me dizendo agora? Nunca com tanta brutalidade, nunca com tanta precisão... mas questionei minha natureza do mesmo jeito. Senti vergonha de ser uma apsara, sabendo em meu cerne que sou uma criatura de veneno e perigo, forçando meus alvos a sentir o que sentem, forçando-os a fazer coisas que nunca fariam. Até questionei se *Kaushika*, apesar de nunca se comportar como um alvo típico, confessava as coisas que confessava para mim por causa de meu poder celestial. Eu questionei... mas não parei.

Um silêncio sopra entre nós.

Lágrimas tremem e caem. Eu as seco com pressa. Tento focar, ser metódica, ser clara. Respiro fundo para me acalmar, contando com o treino do eremitério. Do eremitério *dele*.

— Não posso negar — sussurro. — *Era* uma missão. Você *era* um alvo. Mas então se tornou muito mais. Não podia lhe contar porque achei que tinha matado minhas irmãs. Contar a você seria uma traição ao senhor. Sou a apsara dele, obrigada a obedecer e ligada a Amaravati de um modo profundo. Por favor... nunca quis enganá-lo.

— O que você quer não importa muito — responde Kaushika. — É o que você *fez* que deve ser julgado. E te coagir a obedecer é outra coisa pela qual Indra tem que responder. Assim como vou responder pelo que fiz com ela. Isso não é justo? Todos respondermos por nossos erros?

Não posso dizer nada a respeito disso. Ele me prendeu com a lógica, sempre a arma de um sábio.

A boca de Kaushika treme, e ele ergue a mão. Por um instante, acho que, apesar do que disse, pode me perdoar. Que podemos enfrentar isso juntos. Acho que ele vai me tocar, meu cabelo, minha bochecha, meus lábios. Quase me inclino para ele, esperando.

Quando fala, a voz sai baixa, questionadora.

— Eu te adorei — sussurra. — Quando nos deitamos, quando nos beijamos. — Ele baixa os olhos para minha boca, e a dele endurece. Sua mão cai de novo. — Nada do que me falou muda o fato de ter feito tudo de forma intencional.

— Eu te amo — declaro, baixinho. — Por favor, acredite em mim.

— Como posso acreditar? — replica, tão baixo quanto eu. — Como sei que isso não é só outra enganação? Que simplesmente não arrancou meu direito de escolha? Mesmo se eu acreditar em você, como posso confiar em *mim mesmo*, quando se trata de você? Sendo que *eu fui tão cego*?

Nós nos encaramos.

Sua pergunta refina a distância entre nós. Porque, neste momento, não sei como responder. Nem sei se conheço a resposta.

Isso é mesmo amor? Sou capaz disso? Já tirei a escolha de alvos antes, Tara, Ranjani, Nirjar e outros inúmeros mortais. Quebrei minha regra sagrada com Kaushika. Tive muitas chances de contar a verdade para ele, de usar palavras de clareza, para além do redemoinho de emoção. Palavras que lhe mostrariam sem dúvida quem eu era, para além da fumaça de meu poder. Ele não mentiu para mim. Omitiu e levou seu tempo confiando em mim, mas o que fiz foi uma enganação. Toda vez que escolhi permanecer em silêncio, me comportei como uma apsara. E uma apsara sempre foi uma criatura de ilusões. De duplicidade e luxúria. Não de amor.

Ergo a mão em horror. Meus lábios tremem.

Ele assente de novo. Compreende.

A resignação cobre seu rosto. A voz de Kaushika é baixa. Triste. E me quebra.

— Jamais volte para o eremitério se preza por sua vida, Meneka.

E então se vai. Fico sozinha, minha solidão me mostrando quem realmente sou.

Capítulo 22

Não sei por quanto tempo fico aqui, atordoada e de luto, incapaz de entender o que acabou de acontecer. Tento me mover duas vezes, seguir Kaushika e implorar para que veja meu ponto de vista, que *converse* comigo, mas qualquer explicação parece vazia. Fico aqui como se *eu* que tivesse sido amaldiçoada a me tornar pedra, a mente turbulenta, revivendo tudo sobre a campina, o destino de Nanda e as palavras de Kaushika para nunca voltar, tudo que aprendi sobre mim.

Parece que horas se passam. Talvez sejam só alguns segundos.

Meu laço com Amaravati queima, e uma luz cresce diante de meus olhos. De repente, Rambha está de volta, assim como prometeu. Cambaleio, encarando-a. Por um momento, esqueço o luto.

Rambha reluz tanto que fica quase borrada. Sinto uma sensação assustadora de que ela está tentando manter a forma. Que é tão poderosa que o próprio corpo não consegue contê-la.

Então pisco, e a impressão se vai. Rambha fica parada, confiante e linda, com a mesma aparência que sempre teve.

Ainda assim. Algo está diferente. Ela sempre foi adorável — uma das apsaras mais bonitas e sedutoras da corte de Indra, mas agora um poder totalmente diferente irradia dela. A pele ônix cintila dourada, um brilho que me lembra da poeira de Amaravati. O sari, embora envolto de forma sensual, não é mais da cor verde costumeira — a cor que Rambha prefere. Em vez disso, é azul brilhante, uma cor preferida do senhor Indra, que lembra o céu. Os tons se movem nele, nuvens serpenteiam, cada fio me lembrando de um humor diferente do senhor. Até as joias não fazem parte da vestimenta de uma apsara. Os braceletes e as tornozeleiras esmeralda, os anéis de safira, o piercing rubi do nariz — todos são da coleção de Indra. O poder neles canta para minha magia celestial, despertando-a, mesmo que não seja eu as usando.

Meu coração afunda. As roupas são um sinal. Ela se entregou completamente a Indra. Não é mais minha amiga, e sim uma supervisora. Agente *dele*.

Uma parte minha ainda quer ir até ela apesar disso, buscar seus olhos e implorar que melhore as coisas, mas permaneço enraizada no lugar, seu poder magnificente passa por mim. Há um desprendimento no rosto dela que nunca vi antes. Seu odor me desnorteia. Um dia foi leve, o anis-estrelado delicado e ardiloso, o tipo de perfume que poderia entalhar um lugar no coração de uma pessoa sem seu conhecimento. Agora é afiado, com fogo na borda, como raio em uma tempestade. Ele me ataca, e minhas palmas ficam suadas. Tento respirar fundo.

— Meneka — diz Rambha, e sua voz ecoa. — Fez o que lhe foi pedido?

Engulo em seco. O timbre está melodioso como sempre, mas as palavras se infiltram em minha pele. Quero me submeter a ela. Agradá-la. A coerção cresce em mim, e fico levemente tonta, a floresta girando em minha visão. O que está acontecendo? O que ela está fazendo?

Minha voz sai rouca.

— Fiz. Eu... me deitei com ele — sussurro.

Com isso, Rambha aperta a boca em um sorriso.

— Então devo elogiá-la. Mas não teria sido melhor ter feito isso desde o comecinho, Meneka? Se não se achasse melhor do que suas irmãs?

Essas perguntas carregam tanta crueldade que uma faísca de indignação se agita dentro de mim. Kaushika e eu nos deitamos perto deste lago. Adoramos um ao outro. Amamos. Foi puro, doce e verdadeiro. Não vou permitir que ela arruíne a lembrança.

Abro a boca para rebater, mas Rambha já está sacudindo a cabeça, deixando isso para trás.

— Muito bem, então. Você se deitou com ele. O que conseguiu com isso?

— Não, não foi... eu não... não foi pela missão... eu quis...

— Você quis se deitar com ele.

— Quis. Pela devoção... não como a sua por Indra, mas... — As palavras ficam presas na garganta, pontudas e frágeis.

A angústia das últimas horas martela dentro de minha cabeça. Tento inspirar e afastá-la, mas o cheiro de Rambha chega até mim de novo, me dominando, a magia tão forte que fico lenta em sua presença. O poder dela é um lembrete sutil. É isso o que a bênção de Indra pode fazer por mim também.

— Pela devoção — repete Rambha. — Então ele está apaixonado por você também? Foi seduzido?

Encaro Rambha e tento lembrar-me do modo como a vi da última vez. O anseio por Amaravati, por enfim voltar para casa depois de um confinamento tão longo no reino mortal, cresce em mim. Lembranças surgem em minha cabeça — bosques carregados de frutas das apsaras, risada e canções, gandharvas com suas músicas, e o cheiro doce de canela. Danças infinitas e mansões douradas. Céus sob meus pés, perseguindo meus passos. Hinos, conforto e luxúria. Se eu fechar os olhos, consigo ver a Swarga a que pertenço, onde viverei minha vida imortal. É tudo o que sempre quis.

Só que isso foi *antes*.

Antes de Kaushika.

— Meneka? Me responda — pressiona Rambha.

Meus pensamentos se afastam. Estou no meio do oceano, uma tempestade vocifera a meu redor. Estou afrouxando o aperto na lucidez e, em desespero, ergo o punho, o movimento lento. Entalho uma runa no ar, uma que Kaushika me ensinou. Uma runa de clareza. O pente de madeira formiga no cabelo e, mesmo enquanto a runa finaliza e se dissolve, uma explosão de luz me cobre, clareando a névoa em minha cabeça. Inspiro com força, piscando.

Rambha ainda espera minha resposta. Vejo a repulsa nos olhos dela por eu ter usado magia mortal, e não minha magia celestial.

— Meneka — chama, e dessa vez é um comando. — *Kaushika foi seduzido*?

— Não — sussurro. — Ele não foi seduzido e nunca vai ser. Não pelos métodos de Amaravati. Não do jeito que nós apsaras fazemos. Nada do que eu fiz vai influenciá-lo.

Rambha sorri. É um lampejo, tão satisfeito e malicioso que um pequeno arquejo escapa de mim.

— Então você fracassou. Vou relatar a Indra, e ele vai decidir sua punição.

Ela se vira, já abrindo a boca para formar a oração que a levará de volta para a Cidade dos Imortais.

Eu me movo depressa para a frente. É minha única chance de acertar as coisas entre Swarga e o reino mortal. De salvar Kaushika. *Ele* não me escutou, mas Rambha vai. Ela *precisa*. Já me amou uma vez. Era minha amiga. As palavras jorram de mim em pânico.

— Rambha, espere. Ele sabe que sou uma apsara. Eu... eu contei para ele. *Precisei* contar, para poder impedi-lo de tomar medidas drásticas. Mas Kaushika está furioso, querendo levar a batalha até Indra com seu exército... e ele vai ser destruído. Rambha, você tem que parar o senhor, tem que fazer ele entender...

Em algum lugar, um trovão estala, alto o suficiente para abafar o restante do discurso.

A tarde se torna mais escura. Mais silenciosa.

Rambha treme, o corpo ainda meio virado para mim.

Penso em como devo soar. Ela e o senhor estão ligados um ao outro de uma forma que não compreendo. Ele sentiu a reação dela a mim? Fito o céu, e nuvens tempestivas escuras se amontoam acima, visíveis pelas frestas nas folhas. Estremeço.

— Um exército? Você viu esse exército? — pergunta.

Olho de volta para ela.

— Kaushika me contou sobre ele. Mas é tudo um mal-entendido. Se o senhor só escutar, se os dois negociarem... Rambha, você pode fazer o senhor ver a razão. É para o próprio benefício do senhor, *por favor*. O reino mortal já está dando as costas a Indra, acreditando que ele é o inimigo. Se Indra fizesse as pazes com Kaushika, isso viraria a situação a favor dele outra vez. Todo mundo veria sua grandiosidade e magnanimidade. O senhor só precisa pedir perdão a Kaushika. Ele já fez isso com outros sábios, e se der a Kaushika o respeito que é seu por direito, então Kaushika vai recuar, sei que vai...

Rambha gira. Os olhos dela ardem, e um raio estala acima.

— Isso é blasfêmia.

— Não... eu...

— Você acha que o senhor deveria pedir perdão? Você desafiaria Indra? A quem deve *tudo*, até sua magia? Por esse único homem mortal?

Ergo o queixo.

— Eu o amo.

A risada dela é quase um guincho.

— *Amor*? Isso não é amor. É uma afeição passageira. Você é uma criança. O que sabe de amor? Pode ser uma imortal, mas não viveu mais do que alguns anos. Viva mais, e aí falaremos de amor.

Seu poder intensifica, irradiando a meu redor, mas me mantenho firme. É mais fácil agora que comecei.

— Talvez eu não entenda o amor verdadeiro — começo. — Talvez, como uma apsara, nunca consiga entender. Não significa que meus sentimentos são insinceros. Leve minha mensagem a Indra, por favor. Ou para a rainha Shachi. Ela vai escutar, não queria que as apsaras saíssem nessa missão, não vai querer essa batalha... *você* não quer essa batalha, com certeza...

Ela me interrompe.

— Onde está o exército? Onde você o viu reunido?

— Eu... eu não... eu não o *vi*, mas...

— Não minta para mim — ordena Rambha, nervosa. — Você está tentando protegê-lo. Essa criatura que você ama é uma ameaça ao senhor, e mesmo assim você o defende.

— Porque finalmente entendi. Eu quero parar de ser uma arma de Indra há muito tempo, e o que essas pessoas estão pedindo... é a mesma coisa. Kaushika diz que não vai descansar até Indra abdicar de seu domínio no paraíso. Rambha, viver sob o governo de Indra, ser mandada para missões porque ele decidiu que é minha natureza... é disso que quero me libertar. Talvez Kaushika não esteja totalmente errado. Talvez seja disso que precisamos, Indra não como o mestre de Swarga, mas como seu guardião...

— Como *ousa*? — diz Rambha, com raiva.

Os céus se abrem em um dilúvio. Raios lampejam repetidamente. Grito, bloqueando os olhos e encarando as nuvens.

A tarde se tornou totalmente cinza. Uma tempestade cai, e fico encharcada em segundos. Espessas nuvens pretas cobrem cada centímetro do céu, e um trovão se agita, ensurdecedor com a ira do paraíso. Meus joelhos tremem.

Fito Rambha, só que não é Rambha. O rosto dela está mudando, um véu escorregando. Tudo ao redor dela fica borrado...

E então a ilusão *explode*.

Minha garganta fica seca.

No lugar de Rambha, está Indra, alto e magnificente. A coroa dele brilha tanto que pisco várias vezes, atordoada.

Privado da ilusão, todo o seu poder me esmaga, e eu caio de joelhos. Os céus ainda chovem, e o ar fica pesado, tornando difícil respirar.

— Meu... meu senhor — choramingo, confusa e horrorizada.

Nunca foi Rambha. Eu falava com o próprio Indra.

Senhor Indra, o rei de todos os devas, soberano de Amaravati e Swarga.

Senhor Indra, o senhor da tempestade, rei da batalha, o destruidor de milhares de demônios.

Senhor Indra, que nunca pareceu tão furioso quanto agora e aponta seu vajra, a flecha de raios cintilante, direto para meu coração.

O vajra cospe, faíscas de fúria ardendo dele. Nos olhos desdenhosos de Indra, não há um único indício do bêbado que vi da última vez.

— Implore por misericórdia, criança — ordena, com frieza, o vajra pulsante na não. — E me entregue Kaushika.

Capítulo 23

❖

Estou atordoada. Aterrorizada. Não consigo pensar.
O vajra sibila em meu pescoço, o calor queimando minha pele. Ele me cega, e fecho os olhos, mas as lágrimas escorrem pelas bochechas. *Plim, plim*, eu as ouço, ou talvez seja a chuva torrencial ecoando em meus ouvidos. Tudo aparenta ser uma grande lamúria.

Minha mente está confusa. Era Indra o tempo todo. Claro que era. O jeito como meus pensamentos ficaram enevoados. O jeito como minha língua escorregou. Era por causa de sua aura e seu poder. Eu devia ter visto. Por que ele está aqui, e não Rambha? Era ele mais cedo também? Rambha sabe que o senhor está fingindo ser ela? O que aconteceu em Amaravati para justificar essa farsa? Para requerê-la?

Esses pensamentos se formam e morrem em minha mente como vidas mortais.

Começo a tremer. A chuva é uma saraivada de flechas, cada gota afiada em minha pele. É a ira de Indra, poderosa demais. Com certeza todos os reinos devem senti-la. Meu fluxo de lágrimas se torna um aguaceiro. Ouço um som sufocado, e ele está vindo de minha garganta. Percebo que estou soluçando.

O vajra se contorce e vibra de raiva, faíscas tostando minha bochecha. Já estou de joelhos. Minhas mãos, dobradas em oração, enquanto imploro por misericórdia. Indra não se repete, mas seu comando berra em meus ouvidos, e as palavras envolvem minha língua, tanto uma súplica pela misericórdia quanto a informação que pediu. O paradeiro de Kaushika. Os planos de Kaushika. Quando ele atacará, de que forma.

Não tenho as respostas para essas perguntas, mas vejo o que Indra fará se descobrir. Imagens de Kaushika, Anirudh, Romasha, Kalyani e todos os outros mortais oscilam em minha cabeça, seus corpos chamuscados pelo raio. Meu exílio se assoma, a segundos de distância. Abro a boca para implorar de novo, para pedir por misericórdia e perdão.

Mas, em vez de uma súplica, uma única palavra me escapa.

— Não.

É suave e trêmula. Por um instante, acho que não a pronunciei. A chuva ressoa ao redor, me encharcando, mas não deixando nenhuma marca no senhor. Será que Indra não ouviu? O que me fez dizer isso? Seria minha última palavra?

Então Indra se move em um borrão de luz cheio de chuva. O vajra corta minha garganta, queimando minha pele.

— O que disse? — rosna.

Toco o vajra com uma mão, e uma dor atravessa meu corpo, queimando. É como tocar o senhor em si. Uma parte minha fica chocada com o que estou fazendo. *O que* eu estou fazendo?

Ainda assim, os dedos da outra mão rapidamente formam a runa da força. Com um esforço terrível, empurro o pesado raio o bastante para afastá-lo alguns centímetros do pescoço.

Cambaleio e fico de pé. Faixas de lama me cobrem. Com o uniforme do eremitério, não pareço em nada com uma apsara. Nojo curva os lábios de Indra enquanto me avalia, e fúria reluz em seus olhos. Estou humilhada por ser vista assim, mas as palavras "corajosa, tola e chocante" ressoam sobre nós. *Não. Não, não posso deixar você fazer isso.*

Não a repito. Dou alguns passos para trás, já moldando com os dedos outras runas que aprendi. A runa da compreensão, da paciência, do perdão. Elas se formam e desaparecem, mas suas qualidades se infiltram em mim e colorem o ar úmido ao redor. Indra me observa enquanto eu realizo essa magia mortal, e minhas bochechas se aquecem de vergonha. Eu torcia para que as runas o afetassem também, mas ele é um deva, e eu não tenho prática na magia prana. Se quero acalmá-lo, não é esse o caminho.

Lembro-me do que Rambha fez uma vez.

Na hora, mudo os movimentos dos dedos, em vez de entalhar runas, formo marcas de dança.

— Meu senhor, por favor — começo. — Não usei as palavras certas. Se eu soubesse que estava falando com o senhor...

Uma ilusão se forma na ponta de meus dedos e, mesmo enquanto a crio, sei que não será o bastante. Rambha — a *verdadeira* Rambha — é a apsara amada de Indra. Quem sabe que ilusão ela lhe mostrou? Contorço os dedos em desespero, e uma imagem da sala do trono de Indra se forma. Talvez, se eu o lembrar do palácio que ama, ele se acalmará. Mas o terror faz minhas mãos tremerem, e a ilusão tremeluz sem minha permissão. Ela se transforma no bosque das apsaras, e então tremeluz de novo e se transforma nos prédios e nas casas de Amaravati, as piscinas de rochas, o harém dos devas, o eremitério.

— Por favor, meu senhor — peço enquanto a imagem se transforma rapidamente, descontrolada. — Só quis dizer...

Indra faz um movimento cortante.

O vajra rasga o ar.

Eu me abaixo, soltando um grito engasgado, mas o vajra não está nem um pouco perto de mim. Pisco, e ele volta para a mão de Indra. Os olhos do senhor brilham.

De início, não entendo. Algo aconteceu, algo terrível. Um pavor profundo se apodera de mim, com gosto amargo e de bile. Tudo aparenta ser o mesmo. O senhor do lado oposto ao meu, o vajra cintilando, a chuva tempestuosa se derramando ao redor. A ilusão do eremitério ainda reluz. O isolamento de meu bom senso.

Então um vazio cresce em meu umbigo. Ele rasteja até bem dentro do coração, bem dentro da alma. Um gemido escorre de minha boca. A ilusão que criei se torna cinza.

Meus dedos ainda estão curvados em mudras de danças, mas uma sensação dolorosa de solidão abre um abismo dentro de mim, meu laço com Amaravati puindo, mudando bruscamente. A ilusão tremeluz, toda a cor se esvaindo dela e enfraquece.

Dentro de mim, uma chama morre.

Caio de joelhos no instante em que a ilusão some.

— Não — sussurro, sabendo, sentindo, não entendendo. — Não, por favor, não.

A voz fria de Indra me cobre como se estivesse distante.

— Você tem tanta afeição pelos mortais a ponto de trair o próprio rei. Não precisa mais de Amaravati e seu poder. Pode viver e morrer como um deles.

— *NÃO!* — berro, o luto me deixando rouca. — Meu senhor, por favor, eu imploro, *eu imploro*.

— Pare de balbuciar, criança. Já foi feito.

Mas não consigo pensar. Não consigo parar.

Não é possível. Ele tirou minha magia. Nada poderia ter me preparado para isso, pois não aconteceu com nenhuma apsara no passado. O que será de mim? Não há mais retorno a Amaravati. Nada de casa. Nada de ilusões ou dança. Não é apenas um exílio. É uma sentença de morte.

Em desespero, curvo os dedos trêmulos em uma mudra como se fosse negar tudo, mas nenhuma magia emerge de mim. No lugar interno onde o laço com Amaravati ficava está uma corda queimada, um fio cortado. Estou de joelhos, lamentando, me balançando para a frente e para trás.

— Por favor — sussurro, gelada. — Por favor, não faça isso. Eu... eu sou uma apsara da sua corte, meu senhor. Eu... não sei mais quem ser. Eu não...

A luz se move, e Indra se ajoelha diante de mim. As mãos dele pousam em meus ombros, e recebo o comando para olhá-lo.

Seus olhos estão pesarosos. Gentis. Há raiva ali, com certeza, borbulhando sob a impaciência e a frieza, mas há tristeza também. Meus olhos se enchem de lágrimas. O que eu fiz?

— Ah, filha — diz Indra, com delicadeza. — Você falhou comigo todas as vezes. Nunca mais vai dançar. Se sobreviver às próximas horas sem magia, deve encontrar um modo de reparar seus pecados. Mas você acabou aqui nessa missão, e nunca mais deve retornar para Amaravati.

É a gentileza em sua voz que me desfaz. Tento alcançar uma esperança muito minguada, buscando dentro de mim a magia prana que aprendi no eremitério. O pente em forma de lua crescente de Kaushika queima em meu cabelo, e tento me concentrar nele. Imagino as gotas de carvalho de meu prana e de minha respiração. Penso nas instruções dos iogues. Uma parte minha sempre torceu para que não fosse Indra quem me dava poder... que fosse meu e somente meu, ensinado pelo meu tapasya.

Mas há um vazio dentro de mim quando caço meu prana selvagem. Uma sensação nauseante cresce.

Ergo os olhos para Indra, que está de pé, a determinação de destruir Kaushika clara no rosto. Avisto meu destino selado, uma onda de luto

me atinge. Aqui está a verdade então, uma que estava com muito medo de aceitar.
Rambha tinha razão o tempo todo.
Toda minha magia, celestial ou mortal, vinha de Indra.
Sem o senhor, não sou nada.

Capítulo 24

Uma batalha se assoma nos céus.
Eu a vejo acontecer, nas nuvens tempestuosas que passam correndo, na chuva que ressoa, nos ventos que se agitam. Cambaleio pela floresta, tentando achar o caminho de volta para o eremitério. Avisar Kaushika de que Indra está indo atrás dele. Implorar perdão por tudo o que fiz.

Mas, com Amaravati separada de mim, minha visão oscila. Caio e tropeço, uma repugnância no estômago como um veneno engolido. Não sei se é isso o que acontece quando uma apsara é cortada de sua magia e da cidade. Nem sabia que era possível. Não se fala de apsaras exiladas em Swarga. As punições devem permanecer esquecidas até conseguirem provar a devoção a Indra e se tornarem dignas de reconhecimento de novo. Estou morrendo? Só ódio desesperado e magia poderosa podem destruir um imortal, mas Indra deu a entender que talvez eu não sobreviva às próximas horas. É difícil demais juntar esses pensamentos.

A dor se apodera de mim a cada movimento enquanto cambaleio de árvore em árvore. Folhas, caules, cascas. Eles me tocam, me acariciam, me esfaqueiam. Tem vezes que minha visão clareia, e me viro para um lado e para outro, achando que vi algo familiar. Outras, tudo está enevoado, e me movo apenas por pura força de vontade e hábito. Horas se passam? Dias?

Durmo, mas não me lembro de acordar. Fito minhas mãos, trêmulas, e vejo os dedos de Kaushika ligados aos meus, serpenteando para dentro e para fora, com curiosidade, sem cansaço. Não consigo me lembrar do rosto dele quando me amou. Só da repulsa.

Em minha mente, a perda da magia e a perda dele se misturam. Minhas escolhas, minha confusão, minhas traições. Aonde mais elas me levariam se não até aqui, a esta floresta tão perto dele, mas ainda assim totalmente sozinha? Até meu raciocínio me abandonou no fim. Talvez a kalpavriksh tenha tentado satisfazer meu desejo. Talvez eu não a tenha deixado.

Vagueio mais adentro. As árvores ficam mais grossas, e a escuridão cai mais rápido. O tempo perde o significado. Vejo Amaravati em sonhos e pesadelos. O bosque das apsaras onde cresci. Os jardins e as fontes douradas da cidade. As apresentações cintilantes durante os festivais de colheita de Indra. A lembrança me assombra com o que não posso ter.

Às vezes, acho que avisto o sol brilhando acima, mas não sei se é mesmo a luz do dia. E se forem simplesmente os devas se preparando para a guerra, confundindo as terras? É direito deles. Hesito e começo uma oração ao senhor Surya, ou a Vayu, ou Agni — eles são senhores por direito. Não possuem nenhum rancor por mim, nem ressentimento. Não sou nada para eles, só uma devota. Vão me ouvir se eu chamar.

Minhas orações se tornam poeira na boca. Mesmo se me ouvirem, não contrariarão Indra. Eu os vejo, adornados ao redor dele na sala do trono, todos encantadores, magníficos, mas não mais do que o rei. Nuvens se agitam, diminuindo a luz do sol.

Apanho meu reflexo em um feixe passageiro. Pisco para ele, mal me reconhecendo. Meus olhos estão assombrados, arranhões dourados no rosto, lágrimas riscadas de lama. Um dia dancei para os próprios deuses. Eu curvava um dedo e reis e rainhas caíam a meus pés. Foi isso o que me tornei.

Toco a lua crescente de Kaushika. Ela me sobrecarrega, inútil enquanto estou cortada do prana. Tento usar algumas vezes os mantras que aprendi. Minha voz está rouca, e ouço *ele* na mente, a beleza de suas canções, o magnetismo. Meus dedos tremem, tentando formar uma runa. Para me dar clareza, coragem ou paz. Não funciona.

O propósito de Indra arde em meu coração. Uma espécie de pavor lento cresce em mim, urgente e sossegado ao mesmo tempo, enquanto assisto à minha inevitável destruição se aproximar. É uma tempestade furiosa de chuva e fogo, e meu laço cortado com Amaravati se agita dentro de mim, açoitando um vento escuro e vazio, procurando finalização e conexão.

A doença se espalha do centro para os membros. Caio a cada alguns passos, então engatinho, antes de dar um suspiro. Eu me movo de novo, me arrastando pelo chão da floresta.

A urgência crava garras em mim, mesmo enquanto me debato na terra para me forçar a ficar de pé. Penso de novo em Indra e Kaushika, e no propósito odioso de ambos. A guerra será travada. Talvez já tenha começado. Será que Indra matará Kaushika com o vajra? Kaushika derrubará Indra? Fito os céus, a raiva incandescente de Indra reluz nas nuvens, ameaçando cair granizo e raios. Eu o imagino consultando seus devas, todos em traje de batalha. Imagino Kaushika, com Anirudh e o restante, fazendo o mesmo.

De repente me deparo com o penhasco onde conversei com Rambha. Meus pés estão sangrentos. O mal-estar chegou a meu coração. Respiro com dificuldade, oscilando. O luar reluz sobre a água similar a uma joia, ondas sussurrantes. Como seria fácil simplesmente cair, cogito. Seria melhor do que o que está acontecendo agora.

Minha garganta começa a se fechar e engasgo. Cambaleio até o conjunto de árvores mais próximo, o rio visível apenas como uma faixa brilhante. Desmorono no bosque.

Minha mente fica lenta.

Uma oração me escapa, uma canção para um deus indiferente. Nem para Indra nem para seus devas, e sim para um que existe bem além das brigas mesquinhas dos reinos mortais e imortais. A oração é simplesmente seu nome, um chamado se eu intencionasse isso, mas não é minha intenção. Não presumo. Há conforto em saber que é indiferente. O que eu fiz, o que sou... não importa. Há paz nisso.

Só percebo que meus olhos se fecharam quando os abro.

Respiro por longos minutos, notando a dor em meu corpo diminuir. O mal-estar ainda está ali, mas me sinto destacada dele, como se eu só assistisse enquanto ele me domina. Essa deve ser a sensação da morte para um imortal. Não é tão ruim.

Então noto que a calmaria das árvores mudou. Um tamborilar de energia pulsa por elas, lento e silencioso, como um universo respirando.

Levo um bom tempo para ficar de pé.

Eu me movo como se estivesse hipnotizada, por puro instinto. Meu coração para quando avisto um homem sentado em uma pequena clareira a alguns metros de distância, de costas para mim. Havia uma clareira aqui antes? Não consigo lembrar. De primeira, acho que é Kaushika; há uma onda de energia ao redor do homem que só vi antes com ele.

Mas não é Kaushika, e a decepção me esfaqueia, assim como o alívio.

Curiosidade me serpenteia, e me aproximo em silêncio para não chamar a atenção. O homem está vestido com pele de tigre envolvida frouxamente na cintura. Uma massa de miçangas cobre os braços dele, mas, quando olho com mais atenção, percebo que não são contas, e sim sementes, amarradas de um jeito infantil para imitarem joias. Ele deve ser um deva, e não é da corte de Indra, não vestido desse jeito. Os devas de Indra são deslumbrantes, o que significa que ele é uma deidade menor da natureza, talvez a quem a floresta pertence. Um colar se enrola ao redor dele, se movendo de forma curvilínea...

Não é um colar, percebo, assustada.

Uma cobra, se contorcendo em seu pescoço de forma adorável, a cabeça ereta, os olhos reluzindo de conhecimento. Paro, os batimentos diminuindo. Fico maravilhada com a cobra e a forma como se move ao redor do homem, como se fossem amigos. Como se fosse domada, mesmo que tudo nela grite selvageria e veneno.

O homem parece ignorante de qualquer perigo. Os olhos estão fechados; as mãos, estendidas para um fogo verde-esmeralda que muda de cor mesmo enquanto o observo. A pele é tão escura que se parece com uma tinta azul. Se não fosse pela aura, reluzindo com uma luz escura, eu mal saberia que ele está ali. Ela o contorna, tanto o interior quanto o exterior, iluminando toda a mata com um brilho poeirento e radiante. Seu cheiro me esquiva, como se o sentido fosse uma percepção limitada. Esguio e pequeno, ele não é maior do que eu, mas pisco e ele fica tão alto quanto um asura, a cabeça e os ombros subindo até o paraíso. Pisco de novo e ele está imóvel, sentado perto do fogo estranho.

Seus músculos brilham com uma intensidade estranha. Exceto pela pele de tigre na cintura, está nu, só que o efeito não é sensual. É... espiritual. O cabelo é opaco, um emaranhado de cachos compridos e espessos. Cintilando preso a ele está uma lua crescente similar à que uso no cabelo, exceto que a minha é feita de madeira. A dele aparenta ser a própria lua...

Arregalo os olhos.

Movo os olhos para cima, onde há um minuto a lua brilhava.

Ela sumiu agora.

Está no cabelo dele, entrelaçada entre os cachos, perolada, luminosa.

De repente fico consciente de cada inspiração minha. De cada exalação.

Não é um homem mortal. Aquele fogo não é um fogo comum.

É espontâneo, autossuficiente, sua presença é um combustível para si mesmo. Fogo tapasvin.

Não estou olhando nem para um deva nem para um sábio.

Ele está aqui.

Shiva.

Capítulo 25

Continuo congelada.
O medo e o choque se enroscam dentro de mim, o pânico perto de se derramar.

As histórias correm em minha cabeça.

Shiva está aqui. Ele que, com um só olhar, queimou Kandarpa, deus do desejo, até virar cinzas por perturbar sua meditação. Shiva, que forçou Vishnu, o Grande Senhor da Preservação, a trocar a encarnação no reino mortal quando chegou a hora de retornar para casa. Shiva, que em sua forma de Nataraj uma vez dançou a violenta dança tandava e despedaçou maya, a maior ilusão da natureza que incessantemente separa cada alma do cosmo infinito.

Ele está aqui.

Shiva está aqui.

Minha respiração ressoa em meus ouvidos. A descrença me paralisa.

Senhor da Destruição. Senhor do Ioga. Senhor da Dança.

Senhor da *Dança*.

Lágrimas preenchem meus olhos e, embora as árvores e a floresta se tornem meros borrões, ele se reflete em minha visão sem rodeios. Estou chorando, pois, por mais que não o tenha chamado com oração ou devoção, ele veio até mim, me resgatar, me absolver. Está aqui em carne e osso, mesmo que eu nunca tenha sido digna, e agora não sei o que pedir ou o que dizer.

Shiva abre os olhos.

Ele sorri, e há tanta gentileza, tanta compreensão e compaixão em seu olhar que, de repente, esqueço qualquer preocupação. As lágrimas aquecem minha pele. Elas respingam em minhas mãos e em meus braços nus, e os arranhões dourados que suportei se curam como se ainda houvesse magia dentro de mim.

Mal percebo que estou soluçando, o choro baixo.

Mal percebo que cambaleio até ele e me sento perto do fogo tapasvin.

Só sei que estou finalmente sangrando e colocando para fora toda a dor, me curando com a presença dele. Só sei que não estou mais sozinha, pois ele veio por mim quando não foi nem até seus seguidores mais ardentes. Minha devoção a ele não é nada comparada aos apelos árduos dos outros discípulos. Lembro-me de ficar distraída durante as orações a ele no eremitério. Lembro-me de pedir aos outros que se desviassem de seu caminho.

Uma parte minha acha que eu deveria oferecer orações, ou rituais, ou flores. Se eu tivesse magia, eu os criaria, transformando a clareira arborizada em um rico jardim.

Outra parte minha pensa: por que Shiva se importaria com alguma oferenda que eu possa criar? Ele é o Inocente. Transcende a divisão. Não distingue dor e prazer, pomar e crematório. Foi porque ele não via nenhuma diferença entre veneno e elixir que os devas permitiram que bebesse o halahala durante o Batimento dos Oceanos. Sabiam que, de todos os seres, o veneno não faria nenhum mal a Shiva.

Pelo borrão de minhas lágrimas, vejo o pescoço dele, o veneno engolido um milênio antes ainda preso ali, tornando a pele escura de um azul intenso. Halahala que ele mantém na garganta, jamais o engolindo por completo, pois poderia ser envenenado, mas jamais o cuspindo, pois poderia envenenar o mundo. Halahala, que neste momento está na campina de Kaushika, existindo como algumas gotas soltas, um perigo para todos os reinos. O que me lembra dele e de meus amigos. O que me lembra de tudo o que perdi.

Mais lágrimas se agitam em meus olhos.

— Senhor — sussurro. — Om Namah Shivaya. — *Eu me curvo à luz de Shiva.*

Shiva sorri de novo.

— Criança dos deuses. Meneka. Filha.
Filha.
A voz dele é baixa, calma. Ela farfalha como um vento muito leve. Enrola-se e abre caminho até meu coração, me confortando. Minhas lágrimas cessam por conta própria.
— Estou perdida — afirmo.
Shiva balança a cabeça em negativa.
— Nunca perdida, enquanto tiver a si mesma.
Mas não sei se tenho a mim mesma. Pedaços de mim. Cacos apenas. Foi tudo o que me restou.
— Indra. Amaravati. A guerra…
— Evanescente. A única permanência é a verdade de si mesma. Apenas isso é real. Filha das ilusões, entenda o poder da maior magia que há, que tenta convencer você de que está sozinha.
Ficamos sentados em silêncio. Não espero nenhuma outra resposta de Shiva, mas, de suspiro em suspiro, tento alcançar o entendimento. Uma criatura de maya, não tenho o poder de separar a ilusão da realidade, mas estou familiarizada com as lendas. Eu mesma sou um ser das lendas. O próprio Shiva está aqui.
Ouço. Tento.
Depois de alguns instantes, me acalmo. Talvez seja a presença dele. Talvez eu tenha alcançado algo dentro de mim. Minhas lágrimas secam. Meu corpo trêmulo se aquieta. A dor de tudo o que suportei ainda rebenta dentro de mim, mas está distante, como o rugido de um oceano ao longe. O mal-estar de ser cortada de Amaravati se reduziu a uma semente. Eu o observo, com luto e pesar. Sinto meu laço queimado, ainda arrependida, mas dessa vez a dor não me imobiliza.
— Onde foi que eu errei? — pergunto, baixo.
— Você errou *mesmo*? — devolve Shiva, gentil.
— Indra me cortou de Amaravati. Kaushika me odeia. Perdi tudo.
O rosto de Shiva está terno, empático.
— Dor nem sempre é consequência de fazer a coisa errada. Ódio nem sempre é o oposto de amor.
Penso no quanto isso é injusto. No quanto é obvio. Penso no exército que Kaushika reuniu e no paraíso alternativo que está criando.
Shiva se inclina.
— Os universos são muito maiores do que você pode imaginar, filha.
Os dedos dele pairam entre minhas sobrancelhas, e arregalo os olhos.

Minha respiração para. Vejo galáxias infinitas se formarem e morrerem. O universo corre, se estendendo para todos os lados. Não um universo, e sim mil, um milhão, infinito e constante. Vislumbro a criação, o nascimento de tudo; acontece repetidamente. Vislumbro a destruição, e é a mesma coisa, pois o que é nascimento sem morte? Um leva ao outro, um *continuum*, a própria divisibilidade uma ilusão.

A imagem muda e Indras infinitos brilham em minha mente dentro de infinitas Amaravatis. Bilhões de Menekas e Kaushikas existem, tanto com o outro quanto sem o outro. Vejo então que a tentativa de Kaushika de criar um paraíso alternativo não é ambiciosa. É inútil, ridícula, desnecessária. Paraísos infinitos já existem com muitas possibilidades. Por um instante, o poder cósmico, a total eternidade absoluta do conhecimento de Shiva se apodera de mim. Arquejo com o puro alcance, sabendo que ele me mostrou só um pingo do que vê quando medita. A infinidade contém e não contém partes.

Pisco e a imagem se dissipa, e estou aqui de novo, sentada perto do senhor, o fogo tapasvin queimando diante de nós.

Levo muito tempo para me recuperar.

Minha respiração está profunda, mas rápida e fraca também — em outro mundo, em um universo diferente. Puxo-me de volta com força, para minha própria existência.

Dessa vez, quando procuro a dor persistente dentro de mim, eu a agarro desesperada, como se fosse um tronco em um oceano tempestuoso. Minha dor reluz, e me lanço para seu calor e rispidez. A única coisa que posso chamar de minha neste momento.

Quando me firmo, falo, baixo:

— Esse paraíso que ele deseja criar não pode existir. — Engulo em seco. — Seria não natural. Quebraria a ordem cósmica de nascimento e renascimento. Amaravati é onde as almas mortais devem descansar. Eu ainda acredito nisso.

Shiva não responde. Não precisa. Não é problema dele para se preocupar. O deus transcende o assunto, e ainda estou atordoada por ele estar aqui.

Será que deveria perguntar do halahala e da conspiração que suspeito se espreitar ali? Do juramento de Kaushika e de sua batalha com Indra? Deveria perguntar do Vajrayudh, e de como o próprio Shiva extraiu um juramento do senhor da tempestade? Ou do Indra antigo e de sua evolução, das dores mais profundas em meu coração e se vou me curar?

Shiva responde antes que eu possa me pronunciar. Ele decide sozinho a que pergunta deseja responder.

— Kaushika está destinado à grandeza. Há orgulho nele, mas há pureza também.

O olhar intenso de Kaushika queima minha testa. O modo como a boca dele se move quando entoa um mantra. O poder de sua magia, e a sinceridade de suas crenças. Apesar da distância entre nós, eu sinto: o espelho que vi nele, a escuridão que se refletiu de volta para mim.

E pureza também, acho.

— Isso significa que você vai ajudá-lo a conquistar seu objetivo? — sussurro.

A ideia me aterroriza, mesmo agora, quando estou separada de minha magia. O erro da campina de Kaushika e as consequências da guerra são horríveis demais para se tornarem verdade. Meus amigos e minha espécie podem ter me abandonado, mas eu não os abandonei.

Shiva não responde por um bom tempo. Pergunto-me se presumi demais. Começo a ficar encabulada, mas então ele fala, por fim, e há cautela na resposta.

— Vou tirar o halahala da campina. Pois faz parte da minha antiga promessa.

O pescoço dele cintila um azul forte e brilhante. Veneno se enrola dentro, fumaças e escuridão que Shiva mantém retido por si e pelo mundo. Todo o corpo dele escurece por um instante antes de se acalmar, o veneno mais uma vez sob controle. Em minha mente, a canção de Indra ressoa, uma que ele cantou há muito tempo, lamentando o poder do halahala. Os gandharvas dizem que o halahala é a corporificação de todos os vícios, raiva, orgulho, cada busca hedonista sombria. Como deve ser para Shiva mantê-lo sem nunca o engolir ou o liberar?

O olhar de Shiva cai sobre mim como se ouvisse meus pensamentos.

— Sabe por que não o engulo?

— Mataria o senhor.

— Se eu o engolir, vou destruí-lo. Vai queimar até virar nada com a magia tapasvin dentro de mim.

— Então... por que não engole? — ouso.

— Porque a Deusa ordenou que eu não o fizesse — responde, e sei que fala de sua Shakti.

Fico chocada. Os três reinos poderiam se livrar dessa coisa terrível. Halahala é o único elemento que poderia destruir toda a existência. Shiva não distingue entre veneno e elixir, mas isso poderia salvar a ordem do universo.

Não consigo evitar a pergunta impertinente.

— Por que ela pediria que o senhor fizesse isso?

— Ela é ambrosia e veneno — responde, sorrindo com carinho. — Ela está aterrorizando Kali e cuidando de Gauri. Ela é tudo, e tudo o mais. Me diz que sem dor não há prazer. E sem os dois, não há vida. É por isso que o mantenho, filha. Porque ela tem razão.

Shakti surge em minha mente, montada em Shiva, dominando-o. A imagem muda para como Kaushika e eu estávamos e pisco.

Shiva se ergue. Em seu gesto, reconheço o fim de nossa conversa. Ele deseja retornar para a meditação eterna. Sua forma já está minguando.

As palavras explodem de mim sem controle. Temo como ele pode responder, mas a pergunta vem me circundando. Preciso saber se é verdade.

Minha voz é um sussurro.

— Eu ao menos sou capaz de amar?

O olhar de Shiva se torna triste, pesaroso.

— Ah, minha filha. Você *é* o amor.

Ele se esvai, a voz um murmúrio no vento.

Eu me levanto.

Tudo o que resta são folhas de marmeleiro flutuando. Vagamente, percebo que não há nenhum marmeleiro por perto.

É o poder de Shiva, mas é mesmo magia? Magia parece opaca perto dele. Como o Destruidor, ele dizima a ilusão de qualquer magia.

Vou até o penhasco.

Paro na ponta, e, abaixo, o rio circunda em uma faixa azul. A lua voltou ao céu, agora que Shiva retornou ao Monte Kailash. Será que Indra notou a ausência da lua? Imagino o senhor do paraíso alarmado enquanto está em conferência com os devas. Eu o imagino preocupado e imprudente, pensando que foi Kaushika a quem Shiva respondeu.

Encaro os paraísos. Amaravati reluz em meus olhos, seus corredores e passagens se formando nas constelações, me chamando. Indra tirou minha magia. Achei que não fosse nada sem ela.

Banhada pelo luar, abençoada pelo próprio Grande Senhor, fecho os olhos.

Eu danço.

Pela primeira vez, a dança não é para ninguém além de mim.

As mudras rodopiam para fora de mim sem preparação. Força de um Diamante. Faísca de Agni. Chama do Coração.

Eu as sinto queimando onde meu laço com Amaravati foi cortado. Embora respire fundo, não consigo mais sentir o fluxo de meu prana como antes. Ambos os presentes de Indra.

Esta dança não é ampliada por nenhuma magia. Em vez disso, as mudras vêm de dentro do coração. Nenhuma ilusão flui de mim; eu não preciso delas. Minha dança é expressiva o bastante.

Giro os pés, braços jogados para o céu. Verde-escuro ecoa em minha visão, circulando as árvores, o céu noturno, a farpa de uma lua retornada. Fecho os olhos, ciente de que posso tropeçar e cair. Estou perto demais da beira do penhasco. É perigoso.

Danço.

Conto uma história. É de uma época anterior ao Batimento dos Oceanos, a história de como as apsaras foram criadas. Há buracos em meu conhecimento, mas não importa. Meus movimentos preenchem os buracos, tornando qualquer espaço de perda insignificante.

Aqui estamos, nascidas como criaturas da água, quando os três reinos não eram nada mais do que uma massa congelada de oceanos rodopiando. Quando Indra, Surya, Vayu e todos os outros devas não eram mais nada do que amorfos, mal sendo criaturas sencientes.

O mundo evolui. Indra e os outros devas crescem em forma e poder. Apsaras, que mal passavam de um peixe, se tornam ninfas aquáticas. Minhas mães e irmãs de uma era diferente se transformam, e a beleza delas é como a aurora de um novo dia — inocente, cintilante, cheia de possibilidades.

Indra evolui. Assume a forma de um homem. Adorna seus devas. Ele constrói Amaravati com as próprias mãos e governa a cidade. Promete seguir a ordem cósmica de nascimento e renascimento. Promessas de manter seguros aqueles que são devotos antes de chegar a hora do retorno deles à mortalidade.

Os três reinos tomam forma. Governos se desenvolvem, mudam e morrem. Movimentada, movimentada, a vida para todos eles continua de alguma forma. Indra aborda as apsaras — as criaturas mais bonitas de todos os três reinos, que voam das estrelas e nuvens para os rios e córregos, livres. Ele lhes oferece uma casa.

— Se liguem a mim, e eu lhes darei estabilidade — pede Indra.

Concordamos. Escolhemos servi-lo em troca de um lar em sua linda cidade. Dançamos para Indra. Nos apaixonamos pelos devas. Nos deitamos com eles e os gandharvas. Geramos crianças, sempre mais uma apsara, que treinamos em nossa arte. A dança sempre foi nossa forma. Nós só a aprimoramos, sendo que antes era um mero movimento em água e poeira.

Nossa devoção a Amaravati é recompensada, e a cidade nos socorre a cada dança. Ilusões pingam de nós, um encantamento que nem mesmo Indra sabia que aconteceria. Somos para sempre jovens, para sempre belas. Não conhecemos o significado de promiscuidade — é uma palavra feia. Para nós, a dança, os corpos, são instrumentos de amor.

Giro os pés, e há alegria nos passos. Liberdade, êxtase, paz.

Conto minha história, e permito que a sabedoria de Shiva me inunde. Tudo o que senti por Kaushika, tudo o que senti por meus amigos, Anirudh, Kalyani, Rambha e até Indra e a cidade de Amaravati. Inalo esse amor, deixando que encharque meu corpo, deixando que *me* encharque. Meu laço desperta, explode ao redor, e Shiva sorri.

E entendo o que ele quer dizer.

Magia mortal e imortal não importam.

Amor é uma forma de magia também.

Algo irradia dessa percepção. O conhecimento bate as asas dentro de mim como uma borboleta. Danço, arquejando, incapaz de parar — e a força de Amaravati me inunda, um poder dourado, uma barreira que vinha se rompendo para me receber. Meu prana selvagem bate em meu coração, um poder tapasvin do qual não posso ser negada. Poder é poder, e eu... *eu* sou uma criatura de poder também.

Abro os olhos. A meu redor está a lenda que contei a mim mesma. Ilusões de devas cintilantes. O Batimento dos Oceanos enquanto asuras tentam apanhar o amrita que um dia lhes foi prometido. O mundo antes dos três reinos, água e fluído coagulando. A lenda das apsaras e de como nos formamos. A lenda de Indra e como ele construiu Amaravati. E, por fim, inserida dentro dessas histórias, aquela com a qual mais me importo.

A lenda de Meneka.

Ela está lá, entre todos, observando, entendendo. Ela é imortal, mas jovem, e finalmente compreende a si mesma e a própria história. Sabe de onde veio e suas escolhas. Kaushika a beija. Anirudh a abraça. Rambha ergue seu queixo. Meneka está aqui, rodeada de amigos e mentores. Ela está no eremitério de Kaushika, estudando os mortais, e em Amaravati, entre os devas. Ela está sozinha, mas nunca está sozinha. Pois eu estou aqui também.

Caio de joelhos, mas a ilusão ainda reluz, energizada pela emoção pura. Indra, Amaravati e todas as outras apsaras brilham à distância, mas Meneka caminha até mim. Ela se ajoelha na minha frente e ergue meu queixo. Seu toque é tão leve quanto o ar. Ela tem cheiro de esperança fresca da manhã.

Meneka sorri.

Sorrio de volta.

Eu vejo você, pensamos. Piscamos...

E ela parte.

O restante da ilusão cintila, se esvaindo na poeira dourada. Dentro de mim, o laço com Amaravati cresce rico e fluido, ainda explodindo de poder. Respiro fundo, e prana me enche, acompanhado do laço, ambos poderes que agora compreendo nunca terem sido dados por Indra.

Madeira, poeira e calor criam a própria miragem. Respiro e meu corpo se ilumina, minha aura visível pela primeira vez. Dentro de mim, os chacras reluzem, não apenas os sete que todos conseguem nomear, mas milhares de chacras menores. Prana flui em um rio de arco-íris esplendoroso, e o observo se enroscar em meu sangue e em meus ossos, indistinguível de qualquer outra parte de mim. *Se dê a permissão de que precisa*, a voz de Kaushika diz para mim de uma vida passada, e destranco os chacras como se sempre tivesse sabido como fazer isso.

Magia mortal e imortal se entrelaçam, me consumindo.

Fios de prana penetram minha alma, água vagueando e encontrando seu caminho até as partes mais ocultas de mim.

Arqueio as costas, e minha respiração fica lenta.

Contorço o pulso e, antes que a mudra esteja completa, uma ilusão se projeta, rica de ouro de Amaravati. Os paraísos rugem, um estrondo de trovão, e ergo o olhar. Um raio lampeja de novo e de novo, e nuvens escuras atacam violentamente o céu, se amontoando acima de mim como resposta à minha magia. A chuva começa a cair, em punição e raiva, e sei que Indra pode me ver. Apesar de tudo, ele é meu criador, e eu sou sua devota. Este lugar não está escondido de sua visão. Tomei de volta o poder de Amaravati apesar do exílio. Eu o desobedeci de novo. Ele está vindo.

Deixe que venha.

Levanto e chacoalho os braços, espalhando a água da tempestade.

Estou intoxicada com meu poder. Estou com a cabeça mais lúcida do que já estive. Um canto se enrosca em mim, um que não sabia ter aprendido. É um canto similar ao que Kaushika usou para abrir o portal, e o ar diante de mim ondula.

Vejo Nanda em forma de pedra. Ela tremeluz, a pedra chovendo, uivando. O portal a trouxe para cá, para mais perto de mim, e runas escapam da ponta de meus dedos, o círculo de liberdade, o lingam de Shiva e Shakti, a foice de cura. Pressiono o poder de minha magia na pedra, ela chora.

E então o obelisco explode.

Lascas de pedra irrompem, mas não me ferem, transformando-se em poeira no ar quando me tocam.

Nanda cambaleia para fora da poeira e cai de joelhos, um soluço se rasgando de seu peito. Eu me abaixo e a ergo, e vejo as palavras em seus olhos. *Sábia de coração puro.*

— Irmã — sussurro, e ela põe a cabeça em meu ombro, soluçando sem controle, incapaz até de pronunciar meu nome.

Lágrimas inundam meu rosto também, não só por ela estar livre, mas porque fui eu quem fez isso. Nos agarramos como se estivéssemos em um oceano agitado, poderoso e livre porque a água está em nossa natureza, mas aterrorizadas também por causa de sua raiva liberta.

Eu a acaricio várias vezes, tomando cuidado com as joias que usa, sentindo a magia nela. Quero perguntar sobre Magadhi e Sundari, as outras duas apsaras além de nós que foram enviadas para seduzir Kaushika. Só que ela não saberia; vieram depois. Será que Kaushika as transformou em pedra também? Por que, então, ele não as mencionou quando contou do erro com Nanda?

Não digo nada dessas coisas. Simplesmente a abraço, afirmando que está segura. Que estou aqui, e que não vou deixar que nenhum mal lhe aconteça. Nanda treme em meus braços, soluçando em silêncio, e penso nos horrores que vivenciou. Permaneceu consciente o tempo todo que estava presa? Tomara que não. Espero que tenha sido como um sono encantado e que agora seja como um despertar. Sei que é um despertar para *mim*.

As árvores farfalham, e ouvimos vozes debatendo alto. Mais alguém está aqui. O aguaceiro diminuiu para uma fraca garoa, mas Indra provavelmente já enviou lacaios. Um sorriso irônico cresce em meus lábios. Nanda se afasta de mim, ainda sobrecarregada demais para falar, mas uma determinação silenciosa brota em seus olhos. Ela seca as lágrimas do rosto e me dá um aceno de cabeça, com magia já circundando a ponta dos dedos. Ela é uma apsara, um soldado. Sabe o que devemos fazer diante de qualquer tipo de perigo, seja enviado pelo senhor ou pelos outros. Ela foi abandonada por aqueles que a deviam ter protegido. Assim como eu. Estamos prontas.

Trocamos um último olhar, magia cintilando em nosso corpo.

Em silêncio, nos aproximamos dos sons.

Capítulo 26

Paro quando avisto formas reunidas na clareira onde me sentei com Shiva. Nanda e eu estamos escondidas, ainda atrás das árvores. Hesito quando as vozes murmuram e se elevam.

De início, não consigo ver quem está falando. A magia da clareira me sobrecarrega.

A intensidade é surpreendente. Cores vívidas me atingem, embaçando tudo em uma massa rodopiante de ondas de vários tons, combatendo umas às outras. Tenho que fechar os olhos para silenciar o impacto.

Meus outros sentidos inflamam assim que o faço. Ritmos diferentes minguam e se erguem em meus ouvidos, como se a mesma nota fosse repetida em várias oitavas diferentes. Odores compartilham a mesma base, mas se manifestam com aromas variados. Mortal ou imortal, toda magia é igual em essência, parte da mesma canção universal. O que estou sentindo são auras. Pela primeira vez, claríssimas, depois de minha conversa comigo mesma.

Arrepios irrompem em minha pele. Auras nunca se revelaram para mim dessa forma, como se eu conseguisse ver a conexão delas com todos os universos e reinos. Vagamente, questiono o que de fato são. Não tenho um verdadeiro entendimento delas, mas Kaushika saberia.

Tento não pensar nele. Inspiro aos poucos, buscando capturar a liberdade e o poder da dança. E então me aproximo, tomando cuidado para não fazer barulho. Nanda me segue em silêncio, os passos até mais treinados em subterfúgio do que os meus.

Quanto mais nos aproximamos, mais distinguo cada sabor de magia. Um parece um suspiro reprimido por muito tempo. Outro estala como fogo na terra úmida. Uns são passageiros, fluidos demais para apanhar. Outros tremeluzem, em um sopro de perfume. Todos eles são familiares. Amigos ou inimigos?

Mais alguns passos, e as vozes se tornam mais claras.

— ... tem que estar aqui — murmura um homem.

Anirudh, penso, quando o vislumbro pelas árvores. A aura dele queima em um prata brilhante, os dedos velozes criando runas no ar. A runa de confusão, de medo, de covardia, de derrota. Ele está murmurando entre dentes o que só podem ser mantras. Os cantos são muitíssimo poderosos; a aura dele se move bruscamente, como mercúrio, tentando acompanhar a magia. Ele está invocando o poder cru e potente dos celestiais, de devas como Surya, Vayu e até Indra nas formas mais naturais. Está se preparando para atacar e enfraquecer um inimigo. *Eu* sou esse inimigo?

Meus outros amigos mortais estão atrás dele, mas não se mexem. Parasara, Eka e até Romasha...

Prendo a respiração. Kalyani está entre eles. O rosto redondo está abatido e, embora pareça precisar do apoio de Eka, a expressão dela é determinada e rebelde. Um luto agudo se infiltra em mim, buscando minha vergonha. Ela deve me odiar. Menti para todos eles, mas em especial para ela. Dolorosamente, percebo que Kaushika não está com o grupo. Se ele os enviou aqui para me destruir, não poderia então ter escolhido uma equipe melhor. Meus amigos do eremitério são formidáveis por conta própria.

Estou ponderando se deveria mesmo me revelar quando sombras e folhas farfalham na frente dos mortais. Eles se viram bruscamente, erguendo as mãos para liberar magia.

Rambha emerge, sozinha, e se apoia de forma casual em uma árvore.

O efeito é imediato.

Meus amigos mortais piscam, e todos os olhares se voltam para ela.

Ela está mais adorável e mortal do que já vi. Os olhos delineados de kohl estão manchados de dourado. O cabelo, preso em uma trança complexa que cai bem abaixo da cintura, com damas-da-noite entrelaçadas no penteado, intoxicante. O sari verde-escuro envolvido a seu redor é falsamente simples, com ouro e diamante bordado de forma tão sutil que é como se ela vestisse as estrelas. Ele se aperta na cintura e no peito quando ela se move. A poeira dourada em sua pele cintila por causa das joias costuradas no tecido. Ela não usa nenhum ornamento, nem mesmo um piercing de nariz, mas o poder de Amaravati reluz das roupas. Não é uma vestimenta de apsara. É uma armadura de batalha. Sua blusa é transparente o suficiente, e ela poderia não estar usando nada. Envolve seus seios, uma ilusão em si, na mesma cor da pele, cintilante.

Nanda se agita a meu lado, reconhecendo o perigo dela também, e eu a silencio com um toque. Vejo Anirudh arregalar os olhos. Ele pisca e sacode a cabeça como se quisesse clarear os pensamentos. Romasha fica boquiaberta. Rambha sorri, radiante, e os pulsos se movem como uma melodia, dedos tocando o ar de leve.

Os olhos dela estão frios. Calculistas. Observadores. Um tremor sobe por minha espinha quando me dou conta do quanto ela é letal. Não sei bem como consigo ter certeza — talvez seja a clareza que ganhei de Shiva —, mas sei que essa é a Rambha real, não Indra disfarçado.

— Ninguém precisa se machucar — diz, calma e sedutora. Preguiçosamente, ela curva os pulsos, vaporizando o ar e assumindo a forma de um veado. — Só me falem onde ela está e o que ele fez com ela. Senti um pico de poder. Sei que ela está aqui.

— Ela — repete Anirudh, piscando — foi traída por Indra. Veio finalmente matá-la?

Mal consigo acreditar que Anirudh falaria com Rambha dessa forma, que já se livrou do feitiço. É então que percebo que não sei mesmo quem ganharia esse duelo.

Rambha dá um sorriso lento. Kalyani se inclina, o rosto sério. Parasara se enrijece, resignado, e Romasha e Eka começam a girar fogo nas mãos.

Chega, penso.

Corro para fora das árvores, em plena vista.

— Parem — ordeno.

Uma dezena de olhos se volta para mim e Nanda, magia e ilusões direcionadas a nós, prontas para serem liberadas.

Rambha é a primeira a se recuperar. Ela dá um salto à frente, a graça e a pose esquecidas.

— Meneka!

Sou engolida pelos braços dela. Não retribuo o gesto, e, atrás dela, os outros trocam olhares, mas não param de apontar os mantras e runas para mim mesmo quando Rambha se vira para Nanda, quase soluçando de alívio. As duas apsaras se agarram, tremendo, Rambha acariciando o cabelo de Nanda várias vezes enquanto Nanda assegura com murmúrios que está bem. Rambha já está questionando sobre as outras apsaras desaparecidas, mas Anirudh me encara.

— É *você*, Meneka? — pergunta. — Quase quero pedir uma prova.

Rambha dá meia-volta, olhando carrancuda para ele como se para indicar que ela saberia me distinguir de um impostor. Eu me retraio, me lembrando de como caí fácil no golpe de Indra.

— Gostaria que eu fizesse uma runa imperfeita? — pergunto, seca. — Ou pode só me negar qualquer conhecimento sobre Kaushika, e então vai ser como nos velhos tempos.

Anirudh sorri. Atrás dele, há um murmúrio quando o resto dos mortais relaxa. Eles baixam as magias, os mantras formados pela metade morrendo lentamente, a tensão sumindo. Sorrisos crescem em seus rostos. Kalyani abre a boca, olhando de mim para Rambha para Nanda, sem dúvida notando os mesmos padrões em nossa beleza.

Assinto em compreensão.

— Acho que é melhor nos sentarmos. Temos que nos explicar.

Rambha se senta perto de mim.

Ela não me toca, mas está ali, só a um suspiro de distância. Preenche o canto de minha visão. Sua magia, seu perfume delicado, flutuam em minha cabeça. Eu nos vejo na iminência de minha missão, Rambha roçando os lábios suaves nos meus, e minha vontade de puxá-la para mim, soltar seu cabelo, beijá-la até ficar sem ar. A lembrança se agita em mim, uma fruta podre; o calor e a paixão dela se foram. Não sei se foi a Rambha que fiz o relatório, ou se foi sempre Indra, mas sei que era ela quando nós duas saímos da sala do trono do senhor antes de eu partir para a missão. A Rambha daquela época e a de agora... é difícil aceitar o quanto nos afastamos, embora estejamos sentadas juntas agora, finalmente do mesmo lado.

Tento manter os pensamentos lúcidos. Tenho que aprender certas coisas com ela. Até lá, não posso me permitir ficar distraída. Não a fito, nem mesmo quando toca meu braço sem querer.

Não há acidentes com ela, relembro a mim mesma. Rambha é a melhor das apsaras. Sabe exatamente o que está fazendo. Sua voz ecoa em minha cabeça.

Você é jovem demais. Inexperiente demais. Ingênua demais.

Não mais tão ingênua, penso. O pensamento me deixa fria. Talvez ela sinta meu humor. Sua aura oscila, suavizando. Anis-estrelado diminui e apazigua. Ela se encolhe no canto de minha visão, um resultado da própria aflição. Não tiro prazer disso; me entristece. Ela está reagindo a *meu* poder agora. Não era isso o que eu queria, mas aceito mesmo assim.

Os outros se sentam de forma desorganizada, embora mortais e apsaras mantenham distância uns dos outros. Alguém monta um fogo resistente à chuva. Desconfiança ainda paira sobre todos nós, e os mortais olham de mim para Rambha e Nanda, os corpos ainda em alerta. Mas Kalyani se acomoda a meu outro lado, as sobrancelhas franzidas de preocupação. Diferente de Rambha, que está pedindo atenção silenciosamente, Kalyani me encara.

Eu lhe dou um sorriso lacrimoso, e ela o retorna. Alívio irrompe em mim vendo sua resposta e sua saúde. Ela parece fraca, mas não mais em perigo. Vi Shiva apanhar o halahala. Talvez isso tenha curado Kalyani. Será que Kaushika sequer registrou o acontecimento? Preocupado como estava com o que fazer com o veneno?

Embora não encoste nela, me inclino para perguntar como está, mas Rambha fala primeiro.

— Indra está vindo — diz, baixo. — Ele também detectou o pico de poder. É para cá que o senhor vai trazer a batalha.

Há uma aresta de ferro na voz, e ela não se volta para mim. Encara o chão diante de si, a poeira e a terra enlameando as bonitas roupas.

Mortais e celestiais, todos olham para o céu. Um trovão ressoa e um raio reluz de novo. A noite escurece mais, o chuvisco continua a chicotear. É a raiva lenta dos deuses, e Nanda murmura de preocupação. Ela a reconhece.

Só *eu* não examino os céus. Enfim me viro para Rambha, a forma dela a meu lado, a curva de seu corpo, a orelha de concha. Mechas soltas da trança balançam na leve brisa, e uma vontade de as colocar atrás da orelha dela cresce em mim. Não me mexo.

Ela sabe o que passei? Entende seu papel nisso?

— Vindo atrás de mim? — questiono, uma pergunta tola.

— E Kaushika.

Rambha então me olha, e uma dor de verdade centelha em seus olhos. Ela lembra a mulher que um dia amei. Pergunto-me se também se lembra, a possibilidade que tínhamos antes das escolhas que ela fez. Antes das que eu fiz.

Os mortais do retiro trocam olhares desconfortáveis. É a abertura perfeita para perguntar de Kaushika e onde ele está, mas não consigo me fazer aproveitá-la. A ausência dele perdura com força, cheia da gravidade de uma centena de planetas. Rambha me encara, e meu poder lampeja em retaliação e dor. Envolvo os braços a meu redor e desvio minha atenção de Rambha para o fogo.

— Ele está na campina — responde Anirudh, baixo. — Preparando o exército *dele*. Meneka, ele vai vir para cá também... tenho certeza de que sentiu o mesmo pico de magia celestial que a gente.

Tristeza me perfura, com arrependimento e um lento horror. Claro.

— Ele está na campina, se preparando — digo. — Mas *vocês* estão aqui?

— É — fala Nanda, pela primeira vez. — Por que vocês estão *aqui*?

Anirudh lhe lança um olhar cauteloso. Nanda sorri, um sorriso charmoso e honesto, e enrijeço. Os mortais não sabem, mas há raiva no sorriso, e a promessa de retaliação. Estendo a mão para impedi-la, balançando a cabeça sutilmente. Esses mortais não são inimigos dela, por mais que eu consiga entender a fúria.

É Kalyani que a responde:

— Ele contou para a gente quem você é, Meneka. Uma apsara.

Eu vinha esperando por isso, e me retraio na expectativa, mas não há nenhum calor ou raiva na voz dela. Só curiosidade. Ainda assim, fecho os olhos. Imagino a conversa. Kaushika me deixando perto do lago, se afastando. Indo ao eremitério e à campina. Contando a todo mundo quem e o que sou, e que fui enviada para seduzi-lo. Que me deitei com ele, amei e menti.

— O que ele falou? — pergunto em um sussurro.

Abro os olhos e vejo meus amigos mortais trocarem um olhar confuso.

— Só isso — responde Anirudh. — Que você é uma apsara.

— Mas você disse que eu fui traída por Indra...

— Foi o que ele nos contou — explica Romasha. Tremo, me lembrando de como ela me pegou com Kaushika em uma posição comprometedora há algumas noites. Kaushika não se sentiu envergonhado na época. Eu o envergonho agora? — Ele disse que, ao te mandar para o eremitério, Indra traiu sua devoção a ele. Falou isso da outra apsara que foi mandada por ele também. Sabemos agora o que Kaushika fez a ela, mas não foi raiva ou vingança que o fez amaldiçoá-la. Ele podia tê-la matado se quisesse. Mas seu único interesse era convencer Indra a parar.

— E eu deveria me sentir grata por ele não ter me matado, não deveria? — rebate Nanda, fria. — Que figura heroica ele é, realmente. Ser tão gentil a ponto de me amaldiçoar por dez mil anos em vez de me matar logo.

Ela solta um grunhido de aversão, os dedos crepitando de poeira dourada, muito perto de ser liberada. Romasha empalidece, percebendo enfim que era mesmo Nanda presa na pedra. Posso ver a pergunta no rosto dela, querendo saber como Nanda está livre, mas ela se retrai e evita o olhar de Nanda.

Não digo nada, a mente girando. Raiva ainda corre por mim com a rejeição de Kaushika, mas o que Romasha falou de Indra me traindo é verdade demais para negar. O senhor já puniu devotos antes. *Eu* fui o arauto dessa punição. Significa que Kaushika me perdoou? Ou apenas que sente pena de mim?

— Vocês ainda não explicaram por que estão aqui — afirma Rambha para os mortais.

— Nem você — solta Kalyani. — Indra a mandou?

— Por favor — peço, mansa, tensa.

Não há nenhum amor entre os mortais e os celestiais, sobretudo depois do dano que Amaravati com certeza já sofreu, dos eventos em Thumri e do halahala. Mas não posso ver essas pessoas brigando agora, não quando a guerra em si se assoma entre nossos reinos. Lanço um olhar desesperado a meus amigos do eremitério, e Kalyani joga as mãos para o alto como se fosse a resposta mais óbvia do mundo.

— Por que você acha, Meneka? — diz, exasperada. — Viemos aqui porque gostamos de você. Estávamos preocupados!

— Mas eu sou uma apsara. Os mortais desprezam meu tipo. Eu... eu enganei vocês.

— Enganou? — replica, dando de ombros. — Acho que era totalmente você mesma quando estava com a gente, mesmo sem sabermos que você era uma celestial. Só sua defesa de Indra já devia ter entregado seu jogo, mas, claro, você conseguia fazer magia de runas. Não achávamos que isso fosse possível.

— Como você *consegue* fazer magia de runas? — pergunta Parasara, se inclinando. — Como imortal, não era para ser possível.

Balanço a cabeça. Eu lhes devo uma explicação, mas ainda não é seguro compartilhar com ninguém. Eu sempre me perguntei se o prana selvagem era meu mesmo, solto por meu tapasya. Nunca considerei que o poder de Amaravati tinha sido meu também. Mesmo que Indra tenha cortado os dois, ele não pode me negar o que é meu. Ele vinha escondendo a magia da cidade, nos fazendo acreditar que é dele que dependemos. Tem mantido o prana selvagem refém também, de todos os celestiais, provavelmente há milênios. Deve ter me considerado uma ameaça quando Rambha relatou a ele que eu estava criando runas; pode ter considerado cortar ambas as magias já naquela época. Se eu compartilhar o retorno da magia, isso criará uma rebelião, Swarga desmoronando enquanto o Vajrayudh se aproxima. Não posso deixar uma informação tão perigosa vazar, nem para meus amigos; minha cidade não pode ser destruída. Logo, embora minhas ações inevitavelmente protejam o segredo de Indra, seguro a explicação.

— Poder é poder — digo simplesmente, uma frase que ouvi vezes o bastante no eremitério. — Quando a magia de runa veio até mim, me surpreendeu também. Eu não queria enganar vocês.

Parasara enruga a testa. Será que esse pouco é mesmo o bastante para ele, que sempre foi o mais sábio quando se trata de entender como a magia funciona?

— Não devia ter sido possível, mesmo que você sempre tenha sido forte na magia — declara Anirudh, assentindo. — Mas também temos magia, Meneka. Você nunca acharia que os iogues são presas fáceis, você nos mostrou o máximo que podia, não importa a missão em que foi mandada. Kaushika a deixou na floresta, banida para sempre do eremitério, mas Kalyani brigou com ele por sua causa, censurou-o pelas ações insensíveis... ele ter simplesmente abandonado você, mesmo reconhecendo que foi Indra quem a traiu. É por causa dela que estamos aqui. Não importa o que ele pensa, *nós* concordamos que Kaushika agiu levianamente. Que tipo de amigos seríamos para ele, para *você*, se deixássemos os dois se afastarem sendo que vemos o quanto se empoderam? Temos procurado você há dias, mas não conseguimos rastreá-la. Achamos que tinha voltado para Amaravati, só que quando sentimos a magia aqui... — Ele dá de ombros. — Viemos. Achamos você. Não está sozinha.

Fico tão abalada com esse pequeno discurso que lágrimas inundam meus olhos. Discutiram com Kaushika por mim. Vieram me encontrar, apesar do poder e do controle dele sobre os iogues. Apesar das crenças que compartilham com ele e da lealdade. Apesar do fato de que sou uma celestial que mentiu para eles sobre a própria identidade.

Kaushika pode ter se esquecido de mim, mas meus amigos, não.

Viro-me para Kalyani, e ela sorri para mim. Há tanto amor, lealdade e compreensão em seu olhar que as lágrimas finalmente escorrem por minhas bochechas. Ela balança a cabeça e me abraça, solto uma meia risada e grudo nela, desesperadamente aliviada por ela estar aqui, por estar bem e por não ter me abandonado.

— Achei que você fosse morrer — sussurro, e meus ombros tremem com todo o terror que reprimi desde o envenenamento. — Achei... achei...

— *Shh* — murmura ela, baixinho, os ombros tremendo. — Estou bem, minha amiga. Devo a você mais do que minha vida, mas não foi por isso que vim. Ah, Meneka, não importa quem fingiu ser, não posso usar isso contra você. Aprendi demais com você. Antes, eu pouco questionava o que meus professores me mandavam fazer, mas você me ensinou a ser corajosa, a defender o que eu acreditava ser o certo. E, nesta briga entre você e Kaushika, *você* está certa. É por isso que estou aqui.

Não consigo dizer nada. Só aperto o abraço.

Quando nos soltamos, ela também tem lágrimas nos olhos. Ri com pesar e as limpa, e lhe dou um pequeno sorriso. Kalyani dá um tapinha em minha mão e nós duas nos viramos de volta para os outros, nos recompondo.

Respiro fundo, tentando ordenar as emoções. Fito Rambha.

— Indra sabe que você está aqui?

Ela olha para o céu e faz uma careta quando uma gota de chuva toca seu nariz.

— Não contei quando vim investigar o pico de poder. Mas ele vem delirando na corte há dias, à beira da loucura. Só Surya e Agni conseguiram impedi-lo antes que fizesse algo de que se arrependeria. A rainha Shachi está furiosa com o senhor. Ela não o perdoou por te mandar na missão, mas isso só o deixou com mais raiva, de você e de Kaushika. Indra queria destruir o sábio há um tempo. Com o que você contou do exército... Ainda faltam alguns meses para o Vajrayudh, e o senhor está forte demais. Ele vai aniquilar qualquer um que se opuser a ele.

— Kaushika também está pronto — devolve Anirudh. — Quando Indra chegar, o sábio vai sentir. Ele vai abrir um portal para o rei deva, e seu exército vai se derramar. O rei deva não deve subestimar Kaushika ou seu batalhão.

— Ele colocou proteções ao redor do eremitério — emenda Romasha.

— E vai levar a batalha para bem longe dele.

— Uma batalha que você um dia apoiou — lembro-a.

Confio em meus amigos mortais, *preciso*, mas ainda há coisas a esclarecer, e não vou me mover a não ser que compreendam tudo.

Romasha não desvia o olhar do meu.

— Sim — confirma, monótona. — É uma batalha que já apoiei. Anirudh e eu sabíamos da campina e o que é de verdade. Mas Kaushika nunca agiu por pura raiva antes. Já o vimos com fúria, mas sempre houve um motivo justo por trás dela. No entanto, abandonar você mostra como está de coração partido. E isso está afetando as escolhas dele. — Romasha dá de ombros e, embora o gesto seja casual, detecto dor e luto nele. — Essa guerra é o ato de um príncipe mimado, não de um sábio inteligente, e é preciso questionar se tudo até agora não foi guiado por um sentimento parecido. — Ela encontra meus olhos, e não vejo mentiras neles. — Os sábios da Mahasabha sempre falaram que Kaushika estava amarrado no carma passado. Talvez a gente tenha errado ao segui-lo tão cegamente. Talvez ele nunca tivesse escolhido o caminho pacífico. Você revelou... um lado diferente dele.

Arqueio as sobrancelhas. Um por um, os outros mortais assentem, concordando com Romasha, e me lembro do que disseram depois de Thumri e de como se comportaram na Mahasabha. Como o próprio Kaushika considerava Anirudh e Romasha seus seguidores mais leais.

— Você não acha mais que Indra precisa de uma lição? — pergunto, baixinho.

— O senhor da tempestade tem muito pelo que responder — confirma Romasha. — Mas guerra... — Ela balança a cabeça em negativa uma vez, tensa. — Temos que encontrar outro jeito.

Observo os iogues aninhados juntos. Sob as expressões corajosas, o medo ondula. Percebo como as palavras ditas por eles antes foram ousadas, fáceis. Além de Rambha, qual de nós já vivenciou uma *guerra*? Só conhecemos as histórias, e mesmo Rambha não fala delas, por serem muito feias.

Esses mortais se rebelaram contra Kaushika para vir até mim, mas talvez meu desaparecimento os tenha tirado do encantamento no qual nem sabiam estar. Kaushika não teria feito isso de propósito, mas sua intensidade e seu carisma reuniram um exército inteiro. Meus amigos mortais tomaram a raiva dele de Indra para si. Foram enfeitiçados pelo poder de Kaushika. *Seduzidos*.

Um cansaço profundo se enrosca em mim. Que curioso eu ter sido enviada aqui para seduzir Kaushika, mas o que fiz no lugar foi tirar os outros de sua sedução. Ele e Indra são muito parecidos, em busca de sangue e guerra, em nome de lealdade e poder. Mas sou eu quem, de alguma forma, traiu os dois. É a esse posto que pertenço? Lutando contra a influência deles sobre mim, que me puxa por lados opostos?

Não.

Eu me recuso.

Levanto-me.

— Indra está vindo, e Kaushika também. Logo esta floresta vai ser tornar um campo de guerra. Precisamos impedir essa batalha que nos manipularam para participar.

— Como? — pergunta Nanda.

Paro, olhando para os outros atrás de sugestões.

Anirudh me salva.

— Podemos começar criando proteções. Qualquer coisa para impedir o derramamento de sangue. Qualquer coisa para estimular a paz.

Ele estala os dedos, depois esboça algumas runas no ar. Harmonia. Tolerância. Oração.

E então começam a planejar, os mortais do eremitério e Nanda — um movimento que me surpreende, já que estavam quase pegando em armas mais cedo. Nanda canta enquanto lança ilusões. Eka e Parasara murmuram entre si, os mantras se fundindo com a canção. Magia ondula de todos eles, dourado de Amaravati, e mil tons terrenos dos mortais, se misturando e se desenvolvendo, se libertando na floresta para além da clareira.

Eu me movo para ajudá-los, mas Rambha chega a meu lado pegando minha mão.

— Por favor, Meneka — diz. — Precisamos conversar.

Hesito. Não sei o que vou dizer.

Os olhos dela estão grandes e líquidos. Não repete o pedido. Fito Anirudh e Kalyani, que está ocupada com os outros mortais, e penso em como vieram até mim mesmo que eu os tenha enganado. Não devo o mesmo a Rambha?

Suspirando, assinto. Rambha nos guia para longe da clareira, em direção ao penhasco.

Capítulo 27

Paramos lado a lado no precipício do penhasco. Abaixo, o afluente do rio Alaknanda cai em cascatas como um mar de ressaca, também se preparando para a batalha. Ondas se erguem e quebram no vento, com o zumbido de costume, agora batendo estrondosas contra as pedras. Apesar disso, tão forte é minha sensação de paz perto de Rambha, tão familiar é seu cheiro de anis-estrelado que, se eu fechar os olhos, quase consigo acreditar que estou de volta a Amaravati.

Não fecho os olhos.

Encaro o horizonte e me forço a ficar imóvel, a enxergar este momento pelo que é.

Rambha engole em seco, o som baixo na garganta. Pelo canto do olho, noto a curva do pescoço dela. A luminosidade dourada da pele. O sari que a abraça e a blusa que por pouco quase não está ali.

Ela é tão bela, mas, pela primeira vez, sua beleza não me causa nada. Em vez disso, me encontro lembrando-me de quando a conheci tanto tempo antes. Eu era uma apsara de 15 anos, e ela era minha supervisora. Quis ser como Rambha desde o primeiro momento. Olha aonde isso nos trouxe. Se ela me encorajasse a ser eu mesma, nossos destinos teriam sido diferentes? Até Kaushika queria apenas que eu permanecesse verdadeira a mim mesma. Falhei com ele quando falhei em fazer isso, nunca entendendo minha natureza. Mas Rambha, ela só queria que eu me tornasse outro alguém, e viajei por esse caminho de confusão e desespero. O que ela pode ter para me dizer agora? Eu me viro, a boca tensa, com uma pergunta no rosto.

Ela se move.

— Não sabia que o senhor faria isso — começa.

Espero. Fazer o quê? Fingir ser ela? Cortar-me de Amaravati? Prometer retaliação? Quais desses não sabia como sua apsara favorita?

— Quando o senhor me contou que exilou você...

Lágrimas inesperadas saltam em seus olhos, e Rambha as limpa.

O instinto me faz querer me mexer, abraçá-la e acalmá-la. Se eu ceder, os muros entre nós se quebrarão. Não ouço essa parte de mim. Permaneço congelada.

Rambha baixa o olhar.

— Eu implorei a ele que a poupasse. Falei que não queria você ferida. Mas ele está furioso e assustado. A ameaça ao poder dele e a Amaravati é maior do que nunca. É por isso que ele vem atrás de Kaushika agora, antes que o Vajrayudh chegue de vez, enquanto ainda pode. Houve um tempo em que o senhor era mais flexível, mas ele está enfraquecido, começando a temer a dúvida que o povo tem dele. A rainha Shachi o questiona na frente dos devas, apontando suas falhas. Indra não toleraria isso de você, Meneka. Ele a puniria se eu contasse da sua devoção falhando. E não consigo mentir para o senhor... não *quero*. Foi por isso que tentei dissuadir você das suas ideias, que tentei fazer você se concentrar nas missões. Estar envolvida nas intrigas da corte é algo que ninguém deveria suportar. Podem pedir que você faça escolhas para as quais nunca vai estar pronta. — No finalzinho, a voz dela se torna um sussurro.

Imagino a cena. Indra acabou de me expulsar de Amaravati. Uma corte inteira o aguarda no palácio, e a fúria dele toca todos os imortais. Ele está curvado no trono, de cara feia, desejando ser entretido e distraído. As apsaras se apresentam, mostrando ilusões de sua grandeza. E, mais tarde, quando a corte está vazia, Indra permanece no trono, carrancudo e emburrado. Rambha está aos pés dele, suplicante. Rambha, que foi jogada nas intrigas da corte, ou talvez tenha escolhido participar delas. Rambha, a quem pediram que fizesse escolhas difíceis, entre o senhor que ama... e eu.

As imagens se despejam em minha mente com facilidade, vívidas demais para minha imaginação. Fico desconfiada. A aura de Rambha reluz, não mais moderada e, embora ela não esteja contorcendo os dedos em mudras, penso: *ela sempre foi mais habilidosa*.

— Por que está aqui? — pergunto, franca.
— Por você.
Arqueio uma sobrancelha.
— Não por Indra?
— Por ele também... sempre. E Amaravati.
Não há farsa em sua resposta. Ela ama a Cidade dos Imortais assim como eu. Nunca foi evasiva com isso; na mente dela, a cidade é inseparável do senhor. Rambha sempre temeu o que Kaushika conseguia fazer, desde a primeiríssima vez que me contou dele.

— Você me beijou antes de eu partir para a missão — lembro e, desta vez, não consigo afastar a mágoa da voz. — Por quê?

Rambha ergue os olhos para encontrar os meus.

— Eu estava tentando te proteger. Coloquei um encanto em você, um que a protegeria da ira do senhor. Eu não poderia salvá-la da magia desconhecida de Kaushika, mas conheço bem o temperamento de Indra. — Ela sorri, e é triste. — Também te conheço, Meneka, e sabia que essa missão a testaria. Faria você questionar ainda mais o senhor, sobretudo depois de como sua bênção aconteceu. O beijo foi uma transferência de minha aura para lembrar Indra, no momento de raiva, que você é preciosa para mim.

Eu a encaro buscando sinais de duplicidade, mas tudo o que vejo é luto na curva de seus ombros. A raiva me deixa cansada.

Rambha não me perguntou antes de colocar o encanto em mim, o beijo só enevoou minha mente. Mas foi por causa dessa transferência que Indra escolheu me exilar em vez de me matar. Ele me cortou de meu poder, uma ação que poderia ter me matado mesmo assim, com o mal-estar por ser removida da magia de Amaravati, mas ele poderia simplesmente ter me decapitado com o vajra — e não o fez. Reivindiquei meu poder porque ainda estava viva. Deveria agradecer a Rambha por esta pequena proteção, mas minha gratidão desaparece dentro do abismo pesaroso do que passei. Nada fica para trás a não ser cinzas de piedade por nós duas. Esse é o fardo de uma apsara? Amar e proteger, mas sempre fazer isso sem permissão?

— Então não significou nada — digo, a voz rouca.
— Significou o bastante — sussurra ela, e se aproxima.

Não me afasto, mas reconheço a resposta como é. Uma evasão.

— Indra sabia desse encanto? — pergunto.
— Não, mas, quando o encanto teve efeito, ele entendeu o que fiz. Se lembrou do meu amor por você.

Lembro-me da expressão triste nos olhos de Indra, mesmo enquanto me contava do exílio.
— Ele puniu você?
Rambha hesita por um segundo. Então balança a cabeça em negativa.
— Ele não faria isso. Não comigo.
Não respondo. Só a observo.
Ela estremece sob meu escrutínio.
— Meneka, é complicado. Somos imortais, nós duas. Não envelhecemos como os mortais. Mas mesmo assim sou muito mais velha do que você. Nasci durante o Batimento dos Oceanos. Estou ao lado do senhor, sua dançarina, musa, devota, há milênios. Indra e eu sobrevivemos a milhares de batalhas, centenas heroicas, um milhão de manipulações. Ele já assumiu minha forma antes, para me testar e testar outros, ainda mais quando apsaras ameaçam se rebelar. Segurei as mãos dele, planejei para ele guerras e missões, o confortei. Sempre fomos mais do que senhor e apsara.
— Amantes — declaro, triste, e ela assente.
Não é nenhum espanto ele ter se recusado a colocá-la em perigo em uma missão tão perigosa. Acho que eu sempre soube. Tento desenvolver algum ressentimento, mas, em meu coração, entendo. Eu colocaria Kaushika em perigo se tivesse alguma chance de salvá-lo? Estremeço, incapaz de contemplar uma posição dessa.
— A rainha Shachi aprova? — pergunto, então.
— Ela sabe. Não fez objeção. Entende Indra e seus desejos.
Penso na rainha. Orgulhosa, linda, gentil. Uma deusa que criava as garotas apsaras em seu bosque, levando presentes e guloseimas para as pequeninas, se sentando entre as flores, encorajando nossa dança. Lembro-me de sua fúria na sala do trono e de como desafiou Indra. Não consigo conciliar a imagem daquela devi com o que Rambha está me dizendo. Shachi realmente não se importaria com Rambha junto ao marido? Rambha nunca fez parte do bosque de Shachi. Se Rambha nasceu mesmo durante o Batimento dos Oceanos, então ela é tão velha quanto a própria Shachi. Mas Indra é conhecido como Shachindra. Indra *de Shachi*. Se a rainha compreende os desejos de Indra ou não, é possessiva com o senhor.
Rambha lê minha mente, e seu sorriso é resignado.
— Não confunda fé com monogamia, Meneka — diz, calma. — Monogamia é invenção dos mortais. Eu já a vi aparecer e sumir. Não sou

a única amante do senhor, e a rainha tem o próprio harém. Mas sou uma agente livre, e faço com meu coração o que desejar. Só porque amo Indra não significa que não consigo amar outra pessoa. E o que sinto por você...

— *O que* você sente por mim? — interrompo, finalmente fazendo a pergunta que vem pairando entre nós desde o começo. — Aquele beijo, e tudo o que me pediu para dizer ou fazer por esta missão... foi pelo senhor? Ou foi por mim?

— Foi por vocês dois — responde Rambha, embora seu rosto desabe. — Meu amor por vocês dois não é diferente, Meneka. O senhor não me quer aqui, mas, mesmo que ele ganhe e destrua Kaushika, essa guerra só vai enfraquecê-lo mais. Será um erro do qual Indra pode nunca se recuperar, matar um sábio devoto de Shiva. Diga-me — pede, e um contorno frio adentra em sua voz gentil. — Por que *você* faz isso? Por que *você* fez as escolhas que fez durante a missão?

Eu me afasto dela, mas não posso negar que as mesmas perguntas que fiz a ela, Kaushika fez a mim. Entendo a explicação, mas a dor ainda me atinge, me cortando em carne viva. Foi isso o que Kaushika sentiu com minha traição? Com minha explicação?

— Indra me exilou de Amaravati — declaro. — Ele tirou tudo de mim, se recusando a me ouvir, e talvez devoção seja isso, o fato de eu não conseguir evitar ainda nutrir algum amor e lealdade a ele, não importando suas ações. Mas não me esqueço do que Indra fez, Rambha. Não perdoo. Consigo equilibrar essas emoções em mim, assim como Shiva mantêm o veneno e a liberdade dentro de si. Você entende o que estou dizendo?

Ela fica em silêncio por um bom tempo. Sob o luar, suas bochechas parecem pálidas. Será que alguma vez já foi rejeitada?

— Compreendo — diz por fim, e sua voz é monótona. — Mas se seu objetivo é impedir a guerra, então precisa de mim.

Uma brisa balança meu cabelo, carregando o odor da tempestade. Minha mente nada com tudo o que ela me contou.

Chacoalho o corpo.

— Então nos ajude de qualquer forma que puder. Os outros estão esperando, e não temos tempo.

Saio sem esperar que ela me siga.

Retorno para uma clareira inundada de magia.

Rambha e eu não ficamos fora por muito tempo, mas os mortais e Nanda já estão trabalhando juntos, embora de má vontade. A runa de harmonia de Anirudh reluz com a poeira dourada de Amaravati enquanto Nanda gira um círculo lento ao redor dela. Eles a empurram juntos, e a runa se eleva, crescendo, indo para o céu poeirento acima de nós, similar ao modo como criei aquela runa sobre o eremitério. Eu imagino que esteja protegendo a floresta.

A magia entrelaçada funciona comigo também, quase de imediato. Meus músculos relaxam, e minha mente se esvazia dos pensamentos confusos. Junto-me a Nanda, e moldamos ilusões de Amaravati, as esculturas delicadas que espreitam das árvores, os arcos atravessando as nuvens. Os mortais limpam as matas, e as manipulamos para que se pareçam com o jardim pessoal de Indra. *Não faça guerra aqui*, emendo silenciosamente, uma oração ao senhor do paraíso. *Este reino não é muito diferente daquele que você ama.*

Meu pedido a um Indra invisível é simples, mas, quando penso em um similar para Kaushika, a paz que adquiri se torna instável. O que posso dizer para convencê-lo? Sei os motivos dele para batalhar, e ainda não consegui persuadi-lo. Até seus conselheiros mais próximos falharam nisso, assim como seus professores da Mahasabha. O sorriso de covinhas surge em meus olhos. O calor e a cânfora da aura dele. A maciez da pele. A gentileza que enche seu coração. Não consigo aguentar a ideia de que ele pode ser destruído em breve.

Paramos para descansar quando a chuva cessa e a lua está alta. Meus aliados mortais se acomodam ao redor da fogueira em sacos de dormir. Rambha e Nanda, claro, não precisam dormir por serem celestiais. As duas desaparecem na mata, murmurando.

Deito-me no chão ao lado de Kalyani e Eka enquanto a noite sobe. Magia reluz ao redor, em lanternas ilusórias de baixa iluminação nas árvores e em runas que tremeluzem um pouquinho fora de vista. Um zumbido baixo de mantras nos circunda, fornecendo uma cadência calmante, e o cheiro fresco de petricor canta em meu coração. Os mortais adormecem quase na hora, mas fico deitada acordada, pensando. Há só algumas horas, Shiva estava falando comigo nesta clareira. Há só algumas horas, essas pessoas estavam prontas para se atacarem. Estamos em paz agora, mas o que a manhã trará? Eu conseguiria mudar a cabeça de Indra e Kaushika do jeito que mudei a cabeça deles? Apoio o queixo nas mãos enquanto encaro o céu cravejado de estrelas. Imagino-me de volta a Amaravati, mas não sei se encontraria alívio lá, a não ser que meus amigos e eu sejamos bem-sucedidos no que pretendemos fazer amanhã.

Eu deveria descansar, mas toda a magia de Amaravati ao redor me mantém alerta. A risada de Rambha pelas árvores aquece minhas bochechas. Ela e Nanda estão confortando uma à outra do jeito que as apsaras fazem. As celestiais não fazem barulho, e meus amigos mortais dormem profundamente, sem serem perturbados, mas claro que eles não teriam a sensibilidade para tais prazeres. Diferente dos mortais, somos feitas de canção, dança e amor. Consigo ouvir as duas mulheres liberarem os medos e as preocupações, os ofegos leves, os tons brincalhões. Mas não tem ninguém aqui para me ajudar a relaxar.

Contorço as mãos e as pouso levemente na barriga. Meus olhos se enchem de estrelas, mas tudo o que vejo é Kaushika e a noite que passamos juntos. O comprimento dele. O cheiro de jacarandá de sua pele. O jeito que se moveria direitinho, pela satisfação que me daria. O jeito que demandaria o próprio prazer, áspero, gentil e ofegante. Minha respiração fica fraca, e meus olhos começam a vagar, vagar, tão fácil esquecer que ele pode nunca mais me perdoar....

— Meneka? Está acordada?

Arranco as mãos da barriga.

Abro os olhos e vejo uma forma sombreada sentada do outro lado do fogo onde os demais iogues estão.

— Estou — respondo, com a voz rouca. — Estou acordada, Romasha.

Ela se contorce para fora do saco de dormir. A sombra se move e ela se senta a meu lado, encarando a fogueira. Joga alguns gravetos nela, mordendo o lábio.

— Você está preocupada — digo, sentando-me também.

— Não gosto dessa espera. Odiei mesmo quando Kaushika estava fazendo toda a preparação *dele*. Antes de Kalyani convencer a mim e a Anirudh de que precisávamos achar você.

— Fizemos tudo o que podíamos. Vai funcionar.

Tem que funcionar.

Ela não responde, mas sua postura fica mais tensa. Está desconfortável com outra coisa, querendo desabafar comigo. Imagino se está prestes a declarar o amor por mim também, como Kaushika fez um dia, e depois Rambha. É um pensamento tão ridículo que sorrio sozinha no escuro.

— Meneka, ele estava desconsolado — solta ela.

Levo um instante para entender.

Kaushika.

Meu coração começa a acelerar. Quero fazer mil perguntas, mas minha língua está pesada na boca. Engulo em seco.

— Nunca o vi assim — continua. — Você o mudou.

Fecho os olhos. As palavras de Romasha são um bálsamo para minha alma, mas não posso aceitá-las. O rosto de Kaushika lampeja para mim, do jeito como o vi da última vez, frio e sem emoção, enojado comigo.

— Ele ama você — declara Romasha, com a voz baixa.

— Você não sabe disso — sussurro, lágrimas pressionando a parte de trás de meus olhos.

Balanço a cabeça em negativa, querendo mudar de assunto, mas Romasha fita a fogueira, e sua voz endurece.

— Eu sei, *sim* — afirma, veementemente. — Eu *conheço* ele. Kaushika chorou depois que te deixou. Ah, se exaltou e ficou enfurecido enquanto nos contava o que aconteceu entre os dois. Criticou você e a si mesmo e todas as traições. Mas você e eu sabemos que ele é forte demais para simplesmente ser seduzido por uma celestial. Nunca foi inocente da sedução como alega ser. Desconfiou que você estava mentindo desde o comecinho; até pediu a mim e a Anirudh para vigiá-la quando estava longe do eremitério, para ver se você apresentava algum comportamento suspeito, para ver se tentava atacá-lo de alguma forma. Começou a proteger a própria casa depois que você chegou, e nos disse para prendê-la se fosse encontrada dentro dela, para que ele pudesse lidar com você. Kaushika nunca admitiu por que, nunca contou que achava que você fosse uma apsara. Era próximo demais do ato vergonhoso que ele cometeu com Nanda, acho. Mas tentou ludibriá-la tanto quanto você tentou ludibriá-lo, e agora está apaixonado por você, mesmo que ainda seja cego demais para reconhecer isso. A dor do que aconteceu entre vocês dois... Acredito que seja o que o levou a finalmente guiar os seguidores para guerra.

Brasas de mágoa, indignação e raiva faíscam dentro de mim, lampejando rápido demais para acompanhá-las. Mantê-las encadeadas é uma sensação animalesca. Ele ter estado me caçando todo o tempo em que eu o caçava. Ele sabia, suspeitava, e mesmo assim aqui estamos... quero reconhecer tudo o que Romasha falou, mas é duro demais. Apego-me à coisa mais fácil que consigo.

— Então essa guerra é culpa minha? — pergunto. — Kaushika é igualzinho a Indra. Nenhum deles quer assumir a responsabilidade por suas ações. Nenhum deles...

— Meneka — interrompe Romasha —, ele está sofrendo. Essa guerra é para você, não por causa do que fez, mas por causa do que você foi criada para fazer.

A raiva derrete. Lembro-me de ele dizer: *te coagir a obedecer é outra coisa pela qual Indra tem que responder.*

— Por que está me contando tudo isso? — indago.

Ela se vira para mim, surpresa.

— Você não sabe? Achei que fosse óbvio. Estou contando a você porque o amo.

Eu a encaro, e Romasha solta uma risada amarga, se voltando para a fogueira.

— Não se engane. Eu desejo com cada fibra do meu ser que ele me veja do jeito que a vê. Mas sou uma iogue, inteligente o suficiente para saber o que é um desejo simples e o que é mais. Ele ama *você*, não a mim. Nem imagina que gosto dele desse jeito, mas não preciso que saiba. Quando olho para Kaushika, vejo Shiva. Mas ele vê Shakti quando olha para *você*. Quem sou eu para ficar no caminho da devoção dele?

Palavras me escapam. Abro a boca... para dizer o quê? Que lamento? Que entendo ser injusto? Romasha não precisa de minha compreensão ou de minhas desculpas. De repente, me sinto pequena e modesta.

Permaneço em silêncio por um longo tempo.

Estrelas cintilam acima, começando a se esvair. A leste, o brilho rosa-claro da primeira luz de Surya colore o céu. No eremitério, as orações estariam começando. Em Amaravati, as apsaras estariam tomando banho, jogando água umas nas outras.

— Eu o machuquei demais — digo, por fim.

— Quem entre mortais e imortais não machuca aqueles que ama? — rebate Romasha, dando de ombros. — Amor é machucar. Assim como perdoar também é.

O tom dela é indiferente, mas isso é sabedoria. Indra me pediria para reparar meus pecados a fim de merecer perdão. É o que Kaushika quereria também? Abro a boca para perguntar a Romasha, mas ela se senta de repente, olhando para atrás de mim.

Viro-me para leste a fim de seguir sua linha de visão.

O amanhecer chega mais rápido do que de costume, inundando o céu, os raios do sol queimando minha pele em segundos. Levantamo-nos. Meu coração começa a acelerar. Os outros iogues acordam como se fosse um alarme e, quando pisco, Rambha e Nanda estão ali também, a meu lado.

Todo mundo está circunspecto, e todos nós podemos ver agora: carruagens surgindo no céu, conduzidas pelos corcéis enormes do paraíso.

Devas reluzem nelas, Surya, com sua coroa brilhante irradiada de luz, e Vayu, senhor do vento, ao redor de quem o próprio ar brilha. Agni, com fogo laranja faiscando no corpo, e Samudra, senhor dos rios e oceanos, que comanda o afluente do Alaknanda, que jaz atrás de nós.

Sem parar, eles chegam. Cem devas, tanto grandes quanto menores, e o senhor Indra viaja entre eles, o mais magnífico de todos. A armadura de Indra reluz um prata brilhante, como os contornos de uma nuvem tempestuosa, cintilando com o poder combinado de todos os deuses que comanda. A coroa dele brilha com tanta intensidade que quase não consigo ver que é feita de milhares de pequenos raios. No alto de seu elefante de guerra que usa uma armadura, Airavat, Indra paira acima de todos os senhores, nuvens cinza-escuro crepitando em cúmulos-nimbos maliciosos sobre ele. A magia celestial canta para mim, e sei que os devas estão acompanhados por apsaras, gandharvas, danavas e uragas — todos habitantes de Amaravati, e cada um guerreiro por si só.

Indra trouxe seu exército inteiro para esta luta, embora não haja nenhuma devi com ele, e a rainha Shachi esteja ausente também. As deusas ficaram para trás a fim de proteger Amaravati, seus poderes direcionados para resguardar a verdadeira joia enquanto os devas trazem destruição ao sábio.

O terror açoita meu coração. Raios lampejam e trovões retumbam compridos e altos, ressoando dolorosamente em meu peito.

A meu lado, Kalyani grita e aponta. A oeste, uma ondulação aparece no céu. Arregalo os olhos quando um portal penetra o ar, maior do que qualquer um que já vi antes. Pela fenda, o exército de Kaushika aguarda em formação e, mesmo de tão longe, a aura dele reluz tão cintilante quanto a de Surya, uma figura solitária de luz em meio à multidão. Não o escuto cantar, mas com certeza está entoando. O exército se derrama no céu, sustentado pelo poder de Kaushika sozinho.

Os devas reluzem mais, e um rugido longo e arrastado de trovão cobre a floresta, fazendo a terra tremer. Indra encara a fissura no ar, na direção de Kaushika. Agni cintila, fogo abrasando seu corpo todo, um sorriso de prazer no rosto.

Nenhum deles nos notou, mas não esperamos mais.

Pronunciando eu mesma um canto, levito no ar.

A meu lado, Rambha ascende também, duas figuras voando antes da guerra estourar. Vislumbro os outros de minha aliança enquanto tecem runas, mudras e mantras. Sinto o olhar de Kaushika enquanto se move para mim ao longe.

E então estamos diante do próprio senhor Indra, e pisco, a garganta se fechando. O senhor lascivo e ostensivo da sala do trono se foi. O Indra que me fita é todo guerreiro, a armadura deslumbrante o bastante para ser uma arma em si. Seu dhoti se agita no vento, girando com magia. Os olhos são cacos de cristal. A coroa de raios está mesclada com uma grinalda de folhas de marmeleiro, buscando a força de Shiva para si mesmo, e o magnífico vajra reluz em uma mão, me cegando, me estorricando com calor e ira. Ele está rodeado pelos devas, cada um incandescente. Mas ele é o mais sinistro, e lembro que continuou rei do paraíso durante milhares de motins, centenas de traições, há mais de um milhão de anos.

Minhas palavras azedam na barriga.

Intensifico o aperto na coragem, rezando para Shiva por proteção.

— Meu senhor — digo, e fico orgulhosa por minha voz não tremer. — Eu lhe peço minha bênção.

⬥⋇⬥

Indra nem olha para mim.

Seus olhos são só para Rambha, ardendo de ira e mágoa.

— Rambha — chama, a voz como o retumbar de um trovão. — Você está aqui? Procurei por você.

Rambha flutua para a frente, com as palmas unidas, os olhos baixos.

— Meu senhor, por favor, não fique com raiva. Eu imploro.

Imagens surgem em minha cabeça, de Indra andando para lá e para cá no jardim, desolado, procurando por Rambha. Visitando o bosque das apsaras, chamando por ela. Olhando dentro do próprio coração e a encontrando aqui na floresta, comigo. Estou tão perto do senhor, e a mente dele está se agitando com tanto caos que suas lembranças se derramam sobre mim e me mostram o que aconteceu desde que Rambha saiu de Amaravati para me encontrar. Ela me ofereceu amor; uma agente livre, disse ela. De alguma forma, não acho que Indra ficaria contente se eu tivesse aceitado.

E o que diz a seguir confirma isso.

— Você me trairia? Por essa... essa *criança*?

— Senhor, é um mal-entendido — responde Rambha às pressas. — Por favor...

— Ela não traiu você — digo ao mesmo tempo. — Nem eu...

Um trovão estala, abafando nossa voz. O rosto de Indra endurece, por minha insolência por falar com ele, ou pela objeção de Rambha. As nuvens mantidas sob controle até agora pela radiância de Surya invadem o céu.

Ficamos encharcados na hora, tanto devas quanto mortais, enquanto uma tempestade de trovões cai sobre todos nós. Rambha grita e cobre o rosto. Murmuro um mantra depressa, desenhando uma runa secreta para me manter seca. Nenhum dos devas foi realmente afetado. Agni e Surya ainda reluzem. Samudra, senhor dos oceanos, parece entediado.

Mas a raiva de Indra é um ato de agressão. Olho atrás de mim, e o exército de Kaushika ergue os muitos estandartes reais. Com um susto, reconheço a bigorna do país da rainha Tara. Magia queima ali, a segundos de distância de ser liberada.

Fecho os olhos.

Vayu, imploro. Ouça meu chamado. Me ajude agora, deva. Ajude-os a me ouvir.

Arrisco olhar para o senhor do vento. Ele está me encarando, a cabeça inclinada, achando graça. Vayu ama travessuras e caos. Eu o intriguei. O poder canta dentro de mim, e flutuo um pouco mais alto.

— Me escutem, devas e sábios. Me escutem, mortais e imortais. Me escutem, todos vocês que se reuniram aqui em busca de sangue.

Com o poder de Vayu correndo por mim, minha voz se eleva até acima da tempestade de trovões de Indra, ecoando por toda a paisagem. Indra lança um olhar irritado para Vayu, mas o deus apenas sorri de volta e dá de ombros, como se dissesse: *Ela rezou para mim. O que queria que eu fizesse?*

— Sábios e devas, apsaras e gandharvas, eruditos e reis e rainhas, me escutem. Essa batalha não é de vocês. A paz pode ser alcançada se nós nos sentarmos para conversar.

Na floresta, Anirudh, Kalyani e os outros tecem runas de harmonia, soltando-as no ar. A magia cintila, auxiliada pelo poder de Amaravati, reforçada pelas ilusões e amuletos de Nanda. Meus amigos estão ampliando meu desejo de paz com magia, soltando melodias de harmonia e bem-estar para elevar minhas palavras. Gratidão brota em mim por pensarem rápido.

— Mandem seus embaixadores e conversem entre si — suplico.

Meu coração acelera, pensando no que vou dizer se isso ocorrer. Tanto o senhor quanto Kaushika estão focados demais no próprio orgulho para conversarem um com o outro. Eu teria que mediar a negociação. Sou capaz disso?

— Baixem as astras — continuo. — Venham com a paz de Shiva, e...

Algo zumbe por meu ouvido. Uma flecha encharcada de magia mortal. Arregalo os olhos. Só não fui ferida por causa do poder de Vayu correndo por meu corpo.

Mas o ataque não foi direcionado a mim.

A flecha encontra o alvo.

Ouço Rambha arfar e me viro para os devas. Vejo Indra segurando a arma. Ela vibra ali, a centímetros da pele dele, sedenta por seu sangue dourado. Foi seu poder deva que permitiu que ele a impedisse, visto que estava repleta de magia.

O terror me domina quando os olhos de Indra reluzem. Ele contorce a boca em um sorriso forçado.

Ele queima a flecha com um pensamento, e um trovão *RUGE*, abafando qualquer outro som. Indra mexe os lábios, e reconheço as palavras entre os raios. Meu coração martela dolorosamente, prestes a sair do peito.

Uma concha canta, alto e claro.

O comando de guerra do paraíso.

Capítulo 28

A partir dali é só violência.
 Sou jogada para fora do céu. Quando me dou conta, estou de volta à floresta. Pisco, e um raio cai sobre mim, tão perto que fico tonta.

Vejo borrões por todos os lados. Flechas e discos. Magia é lançada de forma indiscriminada. Cavalos celestiais correm pelas fileiras de mortais, puxando carruagens com lâminas que ferem e mutilam. Airavat, o elefante de Indra, está fora de controle, o som de sua tromba é horripilante. Vayu está sumido, mas grandes rajadas de vento rodopiam pela terra e pelo céu, lançando o exército de Kaushika para o alto, agitando as árvores na floresta.

Mal registro que Rambha também foi jogada do céu. Cai com segurança na floresta, mas só por causa da proteção de Indra, estendida a mim por estar próxima.

Agni e Surya trabalham juntos, queimando e incendiando com o poder do fogo e do sol. Corpos são lançados, explosões no céu como fogos de artifício. Fumaça sobe ao meu nariz. Vislumbres chegam até mim, magia apsara ludibriando os mortais em armadilhas criadas pelos gandharvas. Flechas consagradas são arremessadas pelo céu, perfurando as ilusões de sedução. Apsaras caem, lampejando em cinzas.

Indra ruge e, por um instante, a raiva dele domina todo o resto. O vajra estala no ar, cortando árvore e floresta, para girar pelo exército mortal. Golpes de raio me cegam. A meu lado, Rambha grita. Meu coração dá um salto, aterrorizado...

Mas em um piscar de olhos, o exército some. Culpa da magia de Kaushika.

Ele aparece no vale, sobre uma colina, seguro por um instante em terra firme em vez de nos céus. Do fronte, arde com uma magia tão forte que o corpo dele cintila como o de um deva. Ele joga as mãos para frente, entoando. O raio de Indra correndo até ele se contorce no céu, momentaneamente reprimido.

Horror e terror me agarram.

Kaushika e Indra vão se destruir. Amaravati — e qualquer esperança de reconciliação — sumirá com a velocidade de uma flecha.

Tento subir para o céu mais uma vez, mas Rambha me puxa de volta, e tanto Indra quanto Kaushika somem de vista, batalhando em outro lugar. Rambha gesticula violentamente para mim, e vejo que a floresta está barulhenta com gritos de morte. Nós nos aninhamos, correndo pelas árvores. Uma espada nos evita. Quase somos pisoteadas por um cavalo em fuga. Encolho-me quando outro raio cai a centímetros de mim e, por um segundo, Surya reluz acima, nos cegando ainda mais com sua luz. Quando pisco novamente, ele sumiu, perseguindo algum adversário, e cambaleamos de novo, nos arranhando em árvores e magia.

Estilhaços explodem à frente, e protejo os olhos. Rambha reza a meu lado. Desenho uma runa de obscuridade para nos esconder. Depois desenho outra, essa para clareza, inserindo nela a intenção de ver, e as árvores reluzem ao redor, inundadas de magia dourada.

No céu, os devas se separam. Agni está por todo lugar, fogo surgindo por toda a floresta, o calor açoitando meu rosto, gritos ecoando do exército, que está muito distante. Ilhas surgem no afluente do Alaknanda enquanto a magia assume formas inesperadas.

Não consigo focar. Há caos demais, chamas do sol de Surya, fragmentos do raio de Indra, sangue por todo lado, dourado e vermelho.

Rambha grita em meu ouvido. Ela quer saber o plano.

Não tenho nenhum plano. Só fé. Shiva reluz em minha mente. Repito o nome dele várias vezes.

Através da poeira e das folhas rodopiantes, avisto uma equipe heterogênea. Meus amigos estão em um pequeno círculo de proteção sob uma árvore. Rambha e eu tropeçamos até Nanda, Anirudh, Kalyani e os outros.

Anirudh tece runas e cantos, e reconheço o chamado à forma inata dos devas. Os olhos dele se movem do céu para a floresta, onde a batalha está mais densa e, enquanto o observo, Eka e Parasara liberam magia na direção de um grupo de mortais distantes. Um tronco se desfaz em cinzas antes de esmagá-los. Meus amigos impediram o objetivo de Vayu ao invocar o próprio poder do deus.

Ao lado deles, Kalyani e Romasha são só borrões, saindo e entrando na proteção do círculo. Elas correm para a batalha, carregando os mortais feridos — resgatando até um deva menor que não reconheço —, depois os repousando perto de nós, onde Anirudh realiza cantos de cura. Nanda dança, suas mudras cada vez mais desesperadas, lançando ilusões de paz ao redor, mantendo o escudo que protege a todos. A ilusão treme, enroscada no pânico dela, fraca.

Afasto Rambha de mim e cambaleio até Nanda. Pego o braço dela.

Uma expressão alarmada me questiona, mas Nanda não para. Embora não esteja olhando, tem a mira certa. A ilusão que cria cega um arqueiro. A flecha dele se redireciona por cima do penhasco, salvando a vida de um celestial desprevenido. A ilusão seguinte protege vários soldados mortais, fazendo com que aparentem ser rochas inofensivas, enquanto Vayu se enfurece, enganado pelo poder da apsara. Nanda nunca para de sibilar cantos, consagrando ilusões até mesmo enquanto as libera. Estamos protegendo uma ou duas pessoas. Não é o bastante.

— Cante — ordeno.

Sangue dourado escorre em sua testa. Ela para o canto tempo o bastante para me lançar um olhar fulminante, como se perguntasse: *O que você acha que estou fazendo?*

E isso tem um custo. O fogo de Agni atinge um mortal, a carne dele queimando.

— Não! — exclamo, com urgência. — Para mim. Nanda, cante para *mim*. Para eu poder dançar.

A magia de Amaravati me inunda. Ela me impulsiona. Meu prana cresce, todos os meus chacras ativados. É um erro? É nossa única chance.

Ela arregala os olhos. Entende.

Em um piscar de olhos, as ilusões pela metade que criou desaparecem e são substituídas por um mridangam, um instrumento terreno feito de argila. Um instrumento mortal, mas um instrumento de Shiva, um que acompanhou sua dança de separação de maya, a tandava, o que torna o mridangam um instrumento dos devas também.

Nanda começa a bater nele, o som trovejando em meus ouvidos. Ao redor, mortais e imortais caem, seus olhos queimam. Ela joga a cabeça para trás, e uma canção robusta emerge de sua boca, clara, alta, cortando o barulho como uma espada. É uma ilusão, mas uma que enreda todo ser, tão forte é ela na própria magia. *Dance*, ouço-a ordenar.

Fecho os olhos, curvo os pulsos e me elevo até um céu denso de armas. Eu danço.

Esqueço a batalha. Silencio os gritos.

Eu ao menos sou capaz de amar?, pergunto a Shiva. Ele me olha com tristeza.

Você viola, diz Kaushika. *Essa é toda a sua existência.*

A chuva me açoita, e eu a acolho.

Uma visão do universo. Infinito. Pacífico. Indiferente.

Jogo a cabeça para trás, esquecendo que estou dançando. O que é a dança senão uma expressão de quem sou? E quem eu sou senão o que o próprio Shiva declarou a meu respeito?

Giro, e Amaravati me inunda. Ela jorra como um rio, juntando minhas dúvidas, submergindo-as, elevando meu prana. A ilusão se cria a meu redor e, embora meus olhos continuem fechados, consigo ver.

Kaushika me abraça, me conta de seu juramento e de sua infância. Indra cultiva a terra do reino mortal há um milênio. Danço para Tara, e ela cai em minha sedução, doente de amor. As apsaras choram pelos companheiros caídos e irmãs perdidas enquanto Indra se senta no trono, observando o poder de Amaravati morrer, desamparado e derrotado.

Os devas precisam dos mortais assim como os mortais precisam dos devas. O que é Surya sem os campos que aquece? Quem é Indra sem a chuva para as colheitas? Meramente objetos e coisas mortas. Essências, sem forma e solitárias.

Danço, e a meu redor minha ilusão dilata. Guerra, guerra e guerra, eu lhes mostro. A quem ela beneficia? Todo mundo tem um lado. Todo mundo tem motivos. Sem sentido, todos.

A canção de Nanda se torna uma litania de seu luto. Outros começam a se juntar a ela, gandharvas — cantores do paraíso — saindo da formação do exército de Indra. A voz de todos eles se ergue, chegando à própria Swarga.

Flechas e astras voam por mim, me errando por pura sorte. Elas passam sob meus pulsos, pelo tornozelo, queimam meu pescoço. Eu sou uma luz própria no céu, dançando entre as nuvens. Sou um escudo criado por mim mesma, protegida por minha convicção.

O poder de Amaravati se eleva em mim, e minhas mudras se tornam runas. A mudra Flores de Lótus se mistura com a runa de paciência. A Ascensão da Dançarina se molda com a runa de harmonia. Abro os olhos, sem fôlego, e vejo que não estou só.

Rambha se juntou a mim. Ela imita meus movimentos, e uma grande emoção me atravessa. Rambha está *me seguindo*?

O espanto dura só um instante, e agarro minha paz mesmo enquanto sinto a emoção dela. A dor e a tristeza, por mim e por Indra, e até por Kaushika. A compreensão dela do que suportei, e a angústia por Nanda. Essa dança é uma vingança por nossa perda. A paz que buscamos é uma vingança. Somos armas, mas não de destruição. Ilusionistas, mas destruidoras de ilusões também. Criaturas de luxúria, mas também de amor.

Dançamos, criamos e temos esperança.

Mudra após mudra, as armas começam a se distanciar de nós. Raios estalam, mas não nos perfuram. O olhar de Indra queima sobre mim quando ele para, a fim de ver o que estamos fazendo. Ele vaga os olhos até Rambha, e avisto sua raiva enquanto a tempestade nos circunda. Estamos no centro dela, embaladas por ele, punidas e empurradas por Indra.

Moldamos a ilusão, que se espalha, cortando a sedução de ódio e poder, que são as razões por trás desta batalha. Puxo as emoções de todos nós reunidos aqui, o medo dos devas, a determinação dos mortais, o desespero enquanto cambaleamos, incapazes de compreender como equilibrar um ao outro.

Giramos e, em nossa dança, há vida, paz e amor.

Devas piscam, vendo as devis manifestadas em nosso encantamento. Prithvi, a deusa da terra, reluz enquanto nós, apsaras, criamos sua forma. Ela está nua, mas não é sensual. É luto — vejam o que a guerra fez com ela. Surya, seu consorte, desvia os olhos de vergonha. Ele lampeja, visível acima de um grupo de mortais, então some do campo de batalha. Para ele já basta.

Eu me alegro em silêncio, mas não paro de dançar.

Chamo Aditi, a deusa da ordem. É Vayu que se acalma com ela. Por ser feito de travessuras, ele reconhece a estabilidade. Ele a vê e fica encabulado. Um redemoinho de emoções divaga por seu rosto, e depois ele deixa o campo de batalha também.

Raka, Parendi, Mahi, outras devis surgem de nossa miragem, e, um por um, os devas ficam envergonhados. Eles tremeluzem, e então partem. Um suspiro profundo, e vejo mortais cansados retornando para as fileiras, cambaleando para longe enquanto o ataque mitiga. O mais poderoso deles, Kaushika, forma uma proteção e um escudo ao redor do exército se afastando, enquanto o céu clareia.

Por último, crio uma imagem da própria Shachi para Indra. A beleza e gentileza, a ferocidade dela brilha de minha ilusão. Ela é mais alta do que eu e Rambha, sua beleza maior do que a nossa junta. A pele é marrom-dourada. Ela é a rainha de Swarga, a filha de um asura, casada com o senhor do paraíso.

Olhe para ela, imploro. *Ela iria querer isso? Shachi não se juntou a sua batalha. Por que será?*

Bem acima de mim, Indra pisca, o vajra em sua mão se contraindo.

Ele é um ponto distante, mas visível para nossos olhos celestiais mesmo assim. O olhar dele corta a ilusão e recai sobre nós. Ele encara Rambha, e o nervosismo dela me atinge pela conexão apsara.

É entre eles agora.

Deixo a ilusão nas mãos dela.

Amaravati me puxa, e espio Kaushika no chão. Ele está com seu exército de novo, ardente, todos os chacras reluzindo dentro de seu corpo. Exala magia, me observando com cautela, vendo as ilusões que criei. Flutuo até ele e então ele está ali, se elevando para me encontrar. Ouço sua voz, dourada e linda, pela barreira. Kaushika canta seus mantras para manter o escudo dos devas e celestiais. Para manter-se afastado de mim. Ele me fita, mas não para.

Deixe-me entrar. Sei que consegue me ouvir.

Ele pisca, mas o escudo não cede.

Deixe-me entrar. Peço de novo.

Ele esprime a boca de dor. Nós nos encaramos pela divisa, a defesa pulsando contra mim. Meu prana flui em ondas de iluminação, me banhando dos pés à cabeça. Posso partir a magia dele se eu quiser, tão grande é meu poder. Ele sabe disso. Consegue ver.

Quem é você?, pergunta.

Descubra, provoco.

Kaushika pisca de novo. Um sorriso irônico, sem humor, se forma em seus lábios.

Ele abre a barreira.

Eu lhe mostro.

No segundo em que o escudo cai, me lanço para ele.

Pego-o nos braços, e seu choque se irradia para mim. Seja lá o que ele esperava, não era isso. Magia se revolve ao redor, nos erguendo, nos enclausurando. Ele ainda está cantando, entoando, protegendo seu povo do ataque iminente dos devas. Arregala os olhos em dúvida e confusão, mesmo enquanto shlokas e mantras se derramam dele. Kaushika envolve minha cintura com os braços e me puxa para mais perto.

O que surpreende nós dois.

O mantra dele falha, um equívoco quando erra uma nota, então a retoma às pressas. Ele me fita, assustado, tanto com o erro quanto com o desejo. Pressiono o corpo no dele. Entrelaço os dedos dele aos meus. Encaro os olhos cautelosos.

Segurando-o, me movo.

É uma dança como nenhuma outra, seu corpo rígido e imóvel no meu. Meu corpo balança, sempre bem levemente. Ele canta e faço o que faço de melhor. Eu danço.

Nossas magias se emaranham. Nota por nota, giro por giro, elas se fundem.

Com nossos corpos tão próximos, se tocando, os dedos entrelaçados, uma visão de amor nos domina.

Ele é arrebatado, com e sem controle. Fica aterrorizado, e curioso, e lhe mostro quem sou, e quem ele é. Quem *nós* somos, juntos.

Um espelho se forma entre nossos seres, como ocorreu quando salvamos Kalyani. Eu o forço a olhar para dentro de mim, desnudando meu coração. Ele se inclina em minha direção, um toque em um lago, uma exploração hesitante. *Olhe dentro*, digo. *O que você vê?*

Eu vejo você, responde ele de uma vida inteira atrás, e a lembrança ganha vida em nós dois. *Uma visão de beleza, sagrada e profunda.*

Kaushika sacode a cabeça, se afastando, o rosto desconsolado.

Fique, sussurro, e a ilusão se magnetiza de emoção. Beijos roubados. Aquela noite no lago. As palavras de devoção que dissemos.

Real, digo a ele. *Foi tudo real.*

Cores de arco-íris nos rodeiam e, a cada direção que olhamos, só vemos a nós. De mãos dadas, rindo. Eu montada nele, cavalgando-o. Ele beijando meus pulsos com reverência. Nossas testas se tocando, como se estivéssemos rezando para o que há entre nós.

Quem é você?, pergunta, arfando.

Hesito.
Quem é você?, implora.
O espelho lhe mostra.
A imagem se eleva acima de nós dois, clara para todo mortal e celestial ver. É uma visão de mim enquanto me agacho em oração perto da kalpavriksh a fim de fazer meu desejo. Minha voz ecoa pelo campo de batalha. *Me ajude a encontrar devoção.*
Minha história, minha própria lenda, reluz em ondas. A jornada até o reino mortal. A sedução de mortais. A paixão por Kaushika. O exílio e a perdição. Encaro a lenda, chocada com meu poder e como ele sempre residiu dentro de mim, à espera. Estou ali, nua, para todos os outros verem — e a kalpavriksh desabrocha, frutos se formando a cada passo de minha jornada. Frutas que são realizações de meu desejo incoerente, vulnerável, honesto e tolo. De permanecer verdadeira a mim mesma.
Em Swarga, a kalpavriksh floresce.
Suas folhas chovem junto à chuva de Indra. Floresta e céu se emaranham, recebendo sua bênção.
E, neste momento, entendo. A kalpavriksh nunca precisou satisfazer aquele meu desejo. Minha recompensa jaz em minha aceitação de mim mesma, a realização de meu desejo.
Eu procurava devoção. Eu a busquei em Indra, em Kaushika, em Shiva.
E a encontrei em mim.
Meus erros, minha confusão, indecisão, fé e dúvida — sempre foram meus. Uma parte de quem sou. E, na base deles, algo mais, algo imperturbável existe. Algo que reluz com o poder de cem universos, naquele espaço entre ilusão e realidade, entre raiva e justiça. Está ali, no espaço entre mim e Kaushika. É *isso* o que eu sou.
O coração de Kaushika falha.
Amor, diz ele.
Amor, confirmo.
Lágrimas preenchem seus olhos quando ele compreende, quando aceita.
Seu canto tremula, e depois muda de forma. O Canto aos Deuses. O Mantra da Devoção. Magia corre dele, mas dessa vez não contém o calor da batalha. Em vez disso, contém o bálsamo do cuidado, do conforto.
Poder se espalha de nós pela floresta e pelos céus. Cobre o exército que Kaushika trouxe consigo. Ele os instrui e os guia. Carrega a magia de meus amigos e a ilusão que criei com as apsaras. A magia mortal se torna mais forte, mais calma. Ele se impulsiona gentil e firmemente contra os devas.

Indra, que ainda encara Rambha enquanto ela dança, pisca de novo. Tempestade e glória o cobrem, o vajra dourado e afiado em sua mão.

Rambha empurra a magia com seu poder e minha ilusão. Ela dança, liderando as outras apsaras, mudando a ilusão, moldando-a da visão de Shachi para uma visão de si mesma. Agora vejo o que está mostrando a Indra. O amor que ele carrega por ela, ferido, mas sempre paciente. O amor que ele carregou pelo mundo e por todos os devotos, esquecido, esgotado, mas presente mesmo assim. O amor que sempre sentiu pelos mortais, mesmo que tenha esfriado nos últimos tempos.

Indra arregala os olhos em choque.

Ele fita os devas em formação, o próprio conflito pausado. Agni, o último dos deuses ainda no campo de batalha, dá a Indra um pequeno aceno. O lorde do fogo estala os dedos, e o exército celestial retorna para a formação inicial, apsaras, gandharvas e todos os outros sobreviventes da batalha reunidos de novo atrás dos outros devas.

Indra permanece no céu, com o vajra ainda girando. Um segundo, no qual meu coração sobe com garras até minha garganta, e ele se junta aos devas, na liderança. E então cede, encerrando a luta agora que Kaushika a encerrou também. Airavat trombeteia mais uma vez, o grande elefante balançando a tromba. Tudo se acalma com rapidez, como se a batalha nem tivesse acontecido.

Rambha já está flutuando até o senhor, só que agora, em vez de acompanhá-la, os olhos de Indra me encaram. O vajra ainda brilha na mão dele, direcionado para mim e Kaushika. Ele queima na lembrança de quando o senhor o colocou em meu pescoço.

Eu me afasto de Kaushika, mas ele aperta minhas mãos, me prendendo.

Não vá, pede.

Espere por mim, respondo.

Por um instante, Kaushika me segura. E então me solta.

E eu me aproximo de Indra.

Atrás de Indra, os devas aguardam seu comando. A armadura de Agni ainda irradia fogo, fumaça saindo da ponta de seus dedos. Surya se foi, mas os raios de seu sol ainda estão fortes, o calor esquentando minha pele.

Samudra, o senhor dos oceanos, assente para mim em um sinal de respeito. Ele exala um sussurro, e uma onda de umidade toma conta de minha pele, me resfriando enquanto levito até Indra.

A meu lado, Rambha também ascende. Pressiono as palmas. Não curvo a cabeça.

Por um longo momento, Indra me examina, os olhos como fragmentos de raios. O senhor não parece nem um pouco cansado. Penso no quanto chegamos perto do fim. Penso no quanto os mortais, e Kaushika, e vários tantos celestiais — apsaras, gandharvas e kinaras — ainda oscilam no precipício. Minha língua se torce na boca diante do poder potente e perigoso de Indra.

Talvez eu devesse inclinar a cabeça, mas o instinto me diz que seria um erro.

Por favor, penso. Indra move os olhos para a devastação abaixo. Para os céus ainda derramando tempestade. Seu peito sobe e desce, o vajra ainda girando.

Então olha para Rambha a meu lado. A cabeça curvada. Ela é submissa, poderosa, linda.

Indra suspira, um som baixo. O vajra some sem aviso.

— Vou permitir uma pausa nesta batalha hoje, filha — declara ele para mim, com frieza. — Cuide dos seus feridos.

Não o respondo. Dúvidas me preocupam. É o suficiente? Kaushika vai começar essa guerra de novo? Foi apenas o primeiro sangue derramado? Nada foi resolvido. Kaushika ainda está preso pelo juramento. Indra ainda não concordou em mudar as leis. Podemos voltar para este lugar de novo, talvez amanhã, talvez em alguns anos.

Abro a boca para pedir uma nova conversa, mas Rambha balança a cabeça em um movimento bem sutil. Eu entendo. Agora não é o momento. Terei outra oportunidade.

Indra observa a troca, os olhos sem perder nada. Ele franze o rosto.

— Venha, Rambha — chama.

Rambha me fita, um olhar rápido e investigador. Ela aceita a mão estendida de Indra, que a puxa para si. Os dois me observam e, no rosto de Indra, vejo o cálculo que Rambha fez. A escolha.

Os devas, as apsaras e os outros celestiais já estão sumindo, desaparecendo de vista em um piscar de olhos. Meu coração para ao ver Rambha partir, quando os lábios dela e os de Indra se movem para invocar Amaravati.

Falo antes de partirem, as palavras lentas e cuidadosas.

— Meu senhor, Amaravati é minha casa. Você ainda é meu rei. Eu pretendo voltar para lá.

Indra junta as sobrancelhas. Eu não emiti nem um desafio nem uma renúncia de meu controle. Não exijo. Não imploro.

Mesmo assim é audacioso. Raios lampejam perto de mim em aviso.

Indra olha para as formas dos outros devas desaparecendo. Sei que agora que o calor da batalha passou, as mesmas dúvidas devem circundá-lo. Quem mandou o halahala? Como ele deve sobreviver ao Vajrayudh com inquietação na corte? O reino mortal está desistindo de reverenciá-lo — o que acontecerá com seu poder? Não tenho nenhuma resposta, mas Indra encontra meus olhos e ele vê que não descansarei até descobrir. Não depois de minha missão e minha vida terem sido envolvidas nisto sem meu consentimento. O senhor sabe que compartilho de seu segredo também — que ele tem escondido magia. O poder de Amaravati retornou para mim sem a permissão explícita dele, assim como meu prana selvagem. Indra pode ter me separado dos dois — mas eu sou uma *celestial* com ou sem ele. As palavras que proferi são uma ameaça, mas também são uma oferta, enroladas em um movimento perigoso que pode me transformar em um *alvo*. Minha intenção está clara para ele. *Posso ser uma aliada ou posso ser uma inimiga. A escolha é sua, meu senhor.*

Um momento estranho de compreensão passa entre nós.

Indra me dá um aceno de cabeça sucinto.

E então eles partem, todos os celestiais sumindo do céu em um piscar de olhos.

Capítulo 29

Flutuo de volta para o chão.

Meus amigos aguardam, tendo assistido à troca nos céus.

Nanda pula para me abraçar. Seu peito sobe e desce em arquejos. Ela está drenada por causa da magia que realizou; aliviada como eu. Dor e pesar logo seguirão nós duas pelas irmãs caídas que foram forçadas a participar dessa batalha. Não sabemos ainda o nome delas, mas jamais uma apsara teve que lutar contra outra apsara. Nanda acaricia meu cabelo e, na ausência de Rambha, me apoio nela, lágrimas preenchendo meus olhos por causa de tudo o que suportamos.

Mais corpos nos rodeiam, dos mortais que nos defenderam. Anirudh me abraça apertado, também com os olhos borrados. Kalyani pressiona os lábios em minha testa. Eu a prendo em mim, aliviada por estar viva. Todos nós nos abraçamos. O choque está escrito no rosto de cada um, mas a risada chega também, primeiro a de Nanda, então a de Anirudh.

Lentamente, nos desprendemos. De pouquinho em pouquinho, limpamos a área ao redor, recolhendo as flechas extraviadas, subjugando magia errante ainda remanescente da batalha, criando piras funerárias para os mortos. Os mortais pausam para comer, mas Nanda e eu continuamos até eles se juntarem a nós de novo. Perco-me no trabalho. É como se estivesse de volta ao eremitério, executando tarefas que silenciam a mente.

O meio-dia surge, e percebo que alguém se juntou a nós.

Ele vem até o campo em silêncio e, a meu lado, Nanda se enrijece, parte em terror e parte em raiva. Sigo o olhar dela, e meu coração para quando Kaushika entra.

Os outros mortais largam o que estão fazendo, com cautela nos olhos, mas ninguém fala. Kaushika vai até Anirudh e eles conversam, baixo. Anirudh olha para mim, depois dá de ombros. Ele mostra para Kaushika onde a terra foi rompida. Sem uma palavra, Kaushika se aproxima do lugar e começa a nivelar com magia. O solo ondula, poeira e raízes descamando, até grama começar a crescer.

— Por que ele está aqui? — pergunta Nanda, com raiva, mas não respondo.

Eu volto para a tarefa, mas minha frágil paz e concentração se foram.

Kaushika permanece com o grupo pelos dois dias seguintes. Não falamos um com o outro, embora eu tenha consciência da presença dele. Como planetas orbitando o mesmo sol, como amantes malfadados, nos movemos ao redor um do outro, sempre na linha de visão um do outro, mas nunca nos reconhecendo. Cânfora e jacarandá deixam minha garganta seca. Quero ir até ele, lhe fazer perguntas e responder a qualquer uma que ele tenha, mas o luto da batalha me impede. Quantos corpos já descobrimos? Tantos mortais, mas também tantos imortais. Eu encontrei até restos de irmãs apsaras, as formas se dissipando em poeira dourada, retornando ao poder celestial puro assim que as toquei. Não consigo perdoar Kaushika pelo que fez. Mas por que ele *não vem* até mim buscando perdão? Nós chegamos a um entendimento um do outro durante a batalha, só que nunca foi por completo. Será que algum dia isso será o bastante?

Eu não o busco, e Kaushika não cede. Durante o dia, ele vai para onde Anirudh o direciona. Nunca assume a liderança, trabalha silenciosamente nos bastidores, nunca olhando para mim, mas também nunca me evitando de propósito. Apanho o olhar rígido de Nanda. Ela não fala com Kaushika, mas os movimentos se tornam tensos quando ele está por perto. Sugiro com gentileza que deveria voltar a Swarga, mas ela nega com a cabeça. Observamos nossas mãos repletas de madeira que nunca mais voltará a crescer, enquanto os outros constroem uma cabana como símbolo de um santuário de guerra. Examino as linhas compridas do corpo de Kaushika e o coque na cabeça. As roupas simples ainda não escondem bem os músculos de sua formação na casta kshatriya. Ele sente remorso? Esse trabalho é um gesto de arrependimento? Não sei o que pensar dele.

Anirudh e Parasara se afastam das pilhas de rochas e, depois de um momento, Kaushika se junta a eles. Os três começam a entoar, e as vozes reverberam por todo o entorno. Nanda para a meu lado, e os outros mortais param de trabalhar na cabana, maravilhados. A voz dos homens é trágica, linda. Assistimos enquanto a pilha de rochas começa a reluzir. Moldando-se em uma peça única, quase fluída por um instante.

E então se solidifica em um mármore preto, lembrando um obelisco. Eka corre para a frente e entrega algumas ferramentas para Kaushika, que se ajoelha e começa a entalhar a rocha escura. O mármore começa a tomar forma sob o toque dele. É uma desculpa. Um arrependimento. Um santuário.

Eu o encaro por um tempo a mais, contemplando as linhas rígidas de suas costas. Só quando Kalyani me puxa de volta para trabalhar é que desvio o olhar de Kaushika.

No quinto dia, quando se torna claro que Kaushika não pretende partir, e sim nos ajudar a ajeitar as coisas, Nanda o encurrala. Fico surpresa. Embora ela tenha lanado olhares sombrios e odiosos, se manteve fora do caminho. Mas vinha ficando incandescente de raiva desde o surgimento do obelisco de mármore, e agora marcha até ele.

Lágrimas brilham nos olhos dela, e seu rosto treme.

— Mortal — chama, sem preâmbulos —, você me profanou.

Kaushika estava reparando com delicadeza as rupturas que a guerra causou na terra e demora um pouco para se levantar. Ele deixa as mãos caírem ao lado do corpo e para os mantras. Parece que estava esperando por isso. Parece cansado.

— Um erro foi cometido — responde em voz baixa. — Peço perdão.

Nanda cospe aos pés dele.

— Perdão? Você me amaldiçoou a dez mil anos. Ser uma rocha inanimada por dez *mil* anos, presa dentro da minha mente. Se Meneka não tivesse me libertado, eu não seria nada. Seria menos do que nada.

— Eu sei — reconhece Kaushika. Ele prende o olhar no meu. — Mas o que aconteceria comigo, apsara, se eu não tivesse me defendido? Se tivesse simplesmente deixado você me dominar sem minha permissão? *Eu* que seria menos do que nada?

Durante um segundo, não consigo respirar.

Eu o encaro, a boca seca. O olhar dele queima como carvão quente, cheio de promessas. Cheio de perigo e fome.

Nanda grita e berra, mas eu mal registro, nem Kaushika. Nossos olhos presos um no outro e, dentro de seu olhar, sinto turbulência, confusão, sinceridade. É só quando Nanda empurra o peito dele com raiva que o olhar desvia do meu. Suspiro, pensando em acalmá-la, mas o momento passou. Cuspindo e praguejando, ela some, carregada pelo vento de Amaravati.

Os outros mortais começam a murmurar, mas Kaushika só retorna para sua tarefa, nivelando a terra de volta para o lugar com ondas. Os dedos dele se movem à frente como se tocasse um instrumento. Volto ao trabalho, a mente confusa, o peito vazio.

Eu me mantenho afastada pelo restante do dia, vagando pela floresta, coletando lenha e frutos. Não paro de pensar no que Nanda falou e em como Kaushika respondeu. Não tiro a imagem de Kaushika da mente. O jeito como nos abraçamos. O jeito como ele implorou, me perguntando quem eu era. O jeito que me observou, só há algumas horas. O que estava pensando? Tudo o que me resta é perguntar. Entendo que o silêncio dele não é para me punir. É ele se arriscando ao não presumir. Comando e consentimento. É essa a verdadeira sedução?

Quando finalmente retorno, é fim de tarde. Torço para entrar de fininho no acampamento, mas chego e vejo que tudo foi limpo e guardado. A cabana que vínhamos fazendo está completa. Anirudh, Kalyani e os outros mortais estão na entrada, observando Kaushika entalhar a escultura de mármore com as ferramentas. Anirudh me espia primeiro, e abre o rosto em um sorriso.

— Meneka — diz e, atrás dele, Kaushika paralisa. — Você voltou, finalmente. Não queríamos ir embora sem nos despedir.

Meu coração afunda.

— Você vai embora também?

— Temos que ir — responde Kalyani, me abraçando. — Temos deveres no eremitério. Uma vida para a qual voltar.

— Você podia vir conosco — emenda Romasha.— Ainda tem coisas que pode aprender com a gente, e ensinar também.

Estudo seu rosto. Meu coração se parte pensando em meus amigos e suas risadas. Eles me aceitaram como eu mesma, apesar do que sou.

Balanço a cabeça em negativa. Não posso voltar para lá. Não acabei aqui na floresta. Não decidi meu caminho. Não seria a coisa certa.

Anirudh e Romasha trocam um olhar, embora Kalyani pareça entristecida e não surpresa.

— Entendemos — diz ela, baixo. — Mas saiba que você sempre será bem-vinda lá. Independentemente de qualquer coisa.

Eu dou um abraço em cada um e assisto enquanto reúnem os sacos de dormir e os amarram nas costas. Um nó cresce em minha garganta, e eu o engulo, vendo suas sombras desaparecerem.

E então não tem como evitar.

Viro-me para Kaushika, que se ergue da escultura e me fita com cautela.

— Você não voltou para o seu eremitério — acuso.

— Você não voltou para a sua cidade — retruca ele.

— Tenho assuntos inacabados aqui.

— Eu também.

Não respondo, apenas o encaro, de queixo erguido. Kaushika se vira de volta para a escultura, e vejo então que não é um santuário para os caídos. É a estátua de uma dançarina, a cabeça jogada para trás, braços erguidos para o céu.

É mais do que consigo aguentar.

Com os olhos se enchendo de lágrimas, entro na cabana para fugir dele. Kaushika não me segue.

◆※◆

Entramos em um ritmo estranho.

Toda manhã, Kaushika alimenta a fogueira, ou limpa a área ao redor da cabana, ou prepara uma refeição, similar àquilo que comemos no retiro. Eu vago para a floresta, colhendo ervas e frutos — uma vez encontrei batatas selvagens, trazendo-as de volta para esse lugar que dividimos.

Raramente nos falamos, exceto por educação, o ar entre nós espesso com sentimentos não ditos, perguntas não respondidas.

Não ouso perturbar essa paz inquieta. O que diria? Por onde começaria? Não é melhor adiar? Kaushika também está considerando. A aura dele exige minha atenção, mas algo diminuiu nela depois da batalha. Uma prudência que estou surpresa em ver.

Ele nunca foi volátil, mas uma serenidade o acompanha agora e, pela primeira vez desde que nos conhecemos, entendo como é realmente um sábio. A firmeza e solidez que tapasya requere, as longas horas de meditação... Antes disso, eu só o vi realizar magia ou liderar os outros estudantes. Só avistei o príncipe e o guerreiro. Essa economia silenciosa e existência imperceptível são totalmente novas, mas só para mim. Percebo que é uma espécie de confiança. Deixar que eu o veja assim.

É lento... esse retorno à confiança.

Aparece em momentos passageiros.

Como quando vou à pequena piscina perto da cabana para tomar banho, e dou de cara com Kaushika. Submerso até a cintura, a pele escura cintilando, realizando orações debaixo d'água. Hesito, depois removo as roupas para entrar. E daí que ele está rezando? A piscina é tanto minha quanto dele.

Kaushika tem noção de minha presença, mas não abre os olhos enquanto derrama água no cabelo com as mãos e as submerge na piscina de novo. É confiança, mais uma vez, uma parte dela. Não o interromper. Não ser interrompida.

Fito seu corpo musculoso, preenchido como o de um guerreiro. Ele não abre os olhos, mas o pomo do pescoço se move quando engole em seco, e meu estômago se agita de antecipação. *Você é um sábio*, penso. *E eu sou uma apsara. Isso nunca vai mudar.*

Continuo, observando o peito dele cheio de gotas de água, o pescoço lançado para os céus como oferenda, murmurando uma oração. Quando acaba, ele se ergue, sem vergonha da nudez. Não faz nenhuma menção de me cumprimentar, mas, depois de vestir as roupas novamente, me dá um breve aceno antes de desaparecer entre as árvores. Confiança, de novo. Para além da luxúria que sinto dentro de mim.

As coisas começam a aparecer na cabana, dia após dia. Móveis, roupas, pratos e talheres. Retorno para a floresta e as encontro lá, Kaushika cuidando silenciosamente delas, criando um lugar de conforto. De início, resisto ao puxão da curiosidade, mas, quando não há nenhum sinal de que ele vai quebrá-lo primeiro, não consigo evitar perguntar. À noite, me sento de frente para Kaushika, perto da fogueira. Estou dobrando a roupa lavada, mas meus dedos param e pigarreio.

— De onde isso está vindo? Do eremitério?

Kaushika para enquanto desembrulha um conjunto liso de kurta e calça. Ele balança a cabeça em negativa.

— Da campina — responde. — Quando meu exército a abandonou, não tiramos tudo de lá.

Claro. Tento não me retrair.

— O que foi feito do exército? — pergunto.

— Eles voltaram para casa. Mandei os sobreviventes junto.

— Mas a campina ainda existe — constato.

— Existe — responde ele, baixo. — O exército vai retornar quando eu pedir. Só voltaram para um reino que é mais sustentável que a campina, mesmo que o halahala tenha sumido.

Ele me lança um olhar perspicaz, como se entendesse que *eu* tive algo a ver com a retirada do veneno, mas dou uma risada sem graça, apertando as mãos no lençol que dobro.

— Esse é seu assunto inacabado, então? Preservar o exército e a campina porque se prepara para uma segunda batalha?

Kaushika encontra meus olhos à distância. Sinto minhas bochechas esquentarem. É uma pergunta cruel, tola. Não acho que vá respondê-la, mas ele me surpreende.

— Não — responde, baixo. — A batalha terminou por ora.

Mas não para sempre, penso. Ainda assim, não consigo evitar a leveza no coração. Ele está aqui. Não foi embora. Deve significar alguma coisa.

Kaushika hesita por um longo momento, então pousa os olhos nos meus.

— Nunca menti para você, Meneka.

— Eu menti? — rebato.

— Por omissão, você não acha?

É verdade, e talvez eu devesse sentir vergonha disso, mas não sinto. Ergo o queixo em um desafio silencioso. Kaushika balança a cabeça como se negasse qualquer necessidade disso.

— É só uma ideia. Não uma acusação — explica, gentilmente. Desvia os olhos dos meus, de volta para a mata, na direção onde fica o eremitério.

— Vou embora se quiser. Daqui. Da sua floresta.

Uma dor cresce em mim, forte e confusa.

— Por que você está aqui?

Kaushika encontra meus olhos. Ele engole em seco como se as palavras fossem difíceis de pronunciar. Move os dedos sem parar e um pesar assombrado adentra em seus olhos antes de ele se recompor.

— Você não sabe? — murmura. — Estou aqui porque tenho reparações a fazer, Meneka. Você tentou me mandar parar. Achar outro caminho. Mas, preso no orgulho, não escutei. Não espero que me perdoe, não depois do jeito que a abandonei. Não depois do que fiz com suas irmãs. Mas torço para que me permita pedir desculpas. É por isso.

Não digo nada por um longo tempo. Ele não me apressa, apenas volta a arrumar as roupas que trouxe. Logo começa a preparar uma refeição enquanto permaneço sentada, perdida em minha mente. Sei que as palavras dele são mais do que uma desculpa. São um acerto de contas, um caminho adiante. Como *eu* devo proceder?

— Eu devia ter contado — digo, por fim. — Que sou uma apsara.

— Talvez eu tenha sido um covarde também — responde. Ele desvia o olhar para mim. — Por culpar você. Por largá-la quando não podia me dizer seus motivos.

Meu coração para com a confissão. Jamais esperei por isso. Estou desarmada além de minhas dúvidas. Junto os dedos no lençol que estou dobrando e o amarroto.

Kaushika para a refeição que está preparando.

— Nanda veio até mim para me enganar. Mas você talvez não. Eu devia ter entendido isso antes. Devia ter confiado em mim para ver, para saber. Confiado em você. Olhando para trás, consigo notar que até tentou me contar quem era, mas talvez você não tenha se sentido segura para tanto. Por isso, lamento de verdade.

Aqui está, a desculpa que deveria tornar as coisas melhores, mas consigo perdoar com tanta facilidade? E meus próprios erros? Eu os assumi, paguei por eles várias vezes, mas muita coisa aconteceu entre nós, e nem tudo está resolvido.

Mas não é possível seguir em frente sem clareza sobre minhas intenções. Se quero salvar algo com ele, tenho que ser honesta, por mais que possa machucá-lo. Reúno coragem e ergo o queixo de novo.

— Não quero mais mentir. Saiba que pretendo voltar para Amaravati um dia. O que falei para Indra foi uma promessa. A batalha pode ter acabado por enquanto, mas Amaravati ainda precisa de proteção durante o Vajrayudh, e a cidade é meu lar. Vou fazer tudo o que puder para protegê-la, mesmo que precise fazer isso através de você.

As palavras são como pedras na boca, mas Kaushika apenas assente, como se as esperasse.

— Também devo manter meu juramento — diz ele. — Negam a entrada de muitas almas em Swarga. Incluindo a do rei Satyavrat. Indra precisa ceder, não importam as leis.

Arqueio as sobrancelhas.

— Significa que você espera que eu ceda também, em relação a Indra? Pode não fazer sentido para você, depois de todos os erros que ele cometeu comigo, mas minha devoção não será apagada tão fácil, Kaushika. Ela corre no meu sangue. Está nas histórias com as quais cresci. Na beleza e nas luxúrias de Amaravati, na paz que senti lá... não são obrigações, como você as vê. Estão inseridas no meu legado, na minha *cultura*, sustentando minha devoção ao senhor, mesmo que ele tenha se comportado com arrogância.

Ele inclina a cabeça e me lança um olhar especulativo. Uma fatia de desafio lampeja em seus olhos, mas ele assente.

— Compreendo. Não espero que você o ame menos, Meneka. Mas meu propósito arde dentro de mim também, apesar de tudo.

— Então esta paz em si é uma ilusão — rebato. — Não resolvemos nada.

Com isso, o olhar de Kaushika fica sereno, ardente.

— Será? — responde, baixo.

E penso em como comecei esta jornada de joelhos na corte de Indra. Como enfrentei o senhor e venci depois do exílio. Como Kaushika e eu ainda estamos aqui, juntos apesar de tudo, e como compartilhamos uma visão de amor no calor da batalha. Vivemos coisas demais para as dispensarmos. As lágrimas dele e as minhas. As causas dele e minhas traições. A jornada em que adentramos para estar aqui, agora, nesta floresta tranquila, perto dessa cabana íntima. Nós dois ainda estamos ligados ao que precisamos fazer, mas transformados além dos sonhos, sustentando propósitos opostos dentro de nós mesmos, permanecendo verdadeiros a quem somos. Kaushika e Indra cometeram muitos erros, mas amo os dois apesar da inimizade, apesar dos defeitos. Finalmente entendo que minha devoção a ambos não tem nada a ver com eles, mas tudo a ver comigo. Nada foi resolvido de fato? Também me pergunto.

Depois da conversa, tudo fica mais fácil entre nós.

Tarde da noite, um visitante chega à cabana. Eu caí em um sono instável, a cabeça cheia de sonhos com Kaushika, perfumados com cânfora e jacarandá. Abro os olhos, e ali está ela, um brilho luminescente emanando de seu ser. Sua aura preenche a casa de uma câmara só. Arregalo os olhos e tropeço para fora da cama. Caio de joelhos, ciente de que estou vestindo apenas uma camisola. Meu cabelo cai nas costas. Meus joelhos e ombros estão nus. Não é modo de aparecer na frente da deusa. Não é modo de aparecer diante da mãe do paraíso.

— Rainha S... Shachi — balbucio.

Não consigo respirar direito, enfeitiçada por sua grandiosidade. Eu não a vejo desde aquela vez na sala do trono de Indra, quando aceitei essa missão fatídica, mas não *falo* com ela há anos. Ela sabe meu nome? Deve saber. Está aqui. *Por que* está aqui? Meus pensamentos me confundem, do mesmo jeito que fizeram com Indra uma vez. Não ouso fitá-la fixamente, mas, até em meu estado atordoado pelo sono, posso ver que ela me avalia. Sombras caem pelas paredes, e a vejo inclinar a cabeça. O sari que usa abraça suas curvas e, diferente do que vestia na sala do trono, que era de um vermelho feroz, dessa vez é preto puro, como se fosse uma sombra da noite. O preto se move, às vezes contornado com um prata cintilante, outras vezes com estrelas presas dentro dele, uma miragem em si.

Eu me pergunto por que Kaushika não a sentiu, com tanto da magia dela preenchendo a cabana. Ou ele partiu como todos os outros enquanto fico aqui na indecisão da mente, ou — um pensamento terrível — ela fez algo com ele.

— Ele ainda está aqui — declara Shachi, achando graça como se me ouvisse. — Dormindo sob meu encantamento. É um homem poderoso. Mas é um homem. E eu sou uma deusa.

— Devi — sussurro, incapaz de dizer outra coisa.

— Levante-se, apsara — pede, movendo os dedos. — Sente-se.

Obedeço. Hesitante, me sento na beira do colchão. É então que noto que ela chegou com duas outras figuras. Pisco para as mulheres que a cercam, me observando em silêncio. Não, não mulheres. Duas *apsaras*. As que foram enviadas antes de mim para esta missão a fim de seduzir Kaushika. Magadhi e Sundari usam sáris azul-escuro, cada uma tão linda quanto a outra, mas nenhuma mais do que Shachi. Mil perguntas se derramam em mim, e um grasnido de descrença me escapa antes de eu poder me controlar. Arrepios irrompem em minha pele. Por algum motivo, sei que estou em terrível perigo.

A rainha Shachi me examina por um longo momento, depois se senta a meu lado. A cama não se mexe com seu peso. *Deusa*, penso. É uma ilusão?

— Você chamou as devis durante a batalha — afirma ela, suavemente.

— Onde acha que estávamos?

— Protegendo Amaravati. No caso de a guerra chegar à porta da cidade — sussurro.

Shachi balança a cabeça em negativa.

— Estávamos com raiva.

Ela fica quieta por um bom tempo. Penso no que Rambha me contou de Shachi e seu questionamento de Indra.

— Estamos com raiva há bastante tempo — declara Shachi, por fim. — Acho que você está familiarizada com essa raiva do senhor. Não a sentiu quando a mandaram para esta missão? *Eu* senti, quando soube que você tinha sido manipulada para aceitá-la. Ah, Indra tentou me dizer que você se *voluntariou*, como se isso fosse me abrandar. Eu vim atrás de você na floresta mortal perto do eremitério de Kaushika, mas me atrasei. Foi eu quem ativei a proteção do sábio, embora não pretendesse. Fui incapaz de protegê-la, mas você se saiu muito bem sozinha, não foi?

Arregalo os olhos. Não sei como respondê-la. A proteção de Kaushika só era ativada por alguém que quisesse machucar a ele ou ao eremitério. É essa a intenção de Shachi? Uso todas as forças para manter o rosto imóvel, para não lhe mostrar o quanto isso me assusta.

— Quando Indra mandou Nanda da primeira vez, não tínhamos ciência do perigo que Kaushika representava, da *capacidade* dele. Quando ela não voltou, soube que Indra a tinha desperdiçado. Ele insistiu em mandar Magadhi e Sundari, mas eu as mantive seguras. Você, por outro lado... — Shachi ergue meu queixo. — Dei você como perdida, mas nos forneceu uma boa oportunidade.

Ela curva os lábios sedutores em um sorriso. Um calafrio desce por minha espinha.

— O halahala — sussurro, não consigo evitar. — Foi você.

A deusa ri, um som rico e tinido.

— Certamente não acreditou que fosse Indra? O senhor não é capaz disso, ele jurou não tocar no veneno. Fez essa promessa a Shiva. Indra é covarde demais para quebrá-la.

— Mas... mas só ele pode acessar os cofres — gaguejo. — As histórias...

— Se esquecem muito de nós, mulheres, não esquecem? — rebate Shachi em um sussurro. — Conte-me, apsara. Qual é o meu nome?

Pisco, sem entender, então coloco a língua para fora a fim de umedecer minha boca de repente seca. Chamam-na de Shachi, mas também Indrani, a deusa que *pertence* a Indra, que *é parte* de Indra, sua outra metade, assim como Shiva e Shakti são duas metades de um mesmo todo. Se Indra pode acessar o halahala, então ela também. Por que as histórias nunca cantaram sobre a deusa? Como até os gandharvas a esqueceram?

— Por quê? — grasno. — Por que mandar um veneno assim para o retiro?

— Porque eu precisava que essa batalha acontecesse antes do Vajrayudh — responde Shachi, os olhos brilhando. — Porque precisava de Indra fraco e derrotado, se possível. Rambha nos contou que você questionou sua natureza, e entendi que o ódio de Kaushika por Indra é profundo e duradouro. Tudo o que o sábio precisava era de um empurrãozinho, mas tinha que ser significativo. Mandar o halahala mostrou não só o poder de Kaushika, incomparável a qualquer outro mortal deste reino, como também sua ambição. Isso afetou as ações dele, forçando-o a negar os outros sábios na Mahasabha, a preparar o exército para batalha. — Shachi dá de ombros, adorável, e acaricia com calma a trança grossa e cheia de flores. — Indra não é adequado para governar Swarga, e eu há muito tempo procuro alguém mais digno. Quem melhor do que esse sábio que busca usurpar o senhor? Quem melhor do que um ser poderoso como Kaushika a meu lado, dividindo o trono? Eu ainda seria casada com Indra, ficar juntos é nosso destino. Mas quem sabe dessa vez não é *ele* quem vai me servir e virar meu concubino, enquanto governo Swarga.

— Kaushika não quer o trono do paraíso — sussurro. — Não vai querer tomar o lugar de Indra.

— Ele também não quer a Deusa? — pergunta Shachi, achando graça.

— Você mesma o ensinou essa sabedoria, não foi? E quem sou eu se não uma parte da própria divina Shakti?

Vejo seu poder, sua beleza e ambição. Minha garganta parece fechada, cheia de lágrimas. Engulo em seco, é um som alto no silêncio da cabana.

— Por que está me contando isso? — pergunto, ofegante.

— Indra tem Rambha como serva leal, uma que lhe conta tudo das apsaras. Está na hora de eu ter minha agente também. Por que não uma que mal tolera o senhor, que seduziu Kaushika e até o fez se apaixonar por ela? — O sorriso de Shachi é enorme. Ela estende a mão e acaricia minha bochecha com uma unha cintilante e vermelho-sangue. — Filha. Você pertence a mim.

A implicação está clara.

Arma *dela*. Não de Indra.

Shachi solta meu rosto. Sinto as marcas da unha queimarem minha pele. Aflição se amontoa em minhas entranhas, e toco as bochechas, mas não tem nenhuma cicatriz. De alguma forma, ela deixou sua marca *dentro* de mim, me reivindicando como dela.

A rainha se levanta, mas deixa para trás um pacote no colchão. Uma vestimenta de apsara, gloriosa e mágica — e, em cima, uma lâmina celestial. É entalhada e denteada, com o formato de um raio. Uma arma do paraíso, talvez da própria aljava de Indra. Tremo quando me lembro da maneira como o halahala foi liberado na forma de um raio. Esse tem a ponta envenenada também?

— As roupas são para quando você voltar ao paraíso — explica Shachi.

— E a lâmina para o caso de precisar dela antes disso. Indra a mandou em uma tarefa para impedir o sábio de atacá-lo antes do Vajrayudh. Seu trabalho agora é *encorajar* ele a fazer isso. Só restam alguns meses, filha. Não falhe comigo.

Mil perguntas efervescem dentro de mim, mas minha língua está pesada. Não importa. Uma resposta não é esperada. Com outro sorriso afiado, Shachi e as apsaras saem em um piscar de olhos e sou deixada sozinha. Arfo como se um peso tivesse desaparecido de meu peito com a partida da rainha.

As roupas e joias cintilam para mim do colchão, mas é o fragmento de raio que apanho, hipnotizada. É poderoso, mas não está maculado com o halahala — eu sentiria se estivesse. Ainda assim, é tão ameaçador para mim como aquele veneno.

Um dia foi Indra que me comandou, mas agora é Shachi, e também não ouso desobedecê-la. Foi *ela* quem enviou o halahala para Kaushika, algo que poderia tê-lo privado totalmente do ciclo de renascimento, tudo como um teste da força dele, de seu valor ao lado dela. Shachi não tinha como saber que Kaushika sobreviveria a ele. Quase não sobreviveu — foi minha magia que o salvou. E se ela achar outra forma de feri-lo? A lâmina parece pesada em minha mão, me dando as respostas.

Ela deseja controlar Kaushika, os dois juntos governando o paraíso, mas, se eu falhar em obedecê-la, ela mesma irá matá-lo. Shachi o terá a seu lado, ou o destruirá. Talvez me force a destruí-lo com as próprias mãos — com seu capricho e orgulho.

Quanto a mim... já tornei Indra meu inimigo. Se fizer o mesmo com Shachi, nunca poderei voltar para casa, não importa quem esteja no trono. Shachi me mostrou como é realmente imprevisível. Ela nasceu das asuras, o pai, um rei do reino infernal. O casamento com Indra sempre foi coberto de mistério, mas, embora ela seja tão celestial quanto eu, um dia morou no reino demoníaco. Não consigo imaginar o que tem guardado para mim. Entre Shachi e Indra, como Amaravati ficará segura? Eu devo escolher entre o senhor e sua rainha, sendo que são tão inseparáveis?

A missão não acabou. Nunca acabará.

Meu coração esfria. Saio da cabana, prendendo a lâmina em meu corpo, atordoada. Do lado de fora, o ar está limpo e Kaushika se mexe perto da fogueira, despertando, agora que o encanto de Shachi foi retirado. A voz dele é cautelosa, grossa de sono. Ele se mexe para se levantar.

— Meneka? O que foi?

Chego a ele em um instante, a lâmina na garganta. Imediatamente, os olhos dele se aguçam, reluzindo com a luz do fogo. Ele está bem acordado agora, alerta e de joelhos.

Minha voz é um aviso.

— Você disse que vai manter o juramento ao rei Satyavrat. Que Indra vai precisar ceder. Pretende lutar de novo?

Kaushika me observa sem um pingo de medo.

— Pretendo fazer o que for necessário. Mas não vou mentir ou esconder coisas de você. Isso posso prometer.

— Não é o bastante — sibilo.

Empurro a lâmina contra a pele dele. Um fio de sangue aparece, e eu o encaro, mas Kaushika não parece notar.

— Que tipo de promessa gostaria que eu fizesse, então?

— Uma que não vai quebrar. Uma tão profunda quanto seus juramentos mais antigos. Não posso deixar que machuque mais minhas irmãs nem minha casa. As criaturas que moram em Amaravati são inocentes, e não podemos ser consequências do seu propósito. Não vou permitir.

Kaushika assente, devagar.

— Eu prometo a você. Vou achar um jeito de cumprir meu juramento sem causar danos à sua cidade ou espécie. Não vou machucar suas irmãs. Pelo nome de Shiva, eu juro.

Ele me olha com expectativa, e não sei o que farei com a instrução de Shachi, mas um peso em meu peito se liberta. Ainda assim, não afasto a lâmina. Vou tirar outra verdade dele, essa para mim.

— Você fala de Shiva. Ele me contou que sou uma criatura do amor, mas Indra chamou minha espécie de criaturas da luxúria. Dentro dos bosques, somos tratadas como soldadas, dançarinas do exército do paraíso, treinadas para um único propósito.

Kaushika franze o rosto.

— Você é mais do que tudo isso — afirma, rispidamente.

— E o que é isso?

Ele encontra meus olhos.

— Você é quem quiser ser, Meneka.

A lâmina treme em minha mão. Ele não se retrai.

— E se eu *for* uma criatura da luxúria? Se for um instrumento de poder? Se eu for tudo o que temo?

— Então ainda é Meneka — responde, com raiva. — E ainda é minha.

Ele empurra a lâmina de raio como se não significasse nada. Levanta-se, pairando sobre mim, me encarando.

— Se você me aceitar, sou seu também — declara.

O fragmento de raio cai de minha mão. Estendo-me para Kaushika, o coração ardendo. Ele envolve minha cintura com as mãos e inclina a cabeça até mim. Fecho os olhos quando nossos lábios se encontram. Nossa língua colide em um ataque faminto, nossa dor, perda e desejo todos enrolados em um beijo acalorado. A boca dele me pune, e eu o puno de volta, me agarrando a Kaushika enquanto sua língua gira e me provoca. Sei que o beijo é mais do que luxúria. É curiosidade sobre quem somos, agora que vemos um ao outro com honestidade e realidade. É uma promessa de tentar o amor, de *lutar* por ele, mesmo que os três reinos nos mantenham afastados, nos separando.

Kaushika inclina minha cabeça, me beijando mais fundo, e um suspiro satisfeito se forma em mim. Com uma onda de emoção, paz e fragilidade, penso que é assim que sempre será. Somos almas imortais, todos nós presos nas conspirações da vida. Se não for Indra, é a deusa, e, se não for nenhum deles, somos nós. Podemos escolher pertencer a nós mesmos. Podemos escolher pertencer um ao outro.

Por ora, faço a escolha fácil. Escolho confiar em meu amor por este homem, e no amor dele por mim. Entrelaço as mãos no cabelo de Kaushika e deixo que ele me tome.

Glossário

AGNI: Deus Hindu do fogo.
AMARAVATI: A Cidade dos Imortais, e capital de Swarga, paraíso.
AMRITA: O néctar dourado surgido durante o Batimento dos Oceanos, que fornece aos celestiais a imortalidade.
APSARA: Uma dançarina celestial da corte e do paraíso do senhor Indra.
ASTRAS: Uma arma sobrenatural utilizada por divindades específicas, como o raio de Indra. Requer um mantra para ser invocada.
ASURA: Uma criatura do reino infernal, similar a um demônio.
BATIMENTO DOS OCEANOS: Um evento antigo no qual os oceanos foram batidos e agitados tanto pelas criaturas do paraíso quanto do inferno, a fim de liberar amritas. Outras substâncias também emergiram desse batimento.
BHARDWAJ: Significa "um sábio reverenciado conhecido por sua sabedoria e força".
BHOLENATH: Apelido carinhoso de Shiva. Significa "o senhor da inocência" ou "senhor facilmente agradável", um reflexo da natureza benevolente e acessível do deus Hindu.
BRAHMA: Deus Hindu da criação, do conhecimento e do Vedas. Um dos três principais deuses do hinduísmo, juntamente com Vishnu e Shiva, que compõem a trindade conhecida como Trimurt.

Chandra: Deus Hindu da lua, da noite e da vegetação.

Deusa vs. deusa: Deusa (com letra maiúscula) em geral se refere ao poder único da energia feminina, Shakti, como é conhecida; deusa (com letra minúscula) é uma representação individual desse poder.

Deva: Uma deidade masculina.

Devas: Coletivo de deidades masculinas e femininas.

Devi: Uma deidade feminina.

Dhoops: Incenso usado no hinduísmo para criar uma atmosfera sagrada durante orações e rituais.

Dhoti: É uma peça de vestuário tradicional indiana. Um pedaço de pano retangular, sem costura, que é amarrado na cintura e nas pernas.

Gandharva: Um músico celestial.

Gautama: Famoso sábio do hinduísmo.

Halahala: O veneno mais perigoso existente, que surgiu durante o Batimento dos Oceanos.

Iogue: Um praticante de ioga, pessoa que geralmente executa meditações árduas, a fim de conquistar a iluminação.

Jamadagni: Famoso sábio do hinduísmo e membro do Saptarishi, o grupo dos sete grandes Rishis.

Jhumkas: Um tipo de brinco da cultura indiana, usado durante cerimônias religiosas. Simboliza espiritualidade, vida eterna e consciência espiritual.

Jnani: Forma como chamam sábios que tenham transcendido e retido conhecimento espiritual.

Kalpavriksh: Uma árvore de desejos cultivada no jardim do senhor Indra.

Kamadhenu: A vaca sagrada do deus Indra.

Kichdi: Um prato Hindu feito de arroz e lentilhas.

Kinaras: Seres celestiais, músicos e amantes, metade humanos e metade ave.

Kshatriya: É uma das quatro castas do hinduísmo, sendo a segunda mais alta. É a casta dos guerreiros e governantes.

Lingam: Uma representação do senhor Shiva, similar a uma coluna cilíndrica dentro de uma base de forma oval.

Lokas: No hinduísmo, são os mundos ou divisões do universo. A palavra "loka", em sânscrito, pode significar mundo, planeta, reino ou plano.

Mahasabha: Assembleia de sábios, na qual são tomadas decisões sobre iogues e eremitas.

Mantra: Cantos de grande poder, consagrados através da meditação.

Maya: No hinduísmo, se refere à ilusão do mundo material e os sentidos reais. Também pode estar relacionado à força que cria a ilusão de que o mundo é real.

Mridangam: Um tipo de tambor sagrado, o instrumento de escolha de divindades como Ganesha e Nandi. Também é conhecido como "deva vaadyam" ou "Instrumento Divino".

Mudra: Uma dança simbólica que imita diferentes formas e libera a magia de uma apsara.

Nacaraa: O reino infernal.

Nadi: Nome dado aos canais no corpo humano por onde fluem energias como o prana.

Naraka: O reino do inferno, onde os pecadores são punidos depois que morrem. Também conhecido como Yamaloka.

Niyama: Refere-se a dever, observâncias ou diretrizes positivas. Práticas recomendadas para uma vida saudável, de iluminação espiritual e autoaperfeiçoamento.

Pallu: A barra decorativa de um sari, geralmente drapeada sobre o ombro. Também pode ser usada como véu, puxando-o sobre a cabeça e o rosto.

Prakriti: Natureza na sua essência mais fundamental.

Prana: Magia do universo. Toda magia pode ser rastreada até o prana, e iogues mortais o dominam diretamente por via de um processo chamado de tapasya. Imortais só podem ter acesso a ele através de deidades elementais, como o senhor Indra, que controla seu fornecimento ao restante da população de Amaravati.

Puja: Ritual de adoração Hindu que consiste em oferecer flores, comida, água e luz a alguma divindade.

Puja Samigri: Conjunto de itens usados nos rituais de adoração Hindu, incluindo incenso, flores, lâmpadas e pós sagrados.

Rakshasa: Uma criatura do reino infernal, similar a um monstro.

Rishi: Um iogue de grande poder, um sábio. É um título autoproclamado, embora avaliado por outros sábios.

Sanjeevani: Uma erva mágica capaz de trazer seres à beira da morte de volta à vida.

Shakti: Deusa Hindu que representa a energia feminina divina que cria, sustenta e destrói o universo. Ela é também conhecida como a deusa mãe, ambā (mãe), ou devī.

Shlokas: Tipo de verso usado no hinduísmo como hinos ou orações. Significa "ouvir".

Soma: Uma bebida alcoólica celestial.

Sri Yantra: Uma ferramenta para meditação, crescimento espiritual e manifestação.

Surya: Deus Hindu do sol.

Swarga: O paraíso de Indra.

Tandava: Dança feita para realizar a separação de maya.

Tapasvin: Aquele que pratica a tapasya. Também se refere à espécie de magia que a tapasya libera.

Tapasya: Meditação árdua que iogues praticam, a qual lhes permite que acessem o poder do prana universal.

Thumri: Uma vila do reino mortal.

Tripundra: Símbolo de devoção a Shiva, consiste em três linhas horizontais de cinzas sagradas pintadas na testa.

Vajra: A flecha de raios do Senhor Indra, uma arma de grande poder.

Vajrayudh: Um evento cósmico que ocorre a cada mil anos, quando os seres do paraíso enfraquecem.

Vashishta: Um dos mais antigos e reverenciados sábios védicos e membro do Saptarishi, o grupo dos sete grandes Rishis. Também é conhecido como Brahmarishi e Maharishi.

Vedas: Textos antigos que debatem rituais, filosofia e uma variedade de conhecimento espirituais.

Vibhuti: Tipo sagrado de cinzas, usado em rituais de devoção.

Yajna: Refere-se a qualquer ritual feito em frente a um fogo sagrado, geralmente com mantras.

Yoni: Símbolo da deusa Shakti e da energia divina feminina.

Nota da autora

Conheci a lenda de Meneka quando era criança, lendo histórias sobre a cultura hindu nas revistas em quadrinhos da editora indiana Amar Chitra Katha, assistindo a programas de TV falados em telegu e kannada, crescendo em uma casa onde orações e mantras eram recitados regularmente. Mas minha introdução não começou com uma apsara em si, mas com o sábio Vishwamitra — Kaushika, como é conhecido em *A lenda de Meneka*.

Pergunte em qualquer casa hindu, eles saberão quem é Vishwamitra. É um dos sábios mais reverenciados, não só é creditado como escritor do Gayatri Mangra — provavelmente o mantra mais poderoso do hinduísmo, e um que eu mesma pratico com regularidade —, como também um dos brahmarishis, a maior ordem de clarividentes, com poderes sem comparação. Sua influência permeia o hinduísmo desde a época do Rigveda — um texto tão antigo que suas raízes se perdem nas discussões acadêmicas.

Porém, enquanto há bastante informação sobre Vishwamitra, o sábio, há pouca informação sobre Kaushika, o homem. Sabe-se que ele foi um rei que desejou poder com tanto ardor que foi atrás do maior poder cósmico que existe, começando o treino para se tornar um sábio. Essa busca pelo conhecimento levou à própria revolução espiritual, até ser um grande clarividente, mas, para mim, uma indicação de sua iluminação e devoção veio da história de Meneka, a apsara que foi mandada para seduzi-lo.

É notório que Meneka e Kaushika se apaixonaram. Ela claramente teve um impacto tremendo na vida dele, mas muitas vezes é relegada a uma nota de rodapé. Eu me peguei fascinada por ela. Afinal, embora a história de Meneka e Kaushika seja uma das baladas de amor mais queridas da cultura Hindu, por que se sabe tão pouco da própria Meneka? Por que a entregam à obscuridade, conhecida apenas pela interação com o grande sábio e seu serviço a Indra? Quando comecei a escrever *A lenda de Meneka*, quis conservar tudo o que sabia dela enquanto também lhe dava uma chance de se tornar uma mulher por conta própria. Fazer isso significava descobri-la, entendê-la e permanecer verdadeira a quem ela sempre foi: uma apsara.

Apsaras, claro, sempre foram epítomes da luxúria. Seja no hinduísmo ou no budismo, na Índia, na Tailândia ou no Camboja, pelo Rigveda ou pelo Mahabharata, a dança e a sedução sempre foram parte central de sua identidade. Elas serem rotineiramente enviadas para seduzir sábios também é conhecido. Eram virgens, vadias, devotas e prostitutas, tudo de uma vez, realizando seus deveres com entusiasmo, depois retornando ao plano celestial ao qual pertenciam.

Luxúria — na religião também — não é um pecado. O hinduísmo está repleto de imagens sexuais. Nossos deuses, nossos templos, nossa filosofia têm as raízes na sexualidade, tanto heterossexual quanto queer. Shiva é representado pelo falo. A arquitetura dos templos, e Konark é um exemplo favorito, muitas vezes retrata cenas gráficas de intimidade profunda. *Kama Sutra* — que talvez todo mundo conheça mais do que qualquer outra fonte antiga sobre o sexo — é um texto histórico hindu, um guia para a natureza do amor e do prazer, da sexualidade e do erotismo.

Minha Meneka sempre seria um ser sensual, disso eu sabia. Ela aproveitaria o próprio poder e a beleza sedutora. Ela teria dificuldade para entender a natureza contraditória da própria identidade e do caminho no qual Kaushika estava. Se a sedução era coercitiva, será que qualquer sentimento emergido dela poderia ser verdadeiro? Meneka realmente *enganou* Kaushika? Se a sedução era sua natureza verdadeira, que caminho poderia escolher enquanto permanecia verdadeira a si mesma? Essas questões me guiaram enquanto eu escrevia sua história. Achei sua devoção um contraponto interessante à jornada de Kaushika para se tornar um brahmarishi.

É um assunto que tem propensão na história de mais de quatro mil anos do hinduísmo, e no surgimento da escola de pensamento Bhakti dentro das Upanishads que consideram devoção o caminho mais agradável até o nirvana ou moksha, a liberdade absoluta de si mesmo. Muitas pessoas estabelecem uma distinção entre Bhakti, como uma devoção emocional religiosa, e Kama, como uma devoção erótica sensual. Ambos podem ser caminhos para a iluminação, mas são inerentemente diferentes, alguns dizem. Há espaço para argumentos nisso, assim como há para *qualquer coisa* no hinduísmo. Mas para Meneka, Bhakti e Kama se tornam a mesma coisa quando se trata de Kaushika. A luxúria de Meneka por Kaushika *se torna* amor. E o amor e a luxúria de Kaushika, no fim disso, se transformam em uma devoção espiritual a Meneka também. Depois de seu encontro com ela, Kaushika percebe que o caminho da Deusa não é concorrente do caminho de Shiva. Os dois são partes da mesma hélice — interconectados, interdependentes, complementares.

Mas, em várias versões da história de amor, Kaushika abandona Meneka quando percebe que ela é uma apsara. Em um conto famoso, ele a amaldiçoa a se separar dele, sabendo que Meneka o ama de verdade e que essa seria a maior punição que ela poderia sofrer. *A lenda de Meneka* se distancia disso de propósito. Quis dar a eles uma segunda chance de serem as próprias pessoas. Quis que descobrissem suas mentes. Em essência, a história de Meneka e Kaushika é sobre o amor. É uma compreensão da forma e da profundidade do amor. É um questionamento do que significa amor.

Agradecimentos

Por uma variedade de motivos, foi um desafio escrever este livro. Como se pega um mito amado e lhe faz justiça? Encontrar a própria história oculta dentro dele ao mesmo tempo que se mantém fiel a uma tradição extremamente compartilhada? Isso levanta uma centena de dúvidas em um artista — e essas dúvidas não me deixaram quando escrevi *A lenda de Meneka*. Tenho sorte por ter estado rodeada de pessoas tão competentes, gentis e brilhantes durante a jornada, sem as quais eu nunca poderia ter descoberto a história que desejava contar.

Agradeço demais a minha editora incrível, Julia Elliott, por tudo o que você fez por este livro — apoiando-o em cada fase, fornecendo edições tão incisivas que fizeram meu coração cantar, acreditando em minhas habilidades como autora, e por sempre estar disponível. Obrigada por nossos papos e por sua paixão, afeição e profissionalismo.

Agradeço também a meus editores do Reino Unido, Natasha Bardon e Aje Roberts, por todo o trabalho que realizaram. Qualquer livro exige horas e horas, e qualquer um da indústria lhe dirá que a primeira coisa de que uma pessoa precisa para o sucesso é uma equipe empenhada e empolgada — eu tive bastante sorte com as pessoas trabalhadoras da Harper Voyager e com William Morrow, que defendeu este livro com muito fervor. Há muitos de vocês que gostaria de poder nomear — vocês sabem quem são, e torço para que saibam que sou grata.

Agradeço profundamente a minha agente, Lucienne Diver, e à agência The Knight. Você pegou este projeto na fase em que a pessoa precisa mesmo de uma agente maravilhosa ao lado para impulsionar a finalização. Você me aconselhou com muita gentileza e sinceridade, sempre colocando meus interesses na frente. É incrível tê-la como parte disso.

Agradeço muito a meus capistas. De verdade, olhe esta beleza. Eu tive muita sorte por trabalhar com gente tão talentosa — e este livro terá um lugar especial em meu coração, e em grande parte por causa de vocês e da linda representação deste mundo e personagem.

A todos os meus amigos autores, desde os leitores beta, que leram versões deste manuscrito que eu ficaria horrorizada de mostrar para a maioria das pessoas, até os que me ouviram desabafar sobre tudo no meio do caminho. Uma menção especial aos amigos, que deram conselhos vitais para a existência deste livro: Shannon Chakraborty, Hannah Long, Elyse John, Essa Hansen e Sunyi Dean. Muita coisa aconteceu enquanto esta história estava sendo desenvolvida, tanto em minha vida pessoal quanto na profissional, e vocês me mantiveram firme, sem nunca oscilar o cuidado e a compreensão.

Agradeço também aos amigos não autores, que me lembraram de que existe muita coisa além da escrita — um fato que pareço esquecer vezes demais, e que me resgataram de um *burnout* terrível. Comunidade — dentro e fora do mercado editorial — é uma coisa linda e preciosa, e sou muito grata por tê-la encontrado nos dois lugares. Um agradecimento especial a Amu, Santosh e Sam-Sam, na casa de quem minha família e eu nos abrigamos por muito tempo, e onde fiz minhas revisões no meio de uma mudança caótica pelo país. Comecei a escrever esta seção na mesa da cozinha de vocês, enquanto me enchiam de chocolates e amor.

Agradeço também a cada leitor que escolheu este livro e está falando dele com tanta graça; todos aqueles que me seguiram de outros trabalhos, e aqueles que me encontraram aqui. Espero que continuem comigo — tem bastante coisa no futuro, e mal posso esperar para crescer com vocês. A cada livreiro tagarelando sobre *A lenda de Meneka*, aos blogueiros literários, resenhistas, apresentadores de podcasts, influencers do Instagram, do TikTok, e a quem mais está recomendando este livro a outra pessoa — seja online ou offline. O entusiasmo incansável de vocês nunca falha em me surpreender e em me deixar humilde. Torço para que nunca pare.

Como sempre, agradeço a minha família — Tate e o pequeno Rohan e o mais pequenino ainda, cujo nome segue em segredo, mas que chegará bem antes deste livro sair. Nunca conheci amor do jeito que vocês oferecem. Sua paciência, generosidade e gentileza comigo enquanto escrevo significa o mundo para mim. Vocês são uma âncora para minha mente, aqueles que mais importam, os verdadeiros presentes de minha vida. Amo vocês em cada realidade e em cada universo.

Este livro foi impresso pela Vozes, em 2025, para a Harlequin.
O papel do miolo é Avena 70g/m² e o da capa é Cartão 250g/m².